MINGUO TONGSU XIAOSHUO
DIANCANG WENKU

民国通俗小说典藏文库·冯玉奇卷

孽

冯玉奇◎著

中国文史出版社

图书在版编目（CIP）数据

孽／冯玉奇著. — 北京：中国文史出版社，

2018.3

（民国通俗小说典藏文库·冯玉奇卷）

ISBN 978 - 7 - 5205 - 0059 - 3

Ⅰ. ①孽… Ⅱ. ①冯… Ⅲ. ①长篇小说 - 中国 - 现代

Ⅳ. ①I246.5

中国版本图书馆 CIP 数据核字（2018）第 011276 号

点　　校：清寒树
责任编辑：蔡晓欧

出版发行：中国文史出版社

网　　址：http://www.chinawenshi.net

社　　址：北京市西城区太平桥大街 23 号　邮编：100811

电　　话：010 - 66173572　66168268　66192736（发行部）

传　　真：010 - 66192703

印　　装：廊坊市海涛印刷有限公司

经　　销：全国新华书店

开　　本：720×1020　1/16

印　　张：18.75　　字数：263 千字

版　　次：2018 年 7 月第 1 版

印　　次：2018 年 7 月第 1 次印刷

定　　价：56.00 元

目　录

第一回

上海，多繁华的，多美丽的，它是一班青年男女理想中的乐园。然而，上海象征着一个街头的神女，她花朵一般美丽的外表，终掩不住她内心龌龊、卑鄙、阴险混合凝结成的毒素。

1943年的上海，突然地变了，变得很快，变得出人意外的，于是上海是将要坍了，像得了时疫症般的，有的疯狂了，有的凋零了！过去坐汽车、住洋房、怀着粉红色的甜蜜的"梦"的人们，现在，"梦"到底还是一个"梦"。

天空灰褐色的，像一个失意人的脸，愁眉不展，浮现了悒郁和苦闷。纷纷的细雨，是它悲哀凝结成的泪水，扑簌簌地不停地滚落下来。秋风微微地吹荡着树叶儿，雪瑟的声音正像一个苍老的长者叹息：唉！这一个社会，丢送了几许青年人的前途！

"呜！呜……轧哧！轧哧！"

在气压很低的天空中，那一声火车汽笛的长鸣，似乎更觉得响亮一些，接着在车站上当当的声音敲了两下，只见长蛇似的火车已驶进在月台旁停住了。它好像累极了，虽然已经停住了，不过它还急促地气喘着，显得那一份儿疲倦的样子。

"司马先生，那安老院离开车站还有多远？你瞧天空中的雨是愈落愈大了，那可叫我们怎么办呢？"

"离开车站还有两三里路光景，你别着急，我们出了车站，再想办法吧！早晨我见天空暗沉沉的，原想带件雨衣，后来因为见天空并不落

1

雨，所以也不带了，谁知此刻却落雨了，而且落得那么大，真叫人讨厌！"

二等车厢里坐着一男一女两个青年人，男的身穿西服，外披雪花呢的秋季大衣，女的却是个村姑的装扮，十分的朴素，不过她脸部的秀丽是并不因她的朴素而抹杀的，自然地透显出幽美温文的风韵。在火车进了车站之后，那姑娘微蹙了两条弯弯的眉毛，秋波掠了那少年一瞥媚意的目光，低低地问。从她这一种西子捧心那般意态上瞧来，可见她芳心中是感到这一份的忧愁了。那少年一面拉着她手站起身子，一面跟着旅客们向车站里走下，他抬头望了望天空中纷纷的细雨，心里感到憎恶的神气回答。

在瞧过《罪》的小说的读者当然明白他们是什么人，不过没有瞧过《罪》小说的读者，当然不会知道，所以作者在这里还需要给大家介绍一下的。原来，那男的是司马文，女的是丁智仙，智仙在医院里休养了几天，她的腿伤完全好了，司马文已经得到母亲狄飞霞的许可，预备智仙出院后接到家里去安身。飞霞若瞧中意了，便把智仙收为义女，瞧不中意，留作丫头，使智仙总有一个安身之所，司马文听了，当然很感激母亲，至于智仙本身，那是更不用说的了。今天是智仙出院的日子，司马文一早就来陪伴她出院，智仙的意思，在未到司马文家中之前，先到昆山安老院里去瞧望一次爸爸，表示自己做女儿的一些孝心。司马文认为父女天性，这是理所应有的请求，他很同情，而且很赞美，所以便答应智仙，伴她一同到昆山来了。

两人和旅客们像鱼贯般地走出了车站，车站外停满了许多人力车，车夫都纷纷上来兜揽生意。司马文拉了智仙一下，微笑道：

"我们可以坐车子，你不用急躁的。喂！安老院里去不去？"

司马文一面说，一面回头又向车夫们问。谁知事情出乎意料之外，车夫们听了司马文的话，一个都没有理睬他，自管向别个旅客们去兜揽生意，这叫司马文真弄得有些莫名其妙，心中不免有些生气。智仙也奇怪得了不得，秋波脉脉地逗了他一瞥猜疑的目光，说道：

"这是怎么的一回事？他们都不理我们呢？"

"可不是？我也不明白他们的意思，难道怕我们坐车子不出车资不成？"

两人正在丈二和尚摸不着头脑的时候，只见有个头戴竹笠、脚踏草鞋的老者走近他们的身旁，含了微笑，问道：

"两位要上安老院里去吗？我可以送你们去的，因为这儿到安老院去的那条路，中间还有条阡陌交通之路，人力车是没法拉过去的，况且又落了雨，那边全是泥水路，一不小心，就有翻车的危险。我是推小车子的，素来走惯这一条路，一定可以把你们送到安老院里去的。先生，你们站着，我把小车去推过来好吗？"

司马文听他这么说，方才恍然想到了。那天送丁兆良到安老院时，人力车也只坐到一半的路途，后来还是步行到那边的，因为阡陌交通的路，除了行人能经过外，是只有独轮车可以过去，不过这儿还有一个问题，天空落着雨水，我们总不可以淋漓而去的。这就向那老者摇了摇手，连忙说道：

"慢着，慢着，你瞧天空中落着好大的雨，叫我们难道淋着坐车吗？"

"不，不，我有雨伞给你们撑起来的，你们放心好了。"

那老者连说了两声不，便笑着去推车过来了。智仙沉吟了一会儿，很感叹的神气，望了司马文一眼，说道：

"司马先生，你瞧这推车的年纪不小了，至少有五六十岁的光景，他还有这一份气力来推车子吗？"

"也许他自小就干这一个买卖的，虽然是怪可怜，不过为了生活，那也是没有办法的事情，回头我们多给他几个车资就是了。"

"司马先生，你真是一个慈爱的青年。"

智仙听他这样说，频频地点了点头，可是她既说出了这一句话，倒又怕起难为情来，红晕了粉脸，微微地别转身子去。这时候，那老者已把独轮车推到车站旁来，司马文见车上果然撑着一顶雨伞，遂拉了智仙的手，匆匆地下去，一个人坐在一旁。那顶雨伞虽然并不十分的大，不过有此一遮盖，两人头上、身上的雨水到底是不容易再溅上的了。老者在他们坐稳了之后，方才向前辘辘地推着进行了。真的，司马文坐这一种独轮小车，从生以来还只有破题儿第一遭尝试，起初他心里有些害怕，因为他怕这车子有倾翻的可能，不过在经过一程子路途进行之后，他的心也就安静得许多了。独轮车辘辘地不停地进行着，四面的景物也愈发冷清起来，静悄悄的，在秋天的早晨，落着这洒洒的雨点，在各人的心头上会激动起一阵无限悲凉的意味。司马文觉得太寂寞了，脑海里的情绪总会趋向于悲哀上去，回眸望了智仙一眼，只见她紧锁着柳眉，两眼凝视着前面灰茫茫的天空落下那些千丝万缕的雨点，她的眼角旁好像已经展现着晶莹的一颗了。司马文明白女子的心灵是比男子更脆弱、更善感的，为了不要使智仙想着那些悲哀的事情，遂含笑问道：

"丁小姐，这一种独轮车你坐过几次了？我想大概也只有初次尝试吧？"

"不，我已坐过了好多次，我们上回干贩卖食粮工作的时候，曾经也坐过的。司马先生一定还只有第一次坐，是不是？"

智仙回眸瞟了他一眼，摇了摇头，很诚实地告诉他。司马文自己也不知道为什么缘故，在这里他需要说一句谎话道：

"我已坐过好多次了，丁小姐，你别难受，你爸爸住在那边倒也很热闹的，因为日子久了，他当然也认识了很多的朋友。"

"我并没有难受，我觉得一个残废的爸爸，能够有这样好的地方给他安身，这真是他的幸福。"

智仙的粉脸上含了一丝苦笑，纤手抬到眼皮上来揉擦了一下，低低地回答。司马文听出她这几句话中至少是包含了一些颤抖的成分，他心头有些不自在，兼之置身在这一个寂寞荒凉的环境里，他更会感到一阵凄凉，忍不住微微地叹了一口气。

"司马先生，你为什么好好儿的叹气了？"

"没有什么，你瞧，这寂寞的荒郊，四周是多么冷清，尤其是落着纷纷的细雨，只有我们这一轮小车子在辘辘地进行，不是很能叫人激起一些感触来吗？"

"可不是，我觉得很有些诗情的意味，假使我能够作诗的话，在这

4

里一定可以找到很多的题材。"

智仙见他神情至少包含了一些感伤的成分，遂含了妩媚的笑容，把话题拉扯到比较有兴趣的一些事情上去。司马文和智仙认识的时间只不过一星期而已，并且在这一星期中也没有天天地见面，虽然感到智仙绝不是一个普通庸俗的姑娘可比，不过还想不到她说出话来总是那么的文雅动听，所以望着她倒是笑了起来，说道：

"丁小姐，你说这些话真有些意思的，瞧这灰白的浮云、迷蒙的细雨、远近的树林、飘飞的落叶，真是无景不是作诗的资料。我想你虽然只有小学毕业，不过老伯是个举子，所以你跟在老伯身旁，一定也学会了作诗，现在你倒不妨试一试，我想你富于感情，此刻的诗情也许是很浓厚的吧？"

"不，我哪儿会作诗的？要如我这么的人会作诗，那么作诗的人不是更多了吗？"

智仙听他说了这么一大套的话，也忍不住抿嘴笑出声音来了，遂摇了摇头回答，她的粉脸似乎涂上了一层胭脂那么的红晕。司马文望了她一眼，表示不相信的样子，说道：

"你别客气，假使你不会作诗的话，那你如何说得出这些含有诗意的话？丁小姐，你若不肯，那你就是瞧不起我。"

"这可真叫我有些难了，司马先生，不过我胡诌得不好，你可别见笑。"

司马文见她这回笑的表情很优美，因为在这美的成分中还掺和了一些羞涩的意思，所以自觉格外楚楚的动人爱怜，遂很欢喜地笑道：

"你总是喜欢那么的客气，我也不懂得什么的，你只管作吧。"

"也好，我就试试。"

智仙频频地点了一下头，她把脸回过去，两眼凝望着前面的田野、纷纷的细雨，静悄悄地沉吟了一会儿，方才回眸瞟了他一眼，低声笑道：

"我念两首七绝给你听，只怕弄错了韵，请你指正。"

"很好，你念我写，我想你一定作得很好的。"

司马文听她居然能够吟诗，一个才十六岁的小姑娘，他心中感到意外的惊喜，一面笑着说，一面在袋内摸出日记簿和自来水钢笔，拿在手里，望着她粉脸低低地回答。智仙并不理会他的话，她只管沉思的神气，念道：

秋风秋雨满江城，瘦骨支离苦煞人。
红粉飘零身做客，羁愁别恨系中心。

菊有黄花已晚秋，凄风苦雨惹人愁。
老父弱弟尽分离，泪落秋江随碧流。

司马文见她念到这里，眼皮一红，泪水真的夺眶淌了下来，一时辛酸触鼻，也不禁为之黯然神伤，点头说道：

"丁小姐触景生情，把你满腹的心事和哀愁都已倾吐在这两首诗中，我真想不到你还有这样好的才学，使我非常地敬佩。"

"司马先生，你说这些话不是叫我心中感到难为情吗？其实我原不知什么，无非心有所感，随口胡诌几句罢了。"

智仙被他这么的一赞美，她挂着眼泪不免又赧赧然地笑起来了，明眸逗了他一瞥媚意的秋波之后，却又垂下红晕满罩的粉脸来。司马文觉得她的意态有些令人陶醉的魔力，他心里荡漾了一下，情不自禁地把她纤手握住了，低低地道：

"丁小姐，你的意思我都明白，不过你不要因自己身世孤苦而感到可怜，因为我妈愿意收你作为义女，那么你就是我的妹妹一样了。换句话说，此后你到我家中去住，也就是住在你自己家里一样，你并没有飘零，也没有做客，所以你千万地不用难受。至于你爸爸和弟弟，现在虽然暂时地分离，不过我相信将来你们总有团圆的日子。智仙，我叫你一声名字了，因为我们既成了兄妹，当然再没有称呼小姐的道理了。"

"文哥，我觉得使我们一家三口有今天的日子，这全是你的力量，你真可说是我家的一个大恩人，我也不知该怎样来报答你才好呢！"

6

智仙被他热烈地握住了手，她觉得有股子电流似的热气灌注到她的芳心里去，同时听他说出这几句温文多情的话，她那颗芳心中不但是得到无上的安慰，而且更感到一些甜蜜的滋味，两颊已笼上了玫瑰的色彩，她情不自禁地叫了一声文哥，乌圆眸珠一转，又羞涩又感激地表示她的情意是这一份样儿的真挚。

　　司马文听她这句报答的话已经是第三次了，在她一个女孩儿家的芳心中也许至少包含了一些神秘的作用吧。在这里司马文感到万分的为难起来，因为自己帮助智仙在当初确实是并没有一些爱她的意思，不过在经过几次谈话之后，因怜生爱，对于智仙这个孤苦无依的姑娘也表示同情了，但是自己心中原有一个张雪鸿在着，雪鸿虽然是雪尘的妹妹，可是她们姊妹俩绝对没有时下的习气，何况雪鸿本身原是个女子中学的高才生。记得那天，我和哥哥在她们家中吃饭，雪鸿因怕我另有爱人而感到伤心泪落，可见她也是多么的痴心对我，这叫我又有什么办法可以抛得了她呢？司马文在这么感觉之下，他觉得一个青年是绝不能同时爱上两个姑娘的，于是他把握住智仙的手又放了下来，毫不介意的神气微笑着说道：

　　"智仙，你又说这些话了，我们既已成了兄妹，那也用不到'报答'这两个字了，你说对不对？咦，为什么又哭起来？"

　　"文哥，我心里欢喜极了，怎么还会哭起来呢？"

　　智仙听他始终没有明显的表示，她芳心里自己也不知道为什么要这样的悲酸，虽然表面上是频频地点着头，可是眼角旁的泪水只管扑簌簌地落了下来。司马文当然表示无限的惊异，遂又向她奇怪地追问。智仙经他一问，方才意识到似的慌忙收束了泪痕，含了不自然的媚笑，向他低低地解释。

　　"可是我觉察你的颊上尚沾着眼泪。"

　　"也许是雨水。"

　　智仙乌圆眸珠一转，拭了拭粉颊，很敏捷地回答。司马文不再说什么，望着她微微地笑了。智仙被他笑得怪不好意思的，忍不住羞人答答地又垂下粉脸来。不在这个当儿，那老者把车子已推到阡陌交通的道路

7

了，司马文见那条路狭得只有一尺光景，独轮小车要在上面经过驶行，至少是包含了一些危险性的，况且推车的又是一个年老的人，万一出了乱子，把车倾翻两旁田野中去，我们还不是成了个泥人了吗？所以他立刻回头对那年老推车的说道：

"你快停下了，这一段路我们自己步行好了，你把空车推过了这一条狭窄的路，我们再坐上来是了。"

"先生，那为的是什么缘故？落雨的天气，满地泥水，你们恐怕要滑跌的呢！"

推车的听他这么吩咐，心中有些不了解的样子，望着司马文的脸，怔怔地问。司马文感觉到那推车的话中至少包含了一层为他们好的意思，这就沉吟了一会儿，说道：

"可是我怕你年纪老了，推了怪重的车子，还走挺狭挺滑的泥路，难道就不会发生什么乱子吗？"

"不，先生，我推了将近十年的小车了，这些路是走熟走惯的，你们看它路狭，可是我却把它当作平坦大道一样的。先生，你不要害怕，我绝不会使你们受惊的。"

推车的听了司马文的话，他不禁呵呵地笑起来，一面向他们告诉，一面把小车已在狭小的阡陌路上推行了。智仙见司马文有些害怕的样子，遂瞟了他一眼，悄声儿地笑道：

"这一种狭路我也坐过了好多次，你把眼睛不要往下看，只要向前望，那你就一些不会害怕了。"

"对了，这位小姐的话可就是经验之谈了。"

推车的听智仙这么地说，遂在旁边插嘴回答。智仙回眸见他年纪至少已有六十多岁，不过精神甚为饱满，看上去真比二十来岁的小伙子更有劲，一时不禁问道：

"你说推了近十年的车子，那么你家中难道没有儿子吗？为什么到这一般年纪还在干这样劳苦的事情？那你也太可怜了。"

"儿子吗？说起来可不少，我倒有五个哩！"

"什么？你有五个儿子吗？他们都在什么地方？难道他们不养你老

8

子吗？"

司马文听了推车的回答，他愤怒得几乎跳起来，有了五个儿子的老父，还在干这种劳苦的事情，养儿子还不如养蛋一样地没有用吗？他暗自地骂着，这真是岂有此理，简直是杀不可赦的。但是推车的老者，他听了司马文这些话，脸上却浮现了欣慰的微笑，不过他的眉宇之间却同时浮现了沉痛的颜色，叹了一口气，说道：

"先生，我五个儿子他们都一个一个地抛掉我走了，只剩下我这个孤零零的老头子，所以为了生活，不能不干这些推车的工作，但我倒也并不觉得怎么的劳苦，因为我精神永远感到快乐和安慰的。"

"永远感到快乐和安慰的？"

司马文惊奇得目瞪口呆的样子，向他这样地反问，接着他用了愤愤不平的态度，哼了一声，又问下去说道：

"那么你难道不恨你的儿子吗？他们抛掉你这年老可怜的父亲，他们都上哪儿去了呀？你也太老实了，我一定要给你设法去告他们忤逆不孝的罪恶。"

不料那推车的听了这话，却哈哈地大笑起来，摇了摇头，说道：

"先生，你真热心仗义，我心里很感激你，不过他们抛掉我年老的父亲，是去干比奉养老父更重大、更要紧的事情去，所不幸的，消息传来，他们五人之中倒有四个是已经死了。我虽然沉痛，但我也欢喜，他们到底是尽了他们青年的责任和力量，现在我祈祷着我远隔千山万水的老三，能够有和我见面的日子吧。"

"啊！我误会了，原来你的五个儿子抛掉你老父是这么的一回事呀！老先生，你太伟大了，你也够安慰了，确实，你的精神是永远快乐的。"

司马文这才有所恍然大悟，在他说完这几句话之后，眼泪大颗地已跟着落下来了。智仙的眼皮也有些润湿了，她在想过去家破人亡的一幕，觉得眼前纷纷的细雨已变成血花四溅的烽火了。就在这时候，小车子已行完了这条狭窄的阡陌之路。司马文忽然从车子上跳下了，他同时把智仙也拉下了，推车的不解何意，望着他们俩人倒是怔怔地愕住了一会子。司马文道：

"老先生，你贵姓？我觉得实在不忍心再坐你的车子了，还是让我们步行吧，好在安老院离此已经是不多远了。"

"在下姓林，先生，你这又何必呢？我本是干这个营生的人，请你只管把我当作推车的看待，假若你要这样客气的话，那我还能拿你的车资吗？况且这位小姐脚下还是一双鞋子，只怕要受了凉的呢！来，来，快仍旧坐上去是正经，我赶快地把你们送到那边去，别叫这位小姐的爸爸心中焦急。"

司马文听他这样说，可见我们刚才的谈话他也全都听明白的，回头见智仙脚下的鞋子原比不了自己的皮鞋，因此没有办法，只得和智仙又坐了上去。那林老头子笑了一笑，这才开始把车子推着又向前进行了。在经过十分钟之后，那座古墓形似的安老院的大门已在凄风苦雨中微微地显现在眼前了。它静穆的，它寥寂的，尤其瞧到屋顶上悬竖着那个十字架，使人们心中就会想到安老院里那班老年人的悲哀。小车在门口停住了，司马文并没问他需要多少车资，就付给他五十块钱。他不待推车的说话，拉了智仙的手已向大门里匆匆地进去了。

院子里四周也植着梧桐树和一些不知名称的树木，中间有个葡萄棚，棚下有口井，靠西有个耶稣的神像，他仰着身子，被钉死在十字架上，流着他圣洁光辉的血花。斜风细雨还是不停地飘，梧桐叶子在半空中奏着雪瑟的音调。司马文在这一个环境里瞧到了这一幕寂静的景色，他心头只觉得仿佛已步入了荒墓一样的悲哀，一样的凄凉。回头瞧智仙的粉颊，她已是沾上无数点晶莹莹的泪水了。

穿过了院子，步入了厅堂，这是他们每星期日做礼拜集合听讲的地方，此刻正有许多许多年老的男女坐在里面静静地干着编织的工作，他们也在合作着生产，在听到了司马文的一阵皮鞋声响之后，使他们和她们之间都回过头来瞧望，也许是为了悠久日子不曾瞧到年轻男女的缘故，所以当他们发现了司马文和智仙两人的脸庞之时，在他们仿佛是认为天上神仙下降一样的惊愕和喜欢。大家不约而同地围拢上来，含了笑容，叫道：

"少爷，你们是来探望我们的吗？"

"是的，我们来请你们的安好。"

司马文对于他们这一份样儿兴奋和喜悦的神情，从可知他们这班苍老人的寂寞的心灵内是多么需要青年人的安慰啊！为了不使他们失望起见，司马文含了微微的笑容，向他们弯着腰行了一个四十五度的全体鞠躬礼。他们和她们之间都喜欢过度了，望着两人的脸庞，脑海里在憧憬着自己过去曾经有而已失却了爱儿和爱女，他们和她们的眼泪已一齐地纷纷地抛落下来了。

"请问两位是瞧望谁来的?"

管理员见他们被情感激动得使整个的屋子里空气都充塞了悲哀的成分，这就走上来向司马文低低地问。司马文向智仙望了一眼，是叫她开口说话的意思。智仙的明眸灵活地只管向他们人丛内望，可是却并没有发现自己的爸爸。她很急促地问道：

"老先生，我是瞧望爸爸丁兆良来的，他……他在什么地方呢?"

"什么? 这说话的声音是我的智仙吗?"

随了智仙这两句话，立刻有个苍老而颤抖的说话声音触送到众人的耳鼓，大家回头望去，智仙瞥眼瞧到那边椅子上坐着的一个老者正是自己的爸爸，他此刻已经颤巍巍地站起身子来，伸张了两手，似乎希望爱女立刻投入他的怀抱的样子。智仙瞧到了这一幕情景，她被情感是激动太过分了，猛可地奔了上去，叫了一声爸爸，伏在兆良的肩胛上呜呜咽咽地哭泣起来了。兆良的心中说不出是喜欢还是伤心，他抱住爱女的身子，抚着爱女的头发，眼泪扑簌簌地也沾上了他整个的面目。这一幕父女相抱的悲喜剧，把安老院中几个孤零零的老年人都瞧得眼热了，他们在羡慕之中，更掺和了无限的悲哀，因此他们和她们之间也都陪着淌泪了。

"孩子，你的伤好了? 你是什么时候出院的? 司马先生呢? 你一个人到这里来瞧望我的吗?"

良久之后，兆良慢慢地推开智仙的身子，他颤抖着的手摸索到智仙颊上去拭泪水，用了十二分慈祥的口吻向她低低地问着。智仙取了手帕，也给爸爸拭眼泪，一面回答道：

11

"爸爸，我在今天早晨才出院的，是司马先生陪着我一同到这儿来的。"

"老伯，你这几天身子好吗？"

"哦！司马先生，我太感激你了，你待我们这么的好，真叫我们生生世世都报答不完了呢！"

司马文这才走上两步，向兆良鞠了一个躬，低声儿请安着。兆良虽然是个失明的人，不过他的听觉是相当的灵敏，他知道司马文已经在他的身旁了，遂把手摸上去。司马文知道他要和自己拉手，这当然是要和我亲热的意思，于是立刻和他的手握住了。兆良既拉住司马文的手之后，他是感动地说出了这几句话。这时那个管理员向他们说道：

"丁先生，你伴他们到卧室内去谈一会儿吧。"

兆良明白是怕妨害了大众工作的意思，遂向管理员道了谢，伴着司马文和智仙一同到他的卧房内去了。兆良住的卧室是五人合住一间的，虽然很简陋，可是倒也收拾得很清洁。司马文见兆良在这一间房中好像已很熟悉了的样子，他走到桌旁要去倒茶，遂忙说道：

"老伯，你别忙，我们又不是客，你还倒茶干什么？"

"爸爸，你自管坐着，我来倒茶吧。"

智仙是个聪敏的姑娘，她见司马文虽然对兆良说着话，可是眼睛却向着自己望，这就明白他心中的意思，遂走到兆良的身旁，她代替了兆良倒茶的工作。兆良和自己女儿当然是用不到客气的，于是在床边坐下了，向司马文说道：

"司马先生，天落着雨，累你远道跋涉辛苦，真叫我心中过意不去。"

"辛苦不了什么，老伯，你在这里住着还觉舒齐吗？"

"这儿我觉得太舒服了，有住有吃有穿，同时又有工作做，使我一些忧愁都没有了，我觉得这里正是我们这班可怜的人的乐园了。司马先生，这全都是你赐给我的，我生生世世都不会忘记你的大恩的。"

"老伯，你别那么地说吧。"

司马文也在桌子旁坐下了，他手摸着桌沿，含了笑容，向他低低地回答。这时，智仙已斟了两杯茶，一面送到司马文面前，俏眼斜乜了他一眼，轻声儿叫声"文哥，你喝茶"。司马文听她这一声文哥叫的声音真是轻得只有自己一个人听得清楚，由不得笑了一笑，向兆良努了一下嘴。智仙也许有些理会他的意思，粉脸上添了一层玫瑰的颜色，赧赧然地把另外一杯茶送到兆良的手里去了。在经过了一会子沉默后，司马文忽然想起了一件事情，他觉得这是应该给兆良知道的，因为这消息在兆良苍老的心灵中至少可以给予他一些安慰，于是很欢喜地告诉道：

"老伯，我告诉你一件事情，你心里准会感到快乐的。"

"哦！司马先生，是件什么事情呢？"

兆良悒郁的脸部上果然浮现起一丝希望的微笑，虽然他还没有知道到底是件什么好事情，不过他明白这件事情总可以使自己感到十分的喜悦，仰了他的脸庞，这意态是急于等他告诉出来的神气。司马文笑道：

"那天下午，我倍伴老伯到这儿回上海，到了家里，妈告诉我一个消息，说福根做了一件好事情，院长非常的欢喜，说福根真是一个良善的好孩子。"

"司马先生，你这话可真的吗？他做了一件什么好事情呢？"

兆良这回已笑出声音来了，他情不自禁地站起身子，向司马文急急地追问。司马文遂把院长失落皮包、福根拾还交到院长室内的话告诉他一遍。兆良也许是喜欢过了度，他抬了头望着天花板，眼角旁的泪水已扑簌簌地淌下来。智仙在旁边瞧爸爸这个神情，她有些不了解似的，立刻偎到兆良的身旁，叫道：

"爸爸，咦！你为什么反而伤心起来了呀？"

"不，智仙，你错理会我的意思了，你的爸爸心里太快乐太欢喜了。孩子，你爸爸活到现在五十多岁，虽然贫穷，但一生清高，不过我不幸瞎了眼，失了业。福根这孩子没有受过良好的教育，我生怕他会步入苦海，沦为下流之辈，所以那天我听到福根抢夺人家皮匣子的话，啊！我心中是多么地痛恨，但是也多么地伤悲，因为福根的步入下流，至少是我爸爸害了他的，可是现在我听到司马先生告诉我这个消息，我觉得这是梦想不到的事情。智仙，你想，这叫我如何不要喜欢得太过分而淌下

13

眼泪呢?"

兆良听女儿不明白自己的意思,遂猛可地把智仙手握住了,他一口气地说出了这几句话,在这些话中是包含了多少兴奋的情绪。智仙和司马文方才恍然了,各人的心中当然也得到了十二分的安慰。智仙的粉颊上含了妩媚的娇笑,一面把兆良身子慢慢地又扶到床边坐下,一面依偎在他的怀内,笑道:

"爸爸,欢喜的事情可多着呢!我再告诉你一个好消息,司马先生对我说,他的妈妈同情我的身世,而且也很可怜我的遭遇,所以她老人家要收我做一个干女儿,从今以后,叫我住到她的家里去。爸爸,你想,女儿认了这么一个慈爱的好干娘,从此不是也有个安身的好地方了吗?爸爸,你听了又该怎么样的快乐高兴呢?"

"孩子,这真是你的造化来了,唉!我想不到山穷水尽的时候,竟会遇到了司马先生这样热心的好人,叫我们怎么地报答才好呢?我从来也没有这样地快乐过,今天是我生命中第一次高兴的了。智仙,你受了司马先生这么的厚恩,你千万不能把这遗忘的,你先给我去跪下,向司马先生叩个头吧!"

兆良心中固然是快乐过了度,同时也感激到了极点,一面说着话,一面情不自禁地把智仙身子推了上去,是叫她跪下叩头的意思。这么的一来,把个司马文倒急了起来,遂连连地摇手,说道:

"老伯,你太客气了,既然我们已认作了干兄妹,那还用得到'叩头'两个字吗?智仙,你千万别听从爸爸的话,否则可不是折死了我?"

"那么我就向文哥行一个鞠躬礼好不好?"

智仙红晕了粉脸,向前走了两步,弯着腰,望着司马文妩媚地笑。司马文见她这神情娇憨得可爱,一时情不自禁地把她纤手紧紧地握住了。两人柔情蜜意相对脉脉地望了一会儿,这当然在室中是静寂了好一会儿,兆良不知道他们在做些什么事,遂故意咳嗽了几声,经他这样地一咳嗽,司马文和智仙这才放了手,各自坐到椅子上去了。

智仙这次到昆山来瞧望爸爸之后,以后再要什么时候可以来望他,这当然是很难预定的，不过昆山离上海虽然很近，但也很不容易，所以父女俩自然各有依恋之情。这天，智仙和司马文在昆山吃了午饭，直到下午四时光景，雨也停止，方才匆匆地告别，出了古墓式的安老院大门，谁知大门口还停着那辆独轮小车子，姓林的推车老者含笑迎上来，叫道：

"先生，小姐，你们怎么在里面耽了一下午？把我真等急了。"

第二回

　　蔚蓝的天空，淡淡地飘浮着几朵流浪者似的白云。是雨后新晴的黄昏，斜阳披上了血红绣花的锦袍，远挂在绿油油丛林内的树梢旁，它的余晖在半空中横亘了一条五色的彩虹，艳丽得像一条镂花的玉带，更仿佛是长桥卧波，远远地凝望过去，似乎见到许多许多的凌波仙子，她们在婀娜地婆娑曼舞，轻巧地幽歌清唱。这一幅大自然的画片，真够令人感到陶醉的了。四周是静悄悄的，那么的恬穆，除了几声噪吱的归鸟的鸣声，简直连一丝的声息都没有。司马文和丁智仙默默地步出那座古墓形的安老院的大门，心内是各滋长着凄凉的意味。在智仙的心中，少不得还掺和了悲哀的成分，她那清明的眼眶子里，自己也抑制不住地凝成了晶莹莹的一颗。

　　这真是做梦也意想不到的事情，司马文和智仙慢步地跨出了安老院的门口，那个姓林推车的老者还会守候在门口，这叫两人倒不禁为之愕然，望着他含了微笑的脸，怔怔地呆住了。

　　"你还等着我们做什么？我不是把车资已付给了你吗？"

　　"先生，你错理会我的意思了，因为先生十分的慷慨仗义，我心里十分的感激，所以等候在这里，预备把你们送回车站去的。"

　　经过一会儿的愕住，司马文向他问出了这两句话。林老头子把小车推到他们的旁边，微笑着回答。司马文望了智仙一眼，智仙也正向他望着，两人由不得微微地一笑，遂坐上小车，给他推动着向前进行了。司马文忽然想到了什么似的，遂回头对推车的问道：

"老先生，你在门口等了我们一下午，那么你到现在还没有吃过饭吗？这真叫我们心中很对不起你。"

"不，我是吃过烧饼了，其实我每天吃的就是这些烧饼。先生，你贵姓？我觉得在这一个时代中，要找出像先生那么热心仗义的青年，恐怕就只有你先生一个人了吧！这我并不是过分地捧你，因为先生确实是个不平凡的青年，令人敬佩之至。可惜我的年纪已经六十有四，假使在四十年之前的话，我一定要和先生认个知己，然而现在我是个垂死之人，况且在阶级上论，相差亦远，这也不过梦想而已，请你先生听了，切勿以吾老头子在发神经病呢！"

林老头子听他这么地问，遂絮絮地说了一大套，说到末了，却忍不住又哈哈地大笑起来。司马文听他声音嘹亮，言语豪爽，不像是个推车者的口吻，心中惊为异人，遂忙说道：

"林老先生，你说哪儿话来？若蒙不弃，我们愿结个朋友，在下复姓司马，名文，家住上海马斯南路兰园别墅，请问林老先生的大名，不知能告诉我听吗？"

"小老儿名叫不鸣，家住车站路十三号茅屋里，此刻能否到舍间一叙？"

智仙见司马文和推车的老头子结交朋友起来，忍不住暗暗地好笑。司马文却一本正经地向林不鸣回答道：

"林老先生的盛情本当接受，无奈时间局促，所以来不及到府上去坐了。我想你有便到上海的时候，只管到我家来游玩，我是非常地欢迎。"

"也好，也好，我到上海来的时候，一定专诚拜访。"

林不鸣一面推车，一面低低地回答。这时，天已日暮，炊烟四起，远近的树林、茅屋、田地，被斜阳的余晖笼映，显现了无限美好的色彩。司马文睹此美景，遂向智仙笑道：

"我们来的时候，细雨纷纷，回去的时候，又是一番景色，真是两幅绝妙的画片，你如今又可以作诗了。"

"黄昏的景色真是艳丽得很，你瞧远处的山峰，隐现着树林白云，浑不辨是山是云、是烟是雾，虽有绝妙丹青之笔，恐怕也绘不出像目前那么现实景色可爱了。不过景色虽好，叫我作诗，可有些为难了。上午无非有感而发，偶然胡诌几句罢了，你怎么认真地把我当作诗人看待？这叫我不是太不好意思了吗？文哥，我瞧还是你来作两首，那一定是很动人的了。"

智仙听司马文又叫自己作诗，遂回眸望了他一眼，掀着酒窝儿，微笑着回答。司马文见她红晕着粉脸，露着上下排雪白的牙齿，那种说话的表情，至少令人感到有些可爱，遂把她手拉了过来，说道：

"凭你说的这几句话，已包含了无限的诗意。智仙，你别卖什么关子，藏着满腹的才学，不肯拿些出来给我观赏观赏，那不是很可惜的吗？"

"文哥既这么地说，那么我就献丑，不过你应该也作两首给我饱饱眼福的。"

智仙被他握住了纤手，那种柔情蜜意的样子，一颗芳心又喜又羞，遂赧赧然地斜乜了他一眼，低声儿地回答。司马文知道她有些难为情的意思，遂放下她的纤手，说道：

"那当然，你若作成了，我一定奉陪你。"

"好，让我十分钟的思索。"

智仙点了点头，一面回答，一面把两眼凝望着远处的山峰，静悄悄地做个沉思的样子。司马文不敢惊扰她的文思，遂低了头，望着泥土地上的碎石子，向后面不疾不徐退了下去。不多一会儿，智仙回眸笑道：

"文哥，有是有一首了，不知好不好？"

"且别管它好坏，你念出来听听再作道理，我想你才高咏絮，大概不会十分的错吧！"

"不，文哥，你要说这些话，我可不念了。"

智仙听他一味地赞美自己，她鼓着小嘴儿，却反而放刁不肯念出来了。司马文一面取出钢笔、日记簿，一面向她赔错，笑道：

"仙妹，你别放刁了，算我说错了话，你就原谅我第一次，快些念出来，我可以把诗句记录在簿子上。"

"那么你听着，念得不好，请你斧正。"

智仙这才转了转乌圆的眸珠，逗给他一个妩媚的娇笑，低低地说，可是她又沉吟了一会儿，伸手理了理被风吹乱的鬓发，视线完全远望那边漫无边际的天空，方才念道：

江上愁心千叠山，浮空积翠如云烟。

山耶云耶远莫知，云空烟散山依然。

司马文听她念一句，便写一句，待她念完，早已录毕，情不自禁暗暗地叫了一声好，望着智仙的粉脸，连连地点头，笑道：

"好极，好极，你真不愧是个才女，文思敏捷，把眼前的景物都摄收在里面了，我一定要拜你做老师不可。"

"嗯！我不要，文哥，你吃我的豆腐，我可不依你。"

智仙听他这么地说，粉脸上浮现了一朵娇艳的桃花，噘着小嘴儿，嗯了一声儿，伸手向他扬了扬，做个要打的姿势，可是她不知有了个什么感觉之后，立刻回过身子，却又嫣然地笑起来。司马文把那首诗又念了一遍，拉了拉她的衣袖，笑道：

"仙妹，我并没有吃你的豆腐，你作的诗实在不错，你又生什么气呢？"

"谁生你的气？文哥，那么你也该作一首给我拜读拜读，不知你肯答应我吗？"

智仙这才回眸微微地一笑，向他低低地央求，在这几句话中，至少包含了一些温情蜜意的成分。司马文点了点头道：

"不过我作得不好，请你老师指正才是。"

"你这人……"

智仙说了三个字，情不自禁恨恨地打了他一下子臂膀。司马文笑了起来，望着她薄怒娇嗔的粉脸，说道：

"为什么打我？难道我这句话就说错了吗？"

"没有说错，好哥哥，你别跟我开玩笑了，你就快些作诗吧！"

司马文这才不和她多缠绕，望着前面绿绿的丛林，呆呆地出了一会子神。那时天空中的这条彩虹已慢慢地淡然下去，斜阳在西山脚下尚有留恋着宇宙之情，天空已笼上了一层轻罗样的薄暮，一时诗绪泉涌，遂脱口念道：

> 众绿荫如腻，炊烟破一痕。
> 林深围野色，柳絮荡秋风。
> 隔树云全隐，遥山日半吞。
> 耐人留恋意，毕竟是黄昏。

智仙听他念毕，也连连地点头，笑道：

"摩诘诗中有画，现在你的诗中也有一幅绝妙的日暮画片，那你真不愧是摩诘第二了。"

"你这话不是也吃我的豆腐吗？那我也可不依你。"

司马文伸手也打她一下肩头，笑嘻嘻地回答。智仙忙正经地辩解道：

"谁吃你的豆腐？你这首诗到底意义深长，比我好得许多，所以我的意思，将来真的还要请你随时指教，使我可以得到更多的进步，不知你肯造就我吗？"

"指教不敢，大家研究研究，那当然是很赞成的。"

"人家正经地请求你，你偏闹这些客气！"

智仙听他说"不敢"两字，一颗芳心反而感到有些怨恨的意思，俏眼儿逗给他一个妩媚的娇嗔，可是这娇嗔在司马文眼中看来，却更有一种讨人喜欢的风韵，因此呆望着她却哧哧地笑出声音来了。智仙被他一笑，也由不得嫣然起来。就在这个时候，不知不觉地小车已推到火车站的门口了，司马文遂在袋内又摸出五十元钞票，交给林不鸣，说道：

"林老先生，我们再见了，将来我们也许还要到昆山来，少不得还有见面的日子。这些车资，请你收下了吧。"

"司马先生，这些车资，我是绝不敢领受的，刚才你付给我五十元

20

钱，不是还有余着吗?"

"不，我喜欢多给你一些，你就不用客气，将来我少不得有请你帮助的地方，你不是也可以帮我一个忙吗?"

司马文见他不肯收，遂塞到他的手里，一面拉了智仙，一面向不鸣招了招手，遂急急地走进车站里去了。在车站里买了票子，五点十分火车进站，两人跳上头等车厢坐下。智仙望了司马文一眼，低低地道:

"现在我们到什么地方去呢?"

"你说，我们到什么地方去?"

司马文听她问得有趣，遂扑地一笑，向她低低地反问。智仙的粉脸一层一层地红晕起来，雪白的牙齿微咬着嘴唇皮子，沉吟了一会儿，说道:

"我怕你妈见了我这样粗俗的人品，会不喜欢我的。"

"像你这样的人品还说粗俗，那么难道真的还要天上的嫦娥下降来不成? 我说这是你多虑了，包在我的身上，妈一定会瞧中你做一个……"

司马文见她忧愁的神情回答，遂很认真地安慰她，但说到末了，他不知有个怎么的感觉，故意顿了一顿，笑嘻嘻地迟疑着不说下去。果然，智仙中了他的圈套，很快地把纤手在他嘴上一按，说道:

"不，我不愿你再说下去。"

"为什么? 你不希望给我妈做一个干女儿吗?"

司马文这才故作惊异的表情，望着她呆呆地出神。智仙到此才明白自己误会了他的意思，因为自己到底是个女孩儿家，竟会错理会到这个头上去，那当然有些难为情，所以她的粉脸一阵一阵地红晕起来。司马文似乎明白她脸红的原因，遂愈加笑出声音来了，说道:

"你不回答我? 难道你真的不情愿吗?"

"我不情愿? 那么照你说，我倒情愿做一个孤苦无依的女孩子吗?"

智仙所以不回答，原是为了怕难为情的缘故，现在被司马文这样地追问，她心中一急，由不得怨恨起来，眼皮一红，因此眼角旁展现了一颗晶莹莹的泪水。司马文见她落泪了，心里也有些懊悔不该和她开这个玩笑，遂偎过身子去，低低地道：

"我和你说着玩儿的，你认什么真？"

智仙在当初还是竭力忍熬住伤心，此刻被他这么一赔不是，索性把她满眶子的热泪扑簌簌地滚下来了。司马文暗想：这可糟了，天下本无事，庸人自扰之。遂把手帕取出，按到她的粉脸上去，低低地又道：

"智仙，这算什么意思？被旁人瞧见了，那不是很难为情的事情吗？快不要难受吧！我原说错了话，你千万别生气。"

不料正在这个时候，忽然汽笛长鸣了一声，车身向前冲动了一下，大概是到开车的时候了。智仙一不小心，身子竟倒向司马文的怀中去，一时羞红了两颊，连忙坐正了身子。司马文笑道：

"累痛了哪里没有？"

"没有累痛，你倒真的给我累痛了吧？"

智仙伸手擦了擦眼皮，方才逗给他一瞥无限情意的目光，向他软和地说。司马文摇了摇头，这时火车已在两旁青青的草原中驶行了，智仙在望过他一眼之后，头又别向到车窗外去凝望。司马文凑过嘴去，低低地道：

"智仙，你心里恨我吗？"

"文哥，你这人也太会多心了，我为什么要恨你呢？"

智仙回眸过来，平静了脸色，向他正经地解释。司马文被她问得愣住了一会子，微微地笑了一笑，说道：

"假使你不恨我的话，那么你干吗要淌眼泪？"

"不，我淌眼泪是因为自感身世之可怜，故而伤心。文哥，你待我这样的好，我若再有怨恨你的心，那我还能算为人类的一分子了吗？所以你千万不要多心，我除了感激你之外，我是再没有什么话可以对你说的了。"

司马文见她颦蹙了翠眉，用了真挚的口吻，低低地说出了这几句话。那一种柔绵之情态，会令人感到楚楚的可怜，这就情不自禁地把她手握住了，说道：

"智仙，你既然不恨着我，那么你就对我笑一笑好不好？"

笑一笑这也不是一件困难的事情，但因为说明白了，所以倒有些感到为难起来，不过司马文既然有这一个要求，自己笑又不好，不笑又不对，表面上竭力忍住了，内心却要笑出来。在这样情势之下，智仙由不得硬迸出嫣然的一笑，可是她既笑出了之后，立刻又赧赧然地别过身子去了。一个女人在这愁苦后的一笑，那是最妩媚可爱的，尤其是在一个美丽女人的脸部。司马文这就有些神往，他呆然了一会儿，笑道：

"女人之美，美在愁后，故愁后之情态，较平时为娇憨，愁后之喜悦，较平时为浓挚。一日之中，不妨有愁，愁至而情亦至，情至则无往而非妙境矣！"

"啐！咬文嚼字地你在说些什么？我可听不懂。"

智仙听他说完了这几句话，遂回过粉脸来，向他啐了一口，似有娇嗔之意，可是在她脸部上总掩不住浮现出一丝笑容来。司马文见她那一种憨然的神态，方知以上的几句话并非虚语，完全是写照之谈，他情不自禁地又笑道：

"意大利谚语云：情人之一怒，寿命至短，然怒与愁，绝非同境。使情人愁可，使情人怒，断乎不可，故愁与怒之间绝当保持其距离，不可稍使接近，致短情人之寿命。"

"文哥，你对于这些研究得这样的详细，我想你在外面对于情人当亦不在少数的了，是不是？"

智仙听他这样地说，心里虽然有些甜蜜的感觉，但表面上故作顽皮的神情，望着他抿了小嘴儿哧哧地笑。司马文被她这么地一问，因为自己原有个张雪鸿在心坎儿上，所以不免心虚，两颊顿时热辣辣地发红起来，不过嘴里还这么地说道：

"我的情人说多不多，说少不少，算起来也有一打多哩！"

"文哥，亏你说得出口，难为情不怕吗？"

智仙把纤手划在颊上羞他，司马文却去捉她的手闹不依，智仙一面求饶，一面忍不住哧哧地笑出声音来了。

从昆山到上海，大约要一个半的钟点，火车进了上海北站，时候已经六点四十分钟了，两人一同走出车站，外面已是万家灯火。司马文遂讨了两辆人力车，拉到马斯南路的兰园别墅里去，车到兰园别墅，智仙有些害怕似的，向司马文说道：

"文哥，我就这样子进去了吗？"

"你这人说话总是那么的孩子气，照你的意思，还预备怎么样呢？"

司马文回头望了她一眼，一面微笑着说，一面伸手已去按了电铃，不多一会儿，陈妈走出来开门。司马文拉了智仙的手进内，向陈妈问道：

"太太在家里吗？这位就是丁小姐了。"

"丁小姐，里面坐。二少爷，太太等候你们一上午，还以为二少爷和丁小姐总来吃午饭的，下午儿童教养院里有电话来，大概有什么事情吧，所以此刻还没有回家哩。二少爷，你们怎么要费这许多时候吗？"

陈妈一面向智仙招手，一面絮絮地告诉，一面又去关上了大门。司马文拉了智仙的手，已经走进会客室里了，会客室内是亮了五盏梅花形的电灯，静悄悄地一丝声息都没有。司马文道：

"智仙，你坐一会儿，我妈还没有回来，妈就是到你弟弟住的儿童教养院里去的。"

"文哥，你妈真有才学，一个女子能够替社会上服务教育的事，这实在是很少瞧见的了。"

智仙点了点头回答，她觉得司马文的母亲真是一个时代不平凡的女性。这时，陈妈跟着进来，倒上两杯茶，司马文遂又问道：

"陈妈，那么二小姐可曾出去吗？"

"二小姐下午放学回来，原预备不出去的，后来韩家的二少爷来约二小姐，他们也瞧电影去了。现在家里只有老太太一个人，她吃了一小碗饭，不知怎么有些头痛，老太太已在上房里安息了。"

司马文听了，忍不住笑了一笑，说道：

"士英哥对于我的妹妹果然很有意思的了，他们真是一对，叫人心中欢喜。"

"可不是？老太太心里也很赞成，说大少爷、二少爷都有了对象，如今二小姐也有了好人才，那么她老人家也就放下一头心事了。"

陈妈一面笑，一面向智仙脸上逗了一瞥神秘的目光，怪俏皮地回答。司马文明白陈妈的意思，她说哥哥的对象就是欧阳珠，说我的对象就是丁智仙了。因为这些事，在家里被妹妹已闹得很坦白的了，不过照事实上说，哥哥的心里姑且勿论，我的心中确实爱上的是张雪鸿，而哥哥对待雪尘的情形而说，他们也未始不是没有深厚的爱情，那么陈妈心中认为我们的对象当然都弄错了，万一弄假成真的话，这叫我们心中如何对得住她们姊妹两个人呢？意欲向陈妈声明，但在智仙的面前又如何说得出口？因此沉静着态度，倒是呆呆地怔住了一会儿。

智仙是个聪敏的姑娘，她听陈妈这样地说，又见她眼向自己斜乜地瞟，同时更见司马文默然无言的情形，在智仙心中就觉得恍然大悟了，她以为自己确实已被文哥爱上了，他妈收我做义女，无非是个名义而已。在这样感觉之下，智仙的粉颊是飞上了一朵玫瑰的色彩，虽然是十分的羞涩，但是也有十二分的甜蜜，不过自己也不作声的话，那似乎更不好意思一些，于是她伸手拉了司马文一下衣角，毫不介意的神情问道：

"你说的士英哥，他是什么人呀？"

"智仙，我还没有详细地告诉你吧，我姊姊是嫁给士英的哥哥做妻子的，士英就是我姊姊的小叔。"

"那么你妹妹假使和士英哥结婚的话，她们姊妹俩倒成妯娌了，这倒很有趣的。"

智仙这才明白了，笑了一笑，很喜悦似的说。陈妈在旁边插嘴笑道：

"两兄弟娶两姊妹的事情，确实很少的，倒是兄妹姊弟换门亲的很多很多，不过姊妹俩能够做了妯娌，这在感情上一定是很融洽，再不会有什么口角的事情发生了。哦！二少爷和丁小姐还不曾吃晚饭吧？我到厨下给你们开饭去。"

陈妈说到这里，忽然想到了一件什么似的，哦了一声，一面说着话，一面已走到厨下去了。智仙望了司马文一眼，低低地说道：

"我此刻还很饱，况且你妈还没有回家，你去关照陈妈，叫她等太

25

太回来了一同吃好了。"

"此刻已经七点了，妈也许在教养院里吃晚饭，随她去开饭吧。智仙，我们先去瞧瞧祖母，祖母是很慈祥的，她见到了你，一定会欢喜你。"

司马文听智仙这样说，方知她说的这句"很饱"的话是宾，那句"你妈还没有回家"是主，可见智仙是个很孝顺长辈的姑娘，而且也是个很懂礼貌的姑娘，遂情不自禁地拉了她的手，笑着向上房里走。智仙虽然没有拒绝他拉手，很柔顺地跟随着他走，不过听着末了这一句话，总感到有些不好意思，因此她的娇靥已涨红得像一朵海棠花般的美艳好看了。

在走到上房门口的时候，智仙才轻轻地缩回了手，司马文知道她是怕难为情的意思，于是在前面独个儿先跨进房中去。上房里亮着一盏绿纱的台灯，光线是很幽美的，司马文一脚跨进房中，就听床上有人问道：

"是谁回来了？"

"是我，祖母，你有些头痛吗？"

司马文移步挨近到床边，低低地回答。床上是笼罩着一顶紫罗纱的帐子，在床上躺着的司马老太太当然看不清楚外面站着的谁，她只见一个身穿西服的少年，因为自己和阿起比较接近，所以在老人家的心坎儿上也只有阿起这个孙子是值得她记惦的，遂说道：

"你是阿起吗？为什么今天倒有空回家来呀？"

"不，我是阿文。"

司马文低低地告诉。

"是阿文？你不是去陪伴丁小姐来家住吗？为什么直到这时候才回来？丁小姐呢，她可曾一同来吗？"

司马老太太说着话，她的身子已在床栏上靠了起来。司马文知道她要看看丁智仙人品的意思，遂把紫罗纱帐子给她悬起了，一面向后面的智仙招手，一面向祖母说道：

"因为我们先到昆山安老院中去瞧望她的爸爸，所以回来就晚了。

智仙，你过来，这就是我的祖母。"

"祖母，你已安睡了吗?"

智仙听了司马文的话，遂笑盈盈地走到了床边，向她微微地鞠了一个躬，低声儿地招呼。司马老太太伸手把智仙身子拉近了一些，眯了那只老花眼，向智仙脸上细细地打量。智仙被她瞧得已经难为情到了极点，可是司马老太太还没有瞧得十分的仔细，她向司马文吩咐道：

"阿文，你把室中的大灯泡开亮了。"

司马文虽然感到年老的祖母不免有些老背了，但也没有什么办法，只好听从她把大灯泡开亮了。大灯泡一开，光线当然是明亮了许多。司马老太太方才看清楚智仙的脸，真个是我见犹怜，十分清丽动人，心中很是欢喜，遂含了笑容，把手在床上拍了拍，是叫她坐下的意思。两手抚摸着她白胖胖的纤手，这举动在亲热中也带有些爱怜的成分，说道：

"丁小姐，你的身世，阿文都已告诉过我们，我觉得你很可怜，而且我也非常地同情你，怪讨人欢喜的孩子，你以后就安心地住在这儿好了。"

"祖母，承蒙你老人家这样地爱护我，真叫我生生世世都报答不完你的大恩。"

智仙听她这样地说，她心中是感到多么的安慰，虽然她还没有碰见过阿文的妈，不过祖母能够欢喜自己，阿文的妈当然也不用说起的了。智仙又感激又喜欢，亲热地偎着司马老太太的身怀，语气是显得特别的恳切和真挚。司马老太太笑道：

"孩子，你不用说什么'报答'两个字，只要你好好儿地做一个人，我们总不会给你受一些委屈的。阿文，你妈还没有回来吗? 她等了你们一上午呢!"

"还没有回家，大概院中很忙吧。"

司马老太太说到后面，又抬起头来向阿文问。阿文很得意地含了笑容，摇了摇头回答。这时，智仙微蹙了翠眉，向阿文望了一眼，低低地道：

"文哥，你来摸摸祖母的手，真的有些热度的。"

"嗯！祖母，你额角上有些烫手，你还是躺下来睡吧！"

司马文走到床边，伸手在她额上一按，两条眉毛也不免皱了起来，遂向司马老太太这么地说。智仙因小心地扶她躺倒床上，给她盖上了绸被。司马老太太还安慰他们道：

"一些热度不要紧，大概是疲倦了，你们不用焦急的。"

"祖母，那么你静静地睡一夜，明天就好了，我给你放下了帐子吧。"

智仙站起身子，一面说话，一面已给她落下了紫罗纱帐子。司马文又去关熄了室中的大灯泡，司马老太太在床上又道：

"智仙和阿英的人差不多高吧？回头阿英回来了，叫她拣几件衣服先给智仙换个身，明后天再叫成衣匠制几件好了。"

"祖母，你不要为我操心了，你安静些睡吧！"

智仙见她这样爱护自己，心里有些感动，遂柔和地回答。这时，陈妈悄悄地进房来告诉道：

"二少爷，太太在儿童教养院里打来了电话，说晚饭不回家来吃了，叫你们不用等了。我已把饭开出，那么你们出去吃吧。"

"哦！你们还没有吃过晚饭吗？时候不早，真把你们肚子饿坏了，快出去自管吃晚饭吧。你妈既然不回家来吃饭，你们不用再等她了。"

司马老太太真是个仁爱的人，她在床上又很关心地催促他们说。阿文和智仙答应着，遂和陈妈一同到饭厅里去了。在吃晚饭的时候，陈妈自管到厨下工作去了，饭厅里是只剩了阿文和智仙两个人，相对默默地吃着饭，谁也没有开口说一句话。偶然智仙回眸望了他一眼，不料阿文对智仙却在微微地笑，智仙心里不好意思，红晕了两颊，俏眼斜乜了他一眼，低低地问道：

"你笑什么？"

"没有笑什么，我想祖母是很爱护你的，瞧刚才她对待你的情形，不是完全把你当作自己孙女儿看待了吗？"

"可不是？祖母待我真好，我祈祷着上帝，保佑她老人家的身子永远的健康。"

28

智仙点了点头，很感激的样子回答，但是心里却在暗想：瞧司马文的口气，好像认作我是真的妹子一样，否则，如何说"孙女儿"三个字呢？不过转念一想，表面上当然是这么地说，难道能明白地表示爱上我吗？这个你也太多疑了。智仙自己埋怨了自己一句，她的粉脸不自然地也会涨得绯红起来。司马文对于智仙心中想的念头，当然是不会知道的，他已匆匆地吃完了饭，向智仙说声慢用，身子已站起来了。智仙见他吃得这么快，自己只好也少吃了半碗。这时，陈妈端脸水出来，瞧见了便笑道：

　　"二少爷，你也真不客气，丁小姐第一次到来，你也该陪她多吃一碗饭才是，怎么自己吃完一推饭碗就站起来了？"

　　"陈妈，你这话可不对，丁小姐和我已成兄妹了，那还用客气吗？你以后也别叫丁小姐，应该叫三小姐才对的。"

　　司马文说到这里，回头望着智仙的粉脸，又笑道：

　　"智仙，这是你的家了，你千万别客气，饭可得吃饱，饿肚子我不管。"

　　"我是不做客的，实在已吃得很饱的了。"

　　智仙一面笑着回答，一面放下碗筷，也站起身子。陈妈拧上手巾，智仙先递给阿文。阿文摇头，说我已洗过了脸，你自个儿洗吧。智仙于是匆匆洗脸净手毕，陈妈把饭菜拿进厨房内去。司马文拉了智仙的手，说到花园里去散一会儿步，两人遂一同步入园子里去闲眺了。院子里四周植着几株法国梧桐树，树叶儿也不浓密，也不稀疏，天空的月亮筛着树叶儿的影子，清清楚楚地倒映在泥土地上，是因为微风吹动的缘故，那泥地上的黑影子也不停地摇摆着，远远地望去，倒颇含有些清趣的风味。司马文抬头仰望着天空，偶然瞥见几张落叶在头顶上飘舞，雪瑟的音调，在寂静的空气中流动，听在多愁善感人的耳里，多少包含了一些凄凉的成分，一时诗绪泉涌，情不自禁地信口吟道：

　　　　木叶经霜下，随风逐细尘。

　　　　萧萧离旧树，橐橐奏新声。

万物因秋老，百年感世深。

开门延客坐，明月照空林。

智仙听他念完，遂在月光下绕过媚意的俏眼儿，斜瞟了他一下，笑道：

"一个十八岁的青年，不免有些老气横秋，你真不愧'年少老成'这个四字了。"

"别管它，我问老师，这首诗作得怎么样？"

司马文笑了一笑，拉起她的纤手，低低地问。智仙在逗给他一个娇嗔之后，抿着嘴儿忍不住又嫣然起来，笑道：

"你作的哪里会不好，我可不敢批评。"

"你是我老师，还不该批评吗？你不批评，那你就是不负老师的责任。"

"谁承认你是我的学生？我要有你这么一个顽皮的学生，我的头脑都涨痛哩！"

智仙边说边笑，说完了话，却笑得弯了腰肢直不起来。司马文抓住她手，要呵她的痒。智仙没法，只好连连地讨饶，说道：

"文哥，我下次不敢了，你就饶了我这一遭吧！"

"不依，不依，你说我顽皮，我就索性顽皮。"

"好哥哥，那么你要怎样呢？我已讨了饶，你还不肯放我吗？"

"那么你要罚诗一首，否则，我一定呵你的痒。"

司马文说出一个条件来，智仙连忙点头答应了。她纤手理着蓬松的云发，明眸凝望着天空中的明月。这时，四周十分的静寂，草堆里的秋虫鸣声不绝，唧唧成韵，十分动听，遂向司马文说道：

"文哥，我虽然答应下来，不过作得不好，你可别见笑。"

"你的佳作，我已拜读过了，你还闹什么客套呢？"

司马文听她这么地说，遂笑嘻嘻地俏皮她。智仙啐了他一口，逗给他一个白眼之后，却不禁又微笑起来，一会儿，她方才低低地念道：

秋风梧桐叶落时，梦中常系故园思。

年曾十六非为小，岁已三秋亦云迟。

草木凋零春就复，我身漂泊暮何之。

寒虫不解侬心事，唧唧哀鸣诉屈词。

　　司马文听她念毕，大有凄然泪落之意，这就停止了踱步，把她纤手紧紧地握住了，带了埋怨她的口吻，说道：

　　"智仙，你这算什么意思呢？我叫你不要抱这么消极的观念，你为什么偏不肯听从我的话？你现在是有家的人了，哪里再用得到'漂泊'两个字吗？况且一个年轻的人，需要有春夏之朝气，不能有秋冬之暮气才是。"

　　"文哥，你这话虽然说得不错，不过现在的时令不是正在秋的季节吗？我以为触景生情，这诗句就不觉勉强，至于消极乃是另一个问题，你说对不对？"

　　智仙听他这样地责备自己，倒反而破涕微微地笑了，因为她明白这是阿文爱护自己的意思，于是一撩眼皮，秋波一转，低低地回答，这表情是包含妩媚的风韵。司马文点了点头，温情蜜意地说道：

　　"话虽这么地说，不过像你一个十六岁的姑娘，总以抱乐观为旨，因为悲哀是有伤身子的，所以你以为十六岁的年纪不算小，我却以为正太小了，你千万别消极，我相信世界上的一切幸福，都会在消极中灭亡的。智仙，我们是兄妹了，所以你应该听从你文哥的话才好。"

　　"文哥，我以后一定听从你的话了。"

　　智仙的芳心里是感动极了，她偎近阿文的胸怀，柔顺得像一头驯服的绵羊，明眸里充满了热情的光芒，低低地回答。两人正在柔情蜜意的时候，忽然陈妈走来说太太回来了，二少爷和三小姐快些进去吧！司马文和智仙一听，慌忙离开了身子，遂一同跟着到狄飞霞的卧房里去了。

　　狄飞霞从院里回来，坐在写字台旁，还预备改批学生的卷子，此刻见了阿文和智仙两个人，遂也把卷子放过一旁。智仙是个玲珑的姑娘，她早已先笑盈盈地走到飞霞面前，双膝跪倒，拜了下去，叫道：

"承蒙妈老人家收留我作为女儿，女儿在这里就此叩见妈了。"

"孩子，你快起来吧，别多礼了。"

飞霞在智仙进房的时候就看清楚她是个秀丽的姑娘，和自己的阿英相较，也不分轩轾，所以心里已是十分欢喜，此刻见她这样地伶俐有礼貌，心中就更加有爱护她的意思，于是连忙把她双手扶起，和颜悦色地叫她起来。

智仙在拜见过之后，小心地站在旁边，飞霞却叫她坐在身旁，问她什么时候到来的，智仙从实告诉了一遍，司马文也向飞霞告诉阿英和士英出去瞧电影了。飞霞含笑说陈妈已告诉过我，只要他们自个儿心意相合，我做妈的也是没有不赞成的道理，飞霞说时，望着司马文和智仙微微地笑。两人觉得母亲这一种微笑，多少包含了一些神秘的作用，因此垂下了头，两颊都会热辣辣地发烧起来。母子三人东谈西谈，不知不觉地已经是十点钟了。飞霞道：

"阿英怎么还没有回家？他们真也玩糊涂的了。智仙暂时和阿英一个房中睡，过几天再叫陈妈收拾房间吧。"

"我和二姊睡在一处也很好，大家可以做个伴儿热闹些。"

智仙点了点头，含了笑容回答。不料正在这时，陈妈脸无人色地奔进房中来，气急败坏地报告着道：

"太太，这……这……可……怎么办？姑爷来了电话，说我家大少爷在外面闯了大祸，他……他……杀了人啦！"

这消息真仿佛是晴天中起了一声霹雳，把房中三个人都大吃了一惊，尤其是飞霞的心头痛若刀割，她灰白了脸，从椅子上跳起，叫了一声啊呀！忽然眼花缭乱，金星直迸，一阵昏黑，身子扑的一声便跌倒在地上了。

第三回

下了一整天的细雨，此刻水云散去，雨过天晴，却出起晚日头来了。张雪尘在房中懒懒地凭着窗口旁，手托了香腮，明眸凝望着远处绿荫丛的晚霞，呆呆地似乎有所深思的样子。一个人在思虑最清楚的时候，莫过于黄昏的薄暮，尤其在静安别墅这一个住宅区的地域，静悄悄的，更会勾引起无论谁的新愁和旧恨。雪尘是个多愁善感的姑娘，她独个儿凭窗远眺，迎着微微地吹送而稍带寒意的秋风，不知怎么的，在她那颗脆弱的芳心里总会激起了一阵说不出所以然的凄凉，纤手理着被风吹飘起来的鬓发，情不自禁轻轻地叹了一口气。振作不起精神似的垂了粉脸，慢慢地回过身子，挨近到圆桌的旁边，偶然瞧见到床上熟睡着的小龙，苹果样的小脸、乌黑色的头发、细长的眉毛、挺直的鼻梁，在她心里立刻又会激起一阵慈母爱子的心思来，微蹙的柳眉展开了，含了欢悦的微笑，很快而又轻促地走近床边，把身子俯了下去，亲着小龙红晕的脸颊，她在万分孤独之余，似乎得了一种新生的安慰。

小龙被这个稍具神经质的母亲吵醒了，哎的一声，他便哭起来。雪尘这才感到自己有些好笑，而且更有些可怜，慌忙坐正了身子，把手轻轻地拍着小龙的背脊。小龙原没有睡畅，于是在哎过了一声之后，又沉沉地睡熟过去了。雪尘把手慢慢地缩回来，望着小龙的脸蛋儿又发了一会子怔。因为在雪尘的脑海里不免又想到了小龙的父亲，是个二十八岁的青年，他是个始乱终弃、蹂躏女性的魔鬼。唉！可怜在这一个社会上，真不知有几许的女同胞，在丧心病狂的轻薄子手中丢送了终身的幸福、前途的光明，女子在世界上所占有的地位实在是太狭小、太悲惨的了。雪尘想到这里，心中有些酸楚，眼皮一红，泪水从颊上像蛇行似的淌了下来。回头忽然又见到梳妆台小抽屉上放着镜框内那张司马起的小照，她伸手去拿了过来，泪眼模糊地向他凝望了良久，低低地自念道：

"阿起，阿起，我这一份儿的情义对待你，我一生的期望是全在你的身上，希望你总不要辜负我一片热诚地爱你的痴心才好。你是一个涉世未深的孩子，我知道你是个心田忠厚的青年，假使有人能够在后面时常地督促你、劝告你，我相信你是个前途有光明的青年，可是我只怕你会被罪恶的社会带入到罪恶的道路里去罢了。"

雪尘自语到此，又轻轻地叹了一口气，懒懒地放下镜框子，起身离开了床边。正在这时，只见妹妹雪鸿挟了书本，拖着沉重的步子，垂头丧气地走进房来。雪尘感觉到妹妹的脸色至少是包含了一些愁容，这就微蹙了翠眉，低低地问道：

"妹妹，为什么很不高兴似的？难道受了谁的委屈了吗？"

"没有受谁的委屈，姊姊，你倒没有出去玩吗？"

雪鸿微抬起粉脸，见了姊姊，遂略为展现了一些笑意，一面回答，一面把身子已穿过客堂楼步入前厢房去了。雪尘听妹子虽然这样地说，不过她看得出妹妹的神情是有些不快乐的，遂悄悄地跟她走到前厢房。雪鸿把书本放在写字台上，她两手抚摸着桌沿边，很深长地叹了一口气。雪尘走到她的背后，拍了她一下肩胛，又问道：

"妹妹，你不用瞒骗着我，假使你没有不如意的事情，那么你好好儿的又为什么叹气了呢？我知道，是不是阿文和你斗了嘴吗？"

"不，他没有和我吵嘴。"

雪鸿想不到姊姊会跟在她的身后，遂回转身子，摇了摇头，一面轻声地说，一面移步坐到沙发上去了。雪尘在她的身旁并肩坐下了，只见雪鸿的粉脸上已展现了晶莹莹的泪水，这就益发惊奇着问道：

"既然没有吵过嘴，你哭起来干什么？阿文今天他学校里来读书没有？你可曾碰见过他？"

"没有，他一整天没有来读书。"

雪鸿拭了拭颊上的泪痕，很灰心的样子回答。雪尘有些不明白似的，怔住了一会子，去握住她的手，又低低地安慰她说道：

"他家里也许有什么事情吧？哦！是的，我记得了，前天下午打电话给阿起，阿起告诉我，说他的祖母有些不舒服，我想阿文今天没有到学校来读书，恐怕他祖母的病很厉害吧？"

"哼！恐怕不见得吧！有这样子孝顺，那倒好了！"

雪尘说到后面，忽然想起司马起电话中的话，她便疑心阿文的没有到校也是为了他祖母生病的缘故，不料雪鸿听了，却噘着小嘴儿，冷笑了一声，很生气地讽刺他。雪尘听妹妹这两句话中不免有了骨子，心里明白其中必定尚有蹊跷，遂问道：

"妹妹，你这个话我倒有些不懂了，难道你已经明白阿文的不到学校是有另一种的原因吗？"

雪鸿听了这话，低头并不作答。雪尘虽然并没有注意到她脸部的表情，不过很显明的，妹妹是在哭了，因为雪鸿的膝踝旗袍料子上已湿了一堆了，于是追问道：

"妹妹，你到底为了什么事情要这样地伤心，好歹也不是给我说一个明白吗？阿文今天没有来读书，难道你心中就疑心他有什么爱人了吗？"

"姊姊，你这个话……我若没有得到确实的凭据，我如何会喜欢自寻烦恼呢？唉！知人知面不知心，这句话我才相信是不错的了。"

"那么你得到什么消息了呢？妹妹，你快告诉我呀！"

雪尘见她抬起满颊是泪的粉脸，肯定地说出了这几句话，一时心中也有些惊慌，遂按着她的肩胛，急急地追问。雪鸿把手背在脸颊上擦了泪痕，雪白的牙齿微咬了一会儿殷红的嘴唇皮子，沉吟了一会儿后，方才冷笑道：

"姊姊，我就告诉你吧！今天早晨，我上学校里去的时候，瞧见阿文和一个年轻的姑娘坐了一辆三轮车在马路上驶过，看他们的样子是非常的亲热，我想他们这么早一同坐了车子还是回去呢，还是出去呢？不过我且不管他们是怎么样的一回事，从可知阿文是另有爱人的了。他在我的面前，说得多么的恳切真挚，谁知都是一片假情假意呢！"

雪鸿说到这里，心中一阵悲酸，眼泪早已扑簌簌地滚了下来。雪尘微蹙了眉尖，有些将信将疑的神情，呆住了一会儿，但是为了安慰妹妹不要太伤心起见，遂拿了手帕给她拭泪水，并柔和地说道：

"妹妹，我和阿文虽然只有见过一面，可是他的人品，我已经看出他是个诚实而专一的青年，他既然很爱上了你，我想他是再不会去爱上别人的了，至于你今天早晨看见的，也许是看错了人吧！"

"哼！我可不是瞎了眼，连阿文这个人脸都会看错了。"

雪鸿冷笑了一声，愤愤地回答，但既说了出来，她又觉得在姊姊面前是不该说这些愤激的话，因为这未免是冲撞姊姊了，于是立刻又补充下去道：

"就说是我看错人了，难道他学校里齐巧也会请一天假吗？我想天下绝没有这样凑巧的事情吧！"

"妹妹，你别那么地说，可是我的心中倒又疑心起来了。"

"你疑心什么呢？"

雪鸿对于姊姊这一句话，倒不禁为之愕然，遂望着她脸怔怔地出神。雪尘皱眉沉思了一会儿，方才说道：

"阿起、阿文这两个人的脸不是脱了一个胎子吗？所以我想你早晨看见的，也许是阿起和别的女朋友吧！这个你倒不要弄错了。阿起在外面结交三四个女朋友，那倒说不定的，因为这孩子到底比阿文油滑一些，我就怕他有些靠不住。"

"姊姊，你也别瞎猜测了，他们兄弟虽然很相像，可是我总可以把他们分辨出来。你不要以为阿文是个好人，我说年轻的男子都不是好东西，他们能有几个知道真正的爱情呢？"

雪鸿听姊姊这么地猜测，恐怕姊姊和阿起的感情也会发生裂痕，遂慌忙给她明白地解释，但说到后面，她总觉得十分的怨恨和伤心，因此叹了一口气，泪水又像雨点般地滚落了下来。雪鸿末了这句话听到雪尘的耳中，在她那颗善感的心灵上是激起了无限的沉痛，因为她是个情场失意的人，是个被人家抛弃的姑娘，怎能不落下同情之眼泪？叹息着道：

"是的，世界上有几个青年他能够懂得真正的爱情呢？不过，妹妹，事情在没有得到确实之前，你千万不要自寻烦恼，因为'误会'两字是我们人类的大仇敌，不论是夫妇，是兄弟姊妹，是朋友亲戚，因了误会这个恶魔，往往闹成了不和睦的局面，同时更会发生不幸的悲剧，所以妹妹明儿看见了阿文，还得向他详细地问一个明白，也许他是受了冤枉，你恨他，你气他，他却一些也不知道，这样在他固然是太受一些委屈了，而你也到底太自寻痛苦了。"

"我也犯不着跟他追根究底地细问，反正我们又没有订过什么嫁娶的婚约，他结交女朋友，这也是他的自由，我根本没有能力去干涉他的。"

雪鸿虽然对于姊姊的话也表示有些赞成，不过表面上还是很灰心的样子回答，微微地叹了一口气。雪尘收束了自己的泪痕，站起身子，说道：

"妹妹，你且别忙，对于早晨你看见的究竟是阿文还是阿起，我立刻可以给你去探听一个真实来的。"

"你怎么样去探听呀？"

雪鸿有些不明白似的也站起身子，望着她低低地问。雪尘嫣然地一笑，却自管走到电话机旁，握了听筒，拨了号码。不多一会儿，有人问道：

"喂！你找谁呀？这是新光药厂。"

"对不起，请司马起先生听电话。"

"哦！司马先生不在厂里，他早晨就出去了。"

"什么？他早晨出去了？你知道他到哪儿去的呀？"

"这个我倒不知道，因为今天是我们厂里开办十周年纪念，放假一天，职员们都走完了。"

雪尘再欲问他，那边电话已经摇断了，一时把听筒只好放下，情不自禁呆呆地出了一会子神，心中暗想：司马起早就出去的，那么妹妹早晨瞧见的难道果然就是他吗？旁边这个姑娘又是他的什么人呢？唉！阿起原来真的另有知心女朋友的。虽然在当初我也早已意料之中，而自己也只希望给他做一个情人，不过爱到底是自私的东西，谁愿意把自己心爱的知音再交到别个女人的手里去呢？她脑海里浮上了金光旅社内的一幕，她觉得自己是错了主意，这样子下去，简直是在糟蹋自己清白的身子，因为司马起既然明白我不是一个姑娘，他当然会抛弃我的，可见得一个女子在失足之后，她的前途总是呈现着灰暗色的了。雪尘在这样的感觉之下，她的心头是滋长了无限的悲哀，泪水早又沾上了她整个的面目。雪鸿见姊姊并不回过身子，呆呆地发怔，心中倒有些奇怪，遂走上去拉她的手，说道：

"姊姊，怎么啦？他出去了吗？"

"妹妹，阿起早晨就出去的，我想你看见的一定是阿起，并不是阿文。"

雪尘被妹妹一拉手，只好连忙拭去了泪痕，回过身子来，用了哀怨的口吻，低声儿回答。雪鸿见姊姊脸有泪痕，可见姊姊确实也痴心地爱上了阿起，遂叹了一口气，说道：

"姊姊，欲除烦恼须学佛，各有姻缘莫羡人。你叫我不要自寻烦恼，那么你何苦又要自寻烦恼呢？现在我倒又想明白了，说什么情厚如天、恩深如海，到头来也无非一场空罢了。我觉得世界上的男子都是靠不住的多，姊姊为了我们的生活，已丢了你的终身，做妹妹的心中是没有一刻不在感到痛苦的。现在妹妹能够在高中里念书，这岂是一件容易的事情？所以我今后更要努力求学，将来在教育界中尽一份责任，同时我也希望和姊姊永远地过一辈子，抚养我们的小龙成了人，难道我们这样就活不下去了吗？"

雪鸿说到这里，抱住了雪尘的脖子，忍不住又哽咽着叫道：

"姊姊，你也赞成我这些意思吗？"

"不，妹妹，你不要这样的消极，你应该乐观一些，你是一个年轻的姑娘，你有你光明的前途，比不了你的姊姊，她已经是个黑暗中的影子了。世界上的男子，固然是无情无义的多，不过你也不能一概地抹杀，我觉得阿文是个很有血性的青年，他大概不至于会使你感到失望吧！"

雪尘知道妹妹是疼爱自己的一个人，她在无限安慰之余，只感到无限的悲酸，抱住了雪鸿，抚摸着她的背脊，泪水又夺眶而出。雪鸿听了姊姊这几句话，她益发抽抽噎噎地哭泣起来。姊妹两人正在自感身世孤苦可怜，忽然听妈的声音在房外叫道：

"雪尘，雪尘，你在什么地方？有客来啦！"

"妈，谁来了？"

这消息触送到雪尘的耳中，她是感到十分的喜悦，在他的心里，以为必定是司马起无疑的了。姊妹两人慌忙离开了怀抱，各自收束了泪水，雪尘已很快地走到客堂楼上来，望着张太太的脸急急地问。

"是韩大少爷来了，他说请你看电影去。"

"是他吗？妈，你对他说，我没有在家。"

张太太这两句话仿佛是一盆冰阴的冷水，把雪尘满腔的热望都熄了下来，脸上的笑容是消失了，微蹙了眉尖，精神完全地散漫了，很颓然而带有些讨厌的成分回答。张太太望着女儿倒是愣住了一会子，笑起来道：

"那是为了什么呢？你不是明明地和我为难吗？"

"妈，你这话是什么意思？怎么说我和你为难呢？"

雪尘对于母亲的话有些不明白似的，呆滞了乌圆的眸珠，向她很快地还问。张太太笑了一笑，说道：

"你既没有预先地关照我，说有客来找你，回答他们你没有在家，那叫我怎么知道呢？因为我已告诉他，说你在楼上房中，叫我还可以去拒绝他吗？"

"那么……你说我有些头痛好了。"

雪尘懒懒地在沙发上坐下了，说话的神情是没精打采的。张太太觉得女儿今日的脾气有些古怪了，暗想：难道她有不如意的事情吗？这时，雪鸿也从厢房步入客堂楼来，张太太遂问道：

"雪鸿，你知道姊姊为什么不高兴呀？"

"没有什么不高兴吧，姊姊好好儿的为什么要不高兴呢？"

雪鸿摇了摇头，表示不知道的意思。张太太瞟了雪尘一眼，用了央求的口吻，说道：

"我的好大小姐，就是你不高兴去瞧电影，那么你也该自个儿下去回绝他呀！别人家等在下面，不是怪冷清的吗？"

"妈，是谁来瞧姊姊的呀？"

雪鸿见姊姊垂了粉脸，并不作答，这就向张太太低低地问。张太太回眸仔细瞧望雪鸿的脸庞，似乎也曾经沾有过泪痕的，心中好生奇怪，还以为她们姊妹俩吵过了嘴，遂瞅了雪鸿一眼，说道：

"是韩家的大少爷，他是新光药厂的总经理，上次你跟姊姊不是和他一块儿去吃过晚饭吗？"

"哦！原来就是他，姊姊，你就下去招待招待他得了，在这一个环境里，我们有什么办法呢？唉！还不是含了痛苦的笑脸去敷衍他们吗？"

雪鸿说完了，最后又深深地叹了一口气。雪尘不答什么，遂站起身子，匆匆地走到楼下去了。张太太在雪尘走后，遂拉了雪鸿的手，悄悄地问道：

"阿鸿，你和姊姊吵过了嘴吗？为什么你脸上也沾着眼泪呢？"

"不，我怎么会和姊姊吵嘴呢？妈又胡猜了。"

"那么你知道姊姊到底为了什么难受？而且你的眼皮也是红红的，难道你们心中都有不如意的事情吗？"

雪鸿听母亲这样地追问，一时里倒回答不出什么话来，抬上了纤手，在眼皮上来回地擦了一会儿，噘着小嘴儿，自管坐到沙发上去，有些不耐烦似的问道：

"一个人总有一个人的心事，妈，你要问我们这样的仔细做什么呢？"

"傻孩子，你年纪轻轻的，现在还是求学时代呢！又不愁用，又不愁吃，家里都由你姊姊一个人会负担的，你这样的福气，你心中还有什么不如意的事情吗？"

张太太跟着她到沙发上去坐下，望着她西子捧心那么的娇容，倒忍不住笑出声音来了，但笑过了之后，立刻又显出很正经的神态，向她低

40

低地说。雪鸿被母亲这么地一说，却又淌下泪水来，叹息道：

"是的，我有这么一个好姊姊，确实我是太幸福了，不过，我正因为这些心中感到难受。姊姊为了我们，已经是丢了她女孩儿家的清白，现在年纪一年一年地大起来，假使这样地下去，姊姊的前途会完全地变成了黑暗，我们总不能为了我们自己，把姊姊的终身永远地牺牲了。"

"可不是吗？我心中何尝不是这样地想，你以为妈这样地糊涂吗？其实我也很顾虑到你姊姊的终身问题。上次韩少爷对我曾经有娶雪尘的意思，我想韩少爷虽然是个三十五岁的年纪了，不过有钱人家的少爷，吃得好，住得好，人还生得很嫩面，况且如今有了几千万的家产，难道还愁一辈子的吃用了吗？可是你姊姊又不答应，还怨我老背了。唉！叫我有什么办法可以想呢？"

张太太听雪鸿含泪说出了这几句话，方知她们姊妹俩在自感身世可怜而伤心，一时心头也有些难受，微微地叹了口气，在她回答的这几句话中至少是包含了一些怨恨雪尘不肯听从她话的成分。雪鸿心中很不自在，挂着眼泪，逗给她一瞥嗔意的目光，淡淡地说道：

"那么照妈的意思，你心中是不是很赞成的吗？"

"我的意思，人家在社会上到底是个有地位的人，既然肯向你求婚，这也不是一件不体面的事情呀！"

雪鸿觉得做母亲的太不了解自己女儿心中的意思了，她拭了拭泪痕，忍不住深长地叹了一口气。张太太见她不作答，遂又接着说道：

"干吗叹气？你以为我这话说错了吗？"

"妈，你说的是只知其一，不知其二，我觉得你完全地错了。韩少爷是个有妻妾的人，他虽然有钱，但他绝没有真心的爱，他爱姊姊无非是一时情欲的冲动罢了，并不是过甚其词的话，他的爱上一个女子，完全是春天里猫儿、狗儿的行为一样。像司马先生的姊姊，她还是一个公馆里的小姐，尚且上了他的当，没有办法，只好做了他的小，何况姊姊是个舞女的身份，他还不是玩过丢了的存心吗？"

雪鸿听母亲这样地问，遂正了脸色，很直爽地向她说出了这几句话。张太太惊讶地叫了一声啊呀，说道：

"什么？司马先生的姊姊竟做了他的小星吗？"

"是的，这是姊姊告诉我的，姊姊是大司马告诉她的。妈，你想，韩先生假使有真心爱的话，他也不该再去爱我的姊姊呀！"

张太太无话可答了，情不自禁地也深深地叹了一口气，觉得社会上有钱人家的少爷，他们把一班可怜的女子简直当作一件玩物看待。年轻的姑娘，谁不希望嫁一个忠实英俊的丈夫呢？过去自己的思想是错了，因为我太不了解女孩儿家的心理了。唉！世界上真不知有多多少少的女孩儿为了万恶的金钱而沦入了黑暗的苦海呢！张太太到底也是个好出身的女子，所以她的思想并没有完全地被金钱所麻醉，她终于想明白过来了。母女两人默然了一会儿，各自忖了一会子心事。张太太忽有所悟地问道：

"阿鸿，我问你，你也得老实地告诉我，那么你们姊妹两个人是不是爱上了大司马和小司马了呢？这两个孩子人才是很不错，只恐怕他们家庭会不会发生问题的。假使他们做父母的肯答应了，那我当然是没有什么成见的。"

"姊姊的婚事，妈有便的时候，倒可以谈谈，至于我的事情，根本还太早。"

张太太这两句话才算说到雪鸿的心眼儿里去了，不禁微红了两颊，可是她还竭力镇静了态度，低低地回答。张太太明白她们姊妹俩对司马兄弟俩确实很有意思，因为前天兄弟两人在这儿吃过饭，人品是七分以上的，所以她心中也很欢喜，正欲再说句什么，忽见雪尘匆匆地上楼来，说道：

"真讨厌，一定要我出去游玩。"

凭雪尘这两句话，雪鸿已经知道姊姊心中虽然不大情愿，可是事实上姊姊已经答应他一同出去了，在姊姊的心头当然有不得已的苦衷。雪鸿是很同情姊姊的环境，遂站起身子，安慰的口吻说道：

"姊姊，得忍耐时且忍耐，只要我们有沉着应付恶劣环境的精神，我相信度过了这危险的关口，光明一定会展现在我们的眼前。"

"我也和你有同样的期望，只不过我们的命运……"

雪尘一面回答，一面披上了大衣，说到这里，顿了顿，却没有再说下去，转变了话锋，向张太太望了一眼，说道：

"妈，我晚饭是不回来吃了，你们不用等了。妹妹，你来，我有话跟你说。"

雪尘在走到房门口的时候，她伸手向雪鸿招了一招，雪鸿不知道她有什么话说，遂跟到房门口，望着姊姊的脸出神。雪尘附了她的耳朵，低低地说道：

"妹妹，你早晨看见的这一回事，究竟是阿起还是阿文，我觉得这还是一个疑问，所以你不用难受的，今天晚上我回家的时候，一定可以给你探听一个确实的消息。"

"姊姊，我并没有难受，刚才我不是已经对你说我已想明白了吗？像我这么一个幼失严父的孩子，今天有读到高中的日子，这真不是一件容易的事情。假使我再不用功读书的话，那叫我怎么能够对得住姊姊呢？"

雪鸿听姊姊这样地说，遂摇了摇头，很认真地回答，表示自己绝不为儿女的私事而自寻烦恼了。雪尘心中是非常的安慰，情不自禁抱住了她的脖子，亲热地叫道：

"妹妹，你真是一个不平凡的姑娘，我爱你。"

"姊姊，我也爱你。"

姊妹两人被情感激动得太厉害了，各人的粉颊上都沾了晶莹莹的泪水。良久，雪鸿推开姊姊的身子，破涕笑道：

"姊姊，我们不是太傻了吗？你快下去吧。"

雪尘也微微地笑起来，遂向她一摇手，匆匆地走到会客室里。只见韩士杰在室中团团地打圈子，显然是等急了的神气，一见雪尘下来，正仿佛大旱之望云霓一样地欢喜，立刻堆下了笑脸，说道：

"张小姐，你真把我等急了，我们快些走吧！"

士杰说到这里，忽然瞥见到雪尘颊上似有泪痕，一时惊讶地呀了一声，握住她的纤手，认真地问道：

"张小姐，你怎么啦？你到楼上去一次，干吗哭起来？你有什么为难的事情，你只管对我说，只要我能力及得到的，我总可以帮你的忙。"

"不，我没有什么为难的事情，因为我有些头痛，若不伴你一同去玩，你又说我的架子大。"

雪尘见他乘机向自己竭力地献殷勤，遂拿帕拭了拭粉脸，一面低低地回答，一面把秋波恨恨地逗给他一个娇嗔。士杰笑道：

"你抱病伴我一同去玩，这一份样儿的情义对待我，我心里都知道，生生世世都忘不了你的恩情。"

"呸！你少给我涎脸吧！"

雪尘红晕了两颊，啐了他一口，士杰一面得意地笑，一面和雪尘出了静安别墅的门口。阿五见主人出来，遂开了车厢的门，给他们一同跳上汽车，然后拨动机件向静安寺口驶行了。在车厢里，士杰把身子移靠在雪尘的娇躯旁，显得十分的亲热。雪尘见他那种色眯眯的样子，心里又好气又好笑，遂索性吊他的胃口，把粉脸更凑近了他一些，望着他甜甜地笑。在她这笑的成分里，十足包含了诱惑性的情调，把个士杰熏得有些陶醉了，遂情不自禁地脱口说道：

"张小姐，你真的太美丽了，我觉得世界上的女孩子，没有一个人再可以比得上像你那么的可爱了。"

"这是承蒙你说得好，其实我怎么能够比得上韩先生府上两位太太美丽呢？"

雪尘斜乜了他一眼，这两句话是包含了俏皮的意思。士杰听她说两位太太，一时倒不禁为之愕然，遂望着她怔怔地问道：

"张小姐，我虽然已经结过了婚，不过我和内子的感情完全像冰块一样冷淡的，你怎么说我家里有两个太太呢？"

"那么我冤枉了你对不对？老实地说，若要人不知，除非己莫为。韩先生，你瞒得了别人，可是你就瞒不过我呀！"

雪尘扑哧笑了一笑，撇着小嘴儿，这说话的表情是带着顽皮的样子。士杰听了这话，心头好不纳罕，皱了眉毛，由不得暗暗地纳闷了一会儿，心想：这是谁告诉她的呀？奇怪不奇怪呢？呆住了一会儿后，方才微笑道：

"张小姐，我想那个告诉你的人，他一定是破坏我们两人的感情，你且告诉我，到底是谁对你这样说的呀？"

"韩先生，你这话未免太可笑了，我们的地位，一个是舞女，一个是舞客，承蒙你看得起我，常常来看我，这也无非是你的一点子心。就说你府上有两位太太，这在我对你根本也没有什么恶感，所以'破坏我们的感情'这几个字我认为是谈不到的。"

雪尘故意绷住了粉脸，表示很坦白的样子回答。士杰似乎并不了解她心中的意思，把嘴凑到她的耳边，低低地道：

"张小姐，既然你对我没有什么恶感，那么前星期我对你妈说的意思，最好请你给我一个圆满的答复好吗？"

"你对我妈说的什么意思？我根本就没有知道呀！"

雪尘假装含糊地定住了乌圆的眸珠，摇着头回答。士杰将信将疑地咦了一声，微蹙了眉尖，说道：

"难道你妈真的没有告诉过你吗？她怎么会忘记了呢？"

"我妈最近的记性是太不好了，有时候我对她说的话，她转身便什么都忘了，年纪老了，这也怪不了她。"

"是的，年老的人，这也怪不了她。"

士杰苦笑了一下，也只好附和着这么地说，可是他心中却是万分的焦急，几次想当面地对雪尘求婚，但到底鼓不起这个勇气。最后，他大胆地说道：

"张小姐，你的妈既然把我的意思忘记告诉了你，那么现在我自己告诉你好不好？不过你听了之后，千万要答应我的才好，否则，叫我心中是太感到失望了。"

"只要我可以答应你，那我总不会使你失望的。"

雪尘点了点头，含了微微的笑容，话声是特别的温和。士杰心里荡漾了一下，甜蜜得仿佛涂上了一层糖衣，笑道：

"真的吗？张小姐，那么我说出来了。"

"你说吧。"

"张小姐，我自从认识了你之后，我心里就有这一种意思。"

"大少爷，开到什么地方去呀？"

士杰欲语还停地正在难为情说出口的时候，不料阿五回过头来，却向他这么地问。士杰向车窗外一望，原来车子已开到静安寺口了，这就望了雪尘一眼，低声问道：

"张小姐，你说到哪儿玩去好啊？"

"咦！你刚才不是对我说看电影去的吗？"

雪尘瞟了他一眼，用了奇怪的口吻，低低地回答。士杰也觉得自己未免有些矛盾，不过所以说看电影也无非挂个名义而已，于是故意看了看手表，说道：

"已经五点半了，看电影恐怕来不及，我们还是到百乐门舞厅里去听一会儿音乐好吗？"

雪尘知道十个舞客约跳舞玩去都以借听音乐为名义的，遂含笑点头说也好。随了雪尘"也好"这两个字，阿五也不待大少爷吩咐，把汽车在百乐门舞厅门口停了下来。士杰推开车厢，两人匆匆走进舞厅里去。在跳舞的时间上说，以茶舞为最高尚、最适宜，因为五点以后，各银行、各公司都落写字间了，一班经理、主任以及洋行职员工作了一整天，在公务完毕以后，需要精神上调剂一下，所以都上舞厅里来找一些温柔的滋味。虽说这温柔的滋味是金钱去买了来，然而色不迷人人自迷，谁逃得过女色的拢住呢？百乐门是上海最富丽高尚的舞厅，里面已坐满了所谓第一等的华人，在这里的第一等乃是指点他们汽车阶级而言的，至于身旁那些如花如玉的姑娘，外表的形式是很够得上和第一流的华人坐在一起，不过从她们亭子间阁楼的家里看起来，觉得这班姑娘是够可怜的了。

士杰、雪尘由侍者招待入座，泡了两杯柠檬茶。雪尘握着杯子，凑在殷红的嘴唇皮上微微地呷，这神情是相当的悠闲。士杰忍熬不住把汽车内要说的话继续说下去道：

"张小姐，我心里的意思，你到底能答应我吗？"

"咻！你这话不是太有趣了吗？你心中的意思既没有说出来给我听，叫我答应你什么好呢？"

雪尘放下茶杯，扑哧的一声笑了出来，低低地回答。士杰自己想想，也觉得好笑，但一时里又觉得不好意思说出了口，支吾了一会儿后，方才附了她耳朵，悄声儿道：

"张小姐，我老实地对你说，我要向你求婚。"

"你要向我求婚？韩先生，你这是什么话？我可不懂你心中的意思。"

雪尘紧锁了两条弯弯的眉毛，故作不了解似的神态，瞅住了士杰的笑，怔怔地发问。士杰被她问得脸有些热辣辣地红了起来，讪讪地笑了一会儿，说道：

"张小姐，你这有什么不懂得的道理？因为我爱你，所以我要向你求婚。"

"难道你家里有了两位太太还不够吗？"

"我家里只有一个太太，你为什么偏说我有两个呢？"

"你说一个就一个，但是一个和两个原没有什么分别的，反正你是有太太的人，那么你再要向我求婚，难道不怕你太太告你重婚罪的吗？"

"那怕什么？她敢管我的闲事吗？"

"韩先生，你不要怪我说话得罪了你，你说这两句话简直是放屁之至！这么正经的事情，如何能说是闲事呢？况且重婚是法律所不允许的，你虽然不怕你的太太，但是你难道也能够不怕法律吗？我想不见得吧！你虽然是个有钱的少爷，不过法律是不会管你有钱而突然地改变过来的。韩先生，我完全是为你前途着想才说出这几句冒昧的话，请你不要生我的气才好。"

雪尘听他说出这两句话，觉得士杰这人大错特错，不但没有丝毫的智识，而且还是个目无法纪的妄奴。她这时芳心里的愤怒正像江潮似的澎湃着，遂冷笑了一声，绷住了粉脸，竭力地拿话去讽刺他，不过她又怕士杰恼羞成怒，彼此伤了感情，于是说到后面的时候，她又显出温情蜜意的态度，表示完全一片好心的意思。士杰被她这一顿讽刺，他心中除了羞愧之外，却没有一些怨恨的意思，有的是敬爱她的成分，遂连连地点头说道：

"张小姐，你为我前途这样地着想，我如何会来怨恨你吗？假使我要怨恨你的话，那我也太不识好人心了。不过你既然肯为我前途打算，我觉得你心里当然也有爱我的成分，那么我们两心相印，总希望有个团圆的日子才是。我以为法律固然是不容情的，不过你若肯委屈一些的话，那么天大的问题都可以解决了。张小姐，你能可怜我一番对待你的痴心而答应我吗？"

雪尘不是个愚笨的姑娘，她还有个不明白的道理吗？暗想：你这个贪得无厌、玩弄女性的恶魔，要我做你的小老婆，那你简直是在做梦了。遂微微地笑了一笑，纤手拢着披在背后的长发，低低地道：

"韩先生，你这样痴心地爱我，我当然也同样地爱着你。"

"张小姐，真的吗？哦！天哪！我实在太高兴、太快乐了！"

士杰不等她说完，猛可把她的手握住了，含了满面的笑容，十二分兴奋的样子说。雪尘却淡然地缩回了手，微笑着道：

"不过我有两个条件的。"

"两个条件算得了什么？两百个条件我也依得。张小姐，你快些说吧！"

士杰还是满脸含笑地说，他绝对没有想到雪尘提出的条件是怎么的一回事。雪尘咳了一声，表示很正经的样子，说道：

"其实这也算不得是条件，因为结婚总该有这一种手续的。第一，在结婚之前，先登三天结婚启事的报纸；第二，我们假座旅馆或是饭店结婚，大小不论，只要有双方的家长做主婚人，另请社会闻人做证婚人，那我马上就可以答应嫁给你。韩先生，假使你真心爱我的话，我想你大概不会使我感到失望的吧？"

雪尘说到这里，把手按到士杰的肩胛上，脸部上还显出十二分真挚恳切的表情，但士杰听了她这些话，全身仿佛泼了一盆冷水，瑟瑟地抖了一抖，涨红了脸，支吾着说道：

"这……这两个条件……太……太为难了，张小姐，我以为只要彼此真心相爱，对于结婚的仪式原不必十分考究的。"

"那么照你的意思说，我们结婚该怎么样地办呢？"

雪尘原也知道自己这两个条件他是万万也接受不下的，因为不好意思直接地拒绝，无非变态地不答应罢了。士杰听她这样问，心里又有了新的希望，遂忙说道：

"假使你肯免掉这些无谓仪式的话，那么我可以预备一百万元的钱，给你作为买洋房、买汽车、买家具、买饰物的费用。张小姐，我这样的办法，你难道还不满意吗？"

"你这样的办法，照道理上说，我应该是很满意的了，不过世界上的女子，各人有各人的脾气，有的只喜欢物质上的享受，而不管仪式上的庄重。可是也有只求仪式上的庄重，至于物质上的享受倒还在其次的。我就是那么一个的脾气，苦倒没有什么关系，虽然住的是一间亭子楼，不过在新婚的那夜，人家都会说，他们是新婚的夫妻。假使只求物质的享受，那么虽然住了洋房，坐了汽车，人家总会这么地说，这是人家的小公馆，做人家小老婆的。我以为，女子的一生，最应该珍爱的莫过于'尊贱'这两个字了。韩先生，所以你应该谅解我的苦衷，因为这不是我不肯爱你，原是你不肯真心地爱我，假使你真心爱我的话，那么你总应该依从我的条件了。"

雪尘絮絮地说了这么一大套，真也刁得可爱，她还怨恨士杰不肯真心爱上了她，这叫士杰心中真弄得有些啼笑皆非了，望着她倾人的娇靥，不禁呆呆地愕住了一会子，忽然点了点头，叹了一口气，说道：

"张小姐，你真是一个不平凡的女子，并不是我看轻做舞女的，在我的心里，以为一个做舞女的人，只要有钞票，管得了什么大老婆、小老婆呢？反正吃得好、穿得好，也就是了。不过我今天听了你张小姐的话，觉得我的思想是错了，你在舞女群中确实争回了不少的光荣。金钱是万能吗？不，不，可是今天在你的面前究竟也失却效力了。"

"韩先生，你别说这些话，现在我需要解决的是这一个问题，你到底能答应我的条件吗？你若不答应，那你就是不爱我的表示。"

雪尘听了士杰这几句话，她心头是感到一阵痛快，不过她还故意装出很痴情的样子，一味地吊他胃口。士杰急得脸像喝过了酒，连忙解释道：

"不，不，我绝对地爱你，在我个人说，也可以答应你，不过我还有爸爸、妈妈，他们的思想陈旧，头脑顽固，只怕有些问题。所以你这两个要求的条件，并不是我不肯答应你，让我跟他们去商量商量，明天再答复你好吗？"

"也好，那么你去考虑考虑，过几天答复我也不要紧。"

雪尘觉得在这个情形之下，倒变成了我在追求士杰了，她心里真有说不出的好笑，遂索性点了点头，表示许可他去商量的意思。两人在经过这一度谈话之后，事情还没有一个完全解决，而茶舞的时间却已悄悄地溜过去了。士杰遂付去了茶账，和雪尘坐车到南国酒家吃晚饭，吃完了饭，又亲自送她上迷高美舞厅里去。既然到了舞厅，少不得又要捧捧雪尘，叫她坐一只台子，买了一千元的舞票，在十点一刻的时候，仆欧走来向雪尘说有电话来。雪尘向士杰含笑一点头，她便匆匆地走到电话间，接过听筒一听，原来是工部局刑务科办事的王善定。王善定是士杰的朋友，前几次善定跟士杰一同来迷高美游玩，他知道士杰很有娶雪尘的意思，今天他打电话给雪尘，实在是为了找士杰来的，因为他先打电话到公馆，说少爷在下午就出去了。善定知道他爱上了雪尘，当然又在雪尘那儿，所以来电话先找雪尘。当时雪尘问他说道：

"你是王善定先生吗？有什么事情？韩先生刚在这儿，你有话跟他说吗？好好，我去叫他，那也用得了谢吗？你太客气了，等一会儿吧。"

雪尘搁下听筒，见有仆欧在旁边，遂叫他把十二号台子的客人去请了来，仆欧答应前去，不多一会儿，士杰匆匆地走来，笑道：

"是谁来的电话？怎么叫我来接听呀？"

"是王善定先生来的电话，他说有事情跟你谈哩。"

雪尘把听筒交到士杰的手里，士杰叫了一声王先生吗，忽然他脸变了颜色，啊哟了一声，惊慌地说道：

"什么？我的舅子司马起他杀了人吗？这……这……是怎么的一回事情呀？"

50

第四回

　　司马起杀了人的消息由王善定的口里传送到韩士杰的耳中，再由士杰打电话接到陈妈的手里，陈妈一听大少爷在外面杀了人，心中这一焦急，不免气急败坏地奔进来告诉给狄飞霞听了。当时飞霞、司马文、丁智仙三人得到了这个消息，真仿佛晴天中起了一声霹雳，不约而同地啊哟了一声叫起来，尤其是飞霞的心中，更加地痛若刀割，一阵眼花头晕，身子竟向后倒了下去。幸亏这时候智仙正站在她的身旁，遂立刻把她扶住了，一面连声地叫妈，一面把手抚摸着飞霞的胸口。司马文急得连忙倒上了一杯开水，也喊着："妈，你快不要这个样子吧！"飞霞经两人这一阵子揉搓和叫喊，便悠悠地醒了回来，她睁眸回望了两人一眼，泪下如雨地叹道：

　　"阿起杀了人？这消息可是真的吗？我不是在做梦吗？"

　　"妈，你把心定一定，我们再商量这件事情吧！"

　　司马文含泪低低地安慰着母亲，把那杯茶交到智仙的手里。智仙会意，遂温和地服侍她喝了两口。司马文向陈妈问道：

　　"姑爷还等着我们去接听电话吗？"

　　"是的，姑爷他正要叫二少爷去听电话。"

　　陈妈见太太一昏厥，心里也急糊涂了，此刻被阿文一问，方才醒过来似的急急地回答。司马文听了，遂三脚两步地走到电话间，拿起听筒，问道：

　　"你是姊夫吗？我是阿文。怎么啦？哥哥杀了人吗？到底是怎么一

51

回事情？你快告诉我吧！妈急得昏过去了呢！"

"文弟，这件事情据刑务科王善定告诉我，说又是奸案，又是盗案，又是杀人案，事情的内容太复杂了，你现在有没有空？最好到迷高美舞厅里来一次，我有话跟你好好儿地谈一谈。"

"哦！哦！我马上就来！"

司马文连应了两声，遂把听筒搁下了，在他搁下听筒的时候，忽然感觉得这事情真叫人有些奇怪。姊夫他的电话是从什么地方打来的？为什么这样正经要紧的事情，还叫我到迷高美舞厅里去干什么？一面又想这件事情涉及奸案、盗案、杀人案，那真叫人丈二和尚摸不着头脑，难道哥哥和雪尘有什么纠纷的事情发生了吗？想到这里，心头别别地仿佛小鹿般地乱撞，遂急急地走到里面。飞霞一见阿文进来，遂忙问道：

"阿文，你姊夫怎么样地说？阿起到底杀了什么人呀？"

"妈，你别焦急，什么事情姊夫都会设法办理的，他此刻叫我去商量事情，究竟怎么样的情形，回头我会打电话来告诉妈的。智仙，你伴着妈老人家吧，叫她别伤心的。"

司马文一面披上了大衣，一面向母亲安慰着，当他走到室门口的时候，又向智仙这么地叮嘱了两句，方才走出兰园别墅，坐车匆匆地赶到迷高美舞厅里去。司马文到了舞厅，暗想：姊夫坐在哪一只位置又不知道，虽然可以巡视找寻，但因为心慌意乱的缘故，也不知从右边找过去好，还是从左边找过去好。正在回眸四顾，只见张雪尘姗姗地过来，叫道：

"文弟，你来了吗？你姊夫和王善定已上律师事务所里去了，你在这儿等一会儿好了，他们回头还到这里来的。"

"尘姊，这到底是怎么的一回事情？我哥哥杀了什么人？你都知道详细吗？"

"文弟，你来这儿坐，我详细地告诉你。"

雪尘拉了他的手，一同到座桌旁的沙发椅子上坐下了。司马文见桌子上放着两杯柠檬茶、一瓶啤酒，遂望了雪尘一眼，问道：

"尘姊，还有谁在这儿坐过的？"

52

"你别忙呀！你的姊夫下午就到我家里来，和我在外面吃了晚饭，又伴我到迷高美来坐台子。不料王善定来了电话，他说司马起杀了人。"

　　司马文方知姊夫也是追求雪尘的一个人，虽然对于姊夫的行为大为不满，不过这时候可管不了这些事情，不等她告诉完毕，又急急地问道：

　　"你说的王善定，他是什么人？姊夫在电话里告诉我，说哥哥不但杀了人，而且又涉及奸案、盗案的，这……这到底是怎么的一回事情呢？"

　　雪尘见他急得这一份样儿的情形，因为现在发觉了这一件不幸的消息，从可知早晨妹妹瞧见的并不是阿文，乃是阿起和丽华无疑。想到自己对待阿起的一片痴心，而阿起一些不给自己争一口气，心里在无限失望之余，又感到万分的心酸，眼皮一红，泪水再也忍熬不住地滚落下来，秋波逗了他一瞥哀怨的目光，叹息着道：

　　"文弟，并不是我痛恨着你的哥哥，怨来怨去总是他自己意志薄弱，做人糊涂，所以会受到这样飞来的横祸。王善定是你姊夫的朋友，他是刑务科内办事情的，上海所有案犯，由捕房都要经过他们那里的。当时他听阿起告诉自己的履历，方知是你姊夫的舅子，所以他先来电话找你姊夫，然后亲自来这儿找你姊夫一同请律师去了。"

　　"那么我哥哥到底干了些什么事情了？"

　　司马文见雪尘伤心地落泪，可见在她心中确实是很爱哥哥的，他觉得哥哥是辜负雪尘一片热诚的厚爱了。雪尘见他呆望着自己的脸出神，一时觉得自己伤心地淌泪，这到底有些不好意思，遂拭了拭泪水，说道：

　　"你哥哥原是一个公子哥儿的个性，胆子是多么的小，一到了怕人的地方，还不一五一十地从实告诉出来吗？据王善定说，事情是这样的：阿起爱上了一个舞女叫陈丽华的，两人已经发生过关系，而且时常到丽华家中去游玩的，谁知丽华这女子原有一个姘夫名叫楚汉云，而这个楚汉云还是一个做强盗的人。今天阿起在丽华家中，齐巧被楚汉云撞着了，因此醋海风波，大起冲突，楚汉云原带着手枪，遂把丽华一枪结果，正待害死阿起的时候，外面探捕跟踪而至，原来汉云的行迹被探捕发觉，一直跟到丽华家里。汉云见事不妙，遂把手枪丢在阿起的身旁，说杀丽华的是阿起，并且咬定阿起是他的同党。你想，阿起今日的遭遇，还不是荒唐的结果吗？唉！你妈得知了这个消息，心中真不知要多少的焦急和悲伤呢！"

雪尘一口气地告诉到这里，忍不住深深地叹了口气，泪水又湿透了衣襟。司马文这才有所明白了，心头也觉得无限的沉痛，望着雪尘带雨海棠般的娇容，反而低低地劝慰她说道：

"事到如此，你也不要过分地伤心，好在哥哥是有根有蒂可以证实他是个商人，明天请律师一辩白，他当然可以宣告无罪的。这些事实，都是王善定告诉你们的吗？"

"是的，你哥哥从实告诉了王善定，他才说给我们知道的。唉！我几次三番地劝告他、鼓励他，到今日的结果，还是这样的事情发生在眼前，我心里实在感到太沉痛一些了。"

雪尘点了点头回答，她一面虽然在收束脸上的泪水，可是她一面在眼眶子里的泪水还是扑簌簌地落了下来。司马文心头当然同样地感到难受，摇了摇头，虽有怨恨之心，却不敢怒形于色。两人默默地呆坐了一会儿，雪尘忽然想到了什么似的，忙向他问道：

"文弟，你今天为什么没有到学校里去读书呀？妹妹说她在早晨看见你和一个年轻的姑娘坐在一辆三轮车上从马路经过，这件事不知道可是真的吗？"

司马文听她突然问出这几句话来，一时微红了两颊，倒是怔怔地愕住了一会子，因为事情既然已被雪鸿亲眼发现了，当然再没有抵赖的余地，况且自己也不需要瞒骗她，反正我是正大光明的事实，自然还是很坦白地告诉她们比较妥当，省得发生什么误会，会产生不幸的事情。阿文在这么感觉之下，遂点了点头，说道：

"是的，今天我在学校里请了一天的假，因为我送一个亲戚上昆山去，至于这个亲戚，就是你妹妹早晨瞧见的那个和我同车而坐的姑娘。"

"那么这位姑娘是你的什么亲戚关系呢？她到昆山去有些什么事情？

你们早晨去了，难道今天就赶回来的吗？"

雪尘听他并不否认，很坦白地告诉出来，不过他却没有告诉明白这姑娘是谁，她一颗芳心代为妹妹有些焦急，这就不等他说下去，又急急地追问。司马文被她这一追问，心中确实感到有些为难起来，智仙这一件事情，到底是照事实告诉好，还是圆一个谎好？若照事实告诉，雪尘传到雪鸿的耳朵里，她必定是要吃醋的，虽然我帮助智仙，确实并无丝毫儿女之情的作用，不过在第三者的立场上议论，对于我的举动，多少要猜疑到我是未免有情的帮助，尤其在雪鸿那颗爱我的处女芳心中，当然更会引起十二分的疑窦和妒忌。司马文在经过这一阵子的思索，他当然没有立刻地回答，可是雪尘的心里，开始便起了猜疑，微蹙了两条淡淡的蛾眉，秋波脉脉地凝望着他英俊的脸庞，问道：

"奇怪，你为什么不告诉我呀？难道说那个姑娘是你的未婚妻吗？"

"不，不，尘姊，你别拿我开玩笑。这件事情，说起来话很长的。"

司马文到底是个忠实的青年，不善于说谎的，所以在一急之下，红着脸终于老实地告诉出来。雪尘在事情还没有明白真相之前，她那颗芳心当然是感到分外的焦急，遂又很急促地问道：

"文弟，那么你能够详细地把这件事情告诉我听听吗？"

"当然可以的，不过你听了之后，请你别告诉鸿妹知道。"

司马文点了点头，但说完了第二句的时候，他又小心地叮嘱起来。雪尘猜疑地道：

"那是为什么呢？"

"因为我怕鸿妹听了这些话，她会发生误会的。"

"好，我就不给你告诉她，那么你说吧。"

雪尘要他先说出来，没有办法，只好权且地答应了他。司马文终于把那天遇到丁福根以及到他家中后的一段事实照实地告诉给雪尘听，并且说道：

"我妈因为很可怜她的身世，所以已认她做了干女儿。今天早晨，智仙要到昆山安老院里去瞧望她的爸爸，我想这也是做女儿的一点子孝心，所以我就答应伴她一同去了，想不到齐巧被鸿妹瞧见了，她心里一定很不快乐吧？"

雪尘听他说完这一件事，心头也不免暗暗地称奇，天下竟有像阿文这样热心仗义的青年，不管他是否对于智仙另有其他的作用，不过把他们一家三口都有了安身之所，这总是一件好事情，遂望着他笑了笑，点头道：

"难得，难得，文弟，你真是一个有情有义的好青年，真叫我心中敬佩得很。"

司马文听雪尘这么地赞美，一时倒又多心起来，全身一阵子热燥，两颊热辣辣地未免有些发烧。支吾了一会儿，方才低低地道：

"尘姊，我哪敢承蒙你这样地赞美？叫我心中感到不好意思。"

"那又有什么不好意思的呢？你真也太会客气了。"

雪尘在当初说的倒真是一番血性的意思，并没一些骨子在里面，因为司马文的神情大有虚心的样子，所以使雪尘有些疑惑，她第二次说的这两句话，当然是包含了一些俏皮的成分。司马文见雪尘尚且喝起隔壁醋来，假使这一件事被雪鸿知道了的话，那还不会发生口角的事情吗？正欲向她解释几句，忽见仆欧匆匆地进来，说道：

"张小姐，有客人请你转台子。"

"哦！你对他说，我已经答应跟客人出去了。"

雪尘乌圆眸珠滴溜地一转，低低地回答。仆欧向司马文望了一眼，便匆匆地走开了。司马文倒是窘住了，望着雪尘的脸，怔怔地问道：

"尘姊，你还跟什么人出去吗？"

"跟什么人？跟你出去呀！"

雪尘斜乜了他一眼，却不禁嫣然地笑起来。司马文有些脸红，坐立不安的样子，说道：

"跟我出去？你跟我到哪儿去呢？"

"你怕什么？我还有许多的话要跟你说呢，坐在这儿太麻烦了，一会儿转台子，一会儿转台子，烦都烦死了。文弟，我们走吧，随便到什么地方去坐一会儿谈谈。"

雪尘见他简直有些害怕的样子，遂站起身来，拉了他的手低低地说。司马文还有些不肯起身的神气，抬头仰望着她粉脸，说道：

"你跟我出去，我不是要买舞票吗？可是我没有多带钞票，你叫我怎么样办呢？"

"傻孩子，你这脾气倒有些像你的哥哥，老是喜欢哭穷的。"

"不，不，我真的没有多带钞票，袋内一共只有八十元钱了。"

司马文听她怨自己哭穷，一时心中一急，便连袋内的钞票数目都嚷出来了。雪尘感到他的天真，望着他几乎笑出声音来，遂向他告诉道：

"文弟，你急什么？你姊夫临走的时候，他已买了一千元的舞票，并且把茶账都已付去了。我们只管走好了，即使他没有买好舞票，你没有多带钱，难道我自个儿不可以签票出去的吗？"

司马文这才站起身子来，可是心中却在暗想：姊夫在舞厅里坐一只台子就得买一千元钱舞票，虽然说他是有几千万家产的财翁，不过到底也太花费了。记得我问姊姊借一千元钱，为的是医智仙的伤处，同样的花一千元钱，在我是觉得多么地有意义，同时在智仙的心中也是多么地感恩。比方说雪尘吧，在她得到这一千元舞票的时候，也许只有感到对方瘟得可怜和可笑吧！司马文心头这样地想，他有些感慨系之，不过在他是很不愿意和雪尘一同走到外面去，因为自己这次到迷高美来的目的，绝不是为了找寻快乐，完全为了哥哥的事情而来的。现在哥哥究竟怎么样的判决又不知道，家里的母亲还等着我的消息，我如何忘记了一切，和雪尘去游玩呢？于是他忙又说道：

"你不是说姊夫回头就要到这儿来的吗？那么我们走了，回头他找不到人那可怎么办呢？我想你还是转台子过去吧，我独个儿坐着等一会儿，待姊夫和王善定回来了，你不是又可以过来的吗？"

"不，你知道什么？我有许多的话要跟你说呢。你哥哥的事情，已经到了这个地步，着急也是没有用的，来吧。"

雪尘一面说，一面拉了他的手，却自管地走了。司马文心头有些猜疑不停地忐忑乱跳着，暗想：她有什么话要对我说？这不是奇怪吗？于是还有些赖着不肯走地说道：

"你有什么话对我说？在这儿说不是一样的吗？"

"在这儿坐着人家便要转台子的，还能够说话了吗？"

"那么等会儿姊夫来了找不到我们，那也是不好的。"

"我想这样吧，这儿座桌叫仆欧不要收拾，我们到附近咖啡室去坐一会儿，半个钟点后再回过来好了。假使你姊夫先回来，我们关照仆欧，叫你姊夫和王善定先生等一会儿怎么样？"

司马文听这办法倒也很好，遂点头答应了。雪尘于是关照十二号仆欧，好在韩士杰的大名迷高美舞厅里上至经理下到仆欧没有一个不知道的，所以连声地答应。司马文这才安心地和雪尘走出舞厅的大门，走进隔壁金谷咖啡屋的茶座。侍者招待他们坐下，问喝些什么，雪尘道：

"你拿两杯新鲜牛乳、一盘西点来好了。"

侍者答应下去，不多一会儿拿上来。雪尘把乳白色的牛乳杯子握起，凑在她殷红的嘴唇皮子上微微地呷了一口。司马文见她并没有什么话要对自己说，一时也不明白她心中存的到底是什么意思，忍熬不住地先开口问道：

"尘姊，你不是有许多的话要对我说吗？为什么你又不说了呢？"

"你忙什么？我问你，你这样热心地帮助丁智仙小姐，那么你是不是心中有爱上她的意思吗？"

雪尘这才放下杯子，秋波斜瞟了他一眼，一本正经地问。司马文再也想不到雪尘会问出这一句话来，因此倒愕住了一会子。雪尘淡淡地笑了一笑，说道：

"你没有回答什么，那我明白你当然有爱她的意思。"

"不，不，我绝对没有爱她的意思，我的帮助他们一家三个人，完全是激发起一点人类互助的义务。"

司马文被她这么地一说，心中不免急了起来，遂涨红了两颊，很坦白地申辩着。雪尘这回的微笑至少是带有些安慰的成分，雪白的牙齿微咬了一会儿嘴唇皮子，明眸充满了柔情蜜意的光芒，望着他的脸庞，低低地道：

"文弟，那么我再问你一句，你也老实地回答我，你到底爱不爱我的妹妹？"

"……我不明白你问这一句话到底有什么意思？"

司马文在人家姊姊的面前总有些难为情说出来是爱她的妹妹，所以在听到雪尘这一句问话之后，他的脸在淡蓝色的日光灯下更红晕得可爱好看了，有些赧赧然的表情，最后向她这么地反问了一句。雪尘正色地道：

"当然是有很多的意思，我想你和我妹妹的认识也有一年多的日子了，在这一年多的日子中，据妹妹告诉我，你们俩的感情确实是非常的好，虽然你们表面上是并没有明显的表示，不过我知道你们也许是心心相印的了，可是话虽这么地说，这到底是我的猜想而已。妹妹的心，我也许还可以捉摸得着，至于文弟的心中，我觉得确实还是个问题，所以我很想代妹妹问你一个明白，你是不是真的有爱我妹妹的意思？"

"尘姊，我知道你问我这一句话，你完全是为了爱护我们的意思，我心中非常地感激你。现在我明白地说一句，我的心在一年之前已经是交给鸿妹的了。"

司马文到底是个聪敏的人，他很了解雪尘芳心中的意思，于是他也管不得这"羞涩"两个字了，遂红着脸说出了这几句话。雪尘似乎感到意外的惊喜，她扬着眉毛，很兴奋而又很安慰的神情说道：

"文弟，你这句话可是从你心眼儿上说出来的吗？"

"尘姊，我说的话从来没有骗过人。"

"那么你真的不爱丁小姐吗？"

"是的，我并不爱她，尘姊，你相信我吗？"

"我相信你，我绝对地相信你，你绝不会像你的哥哥一样，把他的爱滥用在每一个女子的身上。"

雪尘点了点头，很坚决地回答，可是说到后面这几句话，她的神态是透露了悲惨的成分，粉脸上已展现了晶莹莹的一颗了。司马文有些明白她是为了哥哥而感到伤心和失望，因为她是痴心地爱上了哥哥的一个女子，在过去也许对哥哥有十二分的期望。于是想到哥哥另一个的恋人欧阳珠，觉得雪尘说他把爱滥用在每一个女子的身上，这句话实在太不错了。欧阳珠是个十七岁的姑娘，她对哥哥似乎有十二分的痴情，假使明天给她得知了哥哥入狱犯罪的消息，这叫一个脆弱而又善感的姑娘的心里又是多么地伤心呢！司马文这样地想，他心中有些恨，恨哥哥太没有理智，恨社会太罪恶，恨世界太龌龊卑鄙，他不禁深长地叹了一口气。雪尘拭了拭颊上的泪水，接着又道：

"文弟，我告诉你，妹妹自从早晨看见你和丁小姐同车在马路上经过后，她就一整天的没有一些精神，下午放学回家，把书包一丢，就哭了起来，我问她到底是为了什么，最后她才告诉我这一回事情。当时我曾经劝解她，说男女间的爱情，最可怕的是发生了误会，因为'误会'两个字，简直使一对爱人可以变成了仇人，我们为了要铲除这个误会，应该彼此坦白地表明，所以我今天晚上遇到了你，就不管冒昧地约你出来问一个明白，你现在总可以知道我心中的意思了。"

"尘姊，我早知道你心中的意思了，我不是说你完全是为了爱护我们吗？你放心，我绝不会三心两意地对待鸿妹，只要鸿妹能够信任我，能够看得起我，我总不会使她感到失望的。"

司马文听她此刻才说出一个缘故来，其实她不说，司马文也早已明白，他很感激雪尘的热心，遂点了点头，话声是显得分外的诚恳。雪尘当然是十分的安慰，觉得阿文到底是个用情专一的青年，因了阿文的忠实，更衬托阿起的平庸，想到妹妹的幸福，更想到自己的心痛，她粉脸是浮现着忧郁而悲惨的颜色。微微地叹了一口气，一会儿又说道：

"文弟，你应该知道，一个男子是绝不能爱上两个女子的，虽然有时候会弄成了这样的局面，不过你应该用坚强的理智、准确的目光来择定你理想的对象。我这人是非常的爽直，而且也是非常的痛快，对于我可怜的遭遇和身世，妹妹当然也详细地告诉过了你，就是在事实上说，我也是个有孩子的母亲了。你想，我这么一个被人抛弃了的女子，还值得谁来爱上我呢？可是事实上爱我的人太多了，大概有着几个臭铜钿的朋友，没有一个不想爱上我，只可惜我却一些也没有动过心。我自从受了这一个打击之后，我不希望再尝爱的痛苦，我预备抚养我的孩子，来过我一辈子孤独的生活。不过天老爷偏要我堕入烦恼的环境，所以我又会认识了你的哥哥，这也不知是有生的缘分，还是欠下的风流孽债，我

60

一见到了你的哥哥，我就动了心，我想爱上他，甚至于我想嫁给他。文弟，凭良心说，我和你哥哥认识到现在，并没有一些害他的地方，我是只有劝告他、鼓励他，叫他别向堕落的路上走，要向光明的大道奋斗。不过你哥哥确实也很肯听从我的话，在我的面前总改掉了不少的恶习，我是多么地安慰呢！可是谁料他转背就把我的忠告忘了，事到今日，依然发生了这样不幸的事情。你想，能叫我不心痛如割吗？我是曾经把你哥哥当作我生命之火的，我的希望完全是在他的身上，万不料我的热望击成粉碎的了，我还有什么可说的呢?"

雪尘一口气地说到这里，她是默默地流眼泪了，似乎有些口渴，遂握了杯子喝一口牛乳，接着泪眼盈盈地凝望了他一眼，又说下去道：

"所以造成今日这样不幸的结果，这总是你哥哥爱不专一的缘故。其实你哥哥和陈丽华的行为，根本还谈不上'爱'之一字，因为这是有污爱的真意。为了这样，我要和你郑重地叮嘱，你爱上了我的妹妹，你就千万别爱你的丁小姐，假使你要爱丁小姐的话，那么你就别爱我的妹妹。虽然丁小姐和我妹妹绝不是同陈丽华之辈可比，但你堕入了三角情场之中，至少会损害你青年人奋发的精神。"

"尘姊，我很感激你这些金玉良言，我觉得你真是一个不平凡的女子。哥哥辜负了你一片热诚的爱心，我觉得哥哥是太对不住你了。"

司马文听了她这许多的话，他在万分感动之余，又感到雪尘的孤苦可怜，望着她海棠着雨般的娇容，阿文的眼皮几乎也要渐渐地润湿起来。雪尘拭了拭泪水，叹了一口气，低低地道：

"文弟，你也别说这些话，我早已对你哥哥说过，他好像是个才学步的小孩子，不小心就有跌跤的可能。我又说可惜我不能天天跟随在他的后面，否则，他总不会再向堕落的苦海里沉沦下去。"

"尘姊，你不要太灰心，也不要太难受，哥哥虽然是犯了罪，不过他到底是冤枉的。姊夫既然已到律师那儿商量去，我想明天审判的时候，法官一定会宣告他无罪的。哥哥受了这一次教训之后，我想他一定会积极地重新好好儿做一个人吧!"

司马文见她很沉痛的神情说着，遂用了婉和的口吻向她低低地劝慰。雪尘点了点头，破涕微微地一笑，说道：

"我也这样地希望着，但愿法官能够特别地容情才好。文弟，你喝牛乳吧，我对你说的话已经说完了，你的哥哥、雪鸿的姊姊都已是这样的命苦，希望你们能够得到幸福的乐园，这在我们的心中已经是够欢喜的了。"

雪尘说到这里，在微笑的脸颊上又挂了两行珍珠似的泪水，但是她握起了牛乳杯子，还向司马文举了一举，是招呼他喝牛乳的意思。司马文的心里是滋长了悲喜酸苦各种不同的滋味，他默默地说不出一句话，握了杯子，虽然在一口一口地喝着牛乳，不过他心里是在暗暗地思想，照她的话中而猜想，可见雪尘和哥哥不但是心心相印，恐怕两个身子已经是变成一个了吧！唉！为什么男女间爱的结果就是这么一套刻板式的事情？雪尘在喝完了牛乳之后，她拿手帕抿了一下嘴唇，望着司马文的脸，又说道：

"文弟，你刚才曾经叫我不要把智仙的事情告诉给雪鸿知道，我想这也不必的。虽然我明白你是因为怕妹妹知道会发生误会的意思，不过事情既然很坦白了，所以你还是不瞒骗的好。因为你一瞒骗之后，明天被妹妹偶然地知道了，她就会怨你对她不诚实的。一个人的信用是只有一次的，虽然你对她只有说了一次的谎，不过以后她就会什么事情都不信任你的，所以说谎是最不好的一件事情。文弟，我说的这些意思，你心中以为怎么样呢？"

"尘姊，你说的很不错，我明天见了鸿妹，一定从实地告诉她，因为我知道世界上的事情，往往弄巧成拙。倒是很坦白地说了，也许会得到人家同情和谅解。"

司马文点了点头回答，一面在袋内摸皮匣取钞票付账，不料却被雪尘抢着先付去了。司马文很难为情地瞅了她一眼，说道：

"尘姊，你这样客气，叫我可真有些不好意思。"

"那有什么不好意思呢？假使你不以为我是一个伴舞的女子，那么我当然也有付账的资格，你说对不对？"

雪尘转了转乌圆的眸珠，这两句话是说得很有些俏皮的成分。司马文这就不再说什么客气的话，两人站起身子，正欲向咖啡室门口走的时候，忽然见外面挽手走进一对年轻的男女，司马文仔细一瞧，原来是妹妹司马英和士杰的弟弟士英哥。这时，司马英和士英两人也已瞧到了司马文和雪尘，于是大家不约而同地咦的一声叫起来了。

第五回

　　韩士英在四点半的时候到司马英家里来约她出去看电影，当时司马英因为母亲不在家里，文哥伴智仙上昆山又没有回来，家里一个人都没有，她便婉言谢绝着说道：

　　"士英哥，家里人都走完了，只剩了祖母老人家一个人，她心里要不高兴的，所以看电影我想不去了。"

　　"英妹，我今天来约你出去，并不是单为了看电影的事情，因为我心里还有许多的话要跟你说哩！"

　　士英对于司马英会向自己拒绝出去看电影，这倒出乎意料之外的事情，暗想：她难道对我有什么恶感的地方了吗？因为一个才十七岁的小女孩儿，对于家庭绝不会管得这样仔细的。年轻的人谁不爱游玩呢？何况是我来约她出去游玩，在我和她虽然谈不上已到情人的阶段，不过我们情投意合，彼此确实已可说是很莫逆的了，于是微蹙了眉尖，补充着又说了这几句话。在他虽然没有明显的表示，不过已经很可以听出士英的话中希望她一同出去走一次的意思。其实，司马英的拒绝他出去看电影，的确是为了家里没有人的缘故。说起来也奇怪，司马英虽然是个十七岁的女孩子，因为成天地在这位良母的身边听着教诲，所以在她会变成一个小老太婆那么的个性，无论一件什么事情，只要和自己有些关系的，她都要负一些责任。像阿英这样的好女儿当然是很少，因为世界上的人，只要人人肯负责任的话，哪一件事情没有不成功的希望呢？司马英到底脱不了还有些孩子气，当时她听了士英的话，遂转着乌圆的眸

64

珠，扑哧地笑起来，说道：

"你既然并不是专门为了要看电影而约我出去，那么就在我家里坐一会儿也不要紧，你有话就在我家里说不是一样的吗？士英，我告诉你，今天妈要收一个干女儿，说不定将来就是我们的二嫂子，你等着在我家瞧热闹不是很好吗？我给你倒杯热茶喝吧！"

司马英说到后面，表示很喜悦而且兴奋的样子，一面亲自地倒了一杯茶，一面秋波盈盈地逗给他一个妩媚的娇笑。士英觉得她对待我的举动，并不像有什么讨厌的样子，不过这姑娘的脾气未免太古怪了一些，我要她出去，她偏不肯出去，这不是叫人难堪吗？你说家里没有人，那么总不见得你一出去了，家里就会发生什么意外的乱子了吗？心里虽然是有些不快活，但也只好含笑接过了茶杯，说了一声谢谢你，在沙发上坐下来了。司马英的心中，以为他听了我妈要收干女儿的消息，他一定要问个详细的经过，不料他听了这些话，却像没有听见似的，坐下沙发之后，竟呆若木鸡似的怔怔地出神。看他的意态，好像有重重心事镇压着的神气。司马英微蹙了两条细长的柳眉，这就忍不住开口问道：

"士英哥，你不是有许多的话要对我说吗？为什么又不说了呢？"

"没有什么话，这是我和你说着玩的。"

士英把手中的茶杯放到沙发旁的茶几上去，搓了搓手，回眸望了她一眼，微笑着回答，接着又站起身子，说道：

"英妹，我走了。"

"你走了？那么你干吗来的？"

司马英对于士英这一句话真感到不胜惊异起来，定住了滴溜圆的眼珠，向他怔怔地问。忽然，她理会过来了，不禁哦了一声，笑道：

"我明白了，是不是我没有答应你一块儿出去，所以你心里生了气吗？"

"不，不，我没有这个意思，我哪里敢生你的气？"

士英被她说到心眼儿里去，两颊有些微微地发红，慌忙含了笑容急急地辩解。司马英越想越对，她噘着小嘴儿，啐了他一口，冷笑道：

"既然你不生气，那么你高高兴兴地到来，怎的又匆匆地要走了呢？

65

难道说在外面又有什么好朋友等着你不成?"

"你又说笑话了,我要如有好朋友约着的话,我还到你家里来干什么?"

士英听她这么地说,显然有醋意的成分,换句话说,她确实有爱我的意思,士英心中不免有些甜蜜的感觉,所以望着她娇嗔的粉脸,倒反而笑出声音来了。司马英见他涎脸,却更加地绷紧了两颊,问道:

"就凭你这一句话,那么你干吗要走?"

"我就不走是了,你何必要生气呢?"

士英被她问得哑口无言,愕住了一会儿,只好又在沙发上坐下了,笑嘻嘻地回答。可是,司马英却很不快乐地别转身子去,并不作答。士英暗想:本来是我生她的气,谁知此刻变成了她生我的气,女孩儿家到底比我们会撒娇。因此士英也就软化下来,站起身子,走到她的背后,按着她的肩胛,低低地道:

"英妹,我错了,你原谅我吧!"

司马英不作声,拿手去揉擦眼皮。士英虽然没有见到她的脸部,不过她这一个举动,很显明地是在揩泪的意思,一时深悔自己不该引逗她的伤心,女孩儿家到底经受不住一些刺激的,于是把她肩胛扳了过来,望着她平静而稍带哀怨的粉脸,轻声儿说道:

"英妹,这是我的不好,累你好好儿又生气了。"

"哼!我真想不到你一个男子的心里,却比我们女孩子家更会做功夫呢!"

司马英冷笑了一声,秋波恨恨地逗了他一瞥无限哀怨的目光,撇着小嘴儿,接着又道:

"就是你一定要我出去看电影,我也可以答应你的,何必要表面上不说话,做出这一种举动来使我难堪呢?从这一点子看,你真是一个有心计的人。"

"英妹,我下次再也不敢了。"

士英因为自己确实理缺了,他没有再分辩什么话,含了歉意的笑容,只有向她求饶的份儿。司马英见他一味地认错,倒忍不住又要好

66

笑，不过她始终还是绷住了脸，很生气地说道：

"一个人出去游玩总是谁都喜欢的事情，我所以不答应，也无非是为了你好。要知道此刻出去瞧电影，晚饭又得在外面吃了，这样少不得又要花费很多的钱，所以我的意思，反正没有什么要紧的事情，要说话就在家里谈谈也是一样的，回头你就在我家吃了饭，那不是很好的吗？谁知道你心中就不自在了，就是你不自在，也得说明白了，别在肚子里做功夫。我是个很愚笨的人，你肚子里尽管不高兴，可是我却一些也不知道呢！那又有什么用？"

"够了，够了，英妹，你别再说下去，一切都是我的错了。"

士英见她鼓着小嘴儿，絮絮地说了一大套，这一种生气的表情，是更增加她妩媚的风韵，同时听了她这几句话，觉得她不但是个很懂人情的姑娘，而且还是个未来的十足会做人家贤妻良母的人物，他心中有些感动，在感动之中更包含了一些甜蜜的成分，这就挨近她的身旁，握住她的纤手，含笑赔着不是地说。司马英虽然没有拒绝他的握手，但表面上还是怨恨地说道：

"你以为够了吗？可是我觉得还没有说完哩！"

"好妹妹，我知道错了，你还要说什么呢？"

士英伸手很快地在她小嘴儿上一按，带了顽皮的口吻，低低地央求。司马英有些难为情，微红了粉脸，挣脱了他的手，把身子倒退了一步，啐了他一口，抿着嘴也忍不住嫣然地笑了。士英见她这笑的神情，实在有说不出的好看，他心里是微微地荡漾着，觉得刚才自己疑心她有讨厌我的意思，这的确是太会多心一些了。正在神往左右的时候，司马英却又回过头来，问道：

"士英哥，我问你，你是不是一定要我出去看电影的？"

"嗯！随你的意思，假使你有兴趣的话，那么最好我们一块儿出去一次。"

士英想不到她又会这样地问，因为不知道她心中存的是什么意思，所以他不敢直接地说，回答得却相当的含糊。司马英凭他"最好"这两个字里猜测，就知道他仍有叫自己出去的意思，乌圆眸珠在长睫毛里一转，笑道：

"也好，那么你等一会儿，我去披上一件大衣就来。"

司马英一面说，一面便连奔带跳地走到自己卧房里去了。士英望着她消逝了的身子，呆呆地出了一会子神，暗想：她怎么一会儿又转变了主意了呢？士英低头走了两步，就在走这两步的时候，猛可地理会过来了，把手拍了一记额角，哦了一声，他笑了起来，觉得阿英对自己确实有情，她大概明白一个女孩儿家在一个情人的面前是不能太以任性的吧。于是情不自禁脱口地自语道：

"这姑娘真的太讨人欢喜了。"

"你说的谁太讨人欢喜呀？"

士英话还没有说完，司马英披了一件夹大衣已笑盈盈地奔了出来，她似乎听到了这一句话，遂瞅住了士英的脸，怔怔地问。士英因为心虚的缘故，两颊上也浮现了一朵桃花的色彩，憨然地笑起来道：

"我没有说过什么话呀，那你一定听错了。"

"屁，你这两句话说得太矛盾了，你既然没有说过什么话，那我怎么会听错呢？你假使承认我是听错的，可见得你一定是说过话的。"

司马英噘着小嘴儿逗给他一个娇嗔，她辩驳他的话却是相当的细心。士英搓了搓手，表示很敬佩的神气，笑道：

"阿英，在你面前说话，倒真的是不能有一些漏洞的，假使你是一位法律家的话，那可真不得了。"

"得啦！得啦！我可没有资格做什么法律家，我们走吧！"

司马英不等他说下去，遂阻止他再说。秋波白了他一眼，拉了他的手，身子已向外面走了。在会客室门口，遇见了陈妈，司马英遂向她叮嘱了几句，方才和士英走出了兰园别墅的大门。两人在人行道上默默地走了一截路，司马英看了一下手表，已经五点钟了，遂问他说道：

"为什么不叫车子？你到哪家戏院去看电影？时候可不早呢！"

"我本来是预备请你看电影的，可是一到了外面，我又觉得没有什么兴趣看电影了。"

士英回眸望了她一眼，微笑着回答，在他这几句话中，至少是带有些神秘的作用。司马英见他好好儿地中途变卦，不禁微蹙了柳眉，奇怪地问道：

"那么你约我出来是干什么的？唉！我觉得你这人真也有些古怪，既然没有兴趣出来看电影，在我家里坐着谈谈为什么又不答应呢？"

"坐在家里谈谈虽然是很好的，不过我又觉得闷得慌。"

士英两眼望着人行道上在移动着的自己脚尖，很随意地回答。司马英倒不禁扑哧地一笑，逗给他一个娇嗔，说道：

"我说你这人才是怪脾气，那么你的心中该预备怎么样才称了心呢？"

"我想跟你到舞厅里去坐一会儿，不知道你肯答应我吗？"

"嗯！不，你上次不是对我说你从来也不跑舞厅的吗？为什么今天你要上那种地方去玩了呢？况且我也从来没有走进过舞厅的大门，我这可不答应你。你要去，你就自个儿去好了。"

司马英听他要上舞厅玩去，这就鼓着粉腮子，嗯了一声，竟然像小孩子似的撒起娇来。她扭怩着腰肢，说到后面这两句话的时候，她停住了步，赖着不肯走，简直有些生气的意态。士英笑了笑，望着她的粉脸，说道：

"不过今天我觉得是很难得的一回事，因为你我对于舞厅大家都只有第一次进去，在我们的生命中也留一个纪念。"

"什么？你这话打哪儿说起的？难道你预备离开上海了吗？"

士英这两句话听到阿英的耳中，因为体会出他至少包含了一些作用的，一时她那颗芳心震动得非常厉害，把娇嗔的态度一变为惊慌的神情，猛可把士英的手紧紧地握住了，望着他的脸急促地追问。士英点了点头，态度显着原有的镇静，低低地道：

"是的，我在一星期之中，也许就要离开上海的。阿英，我们在分别之前，不是该有许多的话要诉说吗？"

"……那么你预备到哪儿去呢？"

司马英起初还不过是猜想而已，现在听了士英的话，觉得事情是证实了，也不明白是为了什么缘故，司马英既知道士英真的预备离开上海的消息，她一颗芳心里感到空虚的悲哀，在心坎儿上好像掉落一件东西似的难受，明眸呆望着士英的脸，话声是带有些哽咽的成分。士英拉了她的手向前走，说道：

"在街上总不是说话的地方，阿英，你既不愿意上舞厅去玩，那么我们也得找个清静的地方去谈谈。"

"不，你喜欢上哪儿？我总可以奉陪你。"

司马英这回并不强化了，她柔软地回答，在她脸部上至少有些凄凉的情绪。士英很感谢地望了她一眼，微笑着道：

"那么我们到新华舞厅去坐一会儿，这儿比较近一些，你说好不好？"

司马英并没有表示什么意见，她向街上人力车先招了招手。士英见她这个神情，当然明白她是赞成的了，于是大家跳上车子，叫他拉到新华舞厅里去。在新华舞厅里，两人是坐在角落里的一张沙发上，泡了两杯咖啡茶。这时候，爵士乐曲虽然奏得分外的兴奋，舞侣们跳得特别的热闹，可是都引不起阿英的注意，她第一个要解决的问题，就是问明白士英到底要到什么地方去，所以她坐下沙发之后，便向士英又问道：

"士英哥，你现在总可以明白地告诉我了，你到底要到什么地方去呢？前天我们还在一块儿吃饭，你怎么并没有向我说起这个意思？"

"这还是昨天晚上接到信的，他们很需要我去帮一些忙，担负一些责任，因为三年以前我们是一个团体内的同志，后来为了种种的缘故，他们都走了，我却一个人留落在上海。现在他们既然来信叫我前去，那我如何能够有推卸的道理吗？所以我决定预备走了。"

司马英听他说得这样的含糊，因为明白他心中的意思，遂也不再追问他一定是上什么地方去的，明眸充满了热情的光芒，脉脉含情地凝望着他英俊的脸，点头说道：

"那么你也征求过你爸妈的同意吗？同时你是快要大学毕业的人，难道你就这样牺牲了吗？"

"爸妈是不成问题的，他们答应不答应，根本阻不了我的行动。至于'牺牲'两字，我认为假使是值得的，那么虽然是牺牲了性命，也觉得很有意思，这何况是求学呢？阿英，你以为我这两句话对吗？”

士英听她虽然并没有直接地劝阻我，不过在这几句转着弯儿的话中，确实有不喜欢我离开上海的意思，于是认真了脸色，低低地回答。司马英当然是很感动，她觉得自己是太富于情感作用了，我不能为了儿女的私情，阻碍了一个青年人伟大的抱负、光明的前程，于是把他手连连摇撼了一阵，点了点头，说道：

“士英哥，这两句话你说得太有意思了，我很赞成你前去奋发一下，同时更希望你为人群谋一些幸福，踏上你成功的大道。”

“谢谢你热诚的祈望，我觉得非常的快乐。这次我离开上海之后，将来回上海再见面的时候，我相信一定可以给你一些兴奋的安慰。阿英，你对于我的走，心中是否有些悲哀的意味吗？”

士英满脸含了笑容，把她的纤手温和地抚摸着，因为司马英的脸色至少有些暗淡，这就向她故意地低问。司马英乌圆眸珠一转，浅浅地笑了笑，说道：

“天下之黯然销魂者唯别而已矣！凭这一句话，你就可以明白我心中是怎么样的感觉了。我以为你的心中，也未始没有像我那么的感觉吧？这因为人到底是个感情动物，不过别离固然是难堪，但将来到底有着重逢的快乐，所以对于你这次的出走，我心中占了一半喜悦一半凄凉，不知你心头是怎么样的滋味呢？”

“阿英，你说这两句话，我觉得你真是一个有理智、有情感的姑娘，真不知叫我怎么样来敬爱你才好。对于我这次的别离，你心中占了悲喜各半，我认为你的悲，正是你多情的流露；你的喜，正是你不平凡的显现。”

士英听她这么地说，心里真有说不出的感激和甜蜜，望着她平静的粉脸，简直敬爱得有些五体投地的样子。司马英掀着酒窝儿，也不禁嫣然地笑起来，说道：

“这是承蒙你说得我太好了，其实我是个世界上最平庸、最普通的女子，哪里够得上你这样地赞美？”

“别客气，阿英，在两年前我们第一次见面，彼此是并没有说过一句话，记得你羞涩地向我一笑，就匆匆地走开了。那时候，你还只有十五岁，完全是个小姑娘的样子，我对你虽然有个美感的印象，但不上一星期后，也就淡然地忘记了。前星期你到我家来，在你姊姊房中我们是第二次认识，经你姊姊的介绍，我们终于开始谈了许多的话，在这一次相聚之后，在我的脑海里对你便有了一个不可磨灭的印象。阿英，我大胆地说一句，我心里是非常地爱你，不过我们认识的日子太短促了，假使我没有向你明白地表示一下，恐怕将来分别之后，彼此会慢慢地疏远起来的。可是这原是我单方面的意思，至于你的心中，我到底还不能十分的了解，所以在我们临别之前，希望你也能够给我一个明白的表示。阿英，这是关于彼此终身幸福的事情，请你不用怕羞，你就明白地答复我吧！"

士英趁这个机会，就爽爽快快地向她求起婚来。司马英到底是个才十七岁的女孩子，而且在情场中根本没有一些经验的，如今听他向自己求婚，这当然是非常的难为情。虽然在她的芳心里确实也有爱上士英的意思，不过要自己当面地答应他，这可真的有些鼓不起勇气，因此赧赧然地一笑，却别转粉脸去默不作答。士英明白她是不好意思回答的缘故，遂故意逗他一句说道：

"阿英，你是不是不答应我吗？"

"不，你何必这样性急？我还没有说话啦！"

司马英这才急得回过粉脸，秋波逗了他一瞥怨恨的目光，很快速地回答。士英见她这说话的表情，倒不禁笑出声音来了，说道：

"那么你说下去吧，我等着你。"

"假使你认为我可以做你终身伴侣的话，那么我……"

"你怎么样？你说呀！"

"我总可以答应你。"

司马英涨红着粉脸，在羞涩万分的表情中到底大胆地说出了这一句话。士英惊喜得有些疯狂的样子，握住她的手，叫道：

"阿英，我太感激你了。"

"你放手呀！用这么大的气力做什么？人家不痛吗？"

士英也许是过分兴奋的缘故，把阿英手握得特别的有劲。司马英纤嫩的手却被他握得生疼起来，这就微蹙了眉尖，急急地嚷起来。士英连忙放松了他的手，轻轻地揉摸着，笑道：

"阿英，真对不起你，这是因为我太快乐的缘故。"

"你瞧，我手指上可戴着戒指呢！你这样地握紧了，不是把我捏痛了吗？"

司马英缩回了手，撩上去给他看，秋波含了又喜又怨的目光，恨恨地逗了他一瞥，赧赧然地回答。士英望着她无名指上那枚钻戒，笑道：

"我听人家说，戴在这个手指上的戒指是和人家的订婚饰物，那你不是已经订过婚了吗？"

"是的，我已经订过了婚，我的未婚夫就是……"

司马英听他这么地说，本来要向他娇嗔，但不知有了个什么感觉之后，忽然嫣然地一笑，点了点头，说到这里的时候，把她的纤指却点到士英的鼻子上去，不过既有了这一个举动之后，到底又觉得太不好意思一些了，因此斜乜了他一眼，忍不住低头哧哧地笑起来。士英见她这一个举动，可见她心中是完全地承认了，心里的甜蜜，正仿佛是涂上了一层糖衣似的，情不自禁地偎过身子去，笑道：

"妹妹，从今以后，那么你就是我的未婚妻了。"

"不过你爸妈的心中，是不是能答应你娶我做媳妇呢？"

"为什么不能够？我爸妈是没有什么问题的，他们都随便我的意思。只不过你妈的心中，倒叫我有些担忧，因为哥哥给你们的印象太不好了，你妈又是个有思想、有学问的女子，在她心目中一定以为富家子弟都是社会上的寄生虫、没出息的东西，她恨我的哥哥，恐怕她也会恨到我的头上来吧？"

士英听司马英这样地忧愁着，遂低低地安慰着她，但说到后面的时候，他自己也不免愁苦起来，微蹙了眉毛，望着阿英的粉脸出神。司马英笑道：

"你这人倒有先见之明的，据文哥告诉我，说母亲知道我们很相爱的消息，她老人家的心中真的很不满意，说做哥哥的既然这样的腐败，做弟弟的还会是个好东西了吗?"

"可是这句话把世界上的好弟弟未免都埋没了吧!阿英,我是早已料到的,那么你如何不给我向你母亲申辩一下呢?"

士英听了她这几句话,心里真是急得了不得,遂涨红了两颊,向她埋怨着。司马英笑了一笑,逗给他一个媚眼儿,说道:

"我话还没有告诉完哩,你忙什么呢?当时文哥就对母亲解释,说你是一个有思想、有抱负又勇敢的青年。"

"得了,得了,英妹,你太不是个好人了,为什么要这样地恭维我呢?"

士英觉得她这一句话中至少是带有些吃豆腐性质的,遂瞅了她一眼,不待她再说下去,就抢着回答她。司马英笑了一阵子后,说道:

"人家正经地赞美你,你又闹客气了。"

"那么你妈怎么样地说?"

"我妈听文哥这样赞美你,也就相信你真的是个好人了。"

"你这一句话,倒好像我本来不是一个好人似的。"

士英这一句话引逗得司马英忍不住又哧哧地笑起来了,遂睃了他一眼,顽皮的神情说道:

"不过文哥这样地帮你忙,你总要争一口气,给我母亲对你得到一份信仰,那你是多么的光荣呢!"

"可不是吗?就是为了这样,我才离开上海去干一些有作为的事情,将来成功回到上海,那我在你的面前、在你妈的面前不是都有了交代了吗?"

司马英被他这么地一说,倒又勾引起万种愁绪来了,微蹙了两条细长的柳眉,轻轻地叹了一口气,说道:

"假使你有一番热心为人群造福的话,那么你在上海同样地可以做一番有益于社会的事业。"

"凭你这两句话,那么你的心中不是又有叫我别离开上海的意思了吗?"

士英听她忽然又这么地说,同时又见她忧形于色的神气,遂握住她

74

的手，向她低低地说。司马英沉吟了一会儿，秋波逗了他一瞥无限情意的目光，回答道：

"我也并不是一定劝你别离开上海，因为这完全是你前途的问题，不过我为你也有一种打算的，你是一个有才学的青年，那边固然需要你去负一些责任，可是在上海也未始不是不需要你来创造一些幸福的。一个有用的人才，是到处都受人欢迎的。士英哥，上次你对我说，将来预备创办一个医院，为人群造福，我想你何不实行起来呢？因为你原是读医科的，那么你一面读书，一面实习，这岂不是两全其美的事情吗？"

"那么你的意思，是一定劝我留在上海，是不是？"

士英知道她表面上虽然赞成我离开上海到外面去奋发一下，不过在她芳心里却有些舍不得我离开，这在她说的几句话中是很显明的，换句话说，她当然是为了爱我的缘故。士英在这个情形之下，不免英雄气短，儿女情长，也有些委决不下起来，望着她倾人的娇容，低低地问。司马英听他只管向自己这样地问，一时还以为他故意取笑自己太会缠绵之情了，因此两颊上又盖了一朵红红的花瓣，瞅了他一眼，有些嗔恨的样子，说道：

"你何必一定要问我这一句话呢？其实我完全是随你的意思，你要到外面去干一些有意义的事情，我心里当然也非常地欢喜，不过你能够留在上海创办医院的话，这也未始不是一件很有益于社会国家的事情。"

"创办医院，我本来早有这一个志愿了。不过我的意思，要创办必须大规模地来一下子，但现在物价这样飞涨，单造一座院落的话，恐怕也要百万左右。你想，爸爸分给我只有五十万元钱，我既不做投机，又不做囤户，五十万还是五十万，比不了哥哥，他已有几千万的身份，所以叫我一个人哪里来能力创办呢？"

士英明白她所以这么地回答，无非避去不是她叫我别走的意思，觉得一个女孩儿家真爱假惺惺作态的，她心里劝我别走，在表面上又一定好像并不是她叫我别走的。士英这么地想着，他望着阿英的粉脸忍不住好笑起来，不过士英的心里，因了阿英的缘故，真的起了留恋之情，他沉思了一会子后，方才说出了这几句话。司马英听他谈到了这个问题，就明白他有打消离开上海的意思，一颗芳心也不免暗暗地欢喜，遂说道：

"那么你不是可以和哥哥去商量一下吗？问他资助一二百万元钱，给他做个名誉院长的头衔，我想他也许会答应你的吧。"

"问我哥哥要钱，那还是问他要性命的好。老实地说，他是一钱如命，尤其用在什么公众事业上的钱，他是一毛不拔的。假使用在女人身上的钱，这倒也许还有个商量的余地。"

士英摇了摇头，表示不可能的意思。司马英听他这么地说，心里真有无限的感慨，深长地叹了一口气，说道：

"姊夫这一种脾气真是太想不明白了，这几天风声很紧，自从收回租界之后，棉纱有收归国府限价买进之说，一班投机家及囤积家恐怕都要大受影响了，若不趁这时候拿些钱出来做一些慈善事业，将来这班大富翁也许就是眼前困在马路上的瘪三呢！士英哥，我想你只要跟我姊姊去商量，姊姊若同情你的话，她一定会怂恿姊夫答应资助你创办医院的，不知道你心里真的有创办医院的意思吗？"

"我当然真的要创办医院的，你这些话倒很不错，我一定先向你姊姊去商量，她一定能够给予我很多的帮助。不过，这儿尚有一个问题，我若不离开上海，那么叫我怎么地写信去回绝他们好呢？"

士英说到后面，搓了搓手，表示有些为难的样子说。司马英握着杯子，喝了一口咖啡，回眸望了他一眼，说道：

"难道那边真的有信来叫你去吗？"

"阿英，你问我这一句话，你太不应该了。你以为我是抱着出风头主义，故意拿这些话来卖弄自己的有勇气吗？你不相信，那封信还带在我的身边，你拿去看仔细吧！"

士英被她这样地问了一句，心里未免有些不快乐，遂一面说着话，一面在袋内取出信来，交给司马英细阅。司马英在瞧过了信件之后，方才明白这是真实的事情，望了他一眼，笑道：

"我也只不过随口地问一声，你又多心什么呢？"

"并不是我多心，因为我突然地说起了这件事，无论谁都会说我假意做作的，其实这是一件万分秘密的事情，我当然不能随便地向人家宣布，现在我把这封信给你看了，你千万不要给我传扬开去才好。"

"在口头上说，我当然是不会给你传扬开去的，不过最要紧的问题，就是你能否信任得过我？"

"这还用说吗？我自然绝对地信任你。"

"既然你能够信任我，那么你又何必要再叮嘱我？我觉得自己到底还不能够做你的……"

"不，阿英，我错了，请你原谅我，你快不要生气了。"

司马英噘着小嘴儿，她很有些生气的样子，说到后面，叹了一声，大有凄凉的意味。士英不待她再往下说，就伸手去按她的小嘴儿，赔了笑容，请她饶恕自己的过错。司马英并不作答，表示余怒未消的意思。不料就在这时，音乐台上已成了尾声，原来茶舞的时间已经到了。士英瞧了瞧手表，笑道：

"一会儿已七点半了，我们且到外面吃了晚饭再作道理吧。"

士英一面说，一面付了茶账，和司马英一同走出舞厅的大门。司马英见外面已是万家灯火了，遂向士英说道：

"我们到家里去吃晚饭吧。今天晚上我家的夜饭也许开得晏一些的，因为我妈收一个干女儿，厨房里总要烧几样小菜，我们大家去热闹热闹，不是很好吗？"

"我想不必了，赶回家中去吃晚饭这到底叫我太不好意思。再说时候已经不早，万一他们都在吃了，这叫我说吃过了好呢，还是坐下来吃好呢？所以我们经济些就在外面吃一些，花钱也是难得的。阿英，你就别给我太做人家了。"

司马英听他絮絮地说了一大套，在他后面这一句话中至少是占着自己便宜的意思，这就微红了两颊，伸手打了他一下肩胛，秋波恨恨地逗给他一个妩媚的娇嗔，却忍不住抿着小嘴儿又嫣然地笑起来了。士英心头是甜蜜蜜的，嘴里好像吃了一块糖，携着她的手，遂坐车到红棉酒家晚餐。吃晚饭的时候，司马英忍不住又开口问道：

"那么你现在到底可曾决定了没有？要去还是不去呢？"

"我自己一时里也难以决定，阿英，你说一句，叫我去的好，还是不去的好？"

士英望着她的粉脸，微笑着回答。司马英见他刁得厉害，遂沉吟了一会儿，也表示很为难的样子，说道：

"这是你的事情，旁人就更不容易决定了。我想无论一件什么事，总要以利害而进行的才好，你以为留在上海是使你会堕落的，那么你就去，假使在上海也能够上进的话，你就别去了。最后的决定，当然还是需要你自己做主的，你说对不对？"

"你这话很有道理，让我先和哥哥去商量一下，假使他肯资助我创办医院的话，那我就决定不走了。否则，我觉得还是走的好。"

"好吧，明天我也跟姊姊去说，叫姊姊竭力地向姊夫怂恿一下，姊夫也许会答应你的要求。"

士英听她也这么地说，可见她芳心里确实是不愿我离开上海的，因此他的心中也就愈加鼓不起勇气出走了。两人吃好了饭，一同出了红棉酒家。司马英道：

"今天玩了一下午，我该回家去了。"

"现在还只有八时半，正巧可以看一场电影，对过南京戏院开映《万紫千红》的影片，听说很伟大，我们就去看一次好吗？"

士英看了看手表，向她低低地央求。司马英在情人的面前自然没有坚决拒绝的理由，而且她自己也不忍拒绝，于是含笑点了点头，说也好，两人穿过爱多亚路，到南京大戏院去看《万紫千红》了。

两人在买票的时候，见旁边已有两个姑娘也在买戏票，她们回过身子，齐巧和司马英打了一个照面。司马英见其中一个姑娘生得娇小玲珑，十分的美丽，仔细一瞧，原来不是别人，正是起哥的女朋友欧阳小姐。司马英今天和欧阳珠已是第三次的见面，大家都觉得很熟悉，遂亲热地握了一阵手。欧阳珠一面给她旁边的那个姑娘介绍，说是自己的邻居蔡晴梅小姐。司马英一面和晴梅招呼，一面也要把士英给她们介绍。欧阳珠却笑盈盈地说道：

"这位是韩先生，上次法国公园里我们不是已经见过了吗？"

"哦，是的，我这人记忆力就不及你强得多。珠姊，我哥哥没有和你一块儿出来玩吗？"

司马英哦了一声说，她见士英已在买票了，遂附了欧阳珠的耳朵，悄声儿地问。欧阳珠被她这地一问，不免勾引起了无限的哀愁，微蹙了翠眉，说道：

"今天是星期四，你哥哥厂里是放假的，他原说下午来我家玩，不料我等他到晚饭吃过还不见他到来。打电话到厂里去问，说他一早就出去的，不知道他可曾回家里来吗？"

"没有回来过呀！真奇怪，那么他人到什么地方去了呢？"

欧阳珠被司马英这样地回答，本来她芳心里已经是十分的怨恨，此刻在怨恨之中又掺和了十分的焦急。正欲向司马英再问句什么，士英已把票子买来，欧阳珠有些难为情，因此不便再问，四个人大家走进里面去了。

这时，院中已经放映了，侍者拿电筒照他们入座。欧阳珠哪里有什么心思看电影？她只觉得眼跳心惊的，十分不安宁，虽然司马起并不是一个三岁两岁的孩子，他总不至于会失走的，不过司马起在我那儿从来不失约的，今天一早地出去，却并没有上我这儿来，而且又没有回家里去，那么难道在路上发生了什么意外的事情了吗？欧阳珠心里这样地想着，她两眼虽然呆望在银幕上，却有些视若无睹的样子。司马英是坐在她的隔壁，因为士英絮絮地和自己说着《万紫千红》的剧情，说剧本在方沛霖那里早已瞧见过，"情节"两字谈不到，只不过取巧于小动作方面，完全模仿于好莱坞的作风。司马英一面答应，一面又怕旁边的欧阳珠见了笑话，遂向欧阳珠低低地搭讪问道：

"珠姊，你这几天里忙不忙？听说百货公司里的布匹都要限价买去，所以近来大减价的标语真是触目皆是的。"

"我们公司里比较并不十分的忙，因为所有布匹都没有什么便宜，也许我们的老板和其中有些关系的。"

欧阳珠第一次到司马起家里，和司马英接谈之下，谎说了一句在新新公司里做收银员，所以司马英信以为真，向她这么地问。欧阳珠有个亲戚是新新公司绸缎部做事情的，凭她所得消息来回答司马英，这当然是并不感到一些勉强的样子。司马英点了点头，笑道：

"囤户猖獗了这两三年来，被他们也不知害死了多少贫民，今日才算是他们的报应到了。"

"可不是吗？所以这么地一来，我心里觉得十分的痛快。"

欧阳珠附和着回答，虽然看不见她脸部的表情，不过猜想过去可见是这一份样儿的愤激。在电影院里多谈话是会妨害旁人看电影的情绪，这在司马英和欧阳珠的心中都很了解的，所以在经过这几句谈话之后，她们默默地又不说话了。可是她们两人却并没有注意银幕上的电影，各人心中都有一块铅质样笨重的东西镇压似的放不下。欧阳珠想的还是那个司马起，他这人究竟到什么地方去了呢？难道近来为了短少钱用，又上赌场去了吗？因为今天我是请假着，并没有去接班，不过晴梅白天里是在那边做工作，她假使看见司马起的话，当然老早地会告诉我了，意欲此刻再向晴梅问一问，但又怕司马英听见了，露了自己的马脚。欧阳珠在这样情形之下，她真的有些坐立不安起来了。司马英心里想的是士杰哥能否答应资助士英的创办医院，假使答应的话，士英当然不会再离开上海了，万一不答应，那么士英势必要到外面奋发去。虽然男儿壮志，应有如是之行为，不过现在时局已到这个地步，就是到外面去恐怕也已经迟的了。况且两地相隔，情场变化无穷，他日见面，又是怎么的一副局面了呢？想到这里，也是心事重重，总觉不能释然于怀。谁知就在这个当儿，银幕上发现出几个字来："请观众们注意自己座位下有否爆炸物？"接着电灯明亮，一班观众都不免低下头去向座位下检视了一回。士英望了她们一眼，笑道：

"这种情景也是一千九百四十三年的新现象，在历史上可说是留下一个纪念。现在看电影令人也有些心惊胆寒的了。"

"从前看电影总有休息五分钟，现在取消了休息，加上了这一套，也可说是弥补没有休息的缺点。"

欧阳珠听了，微笑着回答。司马英等听她说得幽默，大家抿着嘴都忍不住笑出声音来了。不多一会儿，电灯又熄，电影也继续地开映下去。

从南京影戏院出来，时候已经十点半。士英向阿英低低地说，要请欧阳珠和蔡晴梅大家去吃些点心。司马英遂拉了欧阳珠的手，笑道：

"珠姊，时候还早，我们去喝杯咖啡好吗？"

"谢谢英妹，我们不客气，改天奉陪吧。"

"那么你有空只管到我家来玩，起哥虽然不常在家，你来望望我也不要紧的呀。"

司马英听她不肯去，遂也不便强劝，俏眼斜乜了她一下，和她笑盈盈地开玩笑。欧阳珠啐了她一口，却也笑起来，便回答她过几天一定来望阿英，一面拉了晴梅的手，和士英弯了弯腰，说声再见，便各自地别去。司马英见她们坐车走了，遂向士英说道：

"士英哥，我们也早些回去吧，今天我们也可说玩畅的了。"

"我到底走不走还是一个问题，今天也是难得的，阿英，我们就再去咖啡馆坐一会儿，回头我送你到家里是了。"

士英拉了她的手，却还要她到咖啡馆去坐一会儿。司马英听他这样地说，心头倒又软了下来，遂只好点头答应了。士英于是叫了两辆人力车，和她坐到金谷咖啡室，付了车资，同司马英挽手步进门去。谁知司马文和雪尘付了账单正从里面走出，当下兄妹两人相见之下，这就不约而同咦了一声响起来了。

第六回

　　在司马英瞧到司马文和张雪尘的时候，她的芳心里把张雪尘还以为是丁智仙了，不过她脑海里立刻又有了一个疑问：第一，丁智仙是个穷苦人家的女孩儿，绝没有这样的摩登服饰、漂亮打扮；第二，丁智仙第一天到我家里来，总不见得当夜的就会和文哥出来游玩的。但是，这里叫人感到奇怪的文哥如何会和另一个女子又到这咖啡馆来吃点心？那么文哥把丁智仙到底有否陪伴到家里去呢？正欲上前问仔细的时候，司马文先急急地走上来，叫道：

　　"士英哥，妹妹，你们在什么地方玩呀？我告诉你们一件不幸的消息，我哥哥闯了大祸，现在被捉到警察署里去了呢！"

　　"什么？真的吗？文哥，你这消息是打哪儿来的呀？"

　　"文弟，起弟到底闯了什么大祸？你快告诉我们吧！"

　　司马英突然听了二哥的舌，这真是做梦也意想不到的事情，芳心里这一吃惊，粉脸立刻变成了灰青的颜色，三脚两步地奔上来，攀住司马文的手臂，急急地追问。士英也跟着走到阿文的身旁，望着他的脸呆呆地出神。司马文未说话之前，先深深地叹了一口气，说道：

　　"这是姊夫打电话来告诉我们的，妈急得昏厥了过去。唉！哥哥做人到底是太糊涂一些了。"

　　司马英听妈昏厥了过去，心中一急，不禁哇的一声哭了起来。士英见她忘其所以的样子，觉得阿英到底十足地还是一个小孩子的成分，遂忙拉了她一下衣袖，说道：

"阿英，你别哭呀！我们且问明白了这一回事情，再可以慢慢地设法的呀！你这一哭，不是把我们都急慌了吗？"

"文哥，那么你快告诉我，你怎的又在这儿安闲地吃咖啡呢？还有这位小姐是谁？你也该先给我们介绍介绍才是呀！"

司马英这才擦了擦眼泪，一面向司马文问，一面又向旁边的雪尘瞟了一眼。司马文遂给他们先介绍了一遍，并且告诉道：

"姊夫和张小姐正在迷高美里游玩，是刑务科里一个朋友名叫王善定的打电话来告诉姊夫，姊夫得了这个消息，又打电话来通知我们，待我赶到迷高美舞厅，张小姐告诉我，说姊夫和王先生已到律师事务所里商量办法去。因为我哥哥杀人是受冤的，而且他现在又被强盗诬说是同党，你想，这件事情糟不糟呢？"

司马文说到这里，又把哥哥受冤被捕的经过向他们告诉了一遍。阿英和士英听了方才恍然大悟，虽觉这是阿起太以荒唐的下场，但心里都觉得万分的焦急。司马英皱了眉尖，搓着两手，说道：

"那么现在这件事情可怎么地办呢？你们此刻又预备上哪儿去呀？"

"我们此刻到迷高美去等候姊夫，也许姊夫和王先生已经回来了。妹妹和士英哥也去坐一会儿吗？回头我和你一同回家去告诉母亲。"

司马英点头说好，遂也不吃咖啡，拉了士英，和司马文、雪尘到隔壁迷高美里去了。司马英一面走，一面心里却在暗暗地细想，觉得这事情未免有些奇怪，文哥到迷高美的时候，姊夫既然已经不在，他和雪尘怎么样认识的？难道姊夫和文哥都和雪尘曾经跳过舞的吗？不过据我所知道，文哥是向来不跳舞的，这事情其中还有曲折，我回头得好好儿问一问二哥不可的。士英心里也在想，哥哥家里有了娇妻美妾，不料还没有满足他的欲望，成天地在外面追求歌榭舞台中的女子。要知道，她们岂有真心的爱你？也无非看中你几张钞票罢了。不过我哥哥糊涂还是势所必然的事情，因为钱太多了，谁能逃得过不醉生梦死呢？但阿文年纪轻轻，还在求学的时候，他怎么也和舞国中的红星认识起来？阿起已经是一个堕落的榜样，阿文若再不觉悟的话，那叫他们的母亲不是太痛心一些了吗？回头我一定要不管一切地劝谏他，情愿他对我心中存了恶感，我总不能放弃我对一个青年应尽的责任。

雪尘这时候虽然并没有说什么话，而且也没有发表什么意见，可是她那颗芳心的疼痛真比他们三个人更要厉害了万倍以上，她低着头一步步地走，眼眶子里是贮满了晶莹莹的泪水。她想到士英、阿英，阿文、阿鸿这两对多么可爱的人，更衬托得自己孤零凄惨得可怜，因此泪水再也忍熬不住地滚了下来。大概是为了心不在焉的缘故，雪尘在跨进迷高美舞厅大门的时候，高跟皮鞋在地毯上一绊，她的身子竟向前直扑到地上去。这突然的一下子，把后面的司马文兄妹俩及士英都吃了一惊，大家蹲下身子去，连忙把雪尘抱起来，谁知雪尘一鼻子的血水，脸色惨白，十分的可怕。司马英啊哟了一声，先竭声地叫起来，喊道：

"张小姐，你怎么啦？你怎么啦？"

"妹妹，你别大声地叫，这是鼻头红，没有什么关系的。张小姐，你快不要害怕，还是给她躺一会儿的好。"

司马文比妹妹有见识一些，遂拿出手帕来，一面说着话，一面把手帕塞到她的鼻管内去。正在这个时候，门外驶来一辆汽车停下，跳下两个西服男子，正是韩士杰和王善定，两人从律师那儿回来，忽然见门内走廊上围着两三个男女，走近来一瞧，不禁也哟的一声叫起来，说道：

"咦咦！文弟、英妹都在这儿，雪尘怎么啦？这……这到底是怎么的一回事情呀？"

"姊夫，你回来了，张小姐绊了一跤，鼻头红都跌出来了。"

司马英抬头见了士杰，遂向他急急地告诉。士杰见雪尘神色不好，生恐伤及头部，遂连忙对善定望了一眼，说道：

"我瞧快把她送到医院里去好吗？"

王善定点头表示赞成，士杰于是叫司马英帮他把雪尘一同扶抱到汽车内。司马文和士英也一同跳上，善定因为尚有别的事情，对士杰说明天上午十一时在律师那儿再行碰面。士杰这时为了雪尘的受伤，把阿起的事情也不管了，当下连连地点头说好，吩咐车夫立刻开到慈航医院里去。

汽车到了医院，看护以为是什么急症，立刻把雪尘抬到诊治室，经

84

医生视察之下，说没有什么受伤，鼻管内出血原是为了震动的缘故，那是没有什么关系，只不过伤者平日身子颇为衰弱，好像神经有些刺激，所以跌跤的时候，使她神志有些昏迷的样子，现在给她注射一枚安神针，给她静躺一会儿就会复原的。众人听了这样告诉，各人的心头才算落下了一块大石。士杰代为做主，就把雪尘留在院中特等病房休养。这时，雪尘精神很是倦怠，众人送她到病房后，不敢惊吵她，大家都退出病房外的小院子里来。小院子的四周植着梧桐树，树叶儿被月亮的光芒笼罩，倒映在泥土地上好像图案画似的，倒颇令人感觉十分的清趣。靠屋檐下的有个葡萄棚，棚上盖着绿油油的叶子，还杂着一球一球的紫葡萄。棚下有张大理石的圆桌子，四围放着四只白底蓝花的圆鼓凳，这地方原是给病后新愈的人们作为散步闲坐的境地，所以院中一切的景物都点缀得甚为清静幽雅。

士杰等四人在圆桌旁坐下了，大家抬头仰望着碧青天空中那一轮光圆的明月，心里都在想刚才医生说的那一句"好像神经有些刺激"的话，除了司马文心里有些明白外，其余三个人都感到不甚了解，雪尘她有什么刺激呢？即使有的话，那么她又是为什么而刺激的呢？这时，士杰回眸望了司马文一眼，他第一要紧问明白，是雪尘和他们为什么都走到迷高美的大门外来，于是他说道：

"文弟，你多早晚到迷高美来的？士英和英妹又怎么样遇在一块儿？当时我原预备待你到来后再上律师那儿去，因为怕你找不到我又会走掉的，后来雪尘说她认识你的，因为她妹妹和你是同学，所以我就和王善定走了。你和她的妹妹真的是同学吗？刚才你们四人又预备到什么地方去呢？"

司马文听姊夫这样问，显然他心里是包含了一些妒忌的成分，于是平静了脸色，点了点头，毫不在意地告诉道：

"是的，她妹妹张雪鸿是我的同学，所以我和雪尘也认识的，我到迷高美的时候，只有她一个人坐在桌子旁，我问她姊夫到什么地方去，雪尘就把这些事告诉了我。因为有客人要她转台子，她不高兴过去，所以故意叫我把她带出。其实我们到隔壁金谷咖啡室坐一会儿，那时我们就碰见了妹妹和士英哥，因为怕姊夫回来找不到人，所以大家又回到迷高美来，万不料她会跌了一跤，连鼻子血都跌出了。"

司马文这几句话听到士杰的耳中，方才有了一个恍然大悟，暗想：怪不得雪尘知道我家里已经有了两个太太，原来都是阿文在告诉她，口里虽然不说什么，但心中却有些怨恨他多事。其实阿文是受冤枉的，告诉雪尘的人原是司马起。这时候，司马英和士英的心中也明白了，暗想：原来雪尘的妹子也是一个中学里读书的姑娘，那么文哥和雪尘的认识当然不是在舞厅里的了，刚才怨恨他荒唐，这倒是错怪他的了。司马英一面这样地想，一面又迫不及待地向士杰问道：

"姊夫，那么你到律师那儿去商量些什么呢？他有没有办法可以使我哥哥宣告无罪吗？"

"这件事情说起来非常的困难，虽然对于陈丽华的被杀凶犯是谁，王善定在手枪柄上的手印中已有了明白的确定，不过那个楚汉云咬定阿起是他们的盗党，所以这实在是一个问题。"

士杰听她这样问，方才微皱了眉尖，低低地告诉了他们，表示阿起总不能使他一些无罪的把握。司马英急急地道：

"那么姊夫不是可以给哥哥做一个证明的吗？况且哥哥原是你厂中的职员，你做总经理的担保一句，他们难道还有不相信的吗？"

"话虽这么地说，但阿起近来人真有些变了，我每次见他工作的时候总是一些精神也没有，白天里在办公室中打瞌睡不算，还把账目都弄错了，所以我觉得他真的有些靠不住。"

士杰并没有顾虑到其他一切似的很猜疑地回答。司马文兄妹俩听了这些话，觉得有钱人的势利，竟真的没有一些亲戚之情，连这些的责任都不肯担负的。两人不约而同地猛可站起身子，勃然地变色，冷笑道：

"那么照姊夫的意思说，我哥哥也确实是加入盗党了吗？你说这些话，你怎么能够对得住我的姊姊呢？"

"文弟，英妹，你们别着急呀！我哥哥也只不过是这样地说一声，对于起弟的事情，我哥哥当然会竭力地想法子的。不要说我们是至亲，就说起弟只有在厂中做职员的关系，我哥哥做总经理的也该给职员们一些法律的保障呀！"

士英见他们都有生气的样子，遂忙着站起身子，把阿文的手拉住坐下，给他们低低地解释。士杰心中虽然很不自在，但表面上还是含了阴险的微笑，说道：

"并不是我长了几岁年纪来说你们，你们这一班孩子，连一些忍耐的功夫都没有，你们这样地庇护着哥哥，虽然是你们兄弟姊妹亲爱的地方，不过你们也得想一想你哥哥今日发生这一件案子的原因。他和陈丽华发生了关系，陈丽华是个浪漫的女子，她的爱人可不是你哥哥一个，所以才演成了这一幕桃色惨案的悲剧，不管你哥哥是不是楚汉云的同党，可是一个青年这种的行为总是一个不良的分子。我做姊夫的就是这样地埋怨他几句，那也并不委屈了他呀！就是你的妈、你的祖母听见了，那也算不了什么，谁知道你们倒给我看起这一副面孔来了，这真是笑话。"

司马文和司马英被他一顿教训，倒真的弄得无话可答。司马英因为怨恨大哥不争气，心中悲酸而更难受，这就垂下粉脸，扑簌簌地掉下眼泪来了。士英见他们不作声，生恐他们恼羞成怒，彼此伤了感情，遂从中忙劝解道：

"哥哥，你也别误会他们的意思，他们并不是说你埋怨错了起弟，只要你肯竭力地设法能够使起弟无罪，你就是骂起弟、打起弟，那也是一件好事情。他们所以心中着急，原是因为怕你不肯管账呀！"

"那我如何会不肯管账呢？假使我要不管账的话，我也不会和王善定急急赶到律师事务所里去了。"

士杰说到这里，向司马英望了一眼。天空月亮的光芒，清辉地笼映过来，发现阿英脸上有晶莹莹的泪水，这就忙又说道：

"英妹，你哭起来干什么？我又没有什么地方得罪了你。"

"姊夫，你多心什么？你哪儿会得罪我？我想大哥这样的糊涂，祖母和母亲辛辛苦苦地抚养他长大成人，到今天不给她们争一口气倒也不要说了，谁知道还闯成了这样的大祸，所以叫我怎么能够不伤心呢？"

司马英泪眼盈盈地逗了他一瞥哀怨的目光，说到这里，一颗脆弱的芳心抑制不住无限的悲哀，她拿了手帕，掩着粉脸忍不住呜咽地啜泣起来。司马文被妹妹一哭，心头也觉有股子辛酸触鼻，尤其被阵阵的夜风扑面，更加地凄凉难受，泪水也夺眶而出了。士杰见小姨哭了，一时心头又软了下来，遂温和地安慰她说道：

"英妹，你别闹孩子气了，被人家听见了算什么意思呢？你放心，我总尽我的能力，可以使起弟无罪，难道我会袖手旁观的吗？"

"英妹，你听见我哥哥说的话吗？你快不要哭啦，你的身子又是这么的柔弱，要如伤心得有什么不适意的话，那不是又是你自个儿挨受痛苦吗？"

士英拉了阿英的衣袖，也低低地劝慰她。司马英这才停止了呜咽，伸手在眼皮上来回地揉擦了一下，叹了一口气，却是默不作答。司马文这时候方才说道：

"姊夫，我们年轻无知，有什么地方冒犯了你，你应该原谅我们的。哥哥的事情，你总得瞧在我姊姊的脸上，竭力地帮一个忙，我们生生世世都感激你的。时候不早，我们也该回家去告诉我们的妈了，可怜她老人家此刻真不知要焦急得怎一份样儿了呢！"

"是的，我们该回去了。姊夫，那么我们就拜托了你，明儿见吧！"

司马英见文哥已站起身子，于是跟着起身，秋波脉脉地望了士杰一眼，表示并没有发生过什么口角的样子，很柔和地说。士英、士杰都也站起来了，士杰道：

"你放心地回去，劝你的妈别难受，什么事情我都会办理舒齐的。明天我有什么消息，会打电话来告诉你们的。"

司马文兄妹俩点头答应，遂向院子外走出去。士英一路跟了出来，表示送他们的意思，其实在他的心中当然是别有作用的。士杰见他们走后，因为心里是记挂着雪尘的受伤，于是三脚两步地走回到病房内来，只见看护在服侍雪尘喝药水，雪尘似乎在问她经过的一切。看护见士杰进来，遂说道：

"韩先生来了，你问他好了，我也有些不清楚呢。"

看护说着，离开了床边，悄悄地退了出去。士杰走到床边，望了雪尘一眼，微微地笑道：

"张小姐，你好好儿走路，为什么竟跌了一跤呢？鼻子血流了一大堆，真把我急死了，你现在可好一些了吗？"

士杰说着话，老实不客气地在她床沿边坐了下来。雪尘点了点头，伸手揉擦了一下眼皮，望着他说道：

"多谢你，好一些了。韩先生，你是什么时候回来的？司马小姐和你的弟弟他们都上哪儿去了呀？"

"他们都回家去了，我从律师那儿回来，不料你正跌昏在迷高美的门口，所以我就马上把你送到医院里来了。你现在好了，我心里真觉得高兴。"

士杰柔情蜜意地回答，拉着她的纤手轻轻地抚摸。雪尘听他说起"律师"两字，遂从床栏上靠起身子，急急地问道：

"韩先生，律师对你说些什么呢？他说有办法可以救司马起无罪吗？"

"张小姐，你才好一些，怎么就坐起身子来了？快躺着吧。"

士杰却并不回答这些事情，先多情的样子伸手要去扶抱她的身子。雪尘其实心中是多么的焦急，遂只好又躺倒床上，说道：

"我原不是什么大病，也不是什么重伤，此刻完全地好了。韩先生，你为什么不告诉我呀？这件案子究竟怎么样地办呢？"

"大概是没有什么问题的，看明天审问的时候情形怎么样。我想王善定既然肯帮我的忙，他也许可以宣告无罪的。"

士杰见雪尘很关切这一件案子，心里不免有些生起疑窦来，一面回答，一面暗想：莫非雪尘和阿文有什么关系吧？她说妹妹是阿文的同学，一定是她圆的谎话，否则，阿文和雪尘如何会到隔壁去吃咖啡呢？于是沉吟了一会儿，又微笑道：

"张小姐，我听阿文说，他很爱你，你也很爱他，所以你不肯答应嫁给我，大概就是为了这个缘故吧？"

"韩先生，你又说笑话了，阿文还只是一个十八岁的孩子，我已经是二十岁了。你想，我怎么会去爱上他呢？你说阿文对你说他爱我，这可是你造的谎话，你就是说给三岁的小孩子听，人家也不会相信你的。我老实地告诉你吧，阿文是我妹妹的爱人，你若不相信的话，那么你可以问我妹妹的。"

雪尘听他这些酸溜溜的话，忍不住扑哧的一声笑起来，撇了撇小嘴儿，秋波逗给他一瞥妩媚的娇嗔，俏皮地回答。士杰听她这么地说，一时倒又相信了，忽然他又想到了什么似的哦了一声，笑道：

"那么你虽然没有爱上了阿文，恐怕你和阿起是有些关系的吧？"

"呸！你少说几句废话吧！我和阿起根本就不认识的，你吃醋也不是这样吃法的呀！"

士杰这一句话真的说到雪尘的心眼儿里去了，粉颊上一阵子热燥，不觉浮上了两朵玫瑰的色彩，不过她会竭力镇静了态度，故作娇嗔的神气，恨恨地啐了他一口，急急地辩解。士杰对于她末了这一句话，心头是感到有些甜蜜的滋味，遂握住她软绵绵的纤手，憨然地笑了一会儿，说道：

"张小姐，那么你为什么不肯答应嫁给我呢？我心中是多么地爱你呢！难道你就一些也不动心的吗？"

"你怎么知道我不爱你呢？不过你家中已有了两位太太，你爱我，你该把我怎么样地安摆？我不是早跟你说过吗，只要你能够和我堂堂正正结婚的话，我总可以答应嫁给你呀！"

雪尘见他又谈起了这一件事情，心里感到有些讨厌，遂正了脸色，向他很认真地回答。士杰支吾了一会儿，问道：

"我家中有两个太太，大概是阿文告诉你的吧？"

"不，你别冤枉他，他从来没有跟我说起过你家里的事情。"

"那么你怎样地知道？"

"我当然知道，你的罗曼史，还有谁不知道吗？因为你是一个总经理的大人物呀！大人物的行动总会有人在宣传的。"

雪尘�’了�’小嘴儿，她这两句话中是包含了一些讽刺的成分，接着她又坐起床来，瞧了瞧手腕上那只钻表，说道：

"已经是十一点三刻，我也该回家了。"

"什么？你如何能回家呢？已经住在院中了，不在院中休养一天干吗？"

士杰见她要回去，心头表示有些惊异，遂急急地劝阻她。雪尘瞅了他一眼，纤手理了一下脑后的长发，说道：

"住在院中那怎么能成？妈还没有知道呢。她见我一整夜的不回家，那不是把她老人家要急死了吗？"

"我想打个电话去通知她们一声，她们也就放心了。你才昏厥过去的人，要如在路上受了风寒，这可不是玩的事情。你等着，我去给你打电话吧。"

士杰说着话，身子已离开了床边。雪尘也觉难以起床不能行动，遂也只好由他去打电话了。士杰到了电话间，握了听筒，拨了号码，一会儿后，那边有个女子的声音问道：

"张家，你们找谁？"

"你是二小姐吗？我是韩士杰。"

"哦！韩先生，有什么事吗？"

"你姊姊有些不舒服，她现在慈航医院特等病房三号内休养，今天晚上大概是不会回来了。"

"啊！我姊姊生了什么病啦？"

"没有生什么病，因为……她……跌了一跤，所以有些头晕，现在已经是完全地好了。你可不用担忧的，叫你妈也别害怕，知道吗？我们再见。"

士杰说完了这几句话，就放下了听筒。当他步出电话间的时候，只见士英从院子外垂了头进来。士杰奇怪道：

"咦！你还没有回家吗？"

"哦！哥哥，我想跟你商量一件事情。"

士英抬头见了士杰，遂微微地掀起了一丝笑容，低低地说。士杰不愿他走到雪尘的病房里去，遂掉头向小院子里走。士英于是也跟着上来，士杰淡淡地问道：

"你有什么事情要跟我商量呢？"

"哥哥，现在这一个时局，真所谓沧海桑田一样，一会儿变了，一会儿换了，有钱的人也等于没有钱一样。"

兄弟两人在一株梧桐下站住了，士英低声儿地叫了声哥哥，先向他说出了这几句话。士杰有些不了解他说这几句话的用意何在，望着他的脸倒是愕住了一会子，方才问道：

"我不懂你说这些话是什么意思，那么你预备怎么样呢？"

"我的意思，很想做一些实际上的事业，所以我预备创办一个大规模的医院，大概需要两三百万元的经费。我想请哥哥放一些款子，院长的名义，就准定给你担任好了。"

士杰这才知道他是要自己投资创办医院的意思，遂沉吟了一会儿，点了点头，说道：

"创办医院我倒也赞成，那么我就投资二十万元钱吧。"

"二十万元？哥哥，这数目可太小了。"

士英听了这个数目，向他反问了一句，摇了摇头，表示不济于事的样子回答。士杰微蹙了眉毛，望了他一眼，有些惊异的神情问道：

"二十万元还说数目小，那么你要我投资多少呢？"

"哥哥，并不是叫你投资呀，我的意思，把我所有的产业变化起来大概有一百万左右，还有二百万元的数目，就是你来凑足了。不知你的意思怎么样？"

士杰听了二百万元的数目，不禁连摇了两下头，说道：

"弟弟，你不要胡闹了，我哪儿来这许多现款呢？这个数目我可拿不出来，你还是另外地想别的办法吧。"

"哥哥，你难道不能把一部分的现纱脱手了吗？现在这几天的风声很不好，你应该快些准备才是，到那时候只怕一个子儿的钱都拿不到手了。"

"这些都是外面的谣传，你知道些什么呢？"

士杰并不肯听信弟弟的忠告，他心中还有些讨厌的意思，回过身子，似乎要走了的样子。士英跟上一步，把他的手拉住了，叫道：

"哥哥，你别忙呀！我们创办这医院的费用，是有益于社会国家的事情，你是有着几千万家产的人，拿出两百万元也算不得什么，况且这些钱拿出来了也并不是没有价值的，我想这对于你的名誉和身价都会抬高得多的。哥哥，你应该仔细地想一想，那你就明白我做弟弟的是并不会欺骗你的。"

"你这话虽然不错，不过叫我一时里如何拿得出这许多的现款来呢？"

士杰停止了步，回头望了他一眼，是故意推托的意思。士英以为士杰心有些动了，遂忙申辩道：

"只要你答应了我，我并没有叫你立刻地就拿出钱来呀。"

"那么让我考虑考虑，反正你也不是立刻地就要创办了，我过几天再答复你好吗？你现在可以先回家了，我再到张小姐的房中去瞧一会儿，也就走了。"

士杰说到后面，转变了话锋，向他低低地叮嘱，自己身子便向雪尘病房里走进去了。士英望着哥哥的身子在黑暗消失了之后，他呆呆地出了一会子神，觉得哥哥的话并没有诚意答应的意思，无非是一种敷衍而已。他感到失望的悲哀，忍不住深长地叹了一口气，垂了头，向院子外一步一步地走，心中又在想哥哥这样地迷恋女色，恐怕将来也是没有什么好的结果吧！士英正在暗自地感叹，不料迎面走来一个年轻的少女，两人因为都没有防备，所以竟撞了一个满怀。因为士英踏痛了人家的脚，所以使那个少女啊呀了一声叫起来了。士英这就着了慌，连忙把她扶住了，说道：

"对不起，对不起，我没有看见，请小姐原谅我吧！"

"没有关系，这是我不好，因为我太性急，所以撞了你。"

那姑娘倒也是很懂道理的人，站正了身子，微红了两颊望了他一眼，低低地回答。士英在瞧清楚她脸之后，心中倒是别别地一跳，暗想：这不是张雪尘小姐吗？因此望着她倒是愣住了。原来这少女正是雪鸿，她得到士杰的电话之后，就急急地去告诉母亲。张太太心里放不下，恐怕发生什么意外的事情，所以叫雪鸿前来医院里看一个仔细。当时雪鸿被一个美男子这一阵地呆望，心里自然十分的羞涩，遂向他一点头，说声再见，便匆匆地走了。士英听她说了一声再见，倒忍不住感到好笑，抬头仰望了一会儿天空，方才坐车匆匆地回家里去。

雪鸿在说出了这一句再见之后，连她自个儿也忍不住笑出声音来，暗想：这句再见的话真也有趣，其实原是我急慌了的缘故，所以才这么地说一句。一面想，一面已找到特等病房三号房间，推门进内去一看，只见床上躺着的正是姊姊，韩先生站在床边正和姊姊说着话，于是忙急急地问道：

"姊姊，你怎么啦？你到底有什么不舒服啦？"

"哦！妹妹，你来了，我知道你一定要来的，我心里真快活。"

雪尘见了妹妹，满脸含了安慰的微笑，伸了手，大有欲拥抱的样子。雪鸿听了，也早已步到床边，和姊姊亲热地偎住了，叫道：

"姊姊，你没有什么吧？我从家里赶来的时候，我那颗心是充满了无限的恐怖，我真恨不得插翅飞到姊姊的身旁，现在我见到了姊姊之后，我的心才算安定了许多。"

"妹妹，那是我害着你了，我原没有什么不舒服，你快先去打电话给妈知道，也好叫妈放心。"

雪尘和妹妹亲热了一会儿，遂向她这样地催促。雪鸿答应，遂走出病房外去。士杰笑了一笑，很羡慕的神气，说道：

"瞧了你们姊妹俩这样亲热的情形，使我会想到没有一个姊姊和妹妹的凄凉，假使我有像你们这一对妹妹的话，那我真不知要怎么样地高兴呢？"

"不过姊姊和兄弟是一样的，你不是也有一个弟弟吗？我想你们兄弟不是也可以和我们姊妹一样的亲热吗？"

雪尘这两句话是对准了他心眼儿讽刺的，在她料到有钱人家的兄弟好像散沙般一样，绝不会有互相爱护互相照顾的心。这在士杰耳中听了当然有些感愧，不禁红了脸，默然了一会儿。雪尘故意把手按在嘴上打了个呵欠，秋波斜乜了他一眼，微微地笑了笑说道：

"我倒有些疲倦了，韩先生，时候不早啦，你倒不累吗？"

"哎，真的时候不早，现在有你妹妹做了伴，那我也就放心回家了。

张小姐，明儿见吧！"

士杰究竟也是个聪敏的人，他当然明白雪尘这举动是有催客的意思，于是点了点头，和雪尘道了晚安，告别走出了。雪尘待他走后，心中想着司马起明天到底怎么样判决，心头备觉痛伤，叹了一口气，忍不住滚下泪水来。不多一会儿，雪鸿打毕电话进房，见姊姊在垂泪伤悲，一时倒吃了一惊，连忙走上去问道：

"姊姊，韩先生走了吗？这……这……到底是怎么的一回事情？你好好儿为什么又哭起来了呢？"

"妹妹，你姊姊的命太苦了……"

雪尘此刻在妹妹的面前，把过去几个钟点忍熬住了的伤心，现在就痛痛快快地发泄出来，她倒在妹妹的怀内，索性呜呜咽咽地哭出声音来了。雪鸿还弄得莫名其妙，但女孩儿家到底是心软的，所以她也陪着姊姊扑簌簌地落下眼泪来，低低地问道：

"姊姊，你难道受了韩先生的委屈了吗？你说呀！你别哭呀！叫我看了，不是心中感到难受吧？"

"不，妹妹，你不知道吧！阿起……他……他犯了罪了。"

"啊！起哥犯了什么罪啦？你怎么样知道的呢？"

雪鸿惊讶得啊的一声叫起来，她望着姊姊带雨梨花那么的粉脸，急促地追问。雪尘摇了摇头，长叹了一声，很心灰地说道：

"阿起太没有良心，太没有理智，他是辜负我一番热诚的期望了。妹妹，我的命太苦，我第一次失眼在前，第二次又失眼在后，唉！叫我今后做人还有什么趣味呢？"

"姊姊，你好歹告诉我一个明白吧！叫我心中闷得多慌呢！"

雪鸿见她一面说，一面哭泣，脸上是呈现了死灰的颜色，因此她也默默地继续淌泪了，不过她还拿手帕去拭姊姊颊上的泪水，在哽咽声中轻轻地问。雪尘这才收束了泪眼，用了无限哀怨的口吻，把晚上几个小时中的事情都告诉了雪鸿，并且说道：

"阿鸿，你想，阿起还会在外面胡调，他怎么能够对得住我呢？"

"唉！起哥到底太没有决心了，这是社会的罪恶，还是他本身的罪恶呢？"

雪鸿听了姊姊这一篇告诉之后，方才有所恍然大悟了，一时也忍不住叹了一口气，很感慨地说着。雪尘又淌泪说道：

"你这两句话，我早已对阿起说过了，社会本来是罪恶的，你应该不为社会的罪恶来诱惑你也步入罪恶的道路，这当然是要看一个青年人的意志如何了。我以为他听了我这两句话，总有一番深省及挣扎不可，谁知道到今天仍旧发生这样令人失望的事情，能不叫我感到心痛吗？"

"姊姊，可是事情已到了这个地步，你伤心也没有什么用，好在他的姊夫会想法子救他无罪的，所以你也别太伤心了，自个儿身子保重要紧。"

雪鸿虽然没有听姊姊告诉她和司马起已到怎样的关系，不过凭她这一份样儿痛伤的神情看起来，就可以知道他们绝不是普通可比的了，因此给她拭着眼泪，只好柔声儿地安慰她。雪尘似乎也不愿多伤心，明眸望着妹妹的粉脸，忽然破涕地微笑起来，说道：

"妹妹，在这儿我觉得尚有安慰的，是阿文到底比阿起强得多，而且他的用情也非常的专一。刚才我曾经直接地问过他，问他早晨和一个少女坐了三轮车是到什么地方去，他完全地告诉了我，事情是这样的……"

雪尘说到这里，把阿文救助丁智仙一家的事情，又向雪鸿告诉了一遍。雪鸿在听到了这个消息之后，她的芳心里总感觉到有些不自然，遂叹息道：

"我觉得世界上的男子都是见一个爱一个的多，能够爱情专一的男子恐怕是找不出一个来的吧。像阿文的救助丁小姐，虽说完全是激动于人类互助的义务，不过在其中不免带些情感作用的。就是阿文对她没有什么意思，在丁小姐受惠的心中，当然少不得因感生情，这样地下去，还不会成了一个三角恋爱的僵局了吗？所以我说在我们之间若有了风波的动荡，这全是阿文自己去找了来的。但话又得说回来，也许阿文真的爱上了丁小姐，那也说不定的。总而言之，男子的心是不可捉摸的，你瞧，在我们眼前这阿文、阿起、韩先生三个男子，哪一个是爱情专一的呢？像韩先生这种人更不是东西，有了妻子，还去爱上阿文的姊姊，如今把人家姑娘弄到了屋子里去，他又要来爱上了你。唉！他简直把我们女子当作一件什么装饰品看待，他把我们女子还当是一个人吗？”

雪鸿滔滔不绝地说了一大套的话，说到末了的时候，她只觉得无限的愤怒，绷紧了粉脸，微竖了柳眉，大有恨声不绝的样子。雪尘叹了一口气，抚摸着妹妹的手，很婉和地说道：

“妹妹，可是这也不能一概而论的。士杰这种人的行为完全是金钱作祟的缘故，他无非以金钱在买爱罢了。在这里还够不到资格说‘爱’之一字，爽快地说，以金钱在买欲罢了。不过像阿文这一班青年，完全是太偏重于情感的缘故，所以才会去救助丁智仙的一家。刚才他对我很坦白地声明，说他并不爱智仙，他始终如一地爱上了你，叫你不要发生误会，因为误会是足以破坏男女间爱情的阻碍物，所以你千万要谅解他才是的。”

“姊姊，你放心，我现在想得很明白，绝不会为了这些事情而再自寻烦恼的。一会儿两点快到了，姊姊，我们睡吧。”

雪鸿听姊姊这样说，心头虽然安慰了许多，但表面上还显出毫不介意的神气，伸手打了一个呵欠，瞧了瞧手表低低地说。雪尘也觉很倦怠，而且感到有些寒意，便倒身躺了下来。

特等病房原有两张床铺，雪鸿先去关上窗户，因为内急，遂走到厕所去方便，不料解手完毕，忽听外面人声嘈杂，雪鸿出外来瞧，只见看护用软床抬了一个女子到一号病房去，后面跟着一个男子，谁知却是韩士杰。雪鸿心中这一惊奇，不禁目瞪口呆，怔怔地愕住了。

第七回

　　时候已经晚上十点钟了，四周是显得十分的静悄，室中的灯光是全熄着，只有在那张席梦思旁茶几上亮着一盏绿纱罩的台灯，那暗绿色的光芒，把房中一切的布置更笼上了一层柔美而清幽的色彩。司马琴是坐在席梦思上的台灯下，手里拿着已编成四分之三的那件雪白颜色的绒绳背心，胁下夹了一团绒线，两手很灵活地编结着。她低了头，暗暗地细想着家中，起弟、文弟又有好多日子不上我这儿来了，就是英妹也没有来一次，大概他们的事情都很忙吧？一时又想自己本来要回家去瞧一次祖母和妈，无奈这几天身子总是懒懒地一些精神都没有。前天托二叔拿一万元支票捐助到上海儿童教养院里去，不知二叔可曾交在我母亲的手里？偏二叔这几天来的人影子也不见，大概他和英妹走得很亲热吧？想到二叔和阿英这一头亲事，连带又想起阿起和阿文的亲事，觉得两个弟弟的年纪也不小了，假使有好的对象的话，也该给他们早些定下了，免得他们东荡西玩，弄得心绪不宁似的。万一在外面受了浪漫女子的欺骗，这对于一个青年人的前途实在很有关系，像起弟上次赌输了钱，连钻戒都押了。唉！这还不是荒唐的结果吗？一会儿又想文弟问我拿一千元钱，说是救助了一位姓丁的姑娘，我想在这里多少有些感情作用。像我家这样的境况，要富家的小姐来做媳妇原也不大相配，像丁小姐虽然贫苦一些，假使容貌清秀的话，我倒要劝母亲就此成全了他们一对。这个年头儿，物价飞涨，生活日艰，尤其两性的结合，只要心意相合，阶级方面也就不必再论的了。

司马琴现在的人是完全的变了，虽然她还是一个二十岁的姑娘，可是她就变得像一个小老太婆似的，没有事的时候，一个人常常会东思西想地去顾虑到往后的一切。今天晚上，她的思绪又很复杂，一会儿想家，一会儿想士杰所做的交易，以及这两天来的风声，所以她微蹙了眉尖，简直有些忧愁的神气。有身孕的人，呕吐是免不了的事情，司马琴不知怎么的，忽然她又恶心起来，遂慌忙放下绒线，低头凑在痰盂旁，呕吐了一会儿。其实除了几口清水之外，原也呕吐不出什么东西，司马琴的心口是非常的难受，她连眼泪水都呕吐得流了下来，一时又不免暗想：世界上的事情，没有经过是绝不会知道的。譬如说我在做姑娘的时代，怎么能够想得到一个女子受孕的时候会这样的不舒服呢？可见母亲养我们这四个孩子真也不知吃了多少的苦楚，做儿女的若不孝顺父母实在是太不应该了，可是这些事似乎也只有在现在方才想到，当我做姑娘的时候又哪里会想到这些呢？记得每次母亲管教我的时候，我总要倔强地顶几句嘴，使母亲心头常常地生气，及今思之，实在是太罪恶了。司马琴在忏悔之余，感到十分的悲哀，她的眼泪大颗地更滚落了下来。

司马琴呕了一会儿，意欲倒杯开水过嘴，当她抬起头来的时候，泪眼模糊地忽然望见到对过三门大橱旁站着一个头戴呢帽、身穿西服的男子，一时还以为士杰回来了，这就站起身子，笑道：

"你多早晚进房的？为什么一些声响都没有呢？"

谁知那男子却并不作答，而且也并没有什么动作的表示。司马琴伸手擦了擦眼皮，定睛一瞧，却是个陌生的男子，但她还记得清楚这好像是她已经死去了多年的父亲。司马琴在瞧清楚了之后，她全身只觉浇了一盆冷水，顿时毛骨悚然，不禁哟了一声竭叫起来。经过司马琴这一声叫喊，那黑影就消失了，同时房中的光线似乎也会显现得明亮一些。她颓然地倒向席梦思上，耳听着窗外夜风吹着院子里树叶儿的声音，一阵一阵的寒意从她骨髓里冷出来，只感到无限的凄惨。就在这个当儿，小梅端了一碗桂圆汤进来，向司马琴低低地问道：

"少奶，你可曾叫过我吗？"

"哦！我没有叫过你，你为什么这许多时候才进房里来呀？"

司马琴见小梅进房来了，她那一颗跳跃得很剧烈的芳心这才平静了许多，因为不愿把这些话告诉别人，生恐传到祖父母的耳里，说自己疑神疑鬼，倒又引起下人们的笑话，所以她是竭力镇静态度，摇了摇头，低低地回答。

“少奶，我在给你滚龙眼汤呀，小兰在给她少奶烧虾仁面，我们两人说着话做伴，就忘记了时间了。”

“你还说哪！把我一个人留在房中多冷清的。”

小梅把那碗龙眼汤放在茶几上，笑嘻嘻地回答，在她说话的口吻，至少还带有些顽皮的成分。司马琴逗给她一个娇嗔，表示有些怨恨的意思。小梅笑道：

“可是那天晚上我伴着少奶，少奶又嫌我那张嘴会说话，一会儿说老爷，一会儿说太太，一会儿又说二少爷。我知道少奶是爱清静的，谁知道这会子少奶倒又感到冷清起来了。”

“瞧你这丫头，我说了你一句话，你倒又派我的不是起来了。”

司马琴拿过龙眼汤，微微地喝了一口，虽然是带着嗔恨的表情，却也浮了一丝笑意。小梅这回不作声，把席梦思上的绒线活计拿起，瞟了司马琴一眼，说道：

“少奶，你是有身孕的人，为什么还喜欢在晚上工作呢？我说您的身子又是挺娇弱的，受了累，明天又咳嗽头晕，叫我心里又着急了。”

“你不知道，这几天的天气是冷得多了，上次你少爷对我说，没有事给他编结一件绒线背心，我想他既这么地说，总得把它赶完成了才是的。”

“少奶，你还不知道少爷的脾气吗？什么事情他总是有口无心的，说过就完了，您辛辛苦苦地把绒线背心编结成了，可是少爷就绝不会穿在身上的，所以我说少奶空闲的时候做几针把它当作消遣品才好，别这么地日赶夜赶。你费了很多的心血，明天少爷在什么老三老七那里宿了一夜，把少奶的那件背心早已丢了，又换上了不知哪个婊子结的好背心了。”

小梅噘着嘴，絮絮地说了一大套，把绒线活计给她藏入五斗橱内去了。司马琴觉得小梅所说的原也是实情实理的事情，因此不免又勾引起无限的新愁旧恨，忍不住轻轻地叹了一口气，拿着那碗龙眼汤，呆呆地又想了一会子心事。自己从得了身孕之后，身体是只见衰弱下去。士杰每天在金钱眼子里转念头，他哪里还有空闲工夫来顾虑到我的身子？这半年来也只有小梅很真心地关怀着我罢了，想不到小梅竟会这样地忠心于我，这确实是很难得。一会儿又想起刚才好好儿的会看见了爸爸，这到底不是一个吉祥的预兆，也许我有什么大祸临在身上，所以爸爸心中在替我感到焦急吗？否则，恐怕我是不久于人世的了。司马琴想到这里，一阵子悲酸触鼻，眼泪忍不住又直抛了下来。

"咦！少奶，您怎么啦？为什么又伤心起来了呢？"

小梅回过身子来的时候，忽然瞥见到少奶海棠带雨似的粉脸，一时倒吃了一惊，遂走到她的面前，凝眸含颦低低地问。司马琴把碗仍旧放到茶几上去，拿帕拭了一下眼皮，叹了一口气，却是并没有作答。小梅挨近她身旁，用了温和的口吻，劝道：

"少奶，你也该想明白一些吧，自己身体保重要紧，您老是这样的伤心，万一有什么病痛的话，有谁来疼爱你呢？还不是自个儿身子受苦吗？我说少爷是个没有什么情感的人，他今天爱这个，明天爱那个，将来总有后悔的日子。少奶这次但愿能够养个儿子的话，那么将来少奶的福气就不小啦！"

"小梅，我真感激你，我觉得你才是我的知音一样。"

司马琴拉住了小梅的手，泪眼盈盈地凝望着小梅的粉脸，在她说完了这两句话之后，伏着小梅的肩胛，忍不住呜咽地哭泣起来了。小梅被她这么地一来，因此脆弱的芳心也悲酸起来，陪着少奶落了许多的眼泪。司马琴泣了一会儿，拭去了泪痕，向小梅问道：

"小梅，假使我有一日死了之后，你能把我的孩子抚养长大吗？"

"少奶，你好好儿的为什么要说这些话呢？叫人听了不是心中难受吗？"

"你难受什么？一个人早晚的总要死去，我也只不过比方地说一句。"

"可是我不愿听少奶说这些话，我愿意和少奶一块儿永远地活下去，少奶，您待我太好了，我觉得您像我的娘一样。小梅是个孤苦的女孩子，没有娘而且更没有家。我自从服侍了少奶之后，可从来没有挨过您一声骂，要如我没有少奶了的话，我也许会活不下去的。"

小梅还只有一个十六岁的女孩子，她至少是带着一半的童心，所以在说完了这几句话之后，她便掩着脸抽抽噎噎地哭泣起来。司马琴想不到自己在这样孤独的环境之下，却还有这么一个女孩儿来痴心地爱护我，她芳心里是得到了一阵莫名的安慰，由不得破涕笑起来，说道：

"傻丫头，我还没有真的死了，你哭起来干什么？快别哭了，时候不早，看你的少爷也许要回家了，你把他吃的夜点心应该预备预备才是。"

"这还不是少奶自个儿引逗我伤心的吗？"

小梅被她这么地说，慌忙又收束了泪痕，但她噘着小嘴儿，却逗给她一个妩媚的娇嗔，有些怨恨她的意思，自管地走开去了。司马琴听了，忍不住又觉得好笑。小梅走开去，在面汤台旁去拧了一把手巾来，给司马琴擦了一个脸。就在这个时候，只听一阵步履声响入耳鼓，司马琴抬头望去，见是士杰的妻子李静芬，她拿了一碗热气腾腾的虾仁面，含笑步入房中来。司马琴觉得这半个月来的日子，静芬对待自己似乎特别的亲热，时常亲自地拿点心到我房中来给我吃，说我是个怀孕的人，很会想些吃的。司马琴原是个富于情感没有心计的爽直姑娘，她见静芬待自己好，也就把她当作亲姊姊一样地看待了。当时司马琴连忙起身相迎，含笑叫道：

"姊姊，你还没有睡吗？"

"妹妹，我叫小兰烧一些面吃，倒是挺鲜味的，我想着了妹妹，所以拿一碗来给你尝尝滋味，我想你也饿了吧？"

"多谢姊姊，还劳你的驾亲自送了来，真叫我心中过意不去。"

司马琴一面说，一面把面碗接到手中。面上的料子真不少，有虾仁、有干贝、有麻菇，那一股子热气冲入鼻管，只觉得香味、鲜味都渗入心腑。司马琴因为是有孕的人，她这几个月来原很想东西吃，而且常会肚子饿，此刻见了这一碗面，自然很对胃口，所以非常地欢喜，把面放在茶几上，因为知道静芬是吸烟的，遂亲自递给她一支烟卷。小梅斟了一杯玫瑰花茶，交给静芬，说大奶奶用茶。静芬一面接过，一面吸了一口烟，望了司马琴一眼，微笑道：

"妹妹，你快先尝尝味儿，回头冷了吃着就会碍胃的。"

"那么姊姊自个儿不吃吗？"

"我已经吃过了，这一碗原是留给你吃的，你别客气吧。"

"那么姊姊你请坐一会儿。"

司马琴摆了摆手，微笑着说。回头向小梅吩咐道：

"小梅，你给我拿一双筷子来呀！"

"少奶，你不先喝完了龙眼汤吗？我说你这一碗面就剩给少爷吃吧，因为今夜少爷回来，也没有什么夜点心可以给他吃了呀！"

小梅不知怎么的，她今夜却有这一份儿放肆地出起这个主意，可是司马琴听了，也真的舍不得自己吃了。正欲说句也好，但静芬却忙着说道：

"小梅，你这丫头说话为什么现在越弄越没有规矩了？我因为妹妹有身孕的人时常想东西吃，才亲自送了过来，怎么你自说自话就要剩给少爷吃了？少爷在外面花天酒地的什么好东西没有吃过？他做人还可以糊涂一些了，叫我留东西给他吃，老实地说，少爷这样的行为，我心中就恨着他，妹妹真也待他太好了，换了我，我理也不理他呢！"

"姊姊，你这话也真不错，少爷这人也太糊涂了，我几次三番地劝他，可是他总不肯听从我的话。"

司马琴听她这样说，一时芳心里也有十分的怨恨，暗想：他在外面吃馆子喝咖啡，什么东西没有不上过口呢？我真犯不着留给他吃。遂点了点头，叹了一口气，在沙发上坐了下来。小梅心中虽然有些讨厌静芬，但也只好把那双银制的筷子拿到茶几上来，说道：

"少奶，那么这碗龙眼汤留给少爷吃了吧。"

"也好，你去把它滚一滚热，倒在暖水壶里给少爷留着吧。"

司马琴到底有着一份对待丈夫的爱心，遂点了点头回答。小梅于是拿了龙眼汤又走到厨下去了。静芬吸着烟卷，眼见司马琴把一碗虾仁面吃到肚子里去，她脸上是含了微微的笑容，在这笑容中仿佛是包含了无限安慰的成分，遂低低地问她说道：

"妹妹，这碗面还鲜口吗？"

"真鲜极了，姊姊，谢谢你，晚上吃了一口饭，此刻正有些饿了。"

"在饿的时候吃下去，那就无怪更觉得鲜味了。"

静芬微笑着回答。司马琴抿了一下嘴唇，把碗筷放下，说道：

"姊姊，我也有许多日子不曾和你好好儿地说话了，我想少爷这样地糊涂下去，对于他的前途是很有妨害的，况且这几天的风声又很不好，做买卖的人又是多么的危险哟！上次少爷对我说，他有五百包现纱在手里，计算起来值二千万元钱，他把新光药厂的资本都调用到现纱那儿去了。从前西药飞涨，生意又好，所以现金流动倒也不觉得什么，可是现在西药又呆滞起来，棉纱又受统制，这么地一来，他这几天的心思更烦了，心思愈烦，他愈要到外面灯红酒绿的场所里去找寻刺激，每天晚上总是一两点钟回来的，有时候还整夜地不归。这半个月来因为是宿在我的房中，这些情形你当然是不知道的，所以我想请姊姊待他今晚回来的时候，你也劝劝他，那么他也许肯改过一些来了。"

"唉！妹妹，少爷这人的脾气，我和他做了十年的夫妻，还有个不知道的吗？他最恨的就是有什么人去劝告他，他非但不肯听从你，而且他连回家都不来了。妹妹也可说是他心爱的人，你劝他，他尚且不肯听从你，那何况是我吗？所以我劝他也是白劝的，倒不如让他去好吗？"

静芬未说话之前先深深地叹了一口气，表示十二分灰心的样子。司马琴微蹙了眉尖，秋波脉脉地凝望着静芬的脸，低低地又说道：

"姊姊，你这话虽然说得是，不过我们到底是他的女人，对于少爷的成败，我们的终身不是有着很重大的关系吗？"

"不过照他的种种行为而说，我倒不如没有这个丈夫比较清静得多呢！妹妹，并不是我心肠狠，假使你换在我的地位说，你心中恨不恨呢？"

静芬正着脸色，十分怨恨地回答。在她这几句话中，至少是包含了一些刺激司马琴的成分。司马琴本身在这个地位之下，听了她这几句话，当然是十二分的心痛，粉脸上盖了一层羞惭的红晕，低下头来，默不作答。就在这时候，小梅把龙眼汤重新滚热走进来，倒放在热水壶里，向静芬说道：

"大少奶，小兰说请您过去，不知有什么话要跟您说哩。"

"哟！一会儿已经十一点多了，我也该去睡了。妹妹，你也早些休息吧。有身孕的人总要自个儿保重，对于少爷这个人，能劝的就劝几句，要不然，那也是没有办法的事情。"

"是的，我知道，姊姊，那么我们明儿见吧。"

司马琴站起身子，表示相送的意思，不过她身子并没有移动，眼睇着静芬的身子跨出了房门，她又颓然地倒坐在沙发上了。小梅回身见少奶这一种愁闷的态度，心里很是奇怪，遂走上来问道：

"少奶，为什么你又难受的样子？莫非大少奶怄了您的气了吗？我说大少奶这人是很阴险的，她表面上待您很好，可是心里一定很妒忌您的。这一种小人，您还是和她走开一些的好。"

"小梅，你不许胡说，这些话也是你说的吗？以后你要如再说这一种没规矩的话，我可不饶你的。"

司马琴生恐小梅的话万一被什么下人们听见了，传到静芬的耳中，这事情可又要闹大了，所以她抬头瞪了小梅一眼，怨恨地娇喝她。小梅想不到自己一片忠心耿耿的好意，反遭少奶这样地责骂，一时心头有些怨恨，忍不住微微地叹了一口气，望了她一眼，说道：

"少奶，我说这两句话原也是为了爱护你的意思，谁知你还骂我，难道你把她当作一个好人看待吗？"

小梅说到这里，似乎受了十分的委屈，眼皮一红，泪水落了下来，背转身子，大有走到房外去的样子。司马琴见了，又感动又好笑，遂叫住她道：

"小梅，你回来，你以为我是个这样不明白的人吗？可是你也应该知道，公馆里人多口杂，要如这些话被人家搬弄是非地传到她的耳中，那又不是我的受累吗？唉！你这孩子，真太不懂事了。你也该想想我现在的地位，是多么的低微呀！"

司马琴说到这里，想着自己为人做妾，什么话都说不嘴响，心中一阵子悲酸，泪水也扑簌簌地滚落了两颊。小梅这才明白少奶的心中还有这一层意思，可见她的喝我原有不得已的苦衷，因为少奶这样的伤心完全是自己去引逗她的，她在悔恨之余，同样地感到十分的悲哀，情不自禁地走上一步，向她跪了下来，说道：

"少奶，这是我错了，请你饶了我，你快不要伤心了。"

"小梅，你没有错，我觉得你待我太忠心了。"

司马琴伸手忙去扶住她的身子，用了颤抖的口吻，低低地说。小梅的身子伏在她的怀抱内，两人都默默地淌了一会儿眼泪。过了一会儿，小梅才站起身子，去拧了一把热面巾，交给司马琴拭泪，说道：

"少奶，快近十二点了，我看少爷今天晚上大概又不会回来的，您身子这样的娇弱，还是自管早些睡吧。"

"那么你也去睡吧，唉！"

司马琴点了点头，从沙发上站起身子，手按在小嘴儿上打了一个呵欠，望了小梅一眼，低低地回答，却又深长地叹了一口气，然后移步到床边，慢慢地脱去了旗袍，掀开了那条绣花缎被，钻身躺了进去。小梅把旗袍给她拿到玻璃大橱内去，又拉上了窗幔，正欲向她道声晚安退出的时候，忽听房外一阵脚步声响进来，司马琴以为士杰回家了，忙又从床栏上靠起身子，谁知房外进来的却是二叔士英。司马琴因为自己上身只穿了一件软绸鸡心领的衬衫，当然有些难为情，遂忙又躺下身子，把被只盖到项下。士英既已步进了房中，他想不到嫂嫂已经睡了，这就微红了两颊，意欲把身子向后退出，司马琴却叫道：

"二叔，我还没有睡去，你有什么事和我说吗？"

"哦，我见室中亮着电灯，还以为嫂嫂没有睡呢。"

士英被她叫住了，只好又停住了步，搓了搓手，表示很不好意思的样子回答。小梅倒上一杯玫瑰花茶，向士英望了一眼，笑道：

"二少爷，你是好多天不回来了，今天怎么这样地晚回家了？我想你一定玩舞厅玩得忘记了时间，学校的门关了，所以只好回家来了，是不是?"

"你这丫头别胡说白道的,我哪儿来空闲的工夫玩舞厅呢?"

士英红晕了脸,白了她一眼,微笑着回答。司马琴觉得躺着说话总也不是一个样子,遂伸手撩过一件短大衣披上了,方才又靠在床栏上,秋波逗了他一瞥温情的目光,低声儿地问道:

"二叔,那么你今天这样晚地回家,我想总有件什么要紧的事情吧?"

"事情原有一件,我正要告诉你。嫂嫂,你眼红红的,为什么好像哭过了的神气,莫非你又有什么不称心的事情吗?"

士英听她这么地问,正预备把司马起的事情先告诉了她,忽然瞥见她的脸,眼皮有些红肿,一时微皱了眉毛,先向她诘问。司马琴并不作声,小梅先告诉着道:

"二少爷,你不知道,少奶是个工愁善感的人,偏少爷又是这样的糊涂,你瞧,到这时候还不回家,少奶想想自己的身世,所以又伤心了一阵子。二少爷,你来得很好,还是坐下来劝劝少奶吧。"

士英暗想:原来嫂嫂刚才已经伤心过了,她是个有身孕的人,怎么能够叫她一再地伤心呢?假使我把这样不幸的消息告诉了她,她一定又要痛伤了一会儿,这不是损害了她的身子吗?因此他把司马起的事情绝对不向她提起,并且把哥哥在迷高美舞厅的话也瞒住了。他先向司马琴劝慰道:

"嫂嫂,哥哥是个有地位的人,他每天的应酬,那也是免不了的事情,所以你也不要去怨恨他,有机会劝他几句。总而言之,还是你自个儿身子保重要紧。"

"二叔,我也并没有怨恨他,对于他的行动,我从来原不过问的。那天托你把一万元的支票送到上海儿童教养院里去,不知道可是交在我妈的手里吗?"

"哦,我已经拿去了,你妈没有在,我交在院长的手里,这是一张收据,我交给你吧。"

士英方才想到了似的,哦了一声,一面告诉,一面在皮匣内取出捐

107

款的收据，走到床边，放在梳妆台上。司马琴并不去拿来看，望了他一眼，微微地笑道：

"二叔，你和我二妹常在一块儿玩吗？"

"今天我们刚在一块儿商量了大半天，阿英的意思，叫我和您来商量商量。"

士英既不把司马起的事情告诉，遂把自己的这件事情说了出来，在他的用意，当然希望嫂子在哥哥面前竭力地怂恿一下，使自己可以创办成功这个医院的目的。司马琴听了，心中暗想：原来是关系着他们两人本身的事情。这就急急地向他问道：

"二叔，你快告诉我，到底你们商量的是件什么事情？假使我有一份力量可以帮你们的忙，我总可以尽我的心。"

"因为有个朋友写信给我，叫我离开上海去做些事情。阿英的意思，她叫我在上海创办一个医院，说只要为社会国家谋幸福，不一定要离开上海到老远的地方去。"

"二妹这句话可不错呀。二叔，我的意思，也劝你别走了。"

司马琴当然明白妹妹的心中是舍不得离开他的意思，她为了二妹的终身幸福着想，所以心头代为感到焦急，不等他说完，就抢着劝阻他不要走。士英沉吟了一会儿，表示有些委决不下的样子。司马琴急得又劝他说道：

"二叔，你也不要三心两意了，我说你要走的意思，爷爷和婆婆恐怕也会不允许你的吧！"

"不过我在上海创办医院的事情，倒早有这个意思，可是这笔经费未免有些感到为难。"

士英慢慢地把话说得接近起来。司马琴听他有不走的意思，心里就觉得很欢喜，遂忙说道：

"创办一个医院大概要多少万元钱？"

"这也看范围而说的，我的理想，最好需要三百万元钱来创办一个规模大一些的医院。我自己凑并起来，大概有一百万元钱，还有这两百万的数目，我想请哥哥凑足了，可是哥哥听了我的话，好像有些不赞成的样子。所以我想哥哥回家的时候，嫂嫂看机会也代我劝他几句，说院长的名义准定由哥哥担任，这个医院若成立了之后，哥哥的名誉实在要好得多呢！"

士英这才把自己最后的一番意思向她告诉出来。司马琴点了点头，表示十分赞成的神气，说道：

"照你哥哥的地位说，拿出两百万元的款子也算不得什么，况且创办医院到底是件伟大的事业，和组织什么纱号金号股票公司那种投机的事情当然不可同日而语的。二叔，你放心，我一定可以劝他答应你的要求，不过你朋友叫你去外面的意思也打消了吧。"

"只要哥哥肯帮助我成功创办医院的事情，我当然用不到再上外埠去找事情做了。"

士英听她这么地说，心里十分的快乐，遂点了点头，含了微笑回答。司马琴也点头表示许可的意思，因为没有什么话可以再说了，便向小梅望了一眼，说道：

"小梅，你把那碗龙眼汤倒给二叔吃了吧。"

"不，不，嫂嫂，你别客气，我已打扰了你的睡觉，我走了，你早些休息吧，我们明儿见。"

士英不待小梅开口，遂连忙推辞着回答，一面把身子已向房外走出去了。司马琴也不便叫住他，伸手打了一个呵欠，脱了羊皮短大衣，又在床上躺下，说道：

"小梅，你去睡吧，看少爷今天晚上恐怕又不会回来的了。"

司马琴说完了这两句话，不由自主地叹了一口气。小梅也没有什么回答，掩上了房门，悄悄地退出去。司马琴静悄悄地一个人躺在床上，不知怎么的，在她心头会激起了一阵寂寞的悲哀，她又想到了刚才爸爸的出现，这绝不是自己的眼花，那么在我本身至少有件什么不幸的事情发生了，想到这里，全身寒意砭骨，只觉房中的一切好像全都布满着鬼气，她简直感到有些害怕。不料正在这个时候，房门忽然开了，外面悄悄地推进一个身穿西服、头戴呢帽的男子来。司马琴正想着爸爸出现的一幕，此刻突然又瞧了这个情景，她心中这一焦急和害怕，不免竭声地叫了起来。司马琴这一声叫可不打紧，把个推门进来的男子真的倒大吃了一惊，遂连忙问道：

"阿琴，阿琴，你怎么啦？你怎么啦？"

这声音十分的耳熟，分明是士杰的口吻。司马琴的心头这才落下了一块大石，不过全身已出了不少的冷汗，她低低地问道：

"士杰，你回来啦？"

"是的，我回来了，你莫非做了噩梦吗？"

士杰脱了呢帽和大衣，挂在衣架子上，回身走到那边，和颜悦色地问。司马琴不愿把这些话告诉他，遂从床边坐了起来，纤手理了一下云发，秋波逗了他一瞥又喜悦又哀怨的目光，说道：

"刚合上眼就做了梦，梦见你被歹徒抢了，所以就大声地叫醒了，这都是因为你深夜的不回家，我常常地担忧着。现在天气一天一天地冷了，马路上太晚了走路，到底有些危险，所以你也应该体谅我们在家里的女人，不要每天晚上深夜地回家了。"

"琴，你待我太好了，我以后一定听从你的话。累你天天晚上不能好好儿地安睡，这都是我的罪恶。"

士杰被她这么地一说，心头也有些感动了，遂在床沿边坐下了，拉着她的纤手，很温柔地回答。司马琴对于士杰这几句话，心中不免感到意外的惊喜，因为这一年来，司马琴确实没有听他说过这样柔和的话，这就情不自禁地偎到他的怀内，横眸嫣然地一笑，说道：

"只要你心中明白，那我就觉得很快乐。士杰，你应该知道我并不是个低三下四没有知识的女子，今日我甘心地做你的小星，完全希望你做一个伟大的人物，所以你千万不要辜负我一片热望才好，虽然你是个有钱的人，不过荒唐的结果，也会使你堕入灭亡的道路。"

"是的，我知道，荒唐的结果，也会使一个青年堕入灭亡的道路。"

士杰点了点头，他脑海里浮上了阿起入狱的一回事，觉得阿琴这些话真是不可磨灭的金玉良言，遂环抱了她的娇躯，伸手摸着她露着的柔荑，颇感有些凉意，这就接下去道：

"琴，你躺下来吧，这样子会使你受凉的。"

"不，我今天晚上真觉得高兴，因为你好像变换了一个人似的。士杰，你饿了没有？我已给你预备好龙眼汤，让我起来倒给你吃吧。"

司马琴对于丈夫这种温情蜜意的态度，是好久不曾瞧到了，她心里是无限的兴奋和喜悦，掀着笑窝儿，把他身子轻轻地推开，便欲掀被跳下床来的样子。士杰虽然没有什么饿，但为了不忍拂她这一份儿情意，于是忙着撩过一件睡衣，披在她的身上。司马琴向他天真地点头微笑，表示感谢他的意思，遂走到五斗橱旁倒龙眼汤去了。

士杰见她这样欢悦的神情，因为自己心中藏着一件不幸的事情，所以倒反而微微地叹了一口气，走到沙发上坐下，在茶几上取了一支烟卷，燃着了火柴吸烟，默默地出了一会子神。司马琴倒了龙眼汤，回身走到他的面前，放在茶几上，低低地说道：

"倒还很热的，你快些吃吧。"

"其实我也不想吃，你喜欢吃，你自个儿吃吧。"

士杰望着嘴里喷吐出来的一圆圈一圆圈的烟雾，很随便地回答，表示自己很有些心事的样子。司马琴见他这个态度，心头未免感到有些奇怪，遂在他身旁一同坐下，搭着他的肩胛，低低地问道：

"为什么？你又很不高兴的样子？"

"不，没有什么。"

士杰抬头望了她一眼，见了她清瘦的两颊，令人会感到一阵楚楚可怜的风韵，一时想到两年前姑娘时代的司马琴，是多么的白胖，是多么的丰腴，这两年来的日子，把她的人竟改换了一个样子了。唉！说起来这还不是我的罪恶吗？他心里有些难受的滋味，所以把这个不幸的消息再也没有勇气向她告诉出来，因为司马琴是个好姊姊，她对于弟弟的入狱，如何能够不痛到心头吗？因此摇了摇头，含了微笑回答。司马琴当然不会相信他说的话，遂望着他的脸，说道：

"你不用瞒着我，其实你不告诉我，我也早已明白你的心中不如意的心事了。"

"那么你知道我有什么心事呢？"

"这还用说吗？现在这样的风声，什么东西都受了统制，西药又跌

111

价了，那你心中怎么能够不烦闷呢？其实我也很明白你心中的痛苦，所以每天晚上在花天酒地地胡闹，也是为了这个缘故。不过你应该知道，这些是有伤身子的事情，你要及早地回头，把手中的现纱廉价地脱售，做一些实际上的工作，我想还不迟的。"

司马琴把粉脸靠向他的肩头上，含情脉脉地凝望着他的脸，趁此机会要说到创办医院的事情上来。士杰觉得阿琴到底不是一个木然无知普通的女子，心中非常地感动，遂握紧她的纤手，说道：

"阿琴，你真可说是我的心一样，不过我也并不是单为了这些而感到烦闷，因为不如意的事情实在太多了。"

"你这是什么话？难道除了这些还有什么失意的事情吗？"

司马琴听他这么地说，一颗芳心在喜悦之中不免又带有些惊慌的成分，微蹙了翠眉，急急地追问。士杰见她没有知道这一回事之前，已经表示这地着慌，回头若明白了之后，那自然要更加地痛伤了，因此望着她的粉脸，也就愈加没有勇气告诉她了。司马琴不耐烦似的摇动了一下他肩头，催促地问道：

"你说呀！你说呀！叫我闷在肚子里多难受呢！"

"可是我告诉了你，你心里别难受。"

"什么？难道是关于我的事情吗？"

士杰见她粉脸有些转变了颜色，慌忙把身子纳入怀内，用了安慰的口吻，低低地说道：

"琴，并不是你的事情，只不过和你有些关系的罢了。"

"那么你快告诉我，这一些废话说它干什么？"

"唉！这正是你所说，荒唐的结果，是要堕入灭亡的道路。琴，你的起弟他……他已犯罪入狱了。"

"啊！我起弟他犯了什么罪呢？"

司马起犯罪入狱的消息触送到她的耳鼓，这真是晴天中起了一个霹雳，把司马琴那颗脆弱的芳心震得粉碎了，她猛可坐正了身子，灰白了脸色，向他急急地追问。士杰事到如此，也没有了办法，只好把阿起荒唐的经过，以及王善定的告诉，向她说了一遍。司马琴在听完了这些告诉之后，她心中一阵子痛伤，不免哇的一声哭泣起来。士杰这就急道：

"琴，琴，你别哭呀！事情当然还有挽救的余地，你自个儿身子保重要紧。"

"唉！起弟，起弟，你太使我失望了。我是早也希望你上进，晚也祈祷你有光明的前途，谁知你也和姊姊一样地自甘堕落。不过姊姊到底是个女子，你是一个堂堂的七尺之躯，祖母和妈的希望全都在你的身上，如今你怎么能够对得住年老的祖母和妈呢？"

司马琴再也抑制不住她心头的沉痛和伤心，一面哭泣，一面说话，眼泪像雨点般地直抛了下来。士杰抱住她的身子，皱了眉毛，说道：

"琴，你也想明白一些吧！事情已到这个地步，哭有什么用呢？况且你做姊姊的对弟弟也算得好了，他自己不争气，叫你又有什么办法可想？现在我总尽我的力量，能够救他无罪，这当然是很好。否则，也叫他得到一些教训，知道一个年轻的人在社会上做事，都要脚踏实地，岂可以这样地荒唐？也叫他心中去忏悔忏悔。"

"士杰，那么这事情我妈可知道了没有？"

司马琴虽然觉得士杰的话不免带有些不关痛痒的成分，但仔细地想，也难怪做姊夫的心中要怨恨，因为起弟确实是太不长进了，遂停止了哭泣，伸手拭了拭眼泪，又向他低声地问。士杰道：

"我打电话去叫阿文来的，把阿起的事情告诉了他，叮嘱他回家好好儿安慰你的妈，叫她老人家可以不用伤心的。"

"唉！我妈若听到了这件不幸的消息，可怜她老人家真不知又要痛心得怎一份样儿呢！"

司马琴深长地叹了一口气，她的泪水又在颊上晶莹莹地展现了。士杰扶起她的身子，温和地道：

"一忽儿又一点多了，你不要伤心了，早些睡吧，明天我要做的事情可真不少呢！"

"这碗龙眼汤你不吃了吗？"

司马琴因为生怕他明天起来要没有精神，所以也不敢多伤心，回眸瞟了他一眼，柔声儿地问。士杰点头说不吃了，一面把司马琴搂到床边坐下。司马琴在坐到床边的时候，忽然感到有些腹痛，这就两手按着肚子，紧锁翠眉，默默地出神。士杰见她西子捧心般的意态，奇怪地问道：

"为什么？有些不舒服吗？"

"不知怎么的，我竟肚子痛起来了。"

"那一定是受了凉，叫你不要起来，你偏不听我的话，现在你快些躺下来吧！"

"不，这痛并不是受凉的痛，好像有什么东西要坠下来似的。哎哟！一阵痛如一阵了，莫非要小产了吗？"

司马琴摇了摇头，说到这里，两手更按紧了腹部，叫了一声啊哟，显然她有些受不住的样子。士杰听她说要小产了，倒大吃了一惊，忙去扶她身子说道：

"怎么好好儿的忽然会小产呢？你有没有拿过笨重的东西吗？这……这……可……可怎样地办才好呢？"

"你别忙，快把小梅去喊来吧！"

司马琴推开他身子，急急地说。士杰对于这些事情，真会急得六神无主的，遂慌忙拉开房门，走到室外去了。待士杰把小梅喊来，司马琴痛得更厉害了，她向小梅涨红着脸说道：

"小梅，我竟小产了，下面已见红了呢！"

"啊哟！那可怎么地办呢？少爷，我看你还是把少奶快些送到医院里去吧！"

小梅在百忙中急出一个主意来，遂向士杰很快地说。士杰被她一语提醒，慌忙出外叫阿五备好汽车，这儿小梅服侍司马琴穿上衣服，扶着到院子外来。三人跳上汽车，直开到慈航医院里去了。

第八回

　　慈航医院里是附设产科的，所以士杰把司马琴送到医院之后，当有产科医生把司马琴诊视一切。士杰是个男子，不能在诊治室中一同陪着，他是等候在外面的一间。可怜士杰这时候的一颗心，真仿佛热锅上的蚂蚁一样，急得在室中只管团团地打圈子，一会儿瞧手表，一会儿吸烟卷，也不知是怎样的是好。他挨近到诊治室的门口旁，贴着门板上细细地听察，似乎听到司马琴细微的呻吟之声不绝，这呻吟虽然是这一份的细微，不过却相当的沉着，从可知她本身是受到怎样程度的痛苦了。士杰在这样感觉之后，他全身的肌肤好像有针在刺一般地难受，心也好像有刀在割一般地疼痛，他额角上的冷汗像雨点似的冒了上来。

　　"医生，怎么样啦？"

　　诊治室的门开了，产科医生张女士和看护很静悄地走出来。士杰把身子倒退了两步之后，立刻又迎上去，向她急促地问。张女士抬头望了他一眼，用了很惋惜的口吻，说道：

　　"韩先生，你夫人已经流了产了。"

　　"啊！难道制他不住吗？那么现在大人怎么样呢？"

　　士杰是个三十五岁的年纪了，他好容易地在司马琴身上得了一个孕，哪知道好好儿的突然会发生了这个惨变，一时既肉疼这个孩子，而且更担忧着产母的身体，他惨白了脸色，几乎要急得哭出来的样子。张医生蹙了眉尖，说道：

　　"产母人现在还好。韩先生，我心里真觉得奇怪，你夫人的流产，据我的视察之下，乃是吃了打胎的药才流产的，这到底是怎么的一回事情呢？难道你不要你夫人有个孩子吗？"

"什么？你这话是打哪儿说起的？我想念一个孩子，真好像是大旱之望云霓一样，好容易地她有了身孕，我心里快乐还来不及，怎么会叫她打胎的吗？我太不明白了，我倒要去问问她自个儿，这究竟是怎样的一回事情呢？"

士杰听医生这么地说，他睁大了眼睛，一面不了解似的说话，一面要向诊治室中奔进去了。张医生连忙把他拉住了，她沉吟了一会儿，向他低低地道：

"韩先生，你此刻千万不要跟你夫人去问这些话，因为你夫人听了一定也会难受的。这件事情据我看起来，其中一定有些蹊跷，回头你先问问你夫人身旁的丫头，三个钟点之前你夫人可曾吃过些什么东西？"

"是的，我知道，张医生，那么我此刻能够进去看看她吗？"

士杰被她这么地一说，心中也不免暗想：不错，阿琴自从得孕之后，她心里也很欢喜，在她绝不会自己去吃打胎药的。再说打胎不是一件儿戏的事情，万一丢送了性命，这岂非自作其孽吗？阿琴是个有智识的女子，她会干这种冒险而又没见识的事情吗？况且她好好儿又为什么要打胎呢？从这一点子猜想，可见张医生说的其中一定有些蹊跷的话，是大有研究的必要，莫非有人在暗算阿琴吗？士杰想到这里，又痛恨又愤怒，同时又不放心，遂忍耐了性子，点了点头，又向她这样地问。张医生说：

"你进去吧。"

士杰这才匆匆地奔进诊治室中去了。

"少爷，少奶已经流产了，多可惜的，是一个小弟弟的形态。"

士杰走进诊治室，小梅含泪先向他低低地告诉。这仿佛是一枚尖锐的利箭，猛可刺穿了士杰的心头，他只觉得无限的惨痛。不过为了避免司马琴心中难受起见，他还竭力镇静了态度，轻轻地走到床边，望着司马琴毫没血色淡白的粉脸，低低地叫了一声阿琴。司马琴闭了明眸似乎在养神，她睁眼逗了士杰一瞥淡然的目光，点了点头，眼泪却从眼角旁像蛇行似的爬了下来。士杰心中是分外的辛酸，他觉得阿琴今日的事情至少是自己害了她的。两年前阿琴是个多么天真活泼的姑娘，她受了我的欺骗，她受了我的甜言蜜语，终于把她珍贵的处女交给了我，而甘心情愿地做了我的小星。谁知我既把她关进了屋子，我又冷淡了她，嫌憎了她，使她一颗芳心郁郁寡欢，也许酿成今日的流产，也是其中的一个原因吧！士杰在这样地悔恨之下，他觉得自己的罪恶不在阿起之下的，因此眼泪也不由自主地滚落下来。司马琴见他也淌泪了，心头更觉悲酸，她用了颤抖的口吻，低低地说道：

"士杰，我觉得很对不起你，真奇怪，竟流产了。"

"琴，你别说这些话，这是我没有福气得一个怪可爱的孩子。琴，你不要伤心，我们的年纪还轻呢，只要你的身子健康，我们早晚总有个孩子的。你现在的人觉得怎么样？"

士杰听她还这么地说，一时感动得伏在床边，抚摸着她的纤手，劝她不要伤心。可是他自己眼眶子里的泪水，却仍旧继续不断地淌下了两颊。司马琴对于他的落泪，心里是得到了十分的安慰，把她的纤手颤抖地抹到他的颊上去，微笑道：

"我倒没有觉得什么，杰，你别傻了，你叫我不要伤心，那你为什么老是淌眼泪呢？"

"不，我也没有淌眼泪。"

士杰见她这种柔情蜜意的举动，在他心头是更增了一份羞愧和心痛，遂强颜含笑地摇了摇头，低低地回答。这时候，看护小姐抬了软床进来，问士杰把她送到几等病房去调养。士杰说特等病房，于是看护把司马琴移到软床上，抬着她到特等一号病房里去。不料这时候张雪鸿齐巧解手完毕走出，当时见了这幕情景，心里又惊又奇，忍不住赶步走了上去，问道：

"韩先生，你怎么没有回家去吗？"

士杰抬头一见雪鸿，因为司马琴已经抬入一号病房里去了，于是他站住了步，微微地叹了一口气，摇了摇头，很伤心地告诉道：

"二小姐，我回到家里不上一个钟点，谁知我的内子就腹痛起来，

117

因为她已有三个月的身孕，恐怕她要小产，赶快地把她送到这儿来医治，可是已经来不及，她……她已流产了。"

"韩先生，你这位夫人是不是司马文的姊姊吗？"

雪鸿听了，方才明白，一时也代为痛惜了一阵子，蹙了眉尖低低地问。士杰听她提起了"司马文"三个字，这才相信他们真的是同学，而且确实还是一对情人的关系，遂点头告诉道：

"是的，她正是阿文的姊姊，可怜她的身子又是那么的娇弱，流产倒也别去说了，只是但愿老天爷保佑她平安无事，早日地恢复健康，这叫我也够欢喜的了。"

士杰说到这里，良心受了极度的谴责，他悲痛得忍不住又淌下眼泪来。雪鸿见他对于阿文的姊姊居然会这么地多情起来，从可知阿文的姊姊绝不是一个庸俗的姑娘了。她心头是激起了同情的悲哀，叹了一口气，说道：

"我想你的太太在家里又不会做笨重的事情，好好儿怎么会流产了呢？也许她心中有不如意的事情，因此郁郁闷闷地就坏了胎气了。韩先生，并不是我埋怨你，你家里已经有了两位美而贤的好太太，照理你也不该再在外面追求任何一个女子了。假使你肯安分守己的，工作完毕就回家里去，那么我相信今天就不会发生这样不幸的事情了。"

"二小姐，你这几句话说得太不错了。唉！这是我的罪恶。今天晚上我回家并且又告诉她阿起的事情，她心中一急，便先哭了起来，我知道这也是使她流产的其中一个原因。"

士杰被雪鸿埋怨得连连点头称是，他自怨自艾的，泪水又沾上了两颊。雪鸿听了，忙又唉了一声，说道：

"韩先生，你这人也太糊涂了，既然知道她身子很娇弱，你为什么还把这样凶恶的消息去告诉她呢？"

"我原想不告诉她，不过这样要紧的事情若不说给她知道，这总也不是一个道理。唉！总而言之，是我害苦了她。二小姐，你也进去看看她吗？"

士杰不敢在门口多站留，说完了这两句话，向雪鸿望了一眼，身子已向右转过去。雪鸿是个富于感情的姑娘，再说司马琴又是阿文的姊姊，所以她随在士杰的身后，情不自禁地也步入病房里去。司马琴是在咳嗽，小梅站在病床边服侍她喝开水，她见士杰和一个美丽的姑娘走进来，心里有些惊奇，明眸呆望着雪鸿出神。士杰走到病床旁边的时候，便给她们介绍道：

"阿琴，我给你们介绍，这位张雪鸿小姐，她是阿文的同学，事情巧得很，她姊姊也在这儿休养身体，所以她来看望看望你的。"

司马琴暗想：原来文弟有这么一个美丽的女同学，那么他这次的救助丁智仙，究竟是存了什么用意？莫非他真的为了人类互助的义务吗？若真是这样，文弟的人格真太令人可爱的了。和起弟相较，不免有天壤之差别，一时不免感叹十分。雪鸿走近两步，弯了弯腰，先含笑招呼道：

"韩太太，你现在身子觉得怎么样？"

"还好，多谢张小姐，你和我文弟是同学吗？"

司马琴转了转乌圆眸珠，点着头回答，表示感激的意思。雪鸿和阿文其实并不是同学，他们是因掉落书本拾还她的时候而认识的，不过司马琴既这么地问，她就不得不圆一个谎，说道：

"我和司马先生是初中里的同学，现在他在正明中学求学，我在青风女中读书，校址齐巧在对门，所以我们接近的时候倒也很多。"

司马琴听她这样回答，虽然相信雪鸿和阿文确实是同学关系，不过这尚有一个疑问，阿文的女同学，士杰怎么也会认识呢？她在沉吟一会儿之下，似乎有些明白过来的样子，问道：

"张小姐，你姊姊也有些贵恙吗？不知你姊姊的芳名叫什么？"

"我姊姊的名字叫雪尘，她只不过有些小毛病，明后天就可以出院的。"

司马琴不是一个目不识丁的女子，她在平日自然也常常看报纸的，听了雪鸿的告诉后，她便暗自地接连起来念着，张雪尘。这三个字太熟悉，哦！对了，那是报上时常登载的舞国红星呀！这就无怪了，显然士杰是追求雪尘的一个人，不过这里还有些不相信的，姊姊是个舞女，妹妹倒会是个中学里的女学生，这似乎叫我有些疑惑。起弟已经为了陈丽华而堕落了，文弟若再迷恋着歌榭舞台的女子，那叫我不是太心痛一些了吗？司马琴在这样思忖之下，她很想探听雪鸿一个明白，遂故意和雪鸿表示特别亲热的样子，拉了她的手，叫她在床边坐下了。

士杰见她们很情投意合的要长谈的神气，遂向小梅丢了一个眼色，他先走出病房外去。小梅不知少爷叫她有什么事情，遂悄悄地跟到外面，低声问道：

"少爷，你有什么话要跟我说吗？"

"小梅，我要问你一句话，少奶在三个钟点之前，可曾吃过什么东西吗？"

士杰把她拉到走廊边，怅认真的模样问她。小梅听少爷这两句话问得突兀，一时望着他倒怔怔地愕住了一会子，说道：

"少爷，你说的少奶是吃什么东西呢？"

"不管是什么东西，只要她吃过了的，你都一一地派给我听。"

士杰还是很认真地问她，小梅觉得其中一定有很大的关系，她不敢说谎地从实告诉道：

"少奶晚饭是九点钟吃的，但吃得不多，在十一点钟的时候，少奶还坐在房中给少爷编结绒线背心，我怕她饿了，滚一碗龙眼汤给少奶吃。少奶正喝两口的当儿，大奶奶亲自拿来一碗虾仁面，说煮多了吃不完，拿一碗来给少奶吃。少奶有孕的人就很想新鲜的食品吃，所以见了这碗热气腾腾的虾仁面，她就放下龙眼汤，吃大奶奶拿来的虾仁面了，此外也没有吃过什么东西。少爷，你问这些做什么？难道少奶的流产和这些是有关系的吗？"

士杰把小梅说的话细细地思索了一会儿，心中暗自盘算着想：龙眼汤里总不至于有什么花样的，况且小梅和阿琴主仆的感情很不错，难道小梅一个十六岁的姑娘会存心去害她的主人吗？静芬这个女人，外表面看起来似乎很贤淑，有时候我宿到她的房里，她总赞美阿琴好，说她们亲热得真像一对姊妹一样，不过实际上她这个人的肚量很狭窄，而且非常的好妒，有暗计伤人的阴谋。今天晚上忽然送面来给阿琴吃，这便是一个可疑的地方。士杰尽管呆呆出神，小梅一颗芳心是忐忑地乱跳着，也不知少爷葫芦里卖些什么药，一时忍熬不住地又问道：

"少爷，你问我这些话，你心里到底存的是什么意思呢？"

"小梅，你不知道，刚才我听张医生对我说，少奶的流产完全是吃了什么打胎药堕下来的。我想少奶自己总不至于会去吃打胎药吧，这样看来，显然是有什么人在害你少奶的了。"

士杰见小梅问急了，遂向她说了这几句话。小梅听了这些话之后，粉脸立刻变成灰白的颜色，急促而又害怕的样子说道：

"少爷，我小梅服侍少奶，完全赤胆忠心，把她当作亲娘一样地孝敬，同时少奶对我也像女儿一般地疼爱，有好的吃，有好的穿，少奶总要分一些给我的。你想，我和少奶有了这样的情感，我如何还会去害少奶吗？假使小梅有这一个恶计存心，那么小梅今夜一定活不过去，立刻要被雷电打死的……"

小梅说到这里，眼泪已是扑簌簌地滚落下来。士杰连忙叫她不要伤心，拉了拉她的衣袖，说道：

"傻丫头，我又不曾疑心你会毒害少奶的，因为大奶奶突然送面来给你少奶吃，所以我心里有些疑惑。虽然她们之间没有什么吵嘴的事情，但女子好妒成性，总是面和心不和的，大奶奶岂真有好意送面来给她吃的吗？"

"大奶奶假使真的在面中放下了什么打胎的药，她这样蛇蝎的行为，真是没有好结果的。少爷，不过这事情现在你千万别告诉少奶听，因为少奶心中一气，对于她产后的身子，恐怕有害无益的吧！"

小梅这才拭了一下泪水，十分愤恨地说。说到后面这几句话的时候，方才又温和了口吻，向他轻声儿地叮嘱。士杰点头说道：

"你放心，现在我绝不会告诉你少奶的，待你少奶满了月，强健了身子，我把这事情要好好儿地追究一下子呢！"

"是的，少爷，你应该调查一个彻底明白。否则，我做丫头的总脱不了有些干系的。唉！常言道，最毒妇人心，难道果然不错的吗？"

小梅频频地点了点头，她又长长地叹了一口气。士杰生怕司马琴喊人，遂和小梅悄悄地步入房中来。只见雪鸿坐在床边和她说着话，见士杰进房，雪鸿便起身说道：

"韩太太，我已和你说了许多的话，你恐怕累了吧，时候不早，我该去睡了，你也静静地休息一会儿，我们明儿见。"

雪鸿说着，又和士杰一点头，身子向病房外走。士杰送她到房门口，方才回身到床沿边，望着司马琴淡白色的粉脸，低低地问道：

"琴，张小姐和你说些什么呀？"

"没有什么……"

司马琴微闭了眼皮，低声地回答，她眼角旁涌现一颗晶莹莹的泪水。士杰见她淌泪，心中有些奇怪，遂忙安慰她道：

"琴，你为什么要伤心呢？我不是已经跟你说过了吗？我们年纪还轻，将来总会有一个孩子的。只要你身子健康，我心里已经是够快乐的了。"

司马琴不作答，眼泪像蛇行似的在颊上爬到下巴嘴角旁来，显然她有无限的悲哀。小梅在旁边见了，拿了一方手帕给她揩了揩，凄婉地劝她说道：

"少奶，你应该听从少爷的话，不要伤心吧！这叫少爷看了心中不是难受吗？"

"有什么难受呢？反正我死了，他又可以去娶的呀！只要有的是钱，女人算得了什么？"

司马琴听了小梅的话，方才冷笑了一声，很冷峻地说。士杰觉得在她这几句话中不免有因，一时蹙了眉毛，伏下身子去，拉了她的手，说道：

"琴，你好好儿的为什么要说这些气话给我听呢？难道张小姐在背地里曾经和你说过我的不好吗？"

"那你又何必多心？常言说道：为人不做亏心事，夜半敲门不吃惊。只要你没有做错过什么事，你怕张小姐说你什么不好呢？那不是笑话？"

司马琴这才微挣脱了他的手，睁开明眸，逗了他一瞥淡然的目光，包含了一些讽刺的成分回答。士杰虽然有些怨恨雪鸿不该多嘴，但心中

122

却是非常的羞愧。从来不知道伤心的士杰，今天居然也扑簌簌地落下眼泪来，说道：

"琴，在过去我确实是错了，不过我恨张小姐为什么在这时候要告诉你这些事情，并不是我怕给你知道，因为我怕你知道了会生气伤心，这不是又害苦你的身子吗？"

"你也不用恨张二小姐，这原是我先问她的。因为我听你说她和文弟是同学，不过你们怎么也会认识呢？当时我就会问她姊姊的名字，听了'张雪尘'三个字，方才知道你和她姊姊至少是有些关系的。所以刚才我不管冒昧地直接地问她，凭她告诉我，果然不出我之所料，你是非常倾心雪尘，又要娶她做姨太太的意思。在这里我要告诉你，做舞女的人也并不是个个以金钱买得到的，你爱雪尘，可是雪尘并不爱你。二小姐安慰我说，叫我放心，说她姊姊绝不会答应你的爱她。其实我也不会来管你这些闲事的，只要你有精神专门在女儿家身上用功夫，这当然也是你的为国家所尽的责任了。"

士杰听她上气不接下气地说了这许多的话，当他听了末了这一句话的时候，他内心一阵子痛愧，额角上的汗点和眼眶子里的泪水一齐抛落下来，摇了摇头，用了忏悔的口吻，向她求饶似的说道：

"琴，你别说这些话，我心中是太沉痛一些了，过去的事情不要再提，从今以后，我将听从你的话，好好儿地做一个人。你应该相信我，除了你以外，我再没有一个心爱的人……"

士杰说到这里，想起自己所爱过的女子真也不少，但都是以金钱去买了来，在这交易式的情形之下，根本说不上一个"爱"字，无非欲在作祟罢了。他痛悔，他悲哀，他空虚地彷徨，几乎捧着司马琴的手要哭泣起来了。小梅想不到少爷也有忏悔的一日，她的芳心里是充满了甜蜜和悲酸，含了泪水，插嘴劝道：

"少爷，你别哭呀，只要你想明白过来，也就是了。其实少爷肯好好儿重新做一个人，这不但是少爷自个儿的幸福，而且更是我们少奶、老太爷、老太太的幸福。"

司马琴是个善于感动的女子，她被士杰一哭，内心也不知是喜悦还是伤悲，泪水也大颗地落了下来，不过她表面上还恨恨地说道：

"只怕不见得吧！我怎么是你心爱的人呢？你心爱的人可多着呢！"

"琴，你到现在还不肯谅解我吗？我告诉你，我是世界上一个最可怜的人，我虽然拿我的金钱去爱上人家的姑娘，可是在我的心中至少还带有些情感作用的。不过在她们这班人的心中，就根本不当我是一个人，她们把我当作花花绿绿的钞票看待。唉！这么说来，我还不是世界上最可怜的一个人吗？我觉得除了你之外，谁是我的知音呢？琴，我今日觉悟了，还不算迟吧！我们是正在奋发的时期，我们携着手更应该有着一番最后的挣扎不可。琴，你原谅我，你就饶了我吧！"

士杰可算是彻底地想明白了，他痛心疾首地说出了这几句话，把司马琴的手偎着自己的脸颊亲热着。司马琴的芳心里从来也没有得到过这样深深的安慰，她含着热泪默默地说不出一句话，把她的纤手在他颊上轻柔地抚摸，表示给他一些亲爱的温存。

是子夜三点半了，司马琴有些气喘，躺在床上很有些不安静的样子。小梅见少爷是歪在沙发上打瞌睡，少奶微红晕了两颊，紧锁了眉尖，是显得这一份样儿难受的神气，心中感到有些忧愁，遂轻声儿问道：

"少奶，你有什么不舒服吗？"

"小梅，我心口热得要命，拿杯开水给我喝吧。"

司马琴睁大了眼睛，气吁着回答。小梅倒了一杯开水，扶起她颈项，服侍她喝了两口开水，偶然碰着她的粉脸，颇感热燥，这就担忧地说道：

"少奶，你身上好像有些热度呀！"

"可不是？我简直有些头痛，你少爷呢？"

司马琴也感到自己产后身子有些变了，她有些寒心，遂向小梅低低地问。小梅不说什么，走到沙发旁，把士杰身子轻轻地推了推，叫道：

"少爷，你醒醒吧！少奶在叫你哩！"

"小梅，什么？你少奶怎么啦？"

"没有什么，她在叫少爷说话。"

士杰虽然合着眼打盹，不过他是有些提心吊胆的，所以经小梅这样地一叫喊，他的身子会猛可地跳起来，一面揉搓着眼皮，一面向她脸色慌张地急问。小梅见少爷这样又害怕又吃惊的态度，遂放低了喉咙，向他柔声儿地告诉。士杰连忙步到床边，只见司马琴脸绯红，喘气甚急，从可知她身上的热度是很盛的了，一时暗吃一惊，叫了声琴，问道：

"你怎么好好儿的突然有热度了呢？你觉得怎么样？"

"士杰，我觉得全身发烧，真的太不舒服了。"

"那可怎么办？我去把医生请来吧！"

士杰一面说着话，一面向房门外走。在病房门口先见到了看护李小姐，士杰遂向她急急地告诉了。李小姐叫他别害怕，遂到医务室把值班的张医生去请到病房里来诊视。产后有热度，这总是一件比较严重一些的现象，张医生心中也有些焦急和忧愁，不过她表面上是始终抱着镇静的态度。说也奇怪，司马琴在平日对于死是根本不害怕的，有时候感到做人没趣味儿的当儿，还恨不得早些死去了干净，可是今天，她在士杰忏悔了之后，她心里的感觉就完全地不同的了，她怕死去，她觉得自己还只有一个二十岁年纪的姑娘，所以她是很需要活下去好好儿做一个人。当她瞧到张医生对自己表示沉吟的时候，她心中就感到自己的病体大概已步入了辣手的阶段，于是她含了热泪，情不自禁地问道：

"医生，我这病很厉害的吧！不知道还有救星吗？"

"不，你别忧愁，这一些热度是没有关系的。韩太太，我给你注射一枚针吧。"

张医生在给她量过了热度之后，向她温和地安慰。这儿看护已把针管子取出，用火酒烧过，给司马琴的臂膀上注射了两枚针药水。士杰见医生的神态是很严肃，觉得医生口里的安慰和事实上一定是相反的，所以在医生走出去的时候，他悄悄地跟到病房外来，低低地问道：

"医生，你瞧我内子的热度有多少度？不知有没有危险吗？"

"一百零五度，我已给她打了退热的针，看两个钟点以后怎么样，热度若不见退，那么是只有用冰的办法了。"

张医生微蹙了眉尖，低低地回答。士杰还要再说句什么话，忽然见另外的一个看护匆匆地走来，说十二号里快要养了，张医生便急急地到十二号房间里去了。

士杰呆呆地出了一会子神，他脑海里浮现着张医生后面这两句话，"用冰"这是多么危险的一种最后的办法，他想到这里，心头是分外的难受，忍不住又落下眼泪水来了。看护小姐从病房内走出，见士杰在门口发呆，遂叫道：

"韩先生，你太太在叫你。"

士杰伸手拭干了眼泪，匆匆回身步入房中，挨近到床边。只见司马琴和小梅都在垂泪伤心，小梅从哽咽声中低低地道：

"少奶，你为什么要说这些令人难受的话呢？"

"小梅，怎么啦？你别引逗你少奶伤心了。"

士杰说话的声音是包含了一些颤抖的成分，小梅不敢说什么，拭着眼皮，退到沙发旁边去站住了。士杰遂在床边坐下了，和司马琴相对凝望了一会儿，方才安慰她道：

"琴，医生说过了，这两枚针注射下去，你的热度就会退去的。"

"士杰，我这次的流产，对于我的生命恐怕是很危险的吧？"

司马琴摇了摇头，在叹过了一声气之后，说出了这两句凄切的话。士杰贮藏在眶子里的眼泪又涌现上来，连忙说道：

"不，琴，你别这样地忧愁，你又不是什么大病，只要热度一退去，你这病自然会好起来的。"

"可是我觉得也许是不中用了。"

"阿琴，你为什么老是喜欢说这些话呢？"

士杰几乎要哭出来的样子，司马琴的泪水也像断线珍珠般地滚落了两颊，颤抖地去拉他的手，低低地道：

"并不是我爱说这些使人伤心的话，因为我觉得这就是一个不祥之兆。"

"琴，你说的是什么？难道在白天里有什么事情发生过了吗？"

"不，那是在晚上十点半的光景，我独个儿在房中台灯旁编结你穿的绒线背心，忽然抬头看见大橱旁站着一个头戴呢帽的西服男子，我还以为是你回来了，遂起身迎接叫你。谁知他没有回答，我仔细地一看，原来这男子是我死去了多年的爸爸。杰，我心中这一害怕，我几乎昏跌了过去，可是我叫了一声之后，爸爸就不见了。"

司马琴方才把这些事情说给士杰听，她喉间是有了哽咽的成分。士杰虽然素来不信"鬼神"这两个字，不过司马琴说得活龙活现，十分的认真，一时也暗暗地忧愁，不过表面上总得安慰她，给她解释道：

"阿琴，世界上绝没有鬼的，这是你自个儿疲倦得眼花了。你是一个高中毕业的姑娘，难道你也这样地爱迷信吗？"

"不，这并不是我爱迷信，老实地说，我本来也是不相信鬼神的，可是今天晚上，我是清清楚楚看得明白的。在当时，我心中想，以为一定有什么祸事发生了，果然在你回家的时候，你就告诉我阿起被捕入狱的消息，我以为爸爸的出现，大概就是应在起弟入狱的不幸了，可是现在想起来，才知道是应在我自个儿的身上。"

司马琴含泪告诉到这里，又深长地叹了一口气，继续地说道：

"我觉得什么事情都有回光返照的，比方说，你这人从来不知道自己的错处，但是现在你居然也会忏悔了，你肯改过自新，这就是我们要分离的现象。你不要以为我这话是无稽之谈，不过我瞧几个同学她们的事情，也都是这个样子的。士杰，你说你觉悟了还不算迟，可是到底已经是迟了。"

"琴，你说这些话，都是因为你太聪敏了的缘故。唉！我告诉你，无论一件什么事情，都是从心理而起的。我以为任它是这么样儿险的病情，对于心灵上寄托的安慰，这比什么灵丹妙药更有效力的。所以你应该自个儿安慰自个儿，把你生命寄托在上帝的手里，这样你的病自然会慢慢地好起来。琴，你相信你绝不会这样年轻的就会步入死亡的道路，因为你没有做错过什么事情，老天爷是不能眼瞧着你。哦！我的琴，你千万别再说这样使人伤心的话吧！"

士杰听了她这几句话，他那一颗心是碎了，一面向她劝解安慰，一面他在床边，捧了她的两手，几乎要哭出声音来了。司马琴见他这个模样，反而破涕微微地笑了起来，把手去抹他颊上的泪水，说道：

"士杰，生死大数，原非人力所能挽回的事情，所以你不用难受，我能够活下去，这是我的命，我不能够活下去，这也是我的命。不过这次的流产，也不知为什么缘故，我心里感到一阵莫名的恐怖，好像我的生命是已经像大风狂雨中的一朵已凋残的花了。士杰，我平日和你说话的机会太少了，自从和你结婚两年来的日子，我觉得没有好好儿地和你说过一次较长时间的谈话，今夜我有许多的话要跟你说，这是我们婚后第一次这样充分时间的谈话，同时也可以说是我们最后的一次谈话。"

"不，不，阿琴，我希望你永远地活下去。"

士杰这次真的哭了，他觉得那颗心像在割剖一样地疼痛。司马琴脆弱的心灵如何抑制得住这惨痛的刺激？她的眼泪也像雨点般地滚落下来。小梅含泪走上来拉了拉士杰的身子，低低地道：

"少爷，你不要这个样子，还是给少奶安静地休养一会儿吧。"

"不，我的精神很好，小梅，你去给我打一个电话，叫我的妹妹、弟弟来吧。可是你对他们说，我的小产别告诉给祖母知道，因为她老人家是受不住急的。"

司马琴摇了摇头，她略为仰起了一些身子，表示很有精神的模样。小梅答应了一声我知道，她便打电话去了。这里司马琴拉了士杰一下子手，明眸向他凝望了一眼，用了凄婉的口吻说道：

"士杰，这次我假使真的死了，我觉得在临死之前，是应该有许多的话要跟你说的。"

"琴，你还是别说吧，我相信你不会死的。"

"不会死，那我当然也有这个希望，不过天下的事情，原不可以逆料的。士杰，你扶我起来坐一会儿。"

"琴，你怎么能靠起来呢？"

"不要紧，我喜欢靠起来坐一会儿。"

"那么你靠在我的身上吧。"

士杰不敢十分的违拗她，遂把她的身子靠在自己的怀内。司马琴颇觉难以支撑，粉脸倒在他的肩头上，有些喘气的成分。士杰道：

"你还是躺下吧。"

"不，士杰，我要跟你说话呢！你心里到底爱我吗？"

司马琴摇头回答。她仰着粉脸，这意态是令人备觉楚楚可怜的。士杰听她这样问，遂偎了她的粉颊，说道：

"琴，我不明白你问这句话的意思，我怎么会不爱你呢？"

"谢谢你，那么你应该听从我的话，因为我死了之后，有许多的事情要请你负一些责任。第一，我的起弟，是要你设法救他无罪的；第二，我年老的祖母和母亲，请你还得把我当作在活的时候一样对待她们，这我虽然在九泉之下，也是十分的感激。还有一件事情，你的弟弟，他和我的妹妹是非常的要好，可是二叔最近接到一封信，有朋友叫他离开上海去做事情，我妹妹的意思，当然是不愿意二叔离开她的，所以劝二叔在上海也可以做一些有益于社会的事业。二叔于是便想到了创办医院，说要三百万元的资本，他自个儿负担一百万，其余两百万元要你帮他的忙，听说你没有答应他吗？"

士杰听她这样说，心中是多么的悲酸，遂把手去扪住她的嘴，只觉她吹气如火，其热可知，心中一阵子痛伤，泪水又夺眶而下，忙说道：

"不，我并没有完全地不答应他，因为一时里也拿不出这许多的现款，所以我要考虑考虑再答复他。"

"不过我的意思，你也不用考虑了，你就答应他吧！在公众上说，你是为社会造福，在私情上说，你是给他们不分离。我想成人之美，人有同心，何况他们两个人，一个是你的弟弟，一个是我的妹妹。士杰，不知你肯听从我的话吗？"

司马琴用了温情的目光，脉脉地凝望着士杰的脸，话声是包含了央求的成分。士杰在这个时候，还有不答应的道理吗？遂含泪说道：

"我当然能够答应他，创办医院这到底也是一件伟大的事业，过去我所做的都是有害于贫民的，所以我应该将功赎罪，来创办一个慈善医院，完全是尽义务的性质，你听了喜欢吗？"

"哦！我太喜欢了。士杰，听了你这些话，我才知道你是真的觉悟了。啊！我的杰哥，我从来也没有这样高兴过，你是得了救了！"

"我今日的得救，这完全是你的力量。琴，我真不知该怎么样来报答你才好!"

"只要你已经答应我这三个要求,我觉得你也已经是报答我了。最后,我希望你不要再去追求任何一个女子,把你追求女子的精神放在事业上去吧!同时我希望你爱你的夫人,她一定会给你许多的帮助。"

司马琴说到这里,有些上气不接下气的样子,她是整个地倒在士杰的怀内不能支撑了。士杰明白是指点静芬而说的,一时觉得阿琴的仁厚更衬静芬的阴险可恶,嘴里虽然不说什么,但心中痛恨得什么似的,暗想:我今生是再没有爱她的日子了。叹了一口气,把她身子扶倒躺在床上,低低地道:

"琴,你静静地养息吧,别多说话了。"

司马琴也觉得精神有些疲了,她闭了眼睛,默默地养息了一会儿子。这时候,小梅匆匆地进来,士杰问她说道:

"电话打去了没有?是谁接听的?"

"是二舅少爷接听的,他说马上就来了。少奶睡着了吗?"

"刚躺下一会子,可怜她也倦了。"

士杰望了床上司马琴一眼,泪水又从颊上淌了下来。小梅见少奶并不说话,显然她是睡熟了,一时倒颇为放心,向士杰说道:

"少爷,你也不要难受了,趁少奶睡熟着,你也可以躺一会儿休息了。"

"不,我哪儿睡得着?已经是四点钟了,一会儿天也快亮了,我倒喜欢到院子里去散一会儿步,你好好儿侍候着少奶吧。"

小梅点头答应,士杰遂移步跨出病房,走到院子里去了。四点钟的时候,天空虽然还是黑沉沉的,但到底已是清晨的天气,月亮斜挂在西边的天际,在此刻士杰的眼睛里看起来,惨淡得令人感到有些凄凉的意味,情不自禁长长地叹了一口气。正在这个时候,忽听嘎吱的一声,士杰抬头见那边病房的窗户开了,有淡青的灯光照射出来,似乎有女子的声音在低低地自语道:

"天哪!我的命为什么这样的苦呢?"

士杰听这声音有些耳熟,心中十分的奇怪,遂赶上两步去瞧,只见凭窗倚着一个女子，仰首望天，垂泪长叹，正是张雪尘。原来特等病房一面是临着院子的，士杰见雪尘还没有入睡，心中好不惊异，这就走上低声唤道：

　　"张小姐，这个时候你为什么还没有睡吗？"

　　"哦！是韩先生，我听妹妹告诉，说你的太太流产了吗？"

　　雪尘抬头一见了士杰，心中也是一惊，遂向他低低地问。士杰叹了一口气，摇了摇头，带了忏悔的口吻，说道：

　　"这是我害了她的，假使她有什么不幸的话，完全是我的罪恶。张小姐，我现在觉悟了，过去我那种醉生梦死的行为，我是不应该的。从今以后，我要好好儿地做一个人，至少替社会国家出一份力量。张小姐，往事我们别谈吧，以前有什么对不住你的地方，请你还得原谅我，可怜我，因为我是太没有知识了。"

　　"韩先生，你真的觉悟了吗？我代你很快乐。是的，你的年纪还轻，在这一个时代，我觉得努力国事，正是你们的责任。"

　　雪尘突然听他会觉悟起来，一时不免感到了意外的惊喜，频频地点着头向他鼓励。士杰一面点头，一面见她颊上也沾了丝丝泪痕，遂问道：

　　"张小姐，我瞧你的样子，难道你的心里也有不如意的事情吗？"

　　"不，我也没有什么不如意的事情。"

　　"可是你脸上为什么有泪痕？而且深更半夜的不睡觉干什么？"

　　"唉！韩先生，你说我们做舞女的人还有什么'如意'两个字吗？"

　　雪尘一面拭去了颊上的泪水，一面叹了一口气说。在这一句问话之中，显然是包含了无限泪血混合的成分。士杰点了点头，在今日他才感到同情的悲哀，觉得她们的一群是太可怜了。谁是她们的知音呢？拿了几张钞票在她们面前作为幌子的，总不能说是她们的知音吧。一时也叹了一声，却回答不出什么话来。两人相对呆住了一会儿，忽然听雪鸿的声音在房中叫道：

　　"姊姊，你怎么啦？你痴了吗？自个儿的身子总也该保重吧！"

　　雪尘听了，向士杰低低说声明儿见，她掩上窗户，身子回了进去。

士杰在白纱玻璃片子上眼瞧着雪尘的黑影消失了去，他内心有些空虚的悲哀，移着沉重的脚步，慢慢地踱回到司马琴的病房，只见小梅站在病床边扑簌簌地落眼泪，士杰不禁吃了一惊，连忙问道：

"小梅，你怎么啦？"

"少爷，我叫少奶，少奶不理我，她好像很昏沉的样子。"

小梅回头见了士杰，遂泪眼盈盈地告诉。士杰走到床边，连唤了两声阿琴。就在这个当儿，司马文和司马英急急地奔进来，脸色慌张地叫道：

"姊夫，我姊姊好好儿的怎么会流产了呢？"

第九回

　　韩士英悄悄地送司马文兄妹走出了慈航医院的大门，那时候已十二点相近，街上是沉寂寂的，一丝声息都没有，只有夜风阵阵地吹着街树枝叶儿发出雪瑟的声响，令人感到一阵莫名的凄凉。士英道：

　　"这儿街车很稀少，还是回进院中去打个电话叫一辆三轮车来吧。"

　　"不用了，我们这样踱过去，沿路总会发现街车的。士英哥，我们明儿见。"

　　司马文摇了摇头，一面说话，一面和他握了握手，表示作别的意思。司马英也和士英点了点头，在逗了他一瞥温情的目光之后，她和阿文向前匆匆地走了。兄妹俩默默地走了一截子路，大家都不说一句话，司马英垂了粉脸，忽然深长地叹了一口气。阿文这才开口说道：

　　"哥哥的行为，到底太使人感觉失望了，他既然爱上了雪尘，为什么又和陈丽华去缠在一块儿呢？现在遭到了这样不幸的事情，母亲怎么能够不痛心吗？唉！明天也不知怎么地判决呢！"

　　"二哥，你这是什么话呀？雪尘和我大哥也有爱情的吗？"

　　司马英听二哥这样说，一时惊奇得目瞪口呆，望着他急急地问出了这几句话。司马文说的时候原没有想到这许多，如今被妹妹一问，方才感到有些失言了，遂只好老实地告诉她道：

　　"据雪尘刚才那种沉痛的样子对我说话，我知道哥哥和她的爱情还并不是一些友谊的关系。雪尘又对我说，大哥今日的事情，在她是并没有一些罪恶的，因为雪尘并没有累他入堕落的道路，她只有勉励他，安慰他，叫他不要荒唐，好好儿地做一些伟大的事业，可是今日的结果，雪尘比什么人都感到失望和心痛。她虽然在姊夫的面前是不好意思说大哥的事情，可是她的心中实在有无限的痛苦。刚才她跌了一跤，医生说她神经有些受刺激，那还不是为了大哥入狱的缘故吗？"

"照你这么说起来，雪尘是并不爱姊夫的了。"

司马英微蹙了翠眉，对于阿文的话不免还有些将信将疑的神气。司马文点了点头，用了认真的口吻，说道：

"妹妹，你不要小觑雪尘是个做舞女的；她可不是一个见钱眼开的姑娘。她平日最痛恨就是这一班杀贫民不见血的投机商和囤户，同时绝不肯为了金钱去出卖自己的灵魂和肉体。她有前进的思想，而且更有清高的人格。并不是我这样倾心地赞美她，因为我常看到雪鸿说起她姊姊的时候，她会淌眼泪的，从可知雪尘的人是多么使人感动的了。"

司马英听他说雪尘，连带又说起雪鸿，这就逗了他一瞥猜疑的目光，说道：

"二哥，我这里感到非常的奇怪，我的心中只知道大哥的爱人是欧阳珠小姐，你的爱人是丁智仙小姐，谁知道你们除了这两个人外，还爱上了张家姊妹两个人。那么我试问你，对于这一幕三角恋爱人生的剧本，你该怎么样地安摆呢？难道说在民法上也可以娶两个妻子吗？就算撇开法律不谈，那么人家姑娘的心中是否愿意同事一夫效那才子佳人的趣事呢？我说这当然还是一个问题。二哥，并不是我做妹妹的老气横秋地来劝谏你，孟夫子说：鱼我所欲也，熊掌亦我所欲也，两者不可兼得，舍鱼而取熊掌。那么我们可以知道，世界上的事情绝没有一个人同时去爱上两个人的。大哥因为爱不专一，滥用其情，已经到了这个下场；二哥虽然绝不会像大哥那么的糊涂，不过在三角恋爱的情形之下，至少的害处，是自寻烦恼。读书时代的人，会荒废学业，在商界上的人，会误了事业上的成功，归而之一说，是丢了青年人伟大的前途。这并不是我无稽之谈，大哥就是一个很好的榜样，话虽然是说得这么的多，不过总也要有一个结论。二哥，我说你应该照孟夫子说的舍鱼而取熊掌，不过谁是熊掌呢？妹妹在这里先要向哥哥抱歉，为了哥哥前途的光明，我不得不说一句忠心的话。在我根本还没有看见过张二小姐和丁小姐都生得很美丽，不过照我们环境而说，丁小姐似乎很适合在我家做嫂子的。二哥，我并不是和张二小姐有什么怨恨，因为她姊姊是个舞国红星，平日吃得好穿得好，照我猜想，一定又是很会交际的。这一种女子，做人家的爱人是有余，要如做人家的贤妻，那就恐怕不足了。二哥，你说我这些话怎么样呢？"

司马文再也想不到妹妹会絮絮地向自己说出这么一大套的话来，一时倒不免怔怔地愕住了一会子。经过了一会儿沉思之后，方才微笑了一笑，说道：

"妹妹，你这些话真可算是金玉良言了，我做哥哥的心中当然是非常的感激，不过妹妹是局外人，自然不知道其中的曲折。你以为我同时爱上两个姑娘吗？不，绝对不。我和丁小姐的认识，完全是一种巧遇，我所以帮助她，也完全是一些人类的同情心。假使我因爱她而救她的话，那么我这人的人格也就未免欠缺了一些，这在那天晚上，我就跟妈声明过了。至于我和雪鸿的认识，远在一年之前，在这一年之中，我们的认识实在太深刻了，虽然在最近我还只有知道她姊姊是舞国的红星，而且还是我哥哥的爱人，不过我们不能看轻一个做舞女的妹妹，不但不能看轻雪鸿，而且更不能看轻雪尘。雪尘假使真是一个普通舞女的话，那么她绝不会给妹妹去读书的，因为以雪鸿的年龄和才貌，何尝不是一个颠倒众生的姑娘呢？所以我非常地同情她们，她们为了生活，她们心中有不得已的苦衷。你说雪鸿是会交际的姑娘，这正因为你没有看见过她的缘故，她实在是个好女儿，所以我是绝不能给她受一些刺激。对于妹妹这些忠告，我也只好辜负你的了，还得请妹妹原谅我才好。"

"那么你的心中是爱上了雪鸿，对于丁小姐是完全没有感情作用的了？"

司马英听二哥也回答了这么一大套的话，因为自己确实并没有知道其中的底细情形，所以感到自己说的真是有些盲目的了，这就微红了粉脸，秋波脉脉含情地凝望着二哥的脸，又低低地问。司马文很不好意思的样子，微笑道：

"对于爱不爱这个问题现在还谈不到，只不过我和雪鸿的交谊，总比智仙深得多。假使我有了新人丢旧人的话，那我怎么能对得住自个儿的良心呢？"

司马英听二哥绕了一个圈子回答，心中未免感觉好笑，遂点了点头，也不再说什么了。这时，他们已走到一家三轮车公司，于是走进去租了一辆车子，兄妹俩一同坐着回家里去。两人到了兰园别墅，陈妈开门进内，很急促地问道：

"二少爷和二小姐原来碰见在一块儿吗？太太真急死了，大少爷的事情，姑爷怎么地说呢？"

"妈此刻在什么地方？"

司马文也来不及告诉，先向她急急地反问。陈妈一面关门，一面说道：

"三小姐陪太太已到上房里去睡了。"

"二哥，陈妈说的三小姐就是丁小姐吗？"

司马英和司马文向上房里走，低低地问他。司马文点了点头，说是的，遂把丁智仙陪到家来的经过向她约略告诉了一遍，在告诉之间，两人已步入了上房。只见妈坐在沙发上兀是扑簌簌地淌眼泪，智仙站在旁边轻声儿地不知在劝些什么话，她抬头见了阿文，遂很喜悦似的叫道：

"妈，文哥来了。文哥，你快告诉妈吧，为什么直到这时候才回来呢？"

"妈，你别伤心吧，事情总有办法的。"

司马文走上一步，低声地劝慰母亲。飞霞抬头见了阿英也一同回来，遂很奇怪地问道：

"阿英，你和士英在什么地方玩？大哥的事情，你知道了没有？"

"妈，我都知道的，因为我们后来和姊夫、文哥都遇在一块儿了，对于起哥的入狱，完全是冤枉的。姊夫说，他会竭力地设法，使起哥无罪，叫妈老人家可以不必难受。"

司马英因为不好意思把详细的事情告诉母亲，遂含混地说着。飞霞对于他们如何会遇在一处的事情倒也并不注意，惊慌了脸色，先问道：

"你起哥怎么会受冤枉的？你把详细的事情都告诉我呀！"

司马英听母亲这样问，遂向司马文望了一眼。司马文有些碍口，向她眨了眨眼睛。阿英是个玲珑的姑娘，她当然明白文哥叫自己别告诉的意思，而所以不向母亲告诉的原因，这是为了母亲听着生气而更心痛。不过他们兄妹俩在做双簧似的样子，飞霞也不是一个呆笨的女子，她如何会看不出来吗？在沉吟了一会儿后，忽然在沙发旁站起身子，急急地道：

"为什么你们都不说话呀？哦！我明白了，你的起哥莫非是和人家发生了桃色惨案了吗？"

"妈，你别急呀，事情是这样的……"

阿文听母亲已猜中了其中的主因，他没有办法，只好把详细的事情向她告诉了一遍。飞霞在听到了这个消息之后，她脸色由灰白而微现着愤怒的红晕，但一会儿立刻又呈现了失望的悲哀，灰心地颓然倒在沙发上去，淌泪叫道：

"阿起，你辜负了你祖母一番热爱的慈心，你怎么能够对得住她老人家近十年来的一番心血？我空望了你这十九年了。"

飞霞边说边淌泪，说到这里，她伤心得忍不住哭出声音来了。飞霞这一哭，他们三个人也都哭起来了。陈妈进房来连忙拧毛巾，给他们擦揩眼泪，劝慰着道：

"太太，事情已到这个地步，你伤心也没有用，你应该保重身子，慢慢地设法才是呀！"

"我倒并不是伤心他的入狱，因为一个荒唐的青年，是应该受法律的惩罚，只不过我所心痛的，我这样一个安分守己、克勤克俭的母亲，为什么会有这样一个荒唐腐败的儿子？同时我更心痛国家多了这么个寄生虫似的青年，我如何能不哭吗？"

飞霞说完了这几句话，泪水又像雨点般地直抛了下来。阿文、阿英、智仙三人听了这些话，都不禁为之怦然心惊。陈妈又道：

"二小姐，三小姐，你们也快不要哭了，要如这哭的声音给老太太听见了，她老人家是有病的人，还能受得了这一急吗？"

大家听了这两句话，方才不敢再伤心了。飞霞望了阿文一眼，把手帕拭着颊，低低地又问道：

"阿文，那么你姊夫用什么办法去证明他是不做强盗的呢？"

"姊夫说，除了请律师辩护外，他自个儿以总经理的地位，可以担保他是一个安分的良民。"

司马文向她回答，飞霞叹了一口气，望着阿文的脸，用了真挚而又慈爱的口吻，悄声儿地说道：

"阿文，一失足成千古恨，再回头已百年身。这两句话并不是专用在女子的身上，像你哥哥的荒唐，也就是失了足了。一个青年在社会上做人，对于正当的娱乐，固然是应该逢场作戏，不过对于路柳墙花，千万要自己约束才好。要知道荒淫无度，不但是会身败名裂，而且更会使强壮的身子弄成了鸠形鹄面，所以荒淫的结果，就是等于慢性的自杀。我想像我这样的母亲，对于儿女们的教育，总不能说是腐败的吧，就是平日的教训，也可说随时都有警劝的时间，可是你哥哥给我还是这么地失望。我觉得四个孩子，两个是已没有希望了，剩下你们兄妹两个人，假使再不给我争一口气好好儿地做一个人的话，那么我也再没有脸活在世界上了。因为我这个母亲，太对不住社会，太对不住国家，你们想，叫我做人还有什么趣味呢？"

飞霞说到这里，因为是心痛到了极点，不免又声泪俱坠。阿文和阿英在听到了母亲这句话之后，两人不禁汗泪齐下，向飞霞跪倒地上，带泣说道：

"妈，你的教训，我们已深铭肺腑，假使我们再给你老人家失望的话，那我们还能算是一个有心肝、有血肉的人吗？"

司马英脆弱的心灵已受不住沉痛的悲哀，她忍不住又失声哭了。智仙在旁边给她含泪扶起，低低地说道：

"二姊，你别难受，我们固然要给妈老人家争气做人，就是大哥也可以改过自新，我以为一个能够自新的青年，终还不失是个勇敢的人。"

"三小姐这话很不错，二少爷，你也站起来吧。"

陈妈把司马文也扶起身子，飞霞的心灵中才算得到了一些安慰，遂向阿英、智仙望着说道：

"阿英，这就是你的三妹丁智仙，你们还没有见个礼吧？"

"二姊。"

"三妹。"

智仙、阿英这才互相弯了弯腰肢，各自叫了一声。飞霞伸手打了一个呵欠，沉吟了一会儿后，又低低地说道：

"刚才我和你三妹到祖母房中去坐一会儿，你祖母睡一忽儿才醒来，身上有些热度，不过她很高兴，说得了一个很美丽小孙女儿，所以你们把阿起的事情千万不要给她知道才好。"

"我们都知道，妈，你放心好了。"

"时候也不早了，那么你们该早些去睡了，明天还得做事情呢。阿英，智仙暂时在你房中一块儿睡，看你们个子倒差不多高低，你有什么衣服先给她换一换身吧。"

"好的，那么我们去睡吧。"

司马英点了点头，拉了智仙的手，便到自己房中去了。这里司马文向母亲也道声晚安，自管地回房。在司马英当初的心里，以为二哥帮助智仙，是爱上智仙的缘故，谁知道二哥爱上的不是智仙，是张雪鸿，本来要向智仙打趣开玩笑，如今这些话也就说不出口来了。两人到了房中，开亮了电灯，阿英先脱了皮鞋，拖上了睡鞋，向智仙道：

"三妹，你既然已经给我妈做了干女儿，那么你要把这当作自己的家一样，千万不要受一些拘束的样子。"

"是的，我知道，妈和姊姊都待我很好，不过我心中很难受，才一到家里，大哥就发生了这样不幸的事情，那我这个人不是太不吉利了吗？"

智仙微蹙了眉尖，似乎有些怨恨自己的意思回答。阿英听了，倒是笑了起来，便走上去拉她的手，安慰她说道：

"三妹，你这人也太会避嫌疑了。大哥的事情，原是他自个儿去找寻来的，这和你有什么关系呢？三妹，所以你心中是用不到表示不安的，来吧，我给你试穿几件旗袍，不知道还合身吗？"

阿英一面说着话，一面把她拉到橱边，拉开橱门，把几件半新旧的旗袍拿出来给她试穿。智仙一件一件地试穿，觉得十分的合身，一时心里十分欢喜，遂跳了跳脚，望着阿英的粉脸，笑叫道：

"二姊，你的衣服都给我穿了，那么你难道不要换身了吗？"

"我换身的还有呢。三妹，我的皮鞋也有好多双，这几双还算新，不知你也能穿吗？"

司马英又打开五斗橱的抽屉，取出两双黄黑半高跟的皮鞋给她试穿。智仙穿了一双黄的，也很觉适合。司马英见她此刻穿了一件淡青花呢的旗袍，又穿了那双淡黄的半高跟皮鞋，仿佛是换了一个人样儿，更觉得秀丽脱俗，惹人可爱，一时忍不住抿嘴笑道：

"三妹，你这么地一穿，就觉得更美丽了。"

"二姊，你怎么跟我开玩笑呢？"

智仙有些难为情，红晕了两颊，扭捏了一下腰肢，低低地说。司马英见她这娇羞的意态，更增加了一层妩媚的风韵，于是心中不期然地对她有种美好的印象，暗想：二哥真也太想不明白，家里有了这么一个现成的好嫂子不要，偏去爱上一个做舞女的妹子，那真是太不值得的了。一面想，一面和智仙又谈说了一会儿，方才各自脱衣睡了。她们姊妹俩安静地入梦乡去，但司马文在房中却再也眼睁睁地不能入睡，他想到了刚才妹妹对自己说的这一番话，心头也有些暗暗地担忧，因为我对智仙虽没有存着丝毫的儿女之情，不过在智仙的芳心中确实已有爱我的意思了。那么将来智仙若知道了我不爱她的消息，可怜她不是要感到失恋的痛苦了吗？所以我现在不应该和她太显亲热的样子，免得她误会了我的意思。一会儿又想雪尘在金谷咖啡室对自己说的话，觉得雪鸿实在对我非常地痴心，假使我要负了她的话，也许使她有疯狂的可能，我怎么能够忍心使一个姑娘为我而堕入悲惨的道路上去？何况我本来是爱雪鸿的呢！司马文这样呆呆地细想，耳听着时钟已敲一点钟了，于是不敢再胡思乱想，熄灯静静地睡去了。

待司马文一觉醒转的时候，还只有子夜三点四十分光景。电话间原在司马文卧房的外面，同时又因为静夜的缘故，所以此刻电话铃声的响非常的清晰。司马文暗吃了一惊，这时候还有什么人来电话呢？于是亮了电灯，急急地起床，披了衣服，拖了睡鞋，走到电话机旁，握了听筒，问道：

"你是谁？找什么人哪？"

"哦，我是小梅，你是谁呀？"

"你是小梅？这时候打电话来干什么？我是阿文，难道你家少爷又出了什么乱子了吗？"

"不，不是少爷出了乱子，因为少奶流了产了，现在慈航医院特等一号病房里休养。二舅少爷，少奶想念你们，你和二小姐快些来吧！"

"哦！哦！我知道！"

司马文听姊姊忽然流产了，他心头这一吃惊，顿时像小鹿般地乱撞起来了，立刻放下听筒，三脚两步地回到房中，穿了皮鞋，披上西服外褂，在系打领带的时候，两只手是在瑟瑟地发抖，更来不及照镜子，就匆匆地走到妹妹的房中。在走到房门口的时候，他又停住了步，生怕把睡梦中的两个人都惊怕了，于是又放轻了步伐，悄悄地推门进内，只见室中透现着一线暗绿色的灯光，原来床边的玻璃小方桌上亮着一盏绿纱的台灯，大概她们胆子小，所以开着台灯睡觉。从暗绿色的光芒笼映之下，瞧到床上她们两个人睡的姿势，真感到有些好笑，她们并着头一条被里睡着，仿佛是对小夫妻的模样。司马文走到床边，呆住了好一会儿，方才低低地唤道：

"妹妹，妹妹，你快醒醒吧！"

"啊！怎么啦？怎么啦？"

司马英这个姑娘是非常的机警，她虽然在熟睡的时候，总也非常地小心，如今被司马文在睡梦中叫醒过来，因为心里有着大哥一件不幸的事情，所以她惊得从床上猛可地跳起来，揉着眼皮急急地问，经她这么地一来，把旁边的智仙也吵醒了。她睁眼见床边站着一个西服男子，又见身旁阿英这么慌张的神情，一时不免吓得呀的一声竭叫起来。阿文所以呆住了好一会儿，也就是怕她们吃惊的缘故，此刻见她们果然害怕得这一份儿样，于是忙叫道：

"二妹，三妹，你们不要害怕，我是阿文呀！"

"哦！二哥，你半夜三更干什么来的？把我们真吓死了。"

司马英这才看清楚了是自己的文哥，这就定心了许多，可是秋波却逗了他一瞥嗔意的目光，向他埋怨着问。司马文急急地告诉道：

"小梅刚才在慈航医院里来了电话，她说大姊流产了，叫我们快些过去。你想，这……这可不又是一件太不幸的事情了吗？"

"啊！大姊流产了？好好儿的怎么会流产了呢？"

司马英听到了这个消息，全身不免瑟瑟地发抖，她一面惊慌地问，一面已经披衣起床来了。智仙也吃了一惊，遂跟着起床，说道：

"那可怎么地办？妈知道了没有？"

"妈还没有知道呢。我的意思，暂时不要告诉她，我和二妹先到医院里去看了大姊，再作道理。三妹别去了。"

"这可不行吧！流产是一件很危险的事情，我们根本又不知道什么，所以这事情总要告诉妈才好的。"

司马英摇摇头，一面扣上纽襻，一面蹙了眉尖说。智仙听了，也表示这话说得不错。司马英这就先奔到母亲的房中去了，阿文在梳妆台面前站着，却有些发呆的神气。智仙很难受的样子，说道：

"文哥，我到了你的家，接连地发生了这许多不幸的事情，叫我真感到……"

说到这里，叹了一口气，秋波逗了他一瞥哀怨的目光，大有凄然泪下的模样。

"三妹，你别说这样的话，事情偏有这么地凑巧，和你有什么相干呢？"

"不过妈的心中想起来，终觉得我这个人是太不吉利的了。"

"不，那是你多虑了，我妈是个有思想的女子，绝不会有那种迷信的头脑。三妹，你这个请放心是了。来，我们也到妈房中去吧。"

司马文一面安慰着她，一面拉了她的手，匆匆地也奔到妈的房中来了。只见妈坐在床边穿衣服，看她的身子是在抖颤得厉害，同时她的眼泪像雨点一般地滚下来，说道：

"天哪！为什么这样不幸的事情都要发生在我的头上呢？唉！想我做人也没有什么过错，老天爷也太捉弄我了！"

　　"妈，你不要伤心，吉人天相，大姊总能够得救的。"

　　司马英含泪叫了一声妈，向她劝慰着。这时，陈妈也闻声起来，听了这个消息，也只有暗自焦急而已。飞霞穿上衣服之后，遂向陈妈说道：

　　"陈妈，大少爷和大小姐的事情，你千万不能给老太太知道的。我们去了一会儿，天亮的时候总有人先回来告诉你的。"

　　"我知道，太太，你只管去吧。"

　　陈妈点头，跟着送出房来，这里母子一行四人悄悄地走出了兰园别墅的大门。已经是早晨四点钟的天气，月亮淡淡地斜挂在西边的天际，晓风吹在身上，备觉有阵凄凉的意味。飞霞的身子一面在颤抖，一面两条腿只觉软绵绵的，好像要跌倒地下去的样子，她瞧了街上冷清清像死过去了那么的沉寂，先急道：

　　"这么早的天气，没有一辆街车，那可怎么办呢？"

　　"妈，你别急，我去找吧。二妹、三妹扶着妈好好儿走路，别让她跌跤。"

　　司马文一面说，一面已向前面很快地走。阿英觉得妈的身子仿佛生了疟疾症，遂停住了步，说道：

　　"我们站一会儿吧，二哥也许把车子会叫来的。"

　　不多一会儿，司马文叫了三辆人力车来。于是，大家把飞霞扶上车子，阿英、智仙共坐一辆，三辆人力车便向前直拉去了。车到慈航医院，阿文付了车资，四个人匆匆地进内，阿文、阿英性急，便走在前面。智仙扶着飞霞的身子，也急急地跟随在后面。阿文、阿英奔进了特等一号病房，只见小梅站在一旁垂泪，姊夫却弯腰低唤姊姊的名字。阿英这就急急地先叫道：

　　"姊夫，姊夫，我姊姊好好儿的怎么会流产了呢？"

　　"哦！英妹，文弟，我也不知道呀！"

　　士杰回头见了他们两人，遂迎了上去说，他制不住满眶子里的眼泪已滚下了两颊。阿文、阿英见姊夫也会淌泪，知道病势颇为险恶，一时只觉万分悲酸，泪水也沾湿了衣襟。就在这时，智仙扶了飞霞颤巍巍地进房，她一面叫道：

"阿琴，阿琴，我的阿琴怎么啦？"

"妈，阿琴流产了。"

士杰含泪走上去，低声地告诉。飞霞走到床边，见阿琴柳眉紧锁，两眼微闭，双颊绯红，好像很昏沉的样子，这就哭叫道：

"阿琴，妈来看你了。"

"哦！我的妈……"

司马琴在模糊中惊觉过知觉来，她睁眼一见了母亲，仿佛是遇到了什么珍宝般的，猛可地把飞霞的手臂拉住了，同时她的泪水在眼角旁像泉水似的涌了上来。飞霞伏下身子去，含泪摸着她的颊，难受地说道：

"孩子，你颊上烫手得厉害，可见你身上的热度是很盛的了，你有没有拿过什么笨重的东西？怎么会流产了？"

"我没有拿过，真奇怪，好好儿的会腹痛流产了。唉！这是天数吗？"

司马琴摇了摇头回答，她长叹了一声，觉得这是命该如此。阿文、阿英站在旁边，含泪问道：

"大姊，你现在觉得怎么样呢？"

"也没有觉得什么，只不过心口像火烧似的难受罢了。二妹，这位小姐是谁呀？"

司马琴瞥眼见到了智仙，因为智仙也在淌眼泪，她心中感到奇怪，遂忍不住急急地问。司马英把智仙拉到床边，给她介绍道：

"大姊，这就是丁智仙，现在是我们的三妹了。"

"哦，是丁小姐，不，是我的三妹。"

"大姊！"

司马琴哦了一声，淡白的脸颊上浮现了一丝微笑，点了点头向她招呼。智仙除了亲热地叫了一声大姊之外，却也说不出其他的话来。这时，司马琴的精神很不好，虽然房中有母亲、弟、妹在着，她已管不得许多地把眼皮依然合上来。飞霞见女儿的病势实在很重，遂离开床边，正欲和士杰商量办法，只见看护和张医生匆匆地又走进来，张医生先把听筒在她胸口听察了一会儿，又按了脉息，试量了热度表。她皱了眉尖，感到有些辣手的样子，回头对士杰道：

"韩先生，你的夫人热度不肯退，我想给她用冰，不知道你的意思怎么样？"

"妈，你看怎么办呢？"

韩士杰不敢十分地做主，他回头望了飞霞一眼，低低地问。飞霞沉吟了一会儿，望着阿文、阿英出神。阿英说道：

"大姊的热度既然不肯退，那么也只有用冰这一个办法了。"

张医生见他们并无异议，遂吩咐看护把她用冰。这里士杰对飞霞不免悄悄地又说起阿起的事情，飞霞心痛得是只有淌泪的份儿。默默地经过了两个钟点，天空已显现了鱼肚白的颜色，司马琴此刻的神志清楚了许多，她拉了飞霞的手，低低地道：

"妈，今年也不知是什么年头儿，我家竟会发生了这样的惨变。起弟这孩子太使人失望了，他对不住母亲、对不住祖母，更对不住国家，不过这孩子并不是个呆笨的人，他也许有自新的日子，所以妈千万别痛恨他，我始终还是原谅他的过错。至于女儿今日的流产，也许是女儿一生结束的时候到了，我这样悲惨的结局，虽然说社会的不良，但到底咎由自取，所以我也很对不住母亲，同时更对不住祖母。唉，女儿太不孝顺了。"

司马琴这几句话听到士杰的耳中，他是心碎了，觉得这是自己的罪恶，他低着头，只有默默地淌眼泪。阿文、阿英、智仙也挥泪不已，飞霞泣道：

"孩子，你别说这些话吧，妈的心都碎了。"

"大姊，你的热度一退，你就会好起来的。"

阿英也低低哽咽着说，司马琴心头又想起爸爸出现的一幕，她觉得自己是没有救的了，只摇了摇头道：

"妈，你别伤心吧，一个人谁能逃得过不死呢？早死迟死，也无非

145

是梦之长短罢了。不过我死之后，对于起弟这件案子，士杰一定会负责办理，那你老人家只管放心。就是起弟，他出狱之后，知道他苦命的姊姊死了，我想他也会咬着牙齿好好儿地重新做一个人吧！英妹，还有一件关于你的事情，我也给你们办舒齐了，你的姊夫答应拿出两百万元钱来给士英叔和你做创办医院的经费。虽然我是死了，不过我在未死之前能够完了我的责任，这总算给我得到了不少的安慰。妈，祖母那儿最好给我瞒着她，不要给她知道我死了的消息，万一瞒不住的话，你总要劝她想开一些才好。最后，我要向文弟说几句话，母亲养了我们四个孩子，你的大哥、大姊太不争气，希望你们弟弟、妹妹要加倍地努力奋斗，至少给母亲那颗失望的心得到一些喜悦的安慰……"

司马琴一口气说到这里，已经是上气不接下气，很吃力的样子。飞霞和众人的泪水像雨点般地滚落下来，各人的心头是滋长了悲哀的意味，大家喉间若有骨鲠住一样，要想安慰她几句，可是再也说不上口来，还是飞霞忍住了泪水说道：

"孩子，你不要胡思乱想了，静静地养息，自然会痊愈的。"

就在这时，忽然房外又进来一个姑娘，她见病房内这许多人，倒是一怔。司马琴两眼向房外望，所以先看见了，她点头微笑道：

"张小姐，你这么早就起来了？"

众人听司马琴这样说，都回头去望。阿文见了雪鸿，心中好生奇怪，遂迎上去握住她的手，说道：

"雪鸿，你怎么知道我姊姊病在这儿呀？"

"咦！你难道没有知道我的姊姊也病在这儿吗？"

"哦，是的，我给你们介绍，这是我的妈，这是我的妹妹，这是我的义妹丁智仙。"

司马文哦了一声，这才想明白过来地点了点头，把她拉到母亲面前，给她一个一个地介绍，并且又把雪鸿给他们介绍道：

"妈，这位是我的同学张雪鸿小姐。"

"伯母，大姊的热度可有些退了吗？"

雪鸿向飞霞鞠了一个躬，又向阿英、智仙点了点头，表示招呼的意

146

思。她想继续称呼韩太太，不过和伯母这个称呼未免相差太远了一些，于是她在一转念之间，便也呼为大姊了。飞霞想不到阿文在外面还有这样一个美丽的女同学，一时忙也还礼说道：

"也没有什么退去，张小姐，你的姊姊也在这儿养病吗？"

"是的，我姊姊没有什么大病，她今天就要出院的。"

雪鸿点着头回答，她站在床边望着司马琴出神，这时阿英和智仙也望着雪鸿呆呆发怔，各人的心头都有一种思忖。阿英想，原来雪鸿是个这样美丽的人才，怪不得二哥是不肯放弃她的了。智仙也在想，奇怪，原来文哥还有这么一个才貌双全的女同学，那么他这次救我，到底是否有爱我的作用？还是完全为了人类互助的义务呢？照此看来，文哥对我未必有情，我竟痴心地想把身子报答他，这不是太可怜了吗？智仙想到这里，心头感到失恋的悲痛，眼皮一红，泪水又在颊上展现了。大家静悄了半晌，士杰道：

"此刻天也亮了，我和王善定约着还要上律师那儿去，这儿我看还是请妈老人家照顾着吧。"

"好的，士杰，你放心去办正经事吧。你救了我的起弟，这和救我是一样的。"

司马琴在床上闭着眼养神，这回她不待母亲回答，便睁眸望了他一眼，真挚地说。士杰觉得阿琴的爱护起弟，有甚于母亲，遂点头答应，匆匆地走了。飞霞这时不免又想到了家里的老祖母，遂向阿英道：

"阿英，你也该回家去了，回头祖母老人家找不到人，她若追问陈妈，得知这些消息，她本来是有病的人，恐怕要急坏了。智仙也一同回去，阿英还要到儿童教养院里去给我代几个钟点的课，那么智仙就管着家吧。"

司马英和智仙点头说知道了，飞霞望了司马文一眼，问道：

"你怎么样呢？今天还上学校里读书去吗？"

"不，我想伴在这儿，多一个人照顾，比较好得多。回头我打电话到学校，请同学给我代为请个假好了。"

"阿文，我不要紧的，你不要为了我荒废了学业。"

司马琴向他摇了摇头，低低地说。司马文柔和地道：

"大姊，你别管这些了，安静些养息要紧。"

"大姊，那么我们走了，回头再来看你。"

司马哀和智仙说着话，身子向房外走了。雪鸿见他们都愁眉不展、心事重重的样子，觉得自己站在旁边也没有什么意思，于是向飞霞、司马琴说了几句安慰的话，也悄悄地退出房外来。司马文见雪鸿颇有黯然之色，遂跟到病房门口，把她低低叫住了说道：

"雪鸿，你是昨天晚上来陪伴你姊姊的吗?"

"是的，阿文，想不到你哥哥和姊姊都会发生了这样的突变。"

雪鸿回头逗了他一瞥哀怨而凄婉的目光，叹了一口气回答。阿文见她眼角旁浮现着晶莹莹的一颗，虽然不知道她是否为了我姊姊、哥哥的不幸而感到悲哀，不过凭了雪尘对我说的几句话，可见她的芳心中至少还包含了一些情场烦恼的成分，于是拉了她的手，转入院子里去，说道：

"雪鸿　我正想跟你谈谈。"

"你不用说了，我已经知道你的心。"

雪鸿低了头，她觉察到自己皮鞋尖儿上溅了一滴水珠。司马文听她这么地说，知道雪尘一定给我已代为解释了，可见雪尘真是一个仁爱的姑娘，他把雪鸿的手紧握了一下，低低地说道：

"雪鸿，你既然已经知道我的心，那我当然十分地感激你。这次的救助丁小姐的一家，完全是激于人类互助的义务，所以你应该相信我。"

"我相信你，我并没有怨恨你。文哥，我知道你是一个热心仗义的好青年，所以昨天早晨我看见你们的时候，我完全是错怪你了。"

雪鸿并没有抬起头来，她还是很自歉地回答。司马文在一棵梧桐树下停住了步。伸手去抬她的下巴，说道：

"不，你别这样地说，我知道这是因为你爱我的缘故。"

雪鸿被他这么地一说，心头也不知道是喜悦还是悲酸，只觉有股子辛酸触鼻，她的眼泪会更加滚滚地掉了下来。司马文红着眼皮，低低地道：

"鸿妹，你为什么还这样地伤心？难道你还不相信我吗？"

"并不是这个意思，我想起你哥哥的不幸，更感到我姊姊的可怜。世界上滥用其情的青年，固然会丧失自个儿的前途，就是爱不专一的青年，至少也会使多方面的精神上感到痛苦，并不是一个人会这么的自私，不过在爱的范围上说，自私当然是一件美德。文哥，所以我希望你用准确的目光来选择你理想的对象，因为我明白爱情绝不是一件可以勉强维持的东西。"

雪鸿伸手揉擦了一下眼皮，她和平了脸色，絮絮地说了这么一大套的话。司马文不是一个笨伯，他当然明白雪鸿这些话中的意思，就是一个青年不能同时爱上两个女子，叫我用目光挑选，爱她就别爱智仙，爱智仙就别爱她，雪鸿真是一个爽快干脆的姑娘。司马文心中感动得了不得，正欲向她坦白地声明，忽然见对面病房的窗户开了，雪尘凭窗远眺，若有所思的样子，仰天长叹。雪鸿于是走上去叫道：

"姊姊，你为什么不多睡一会儿呀？"

"我睡不着，想回家了。咦！文弟也在这儿吗？"

雪尘回眸过来低低地说，她瞥见了司马文，表示惊异的样子问。司马文也走了上来，点头说道：

"我姊姊流了产，姊夫打电话来叫我们，我们又赶了来的。现在姊夫又到律师那儿去了，我想也许有办法的吧。"

"有办法可以使他无罪，这当然是最好的了。文弟，那么你姊姊现在怎样了呢？"

雪尘听士杰已上律师事务所里去了，她心头稍为得到了一些安慰，一面点头，一面又问司马琴的病情。阿文有些难受的样子，说道：

"热度很高，昨天晚上已经是用过冰了。"

"唉！但愿老天爷保佑她才好，世界上的女孩子真太命苦了。"

雪尘用了祈祷的口吻，很凄婉地说，她摇了摇头，微微地叹了一口气。这时，东方的朝阳已由地平线而上升高空了，时候已经八点光景。雪尘道：

"我们走吧。妹妹，你还得上学校里去呢。"

雪尘说着话，她身子已由病房转到院子里来。原来雪尘所有医药费都已由士杰结清了。司马文送她们出了大门，伴她们到附近一家三轮车行雇了车子，说道：

　　"尘姊，你到了家里，还得好好儿休养才是，至于哥哥的事情，姊夫一定会设法救他的，所以你只管放心是了。"

　　"我知道，你有什么消息，请你随时地打电话给我吧。"

　　司马文点头答应，眼瞧着那辆三轮车驶远去了，叹了一口气，感到一阵莫名的凄凉。正欲回进医院大门去，忽然有些肚子饿了，于是他预备找家馆子吃些点心，顺便叫一些到医院给母亲吃。慈航医院是在西门路的尽头，下来一条便是马浪路，司马文经过西成里的时候，忽然弄内走出一个年轻的姑娘来，两人在互相见面之下，这就哟的一声，不约而同地叫起来。

第十回

欧阳珠和蔡晴梅在南京影戏院同士英和司马英分手之后，匆匆地回到家里。在步入西成里的时候，晴梅拉了她一下子衣袖，低低地问道：

"珠姊，为什么愁眉苦脸的，好像很不高兴似的？难道你有些不舒服吗？"

"没有。"

"你不用骗我了，我早已知道你心中不如意的原因了。"

蔡晴梅见她摇了摇头，脸上还浮现了一丝微微的笑容，这就撇了撇嘴，秋波斜乜了她一眼，表示很神秘的样子回答。欧阳珠轻轻地啐了她一口，笑嗔道：

"你这孩子又胡说了，我哪儿来不如意的事情呢？"

"得了吧，还骗我？你不是为了司马先生今天失了你的约，你才不高兴的吗？"

"这可奇怪了，你怎么知道司马先生今天来约我呢？"

"那有什么奇怪？姊姊的心还不如我的心一样吗？"晴梅说了这两句话，弯了腰肢顽皮地咯咯地笑。欧阳珠拉了她的手，用了认真的口吻向她问道：

"晴梅，你告诉我呀，这么大的年纪别淘气了。"

"好，我就告诉你，今天下午我不是来叫你一块儿上茶室去吗？你说有些头痛，叫我代为给你请一天假，我心里想，你既然有些不舒服，为什么不睡一会子休息，却坐在梳妆台旁抹香粉？我就明白其中有些神秘了。后来我走到楼下去的时候，遇到了你家老妈子阿沈，她告诉我，说今天星期四，司马先生的厂里纪念创办十周纪念，放假一天，回头要来看望小姐的。珠姊，你想我这个福尔摩斯的本领大不大？"

晴梅转了转乌圆的眸珠，她的表情始终带着天真顽皮的成分。欧阳珠这才明白了，笑了一笑，说道：

"嗯！你的本领太大了。晴妹，我正预备问你一句话。"

"问我什么话呢？珠姊，时候还早，你到我家里再去坐一会儿吧！"

两人说着话，已走到了十二号的门口，晴梅拉了她的手，停住了步向她央求。欧阳珠因为心里烦闷，所以没有什么异议地跟她步入十二号的大门里去了。晴梅住的是间后厢房，她家里只有一个三十四岁的母亲，生活全靠晴梅一个人维持的，所以也是非常的清苦。说起她的父亲，是在外洋轮船上做水手的，自从战事发生后，她父亲就没有回来，至今杳无音讯，生死未卜，晴梅母女俩提起了这件事，也唯有暗暗伤心而已。两人步进后厢房，只见蔡太太还坐在灯下干活计，她见欧阳珠一同进房，遂含笑倒茶，叫道：

"欧阳小姐，你和我阿梅在什么地方玩一会儿呀？"

"伯母，你别客气，我们在看《万紫千红》的电影。"

"还好看吗？听说这是一张歌舞片呀。"

"是的，不过这张片子太没有价值了。说情节吧，是根本一些也没有，说歌舞的伟大吧，说句笑话，大新公司楼上的歌舞团比它还要精彩一些呢！所以报纸上的宣传，都不能信以为真的。"

欧阳珠在沙发上坐下了，她摇了摇头，表示很不满意地回答。晴梅把手巾、皮包放到妆台上，回身笑道：

"一班年轻的人去看的，大概是为了李丽华的牺牲色相，所以还是天天客满。从这一点看来，电影虽然是艺术的一种，不过还是为了金钱眼子里而不管有否价值地迎合一班低级趣味的观众心理。我说假使为了这样，那么索性还是跳草裙舞吸引观众比较更有意思一些了。珠姊，你说我这话对吗？"

"是啊，你这话真不错哪！"

欧阳珠抿着嘴儿忍不住笑出声音来，蔡太太也笑问道：

"照你们说，这张片子一些价值都没有了，那么到底是谁导演的呀？"

"是方沛霖导演的，他这两年很蹿红，大概是因为蜀中无大将的缘故。哦，我告诉你，最近发生了一件笑话，方沛霖和徐欣夫他们在摄影场上因吃豆腐而大打出手，幸亏两人都是粗手大脚，所以还不至于打出人命案来，因为他们可说棋逢敌手，将遇良才。据摄影场里一个朋友告诉我，当时徐欣夫打方沛霖耳光两记，徐欣夫挨方沛霖老拳三下，后来经过众人的劝解，方才结束这一幕紧张的场面。你想，这件事不是天大的笑话吗？所以我就看轻这一班东西，简直一些没有朋友义气的。"

欧阳珠绘声绘色的，这一篇话说得大家都忍不住笑出声音来了。晴梅这时又向母亲撒娇似的说肚子饿，蔡太太说我烧点心给你们吃，她便走到厨下去了。欧阳珠站起身子，秋波白了她一眼，嗔道：

"已经这么晚了，你还叫伯母去烧点心，那你怎么说得过去？我走了。"

"忙什么？哎，珠姊，刚才你不是说有什么话要问我吗？为什么又不说了呢？来，我们坐下来说话吧。"

晴梅笑了一笑，她拉住了欧阳珠的手，又在沙发上一同坐下了，低低地说。欧阳珠沉吟了一会儿，微蹙了眉尖，说道：

"也没有什么要紧话要问你。"

"珠姊，你今天说话为什么吞吞吐吐的？叫人家心中闷得多慌呢！"

晴梅攀住她的手臂，噘着小嘴儿，表示有些不快乐的样子。欧阳珠红晕了两颊，笑了一笑，低低地问道：

"那么我问你，今天你在绿宝茶室里可曾见到司马先生在赌钱吗？"

"这个……我倒没有看见他呀！怎么啦？有谁告诉过你吗？"

晴梅皱了眉尖儿，秋波凝望着她略带愁容的粉脸，惊讶地问。欧阳珠摇了摇头，微微地叹了一口气，说道：

"并没有人告诉我，因为他说定今天下午到我家里来的，为什么失约了呢？我怕他被三朋四友拉着又到这种地方玩去了。唉！一个青年在这个罪孽的社会上做人是多么的危险哪!"

"珠姊,那你也太会自寻烦恼了,我想司马先生也不是一个呆笨的人,你这样地劝告他后,他还会再去赌钱吗?也许他家里有什么事情吧。"

晴梅见她大有黯然的神情,遂平静了脸色,很正经地劝慰她。欧阳珠逗了她一瞥哀怨的目光,说道:

"你这人也太糊涂了,难道你刚才没有听见司马先生的妹妹说,他一整天没有回过家里去吗?可是早晨我打电话到厂里去问他,茶役回答我,又说他一清早地就出去了。你想,那么他这个人是上哪儿去了?不是叫我心中感到奇怪吗?"

"哎,说起来真也有些奇怪,我说你也不必忧愁,司马先生可不是个三岁两岁的小孩子,难道怕被什么人拐骗走了不成?"

欧阳珠体会到她这两句话中至少是包含了一些取笑的成分,粉脸上这就添了一圆圈桃花的色彩,秋波斜乜了她一眼,在嫣然地一笑之后,忍不住又微微地叹了一口气,说道:

"并不是这么地说,因为上海这个地方实在太危险一些了,没有一处地方不是布满荆棘的,一不小心,立刻有绊跌的可能。我说司马先生也不是一个真正有理智的青年,他虽然心眼儿很好,可是很容易会随了环境转变他所做的行动,这就叫人有些担心。"

"珠姊,你说这个话,我倒又想起一件事情来了。唉!赌场真是害人不浅,我说开赌场的人到底有伤阴骘的呢!"

晴梅点了点头,忽然想到了什么似的,说出了这几句话。欧阳珠凝眸含颦地望了她一眼,猜疑地问道:

"你告诉我,你想起了一件什么事情呢?"

"哦,我到绿宝茶室去的时候,听他们都在说一件新闻。是昨天晚上十二点半的时候,同庆饭店内的一只台子上,那个开摇缸的姑娘把那缸盖却再也揭不开来了,而且赌台上的电灯光芒也会笼上了一层惨淡的颜色。这时,大家心中都觉得非常的奇怪,老板知道今天晚上一定出了什么事情了,遂问赌客们谁押得最多,当时有个身穿灰色布长衫的人说，我押得最多，大概是三千元钱吧。老板于是把他叫到经理室中，问他详细的情形，因为看他那种落拓的样子，绝没有押三千元钱的资格，后来经他的告诉，方才知道他是作孤注一掷最后胜败的一条道路。原来，他本是一个经济商人，家里还有一个妻子并一个三岁的女儿，平日还可以维持普通的生活，自从他跑了赌场以后，家境便一天不如一天起来。起初还只有把首饰以及细软的衣服当押完了，后来慢慢地把家具也都变卖了，家里是只剩了一张床铺、一张板桌、两只破椅子了。他几乎已发了疯，最后他又问友人借了五百元钱，这天对妻子说，假使今夜十二点后不回来了，那么我就永远不回家了，你只管去嫁人吧！说着，就带了五百元钱又匆匆到赌场内来。他在台子旁坐下，一会儿赔，一会儿吃，也就忘记了时间，后来总算被他赢到三千元钱，他同时也发觉时钟已十二点半了，所以他把三千元钱押在小字上，预备作孤注一掷，不料那开摇缸的姑娘把盖儿再也揭不开来了。"

晴梅一口气告诉到这里，顿了一顿。欧阳珠有些迫不及待的神气，扳着她的肩胛急急地追问下去道：

"那么后来怎样了呢？"

"后来那老板向他说道，情愿赔他三千元钱，叫他不要再押，快些地回家里去。他听了十分欢喜，遂答应了他。说起来你也许会不相信，待他一答应之后，那灯光就恢复了原有的明亮，同时那摇缸的盖子很轻快地也揭了开来，不过里面的骰子却是三只四点，原是统吃的。"

欧阳珠听到这里，这才有所恍然了，不免哦了一声，说道：

"这样说起来，那么是他祖宗大人在显灵了，否则他不是有寻死的可能了吗？我不信真有这一回事情。"

"你别忙呀，我还有话没有说完啦！当时他拿了六千元钱欢欢喜喜地回到家里，口里还叫着她妻子的名字，不料一脚跨进房门，只见他的妻子已悬梁自杀了，同时，他三岁的女儿也僵卧在床上，大概是他妻子未吊死之前，先把他女儿弄死的。他见了这一幕惨剧之后，他的心是碎了，他方才明白刚才赌场里的一回事，是他妻子阴魂不散，特地来救他的。他糊涂了一生，到此方才明白跑赌场的结果是家破人亡，因为自己曾经和妻子这样说过，一二点以后不回家是永远不会回来了，那么妻子的自杀，正是她忠贞的表示。为了不忍三岁的女儿留在万恶的社会上，再叫她孤独地受苦，所以她忍心把亲生的女儿也带着一块儿走了。他知道这不是妻子的心狠，这是她心中原有说不出的苦衷，他大哭了一场之后，他就一头撞死在壁上了。"

"啊哟！那么他一家三口都不是完了吗？"

欧阳珠听到这里，只觉全身似冷水直浇，不免瑟瑟地抖了几抖，啊哟一声直叫了起来。晴梅叹了一口气，说道：

"当然是完了，所以赌场简直是杀人不见血的魔窟，我希望当局积极地禁止赌场的开设，否则，社会的不良，恐怕会影响到国家的衰弱。唉！也不知有多多少少的青年的前途在这里面丢送了。"

"真有这样的一回事情吗？晴妹，我想这无非是千万人中的三个罢了，那么你知道我们是站在哪一种人的地位了？"

欧阳珠脸上是显现了无限痛苦的神情，她有些如醉如痴的样子，带了颤抖的口吻，向她问出了这两句话。晴梅似乎不了解她这几句话的意思，望着她不免愕住了一会子。欧阳珠很羞惭地接下去说道：

"开赌场的人是杀人的凶犯，里面工作的人也就是杀人的帮凶。晴梅，我听了你告诉这一件消息之后，我心里是非常的难受，从今天以后，我不愿再干这些事情了。"

"珠姊，话虽这样地说，不过我们没有爸爸、没有兄弟，为了生活，那又有什么办法呢？唉！我们女孩儿家的命太苦了。"

晴梅虽然也很赞成欧阳珠这些话，但她想到"生活"两个字，她心头感到左右为难，在叹过了一声气之后，几乎要淌下眼泪来了。欧阳珠的情绪特别的愤激，她冷冷地说道：

"可是我不能为了自个儿的活命去杀害许多可怜的糊涂虫，虽然我一个人不干这个工作，自有别的人会再去干的，不过我的良心上是安慰得多，快乐得多。晴妹，我已决定不干这个事了，纵然是饿死了，我也不愿再吃这一碗伤阴骘的饭了。"

"珠姊，你真有勇气，我回头和妈商量一下，假使妈能同情我的话，我一定也跟着你脱离这个万恶的魔窟。"

晴梅点了点头，表示很同情的样子。这时，蔡太太从厨下端着两碗糖圆子进来，放在桌子上，说道：

"欧阳小姐，我们自己磨成的米粉，自制的圆子，你倒尝一尝味儿，不知还可以上口吗？"

"伯母，又累忙你了，真对不起。"

"珠姊，你别客气了，我们趁热地吃吧。"

晴梅把她拉着站起身子，坐到桌子旁去，于是欧阳珠也就不客气地吃点心了。吃毕点心，已经十一时多了，欧阳珠怕母亲心里记挂，遂作别回家。欧阳夫人和沈妈坐在灯下也干着活计，沈妈见了欧阳珠，便含笑叫道：

"小姐回来了，太太正在记挂你哩！"

"阿珠，蔡小姐叫你到什么地方去玩一会儿呀？"

"看电影。"

欧阳珠低了头，没精打采地回答了这三个字，身子便歪倒床上去了。欧阳夫人见女儿的神情不大好，遂走到床边去，推了推她的身子，说道：

"看了电影回家还不高兴吗？"

"谁说不高兴？我疲倦得很，要睡了。"

"那么你脱了衣服好好儿地睡吧。这样子躺着，冻了身子，又叫人着急。"

"不，我喜欢这样子躺一会儿，你理我干什么？"

"唉！瞧你这个孩子，像谁的脾气？也只有你妈的面前可以这样地使性子，要如嫁了人的话，那就要被人家说话了。"

"有什么话可说的？我就一辈子不嫁人。"

欧阳珠这两句话倒把她的妈又说得好笑起来了，带了又嗔恨又疼爱的口吻，一面伸手给她解旗袍的纽襻，一面说道：

"得啦！得啦！瞧你就一辈子不嫁人了，人家偶然失了你一次的约，你就生了一整天的气。要如人家……"

"妈，你再说下去，我可不依，我可不依，你怎么知道我是为他失约而生气的呢？"

欧阳珠被母亲这么地一说，方才急了起来，红晕了粉脸，猛可地从床沿边坐起身子，噘着嘴，薄怒娇嗔地说。欧阳夫人倒退一步，说道：

"瞧瞧你这个样子，谁家女儿对待妈有这么的凶恶呢？"

欧阳珠这才把绷住了的粉脸又浮现出一丝笑容来，显出顽皮的样子，抱着妈的脖子，亲热地叫道：

"我的好妈妈，你别生气吧，女儿就有些孩子气，你就饶了我这一遭。"

"太太，你听小姐说得怪惹人可怜的，你就饶了她吧。"

欧阳珠听沈妈也吃自己的豆腐，遂回头啐了她一口，大家都忍不住笑起来了。欧阳夫人见时候不早，遂叫沈妈去睡，这儿母女俩也脱衣就寝了。欧阳珠自小就娇养惯的，要不如她爸爸死得太早的话，她现在一定会在高中读书的。十五岁那年，还和母亲一条被睡觉，现在总算和妈分睡两条被了。母女俩睡在床上之后，欧阳夫人熄灭了灯光，忽听欧阳珠又低低地叫道：

"妈，我对你说，打明儿起，我不再到赌场里去工作了。"

"是不是司马先生给你介绍成功药厂里的职业了吗？"

"不是，他还没有给我介绍成功呢。"

"那你为什么不去工作了？这是什么道理？"

"因为我不愿做杀人的帮凶。"

欧阳夫人听了她这句话，不免愕住了一会子，问道：

"我不明白你这话是什么意思？"

"妈，那么我告诉你吧。"

欧阳珠于是把晴梅告诉的那一段事实向母亲说了一遍。欧阳夫人听了，心头也有些感慨，叹了一口气，说道：

"赌场固然是害人的地方，不过和你又有什么关系呢？"

"妈，你这话可说错了，比方说一个杀人的盗窟，我是盗窟中的一分子，那么难道我就没有罪了吗？"

"不过你也不能和盗窟相比的呀！"

"妈，你以为盗窟比赌场凶恶吗？不，不，我说赌场比盗窟更凶恶万倍呢！盗窟是法律所不允许存在的，所以它们的横行在社会上，还是把性命去掉换来的。至于赌场呢，它倒是很公开的，因为它现在并没有受法律的制裁，所以它杀了人，可以不负一些责任。再说一句，盗窟中强徒抢人钱财，当然是一班有钱人家老爷、少爷，可是赌场里抢人钱财、杀人性命的却不分穷富，见人就抢，见人就杀，而且杀的还是贫民阶级的居民，因为真正有钱人家的老爷、少爷他们也绝不会上赌场里去的。妈，你说赌场是不是有害于国家的事业吗？我是一个有理智、有情感、有血肉的人，我不能忍心去做那杀人的帮凶，去赚那比抢劫更残酷的工钱，所以妈应该同情我的辞职，赞成我的举动。"

欧阳夫人也是个受过相当教育的女子，她听女儿絮絮地说了这一大套的话，一时再也没有勇气拿话去劝阻她的辞职了，不过她皱了眉尖，很难受的样子，说道：

"孩子，你这话虽然说得很不错，可是我们往后的生活将怎么样呢？"

"妈，你放心，我们有手有脚，难道怕饿死了不成？况且司马先生过几天也许已给我找到了一个好职位，那么不是好得多了吗？"

欧阳珠听母亲这样地忧愁，遂低低地安慰着她，母女两人又闲谈了几句，这才各自睡去。次日早起，欧阳珠梳洗完毕，因为自己不预备再到赌台上去工作了，她心里觉得十分的安闲，梳洗完毕之后，她想买张报纸看看，因为沈妈忙着料理早饭，她就匆匆地自己到弄口去买，不料在弄口的时候，却和司马文无意中遇见了。

欧阳珠突然瞧到了司马文，因为在冷不防之间，一时还以为是司马起，这就惊喜交集地咦了一声，猛可地抢步上前，伸手和司马文握住了。在握住了手之后，欧阳珠方才看清楚这不是阿起，却是阿起的弟弟阿文，芳心里这一难为情，顿时粉脸上盖了一层桃色的红晕，很快地放下他的手，乌圆眸珠转了转，微笑道：

"司马先生，我以为是你的哥哥呢，你到哪儿去呀？"

"欧阳小姐，好多天不见了，你的府上就在这儿吗？"

司马文也知道她是认错了人，遂微笑了一下，向她弯了弯腰招呼。欧阳珠秋波斜乜了他一眼，至少还包含了一些羞涩的成分，说道：

"不错，舍间就在这儿十六号客堂楼。司马先生有事吗？到里面去坐一会儿怎么样？"

"时间太早了，恐怕很不方便吧。欧阳小姐，我们到对面牛肉馆子里去吃些点心，我正有许多的话要跟你谈谈。"

欧阳珠听他这样地说，觉得他后面这一句话至少是有些缘故的，不免微蹙了眉尖，逗了他一瞥猜疑的目光，说道：

"司马先生，你有什么话要跟我说呀？我家里只有一个妈，她老人家也早已起来了，没有关系，假使你不嫌我家地方小的话，那么你就请到里面去坐一会儿。"

"也好，那么我就打扰你了。"

"司马先生，你太客气了，那么你是预备来找我的吗？"

两人一同向弄内走，欧阳珠有些等不及似的又急急地问。司马文摇了摇头，很烦闷的表情，说道：

"并不是特地来找你的，因为你府上的地址我原没有知道，不过我既然遇到了欧阳小姐，我似乎应该告诉你知道的。"

"你要告诉我什么事情呢？"

欧阳珠心中益发猜疑起来，但这时候已到十六号的门口，她不得不先摆了摆手，又含笑低低地说道：

"司马先生，这儿就是了，请进去吧。"

司马文点头，遂跟她步进石库门，一直走到楼上房中。欧阳夫人见了阿文，也以为是阿起了，遂先笑叫道：

"司马先生，你昨天为什么不来呀？倒累我阿珠等候了你整整的一下午呢。"

"妈，你看错人了，他可不是阿起呀！"

欧阳珠听妈这样地问，一时忍不住扑哧的一声笑了起来。欧阳夫人被女儿这样地一说，遂定睛向司马文细细地一打量，果然脸蛋儿比阿起丰腴得多，不过却和阿起非常的相像，好像脱了一个胎子，一时弄不清楚这到底是怎么的一回事，不禁望着他怔怔地愕住了一会子。司马文虽然不大明白哥哥和欧阳小姐是怎样的一层友谊关系，不过此刻凭了她妈这几句话，可见哥哥和欧阳小姐的交谊终在情人范围之内的了，心里真佩服哥哥情场中的手腕竟有这么巧妙，同时能爱上了三四个女子，不过弄巧成拙，到底是误了自己的前途了。唉！他暗自叹了一口气，一面向欧阳夫人鞠了一个躬，一面做个自我介绍道：

"伯母，我是司马起的弟弟司马文，巧得很，在弄口遇到了欧阳小姐，小侄来得很孟浪，请伯母不要见怪。"

"哦，原来是司马二少爷，怪不得你们脸竟有这么的相像，你别客气，地方不成样，快请坐吧！"

欧阳夫人这才明白了，她一面笑着说，一面倒了一杯茶放到桌子上，请他坐下了。欧阳珠掀着酒窝儿，抿嘴笑起来，说道：

"妈，无论哪家兄弟，总没有像他们那样脱了一个胎子的，不要说你会认错了，我见了他两次，两次都把他当作大司马看呢！"

司马文不好意思说什么，笑了一笑，拿了茶杯，微微地喝了一口。欧阳夫人不免向他又问长问短地问了一会儿，这时，沈妈把稀饭烧好端了上来。欧阳珠想到了什么似的，方说道：

"沈妈，我们还是到对面牛肉馆子里去买些锅贴来吧，司马先生也没有用过早点呢。"

"欧阳小姐，你不要客气，否则，我得走了。"

"那么不和你客气，就是吃些稀饭怎么样？"

欧阳夫人见他站起身子预备走的模样，遂向他笑嘻嘻地说。司马文这才又坐下了身子，表示答应的意思。这里沈妈盛了三碗稀饭放在桌子上，欧阳珠在下首打横坐下，握了筷子，笑道：

"司马先生，来，我们就这样地怠慢你了。"

"你瞧我一些也不客气的，你还说呢。"

司马文一面吃稀饭，一面也微笑着回答。三人默默地吃了一会儿，欧阳珠忽然记起了刚才的一句话，遂把秋波脉脉地望了他一眼，低声笑道：

"司马先生，你说有话要告诉我，可是你到这时候还没有对我说呢！"

司马文因为既然明白哥哥和欧阳小姐的交谊不是普通朋友可比的，因此他把这个不幸的消息再也没有勇气告诉出来了。此刻被她这么地一问，一时不免有些为难起来，微蹙了眉尖，支吾了一会儿后，方才叹了一口气，说道：

"不瞒你们说，这真是一件不幸的事情，我哥哥昨天受了冤枉已被捕入狱了。"

"啊！被捕入狱？那是为了什么事情呢？"

欧阳珠突然听到了这个消息，真所谓是晴天中起了一个霹雳，把她的芳心震惊得粉碎了。她粉脸变成了惨白的颜色，放下了碗筷，几乎要盈盈哭泣的样子。欧阳夫人也失惊问道：

"什么？你哥哥到底是怎样受冤枉的？那么现在你们预备怎么样办呢？"

"现在我姊夫在请律师给哥哥申辩冤枉，大概有得救的希望吧！"

司马文没有办法，只好把哥哥荒唐的行为瞒住了，略为圆了一个谎后，又向她们低低地安慰着。欧阳珠此刻的芳心是只觉得空洞洞的，好像失却了一件什么珍贵的东西，她再也管不得司马文坐在面前，满眶子的眼泪扑簌簌地直抛了下来，不过她既哭了出来，到底又感觉十分的难为情，立刻离开了桌边，走到面汤台旁拿面巾拭眼泪去了。司马文被她一哭，他心头也觉惨然，遂匆匆地吃完了饭，向欧阳夫人说声慢用。欧阳夫人忙道：

"司马先生，你不再添一些吗？"

"不，我很饱了。"

司马文站起身子，回头又向欧阳珠望了一眼，用了安慰她的口吻，低低地又说道：

"欧阳小姐，你不要难受，哥哥一定会判决没有罪的。我已耽搁了很多的时候，我该走了，也不知道我的姊姊现在又怎样了呢。"

"司马先生，你姊姊又怎么样了呀?"

欧阳珠纤手揉擦了一下眼皮，很惊讶地走上两步，望着他怔怔地问。司马文于是把姊姊流产的事情又向她们告诉了一遍，并且说道：

"现在姊姊就在对面慈航医院里养病，我从昨夜到现在还只有睡过两个钟点呢!"

"怪不得你脸上汗毛孔都竖起着，司马先生，那么你在这儿好好地洗一个脸，回头我跟你一块儿去看望你的姊姊。"

欧阳珠秋波脉脉地望着他的面孔，她一面很多情地说，一面已把热水瓶内的水倒在面盆内了，然后又放下一条西湖毛巾，请他洗脸。司马文从昨晚到现在，早饭虽然已经吃过，但是脸确实还没有洗过，所以见欧阳珠这样体贴地招待，心中自然十分地感激，遂说了一声多谢你，他便匆匆地洗脸了。欧阳夫人道：

"阿珠，那么你这半碗饭来吃下了呀。"

"妈，我吃不下了。"

"你这孩子，刚才还嚷肚子饿，现在又吃不下了，这样容易坐病的。好孩子，你吃完了吧，我说吉人天相，他们姊弟俩都没有什么事的。"

欧阳夫人知道阿珠吃不下饭是为了心中难受的缘故，遂向她低低地安慰。司马文从这一点看起来，觉得阿珠和哥哥的爱情绝非在雪尘之下了，于是洗过脸回身也对她劝慰道：

"欧阳小姐，你妈说得不错，吉人天相，大概是没有什么事的。你只管放心，把饭吃完了吧。"

"不，因为我有些胃病，在难受的时候吃东西，胃痛就要发作的，一会儿快近十点了，我们快些走吧!"

欧阳珠说着话，她已披上了一件雪花呢的大衣，然后把阿文的大衣拿起，提了衣领子，表示服侍他穿上的意思。司马文不好意思叫她服侍穿大衣，遂双手接过了，连道了两声谢，一面自行穿上，一面向欧阳夫人作别下楼。

两人低了头默默地走路，欧阳珠心中是多么的忧愁。第一，司马起究竟怎么样判决? 第二，他姊姊到底要不要紧? 万一不幸的话，我的职

163

业当然又没有希望的了。就在这时，被司马文叫住了。欧阳珠抬头见已到了一家食品公司的门口，阿文说道：

"欧阳小姐，你等一会儿，我去买两磅饼干，我的妈怕还没有吃过东西呢。"

欧阳珠点头，待阿文买了饼干，两人走到慈航医院。阿文三脚两步地跨进病房，只见母亲歪在沙发上打盹，姊姊躺在床上也没有什么声息，只有小梅坐在凳子上呆呆地发怔，她见了阿文，站起身子，摇了摇手，低低地道：

"二舅少爷，太太和少奶奶刚睡熟一会子，你轻一些吧。"

"妈吃过东西了没有？"

司马文和欧阳珠站住了步，点了点头，也悄声儿地问。小梅一面向欧阳珠细细地打量，一面告诉道：

"医院里早晨原有稀饭给病人吃的，少奶奶不能吃，我和太太吃了。二舅少爷在什么地方？也吃过点心了吗？"

"嗯，我吃过了。欧阳小姐，你坐一会儿，妈一夜没有睡，真也够倦的了。"

司马文放下手中饼干，叫小梅藏入橱内，回头望了欧阳珠一眼，低低地说。正在这时，飞霞醒了过来，其实飞霞原没有睡熟，她是很机警的，当时睁眼见了司马文和欧阳珠，心中还以为欧阳珠仍是雪鸿，遂问道：

"阿文，你和张小姐是到什么地方去的？"

"妈，张小姐回家去了，我给你介绍，这位是欧阳珠小姐。"

飞霞听他这么说，遂向她仔细地一望，果然又换了一个姑娘了，觉得这位小姐的脸更见秀丽清幽，较雪鸿、智仙愈加美艳一些。忽然她想到了什么似的，哦了一声，站起身子，说道：

"阿文，你说的欧阳小姐不是那天说的她是你哥哥初中里的同学吗？"

"伯母，是的。"

欧阳珠不待阿文回答，遂向飞霞鞠了一个躬，含笑回答。飞霞见欧阳珠这样好的人才，她想起了阿起，心头备觉悲酸，遂拉了她的手，叫道：

"欧阳小姐，阿起的事情，你大概已经知道了吧？唉！这孩子太糊涂，真的叫我太失望了。"

"伯母，你别难受吧。"

欧阳珠是个绝顶聪敏的姑娘，她听飞霞这么地说，觉得和阿文告诉我的在其中至少尚有些差别，她望了阿文一眼后，扶飞霞又在沙发上坐下了，低低地安慰。司马文当然知道她望自己一眼的意思，觉得母亲未免太直爽了一些，遂打岔着道：

"妈，医生又来给姊姊看过了吗？"

"来看过了，又给你姊姊注射了两枚针药水，一种是退热的，一种是葡萄糖针。阿文，你吃过了东西吗？我说你也该休息一会儿了。"

"我倒没有累什么，刚才我送张小姐回家，在西成里门口遇见了欧阳小姐，我早饭就在她家里吃的。"

司马文摇了摇头，低声儿回答。正在这时，听司马琴在床上叫道：

"妈，你和谁在说话呀？士杰可曾回来了没有？对于起弟的事情，不知有什么消息吗？"

"姊姊，是我，姊夫还没有回来。你别操心了，自个儿安静地休养要紧。"

司马文走上两步，向她轻声地回答。司马琴回过头来，逗了他一瞥淡然的目光，点了点头，忽然瞧见阿文身后的欧阳珠，遂忍不住问道：

"阿文，这位小姐是谁呀？"

"姊姊，她就是欧阳珠小姐，我在路上碰见了她，她特地来看望你的。"

"哦！欧阳珠小姐？是的，阿起那天告诉过我，说欧阳小姐要找些工作做，叫我在姊夫面前代为介绍一个职位，大概就是她了。"

司马琴听了这个名字，沉吟了一会儿，不免哦了一声，望着欧阳珠的粉脸有气没力地说，显然她的精神是十分的衰弱。欧阳珠走上一步，微笑着道：

"姊姊，是的，我曾经托过阿起这一回事情，你现在觉得好过一些了吗？"

司马琴点头表示感激她问好的意思，把手撩了上来。欧阳珠会意，遂挨近到床边，和她白得没有血色的手拉住了。司马琴凝望她的娇容，微微地笑，但她眼角旁又涌了一颗热泪，叹了一口气，说道：

"照理，起弟有了像你这样美丽的女朋友，他也不应该再在外面荒唐的了。唉！害得我们都为他心痛。"

欧阳珠听她说"荒唐"两个字，可见这事情再显明也没有的了。不过自己也感到有些奇怪，阿起这人虽然喜爱赌博，其他似乎也没有什么嗜好，而且对我又非常的真挚和诚恳，那么他这次的入狱，究竟又是怎么样的荒唐呢？欧阳珠虽然很想问个仔细，不过她到底并没有问出来，含了满眶子辛酸的泪水，还显出温情的微笑，安慰她道：

"姊姊，你不要伤心。你应该保重自个儿才好。"

"欧阳小姐，你恨阿起吗？可是阿起并不是一个坏孩子，我做姊姊的是非常可怜他，所以你也应该可怜他才是。"

司马琴亲热地抚摸着她白胖的纤手，用了颤抖的口吻，向她低低地说，含在眼眶子里的泪水已从颊上爬到嘴角旁来了。欧阳珠每次听到阿起说姊姊是非常地疼爱他，如今听了司马琴的话，方才相信这是实在的情形，她心头也不知为什么要这样的悲酸，垂了粉脸，除了落泪之外，却是说不出一句话来。正在这个时候，看护小姐匆匆来告诉，说有人叫司马先生听电话。阿文不知是什么人打电话来，心中倒又吃了一惊，遂三脚两步急急奔到电话间去了。

第十一回

　　司马英和丁智仙走出了慈航医院的大门，这时天气还很早，因为她们都是没有睡畅的人，所以清晨的秋风吹送到身上，不由自主地会抖动了一下，感到一阵悲哀的凄凉，尤其在智仙瞧到了雪鸿后的那颗芳心似乎空洞洞的，丢了一件什么东西般地难受，一面低了头走路，一面暗暗地思忖。阿文见了雪鸿，便很亲热地走上去握她的手，从这一点猜想，可见他们的感情是在友谊之上的。过去我那甜蜜的美梦，恐怕剩下的是辛酸的泡影吧。智仙这样地想着，她的眼泪会不由自主地涌了上来。司马英见她低了头只管向前走路，这神情至少是带有些失魂落魄茫然的样子，于是叫住她道：

　　"三妹，你走到哪儿去？我们叫车子吧。"

　　智仙这才回过身子，手揉擦了一下眼皮，向马路上伸手招人力车。偏这时候马路上的人力车很稀少，叫了一辆，给阿英先坐了，走了十几步，方才又发现了一辆，大家坐着回到兰园别墅里。陈妈开门进内，先急急问道：

　　"二小姐，大小姐怎么样了？太太和二少爷没有回来吗？"

　　"大小姐此刻热度退了一些，陈妈，祖母醒来了没有？"

　　"我起来到她老人家房中去看过一会儿，她还睡得浓，所以没有惊醒老太太。"

　　陈妈一面回答，一面关上了门。三人到了会客室，陈妈先端了面水给她们洗过了脸，并把烧好的稀粥盛出，给她们吃早餐。两人吃过了稀

167

粥之后，才算精神比较好了一些。司马英见时候已经七点三刻了，遂对智仙说道：

"三妹，我要到儿童教养院给妈代课去，你到祖母房中去好好儿地侍候，她问你什么话，你都随机应变地回答她好了。"

"我知道，二姊，那么你回头还来吗？"

"说不定，也许到医院里去瞧我的大姊，有什么事情，反正你可以打电话来医院的。"

智仙点头答应，送司马英走后，遂悄悄地走到司马老太太的房中，只见她躺在床上还熟睡的样子，于是不敢惊动她，自管坐到沙发上去，瞥见旁边茶几下的方格上搁着一本书，拿来一看，见是一本小说，名叫《爱的新认识》，内封面还有阿文的图章，写着购于三十一年春万新书屋。可知这本小说是阿文买来的，谁料却丢在老太太的房中，因为百般无聊，遂翻阅了一会儿，见书首有题词、题诗及序文多篇，内中一篇序文写得很清楚，把情节也略为述出。大概一个少年陆青超被三个少女热恋，一个是他表妹苏绿珠，一个是女朋友唐芳蓉，一个是风尘中女子徐秋柳，谓内容曲折，颇为可歌可泣。智仙因为本身也已堕入三角恋爱的圈子里了，所以很想看这本小说内的结局如何，看自己到底像谁的角色，于是静静地看了下去。智仙一个年轻血气旺的姑娘，平日最要紧的是睡眠充足，可是昨夜计算起来，一共只有合眼了两三个钟点，此刻在静坐之下，人就会慢慢地倦了起来。当初她很起劲地看了两章小说，倒还不觉得什么，但看到后来，两眼再也睁不开了，书本丢落在自己的身怀，头靠在沙发背上却糊里糊涂地睡着了。也不知经过了多少时候，智仙忽然被一阵呻吟的声音惊醒过来，她慌忙揉了揉眼皮，原来这呻吟正是床上祖母发出来的，她倒吓了一跳，立刻走到床边，低低地唤道：

"祖母，你怎么啦？有些不舒服吗？"

"智仙，他们人呢？只有你一个人在家里吗？"

"是的，妈到儿童教养院去了，文哥、英姊上学校去了。祖母，你饿了吗？我叫陈妈盛稀粥来给你吃好吗？"

智仙没有办法，只好听从阿英临走叮嘱的话，随机应变地圆了一个谎。司马老太太摇了摇头，皱了两条稀疏的眉毛，说道：

"我没有饿，我有些头痛。"

"呀！祖母，你身上热度烫手得厉害，我倒杯茶给你喝吧！"

智仙见她说完，又连连地咳嗽，便伸手在她额角上轻轻地一按，她吃了一惊，不免哟了一声叫起来，遂在桌上端了一杯开水，服侍司马老太太喝了两口。司马老太太摇了摇头，喟然长叹了一声，自语道：

"我昨天晚上看见你们的爷爷、你们的爸爸也都在一块儿，我想，我这一次病也许是不中用了。"

"祖母，一些小病总有的，你为什么要说这些令人难受的话呢？"

智仙被她这么地一说，全身一阵颤抖，顿时打了一个寒噤，含了辛酸的热泪，低低地安慰她。司马老太太点了点头，把她枯枝似的手去拉她的纤手，微笑了一下，说道：

"好孩子，你不要难受，我已经七十五岁了，也不能说不长命了吧。只是我觉得心中感到遗憾的，是阿起和阿文都没有娶了妻子，否则，我就觉得更快活了。智仙，你好好儿地住在这儿，你妈总不会给你受一些委屈的。"

"我知道，祖母，你别说这些了。"

智仙体会她后面这两句话，至少是包含了一些神秘的作用，不过智仙的心头是并没有一些喜悦的意味，只有感到悲酸的份儿，在她说这两句话的时候，泪水已夺眶落了下来。但又怕老人家见了伤心，遂背过身子去，收束了泪痕，说道：

"祖母，我给你打电话去叫妈回来吧，妈可以给你请大夫看病。"

"孩子，你别去叫她，她是热心教育的人，我不能荒了他们孩子的功课。"

司马老太太颤巍巍地说。这时，陈妈走进房中来，智仙遂把祖母热度很盛的话告诉，并且说要打电话叫妈回来。陈妈听了，也很赞成，智仙于是走到电话间来，握了听筒，拨了号码，说请司马先生听电话，不多一会儿，司马文匆匆地来接听了。在司马文的心中以为是姊夫来报告起哥的消息，谁知却是笤仙打来的电话，一时很觉奇怪，遂问道：

"我是阿文，你是三妹吗？有什么事情？"

"二哥，我告诉你，祖母的热度很厉害，最好请妈回家来一次。"

"哦！二妹现在在家里吗？"

"没有，二姊上儿童教养院给妈代课去了。"

"那么我马上叫妈回来吧！"

司马文放下听筒，不觉深长地叹了一口气，暗想：我家真的太不幸了。遂匆匆走回到特等病房来，在病房门口遇到小梅热了牛乳拿进去。司马文立刻有了一个主意，遂把小梅拉住，低低地道：

"小梅，你悄悄地把太太叫出来，别让你少奶奶知道。"

"二舅少爷，有什么事吗？"

"家里来了电话，说我祖母又病得很厉害。"

小梅点头进去，不多一会儿，飞霞走出来。司马文附了母亲耳朵，低低地说了一阵。飞霞锁了眉尖，叹了一口气，说道：

"那么你在这儿照顾着姊姊吧，我回家去了。你姊姊要如问起我，说儿童教养院院长有事情找我好了。"

"妈，你路上小心一些，你也一整夜没有好好儿地睡了。"

司马文见母亲萎顿的精神，他心中激动了一些孝思，跟上两步，低声儿叮咛。飞霞向他挥了挥手，说我知道，她便匆匆地出院去了。司马文眼瞧着母亲的身子消失了，他含了一眶子热泪，摇了摇头，回到病房里来。司马琴对于母亲的走出病房去，她似乎很注意，所以司马文一进房中，她就急促地问道：

"阿文，是你姊夫来的电话吗？他怎么样说呢？"

"不，不是姊夫来的电话，是儿童教养院院长请母亲过去有事商量。姊姊，你什么事情都不用操心，你还是安静一些休养吧。"

司马琴对于阿文的话虽然有些将信将疑，但自己和欧阳珠经过一会儿谈话之后，精神确实很不好，所以也无心追问，她闭了眼睛，不再说话。欧阳珠觉得自己留在这儿也没有什么用，倒反而打扰了病人，遂和阿文一点头，悄悄地走出病房外来。阿文跟到外面，欧阳珠道：

"我走了，你哥哥有什么消息，最好请你打电话告诉我，我家电话是三九六五四。"

"好的，欧阳小姐，你放心好了，哥哥大概是没有什么罪的吧。"

司马文点了点头回答，欧阳珠皱了眉尖，忽然想起了什么似的，一面向阿文招了招手，一面向院外走。司马文不知她是什么意思，遂跟在她的身后。欧阳珠秋波斜乜了他一眼，用了温和的口吻，问道：

"司马先生，我觉得你告诉我关于你哥哥的事情，恐怕并不是真实的话吧？"

"欧阳小姐，在这里我希望你能够原谅我心中的苦衷。"

司马文被她这么地一说，他两颊立刻热辣辣地红晕起来，用了歉意的目光，望了她一眼，低低地说。欧阳珠点了点头，诚恳地说道：

"我知道，我明白，你是一个爱护哥哥名誉的好弟弟，不过你应该告诉我，他到底为了什么犯罪的呢？"

"欧阳小姐，不过你听了我告诉之后，请你不要恨他吧。"

司马文没有办法，只好从实地向她诉说了一遍。欧阳珠方知昨天早晨他先到陈丽华的家里，大概预备下午上我家里来，可是他怎么知道立刻就会发生飞来的横祸呢？欧阳珠这样地想，偶然瞥见到自己无名指上那一枚钻戒，这是阿起和我交换的戒指。她心头有些怨恨和悲酸混合的成分，叹了一口气，泪水忍不住滚落下来，觉得阿起待我虽然不错，不过男子的心总是贪得无厌，世界上懂得真正爱情的青年能有几个呢？司马文见她扑簌簌地落眼泪，一时心头十分难受，觉得哥哥确实有对不住她的地方，照情理上说，哥哥应该专一地爱上她的，遂安慰她道：

"欧阳小姐，你不要伤心，我相信哥哥受了这一次教训之后，他一定会好好儿重新做一个人的。"

"是的，你别送了，进去吧，我们再见。"

欧阳珠点了点头，揉擦了一下眼皮，向他挥了挥手说。司马文在一株法国梧桐树下站住了，望着她娇小的倩影在眼帘下消失了后，方才叹口气，回身走进姊姊的病房里来。只见小梅在床边服侍姊姊喝牛乳，姊姊喝了两口，就摇了摇头，不要喝了。小梅扶她躺倒床上，很温和地问道：

"少奶奶，你不要喝了吗？"

司马琴摇了摇头，闭眼不作答。小梅很难受地回过身子，微微地叹了一口气。司马文蹙了眉尖，搓了搓手，说道：

"这一些些牛乳也喝不下。"

一面说，一面在沙发上坐下了。小梅没有说什么，把牛乳放到玻璃橱内去，忽然又回过身子，拿到司马文的面前，低低地道：

"二舅少爷，还热的，你喝了吧，新鲜牛乳是搁不得的，回头少奶奶饿了，还可以滚热的。"

司马文于是也不客气，把一杯牛乳喝完了。小梅把空杯子拿到外面洗去，司马文这时候也倦怠了，他合上了眼皮，却不知不觉地睡熟了。也不知经过多少时候，司马文被一阵说话的声音惊醒过来，他揉了揉眼皮一瞧，只见房中多了四个人，士杰的父母和静芬、士英都在房中了，于是连忙站起，向韩老太和韩老爷鞠躬招呼。韩老太道：

"阿文，你一夜没有睡，也辛苦了，再去躺一会儿吧。"

"不，我倒没有什么辛苦，在做事倒精神很好，一静坐下来，却糊里糊涂地睡去了。爸和妈都多早晚来的？"

"来了半个钟点模样，你姊姊忽然好好儿的会流产了，唉，这真是叫人难受。"

韩老太说到末了，又深深地叹了一口气，静芬很亲热而又关切地说道：

"流产倒是一件小事，只要大人身体健康，已经是谢天谢地了，所以我劝你姊姊不必伤心，她偏落眼泪难受。其实年纪轻轻的人，怕将来会没有一个孩子吗？"

"大嫂子的话可不是吗，所以姊姊你应该听从大嫂子的话才好。"

司马文点了点头，望了床上的司马琴一眼，附和着安慰。司马琴此刻精神倦怠，呆呆地望着众人却没有说什么话。士英拉了阿文一下衣袖，走到窗口旁，问道：

"你妈到什么地方去了？"

172

"我……妈……她回家去了，因为我的祖母也病了。你别声张，不要让姊姊知道，因为她要伤悲的。"

司马文支吾了一会儿，用了极轻微的口吻向他低低地告诉。士英很烦恼地叹了一口气，把阿文拉到病房外面。阿文对于他这个举动，知道他一定有什么不吉利的消息要告诉我，那一颗心的跳跃几乎要从口腔中跳出来了。正欲问他有什么话说，只见司马英急匆匆地走进来，见了两人在病房外鬼鬼祟祟地说话，一时还以为姊姊的病情又发生了什么变化，她惊慌了脸色问道：

"二哥，我姊姊怎么样了？"

士英见了阿英，遂把她拉着和阿文一同走到院子里来。司马文先安慰妹子道：

"姊姊倒没有怎么样，可是刚才三妹来了电话，说祖母又病得很厉害，此刻妈已回家去了。"

"唉！那可怎么地办？我家真的太不幸了！"

司马英叹了一口气，几乎要盈盈泪下的样子。阿文这时很急促地向士英问道：

"士英，有什么消息吗？"

"我正预备来告诉你们，哥哥刚才打电话给我，说早晨十一时已审过了第一庭，杀陈丽华的凶手，已有手印证明，确实是楚汉云所为，不过起哥和盗首在一处，而且楚汉云咬定起哥是他的同党，所以这嫌疑总是脱不了。虽经我哥哥竭力保证，不过刑事犯交保，在法律上向无此例，法官决定改期再审，起哥和楚汉云暂时押起。哥哥说，你们不用难受，这事情总得慢慢儿地想法子才好，在你姊姊的面前，最好是不要告诉她。"

司马文兄妹俩听到了这个消息之后，只觉得有股子悲酸的滋味冲上心头，忍熬不住满眶子里的泪水，扑簌簌地直抛了下来。士英红了眼皮，也觉得难受，遂安慰他们道：

"你们别伤心呀，这事情总有水落石出的一天。哦，阿英，我还得告诉你一件消息，刚才哥哥在电话里已答应我创办医院的事业了，他说

173

在三天之内，一定把二百万元的款子交给我。阿英，你听了高兴吗？"

"真的吗？你哥哥这次怎么倒也想明白起来了？"

司马英听了这个消息，一时倒又忍不住破涕为笑，向他急急地问。士英叹了一口气，说道：

"这还不是你姊姊的力量吗？哥哥对我说，你姊姊竭力地劝告他，要他做一些有益于社会的事业，所以我哥哥是觉悟了。"

"我姊姊太伟大了，但愿上帝保佑她早些健康才好。"

司马英合十了双手，用了祈祷的口吻，低低地说。这时，小梅匆匆地出来，她见了三人，便急急地道：

"二少爷，二舅少爷，二小姐，你们都在这儿吗？少奶奶在叫你们呢！"

司马英等三个人听了，遂都走进病房里来。阿英见了韩老夫妇和静芬，又招呼了一会儿，一面走到床边，向阿琴叫了一声姊姊。司马琴亲热地拉了她的手，问道：

"妹妹，院长叫我们母亲去有什么事情呀？"

"哦？哦！"

司马英冷不防听姊姊这样地问，一时真弄得有些丈二和尚摸不着头脑了，但阿英到底是个聪敏的姑娘，在乌圆眸珠一转之后，这才理会祖母的生病姊姊一定没有知道，大概母亲走的时候，是这样地圆了一个谎，于是哦哦地响了两声之后，点头说道：

"院长叫我母亲去商量的大概是为了捐款的事情吧。"

"那么说院中的经费还不充足吗？"

"这倒不大详细，也许……也许是的吧。"

"唉！上海有钱的人虽然很多，不过用在慈善事业上的人却很少。妹妹，我这两年来还有五万元的私蓄，明天你还是给我悉数捐助给上海儿童教养院了吧。"

司马琴叹了一口气，很感慨地说。阿英、阿文、士英三个人对于她这个举动，虽然是十分的喜悦，不过在喜悦之中也感到有些悲哀，这悲哀在各人心头都滋长了一种恐怖和忧愁的思虑。士英这时又说道：

"嫂子，我还要告诉你一个好消息，哥哥已经答应资助我创办医院了，他说这是嫂子的力量，使他觉悟到干实际工作的重要。"

"是的，我也已经知道。你哥哥能够觉悟了，这是社会国家的大幸，同时也是我们的大幸。二叔，你已经和士杰碰过面了吗？那么我起弟现在可有些消息吗？"

司马琴听了这个话，粉脸上才算浮现了一丝微笑，点了点头，表示很欣慰的样子说，不过她到底又记着起弟，向他低低地问。士英支吾了一会儿，说道：

"哥哥说，大概下午四点钟开庭审判吧。"

司马琴把头点了点，闭了眼睛又不说话。这时韩老爷见时已一点钟了，遂对韩太太说我们回家了，人太多了，反而叫病人不安静。司马琴听了，这才睁开眼睛，说道：

"爷爷，婆婆，你们放心回去吧，我的病大概是没有什么关系的。"

"那么你也安静些养息吧，静芬留在这儿和你做伴好不好？"

韩老太太用了慈祥的口吻，低低地回答。司马琴望了静芬一眼，低声地道：

"姊姊在家里有没有别的事情吗？"

"没有什么事，我就和你留在这儿给你做伴好了。"

静芬心弦震动得厉害，她亲热地说。司马琴点了点头，表示感激她的意思。韩老夫妇于是叮咛了静芬几句，又安慰了阿琴一会儿，他们坐车自管地回家去了。这里小梅把院中饭菜拿上，说你们吃饭了，时候真也不早了。司马英道：

"我在儿童教养院里吃了来的，二哥和大嫂、士英哥吃吧。"

"这一些饭菜也不够几个人吃，还是大嫂和小梅吃吧。我和文弟到外面馆子里去吃一些，好不好？"

士英一面说，一面又征求阿文的同意。阿文赞成，遂和士英匆匆地走了。司马英因为尚有话要跟士英说，所以她也跟着走了出去。这里小梅把饭盛开，和静芬匆匆吃毕，静芬问阿琴道：

"妹妹，你饿了没有？可要热些牛乳给你吃吗？"

"奇怪，我就一些也没有觉得饿。"

"不过应该稍许喝些才好。"

静芬望了小梅一眼说，小梅会意，遂拿鲜牛乳出去了。这里司马琴见房中只有静芬一个人在着，遂招她到床边坐下，低低地道：

"姊姊，我这一次的流产，真是觉得非常的奇怪，既没有拿过笨重的东西，又没有到外面坐车子受了震动，好好儿的忽然会流产了，我想这也是命该如此，非人力所能挽回的事情。唉！自从我进了韩家的门，这两年来，承蒙姊姊看得起我，爱护我，我们总算像姊妹一样的亲热，所以我是十分地感激你，不过这次流产之后，我知道自己的生命也许是不中用了吧。好在士杰哥也已觉悟了，我想我死了之后，他大概不会再成天成夜地在外面花天酒地地胡闹了，这真是一件叫人喜欢的事情。不过男子的心理，总希望在家庭里多得到一些安慰，那么他更不会到外面去胡调了，所以我劝姊姊无论什么事情，切不要违拗他，总要顺从顺从他的意思才好。"

司马琴一口气说到这里，她是累极了，有些气喘的成分。静芬在听到了这一篇话之后，她的良心受到一阵剧烈的震动，好像有枝箭直穿过了她的心，痛苦得把她满眶子里的泪水像珍珠般地一连串地滚了下来，哽咽着道：

"妹妹，请你不要说这些令人伤心的话吧，我的心都已碎了。"

"姊姊，你别哭呀，谁能逃得了死呢？只不过我们年纪太轻一些罢了，可是我在临死之前，能够把士杰哥的行动劝谏到正轨的道路上来，这总是一件使我感到安慰的事情。最后，我希望你们白首偕老。"

司马琴说到这里，含了痛苦的微笑，失了神的明眸望着她呆呆地出神。世界上用武力去控制人，这是一种外表的屈服，所以完全是暂时性的，可是用了道德及情感的力量去感化人，这是一种切实的信仰，完全是永久性的。静芬虽然是那样蛇蝎心肠的妇人，好在司马琴一些也不知道，她把静芬只当是一个好人，因此她对静芬还是那么的亲热、那么的真挚。你想，静芬即使是个豺狼的心肝吧，岂能不感动得淌下泪水来呢？静芬几乎失声哭起来，她握着阿琴的纤手，说道：

176

"妹妹，流产也并非一定是件危险的事情，只要你安静地养息，过几天自然慢慢地会好起来的。你千万不要说这些颓伤的话，士杰能改过自新，这是你的力量，我希望我们大家还得看他干一番伟大的事业呢！"

"是的，我也有一个希望，可是只怕梦想罢了。"

司马琴苦笑了一下，微微地叹了一口气，泪水像泉水般地涌上来。两人正在伤心，小梅热了牛乳进房，她见静芬引逗司马琴伤心，这就有些看不入眼，因为有了大少爷疑心她面中放药的一句话，所以对静芬更有一种恶感的印象。她这回可不管大小地逗了她一个娇嗔，怨恨地埋怨她说道：

"大少奶，我们少奶已病得这一份样儿了，你还忍心来引逗她的伤心干什么？"

在平日静芬假使听了小梅这样没有规矩的话，她不但要大怒责骂，而且还要拿鞭子责打，不过今天听了小梅的话，她却没有一些动怒，很快地收束了泪痕，完全认错的意思，连回答一句都不敢的神气。倒是司马琴有些听不下去了，白了她一眼，挣扎出一些怒意的口吻，说道：

"小梅，你这人益发没有规矩了，下次说话可要小心一些，明天我死了之后，看你可要吃苦了……"

司马琴说到这里，气喘得更厉害了，她两手有些发抖。小梅听少奶后面这两句话，她明白少奶的责骂我，多半还是为了爱护我的意思。她心头一阵子悲伤，忍不住已哭出声音来，但她立刻又忍住了，回背过身子，哽咽着道：

"少奶，你放心，我不会吃苦的，因为我始终是跟在少奶的身边，少奶，我希望你快快地好起来。"

她说完了这几句话，立刻又装作没有什么难受的样子，把牛乳亲手拿到床边，扶起司马琴的脖子，服侍她喝了两口。司马琴喝了两口之后，摇了摇头，表示不要喝了。小梅含泪强劝她再喝一口，司马琴才勉强地又喝了一口，再也喝不下去了。小梅见少奶不想吃什么，这对于身体大有损害，觉得这次的病总是凶多吉少的了。她独个儿走到院子里去，在一株梧桐树下呜呜咽咽地哭泣了一场。小梅一个人在伤心哭泣，司马文匆匆地进院子来，见了她这个模样，心中倒大吃了一惊，遂忙赶上一步去问道：

"小梅，你这是为什么？在医生那儿你得到了什么不好的消息吗？"

"没……没有，二舅少爷，因为我心中闷得难受，所以觉得非哭一场是不爽快的。你们吃饭回来了吗？二少爷和二小姐呢？"

"哦，他们有事情去了。"

司马文一面回答，一面走到病房里来，心中可就想，别看小梅是个年幼的丫头，她倒很有忠义之气的呢！司马文进了病房，静芬向他摇摇手，表示叫他轻些的意思。阿文知道姊姊睡熟着，于是放轻了步子，坐到沙发旁去。静芬低低问二叔走了吗，阿文点点头，却并没有回答她。此刻已经三时相近了，司马文才感到有些要合眼的样子。起初还在东思西想地胡忖，可是想到后来，他竟糊里糊涂地睡熟了。待他醒来的时候，已经黄昏了。司马琴很低沉地和床边小梅在说话，小梅回头对阿文招手，叫道：

"二舅少爷，少奶叫你说话呢！"

"姊姊，你现在好一些了吗？"

"二弟，妹妹呢？"

司马琴点了点头，她颤抖地撩上手来，把阿文手抚摸了一会儿，低低地问。阿文挨近一些身子，和姊姊亲热了一会儿，告诉道：

"妹妹和士英哥去找寻医院的地址了，因为士英哥早晨在报上看见有一座五楼五幢的洋房有人出让，在洋房的四周还有一个花园，所以他们把这座住宅买下来改作医院的院址，因为姊夫不是已经答应他们创办医院了吗？"

"是的，二叔和妹妹真可说是说得出做得到，无论一件什么事情，要不如积极进行的话，哪儿会成功呢？"

司马琴很欣慰地浮现了一丝微笑，表示很赞美他们的意思，忽然，她又想到了什么似的，望了望窗外灰褐色的天空，蹙眉说道：

"二弟，是什么时候了？为什么你姊夫还不回来呢？起弟也不知怎么样了，真奇怪，我的妈干吗也不来了呢？"

"现在还只有五点钟，他们也许就可以来了吧。"

司马文低低地安慰她，这时听到一阵脚步声，士杰匆匆地走进房中来。小梅瞧见了，先急急地报告道：

"少奶，大少爷回来了。"

士杰见静芬也在房中，遂理也不理地自管走到床边。司马文让过一旁，士杰拉了她的手，很温和地问道：

"琴，你好得多了吧？今天可曾吃过些什么东西？"

"我好多了，士杰，我起弟怎么样地判决呀？"

司马琴含了微微的笑容，她见了士杰之后，似乎在芳心中得到一种深深的安慰，低声儿回答。士杰支吾了一会儿，用了安慰她的口吻，说道：

"琴，你不用焦急，也不用难受，今天审判没有什么结果，法官说改期再审。你放心，起弟是没有什么大罪孽的。"

士杰说到这里，竭力要把这个话题扯远开去，于是回头望了阿文一眼，问道：

"妈和二妹都到什么地方去了？"

"妈上儿童教养院去，二妹和士英哥找医院的地址去。"

阿文在姊姊的面前，只好仍旧圆谎着回答。士杰在怀内取出两张一百万元的支票，交给司马琴看，说道：

"这是我把一部分的现纱廉价脱售了，我已决定帮助二弟创办医院，你瞧，这次我没有骗你吧？"

"是的，杰哥，我心里真觉得高兴，不过你为什么不把现纱完全地脱售了呢？照我的眼光看起来，'登记收买'这四个字早晚总要实行的。"

"我想最近大概还不至于吧。这几天心思很不好，我的意思，过几天一定听从你的话，完全地卖去了，可以做一些有益于社会的事业。"

士杰这回把现纱只有两万元一包售去，照市面要卖五万元，所以他是忍痛牺牲的。今听阿琴又这么地劝，他当然是不肯答应的，不过为了要安慰她起见，所以表面上又不得不这么地说。阿琴点了点头，脸上含了微笑，表示十分的喜悦。这时候，士英和司马英回来了，士杰遂把支票交到士英的手里，问道：

"你们可曾把医院的房屋接洽好了吗？"

"我们去看过了，地址在霞飞路地特思路口，房屋还算不错，花园的布置也很不错，只要再修理一下，倒是一个很完备医院的院落。他要卖一百万元钱，我想连装修费在内，至少得花一百三四十万元钱，不过现成的就便利得多。明天早十点钟再去接洽，我想请哥哥一块儿去看看。"

士英把支票藏入皮匣内，一面又向士杰低低地告诉，表示征求他同意的意思。士杰点头道：

"这些事情我全交给你去办理，只要你认为满意的也就是了。我也没有心思再管这许多，好在你有什么为难的事情，都可以跟文弟、英妹商量，明天早晨，你还是自个儿去接洽吧。"

"也好，那么我们就积极地进行了。"

士英点了点头，很喜悦地回答。这时，司马琴又叹了一口气，她望着窗外苍茫的天空，很忧愁地说道：

"改期再审……也不知怎么地判决？起弟，我和你恐怕是没有再见面的日子了吧！"

司马琴这句话把众人都又引逗得落下泪水来，司马英揉擦着眼皮，说道：

"姊姊，你为什么要说这些话呢？"

"琴，我叫你不是要好好儿地静养吗？因为忧愁只会增加病体的，你应该有所信仰，我想你这病是一定地好起来的。"

司马琴向士杰逗了一瞥淡然的目光，苦笑了一下，却没有作答。众人默然了一会儿，司马琴忽然双眉一蹙，叫了一声妹妹。阿英急挨近床边，问姊姊什么事，只见阿琴脸色惨白，以手指下部，说道：

"妹妹，红来了。"

"姊姊，这……这是怎么的一回事呀？"

司马英是个才十七岁的姑娘，她听了姊姊的话，心中这一急，就急得没有了主意。士杰、士英、阿文他们是男子，所以他们更不知道是怎么一回事，只有静芬明白阿琴恐怕下部倒了血，因为她脸部的神色实在太惨白了，一时情急智生，连忙奔到外面去叫看护小姐进来。看护听产妇倒了血，心中也大吃了一惊，遂慌忙把医生去请了过来，当时医生叫士杰、士英、阿文三人退到病房外面去等一会儿，看护小姐把病房的门也关上了。三个人等在外面正所谓热锅上的蚂蚁一样，急得团团地打圈子。

"姊姊，姊姊！"

"少奶，少奶！"

三人正在干急，忽然听到里面阿英和小梅急促地哭叫的声音触入了耳鼓。士杰、阿文、士英心头的跳跃几乎要从口腔里跳出来了，正欲推门进内，只见看护小姐脸色慌张地从房内奔出。士杰等三人也来不及问怎么了，他们已管不得许多地奔进到房中来，只见阿琴脸白如纸，昏厥在床上。阿英、小梅伏在床边，连声地哭叫。士杰、阿文、士英还以为已经气绝，一阵悲酸，也哭出声音来了。就在这时，看护小姐着院役已抬进氧气筒来，放在床边，把橡皮套子覆在阿琴的口鼻上，给她慢慢地呼吸氧气。医生这时见司马琴脸色略转，遂对众人说道：

"你们不要哭了，病人瞧着会难受的。"

大家见阿琴眼睛稍稍地一动，知道她是昏厥过去的缘故，心头这才落下了一块大石，停止了哭叫，擦着眼泪望着她出神。医生给她呼吸过五分钟的氧气之后，遂叫看护取出葡萄糖针，给她注射了两枚，并且又给她注射了一枚止血针。她吩咐看护，每隔两小时给她注射一枚咖啡型针药，同时对士杰说道：

"你夫人还得接血不可，明天早晨我们给你代为向中华慈善救济会去接洽好吗？否则，像你们这样的身体抽血恐怕受不了吧。"

士杰这时真所谓六神无主，也只有点头而已。阿英见医生这样叮嘱看护，而且又对士杰这样地说，可见姊姊的病势已经到了最严重的阶段了，她心头的悲痛，恨不得哭一场，但这又如何可以呢？遂走到阿琴的床边，拉了姊姊的手，放在颊上亲着偎着，叫道：

"姊姊。"

"妹妹。"

司马英叫了一声姊姊，喉间已经哽咽住了，她再也说不下话去。司马琴这时候更明白自己的生命好像是狂风暴雨中的一朵将凋零的花了，一个人到死的时候，瞧看自己的兄弟妹妹，至少是有着依恋之情，她想不到自己一个二十岁的姑娘，就会这样地不寿而夭了，她泣血的伤心，在芳心里激起了沉痛的悲哀，在叫过了一声妹妹之后，那满眶子里的热泪早已大颗地滚了下来。姊妹俩虽然没有说什么话，彼此只叫了一声，不过单在这一声姊姊和妹妹的互叫之中，是包含了多少的情意深长，所谓千言万语尽在不言中的情形了。士杰、阿文、士英、小梅、静芬也都垂泪哭了。斜阳从窗外微微地照射进来，在惨淡的病房里面更充满了一层凄凉的意味。士杰见司马琴的神色不好，精神颓然，连说话的气力都没有了，一时也觉她的生命朝不保夕的了，遂拉了阿文的手，悄悄地走到病房外来，问道：

"文弟，我看你姊姊的病势实在很严重了，事到如此，我也只好说这些伤心的话了。你的妈为什么还没有回来呢？所以你快打电话到儿童教养医院里去叫你的妈回来吧，我们都是年纪轻的人，也只有你妈可以来做一个主意。"

士杰说到这里，已经声泪俱坠。不料阿文听了这话，却是哭出声音来了。士杰连忙拉他到院子里走，含泪说道：

"文弟，你别哭呀，生死大数，非人力所能挽回。有命的，总会有救，没命的，也是徒唤负负的了。文弟，你快些打电话去吧！"

"姊夫，我妈不是到儿童教养院里去的，因为家里来了电话，说祖母病得很厉害，所以妈只好回家去料理了。怕姊姊听了难受，我们原是瞒骗她的呀！"

司马文收束了泪痕，这才老实地告诉了他。士杰听了这话，真有些哭笑不得的神气。正在不知如何是好的当儿，院役来叫司马先生接听电话，阿文和士杰不知是谁打来的电话，遂急匆匆地到电话间。阿文接过听筒，只听是智仙的声音，叫道：

"二哥，我是智仙，祖母病势变得很厉害，妈叫你回家里来一次吧！"

司马文听了这两句话，啊哟了一声，手中听筒掉落下来，一时呆若木鸡般地怔住了。

第十二回

狄飞霞三脚两步地走出了医院的大门，坐车匆匆地赶回到家里。陈妈开门进内，飞霞惊慌了脸色，急急地问道：

"陈妈，老太太怎么样了呢？"

"老太太全身发热，此刻她有些肚子痛，三小姐扶她在上便桶，好像有些泻了的样子。"

飞霞听老太太在泻了，心中这一急非同小可，因为上了年纪的人，怎么有抵抗力去承受这泻症呢？她急得来不及再问什么，遂奔到上房里来。只见老太太坐在便桶上，全身都靠伏在智仙的肩胛上，不住地呻吟。在这呻吟的成分中可以表现她老人家是感到十二分的痛苦，简直有些受不了的样子。飞霞走了上去，低低地叫道：

"老太太，你怎么啦？你泻了吗？"

"哦！飞霞，你回来了？我……我……忽然会病得这样的厉害。"

司马老太太抬了满露皱纹的脸，望着飞霞痛苦地说。飞霞见她额上的冷汗直冒，可见她现在是这一份儿的吃力，遂连忙拧了一把热手巾，亲自给她拭了额角上的冷汗，叹了一口气，忧愁地道：

"老太太，你完了没有？还是到床上去休息一会儿吧。"

司马老太太点头表示赞成，飞霞要拿草纸给她抹粪。智仙接过了，说我来给祖母抹吧，妈在这儿扶着祖母。飞霞从这一点子看，觉得智仙是个仁孝的好女儿，于是两人扶抱着她到床上躺下。司马老太太透了一口气，说道：

"飞霞，我这一泻下去，恐怕是难以活命了吧。"

"老太太，你别说这一些话吧。一个人生病总也是免不了的事情，你安静地躺着，我马上给你请医来看吧。"

飞霞红了眼皮，一面低低地安慰她说，一面已匆匆地到电话间里去了。待飞霞打电话回房，只见老太太躺在床上又泻了，智仙、陈妈拿草纸及布条儿垫在被褥上服侍她泻。司马老太太天性好洁，她还要起床到便桶上去泻。智仙劝她不要起床，说我们会给她收拾清洁的。年老的人怎么能够经得住一再地连泻？所以司马老太太早已全身软绵无力，虽有起身上便桶之心，可是也力不从心的了。

在十一时半的时候，张柏樵大夫方才匆匆地到来。张大夫是上海很有名的中医，司马老太太平日有病，总是请他来吃一张方子便痊愈了。飞霞虽然对于老太太这次的病感到十分的严重，不过知道老太太的脾气是素来不信任西医的，所以这次请的当然还是张柏樵大夫。张大夫在按过老太太脉息，问过病情之后，也觉得这次来的病势厉害，不是前几次伤风咳嗽普通小病可比，于是沉吟了良久后，方才坐到桌旁去开方子。司马老太太在床上问道：

"张大夫，我这一次病，不知有没有性命关系吗？"

"老太太，你不必忧愁，你这病也是很轻微的，绝对没有什么性命关系。"

张大夫回过头来，两眼从厚厚的玻璃片子内向床上望了一眼，含笑低低地安慰。他开好了药方，交给飞霞的手里，说道：

"且先给她服一帖，明天看情形怎么样。"

飞霞一面接了药方，一面谢了诊金。送他走出房门的时候，又低叫了一声张大夫，微蹙了眉尖问道：

"张大夫，老太太这一次的病比较从前厉害得多吧？"

"是的，上了年纪的人，最怕的就是泻症，因为怕她抵抗力够不到，要如年轻的人，那就不怕什么了。"

张大夫也皱了眉毛，老实地告诉她。飞霞有些忧愁面带难受的样子，搓了搓手，低低地央求道：

"张大夫，那么有什么办法可以使她先止了泻吗？"

"这个你不知道，医书上说，痢无止法，况且她还没有完全变成痢疾，要如止了它后，更容易变成痢疾，痢疾当然更比较凶恶一些，所以年老的人犯了此症，既不能止，又不能打，只有顺顺她的一个办法。"

张大夫一面说，一面已跨出院子大门去了。飞霞见他跳上三轮车后，方才回身进房，只见老太太又在泻了，这就蹙了眉尖，摇了摇头，说道：

"智仙，你撮药去吧，我来服侍老太太。"

智仙听了，点头答应，拿了药方、钞票匆匆地走了。这里飞霞把老太太泻出的粪收拾清洁，陈妈在房中摆旺了一只炭炉子。不多一会儿，智仙把药撮来，一包一包地透入药罐子里，盛放了两碗冷水，搁在炉子上煎药。经过这一阵子忙碌之后，时候已经午后一点半了。智仙已煎好了药汁，倒入碗内。此刻老太太不泻了，人却有些昏沉的样子。飞霞见智仙云发蓬松，面目憔悴，心中颇有怜惜之意，遂说道：

"孩子，你也够辛苦了，该洗个脸息息吧。"

"我倒没有什么辛苦，妈，你昨晚也一夜没有好好儿的……"

智仙说到这里，猛可记得，连忙把话缩住，伸了伸舌头。飞霞见她那种孩气未脱的表情，起初还有些不解，仔细一想，才明白了，遂回头向床上望了一眼，摇了摇头，低低地道：

"她已经睡着了，泻了好多次，想来也累乏了。给她睡一忽儿，养养精神也很好，要不然，这么大的年纪，如何能受得了呢？"

"太太，三小姐，已经是一点半了，你们也该吃饭了。"

正说时，陈妈端了一盘子饭菜走进来。智仙见了饭菜，方才感到肚子有些饿了，遂把椅子拉拢，给飞霞坐下，娘儿俩默默地吃饭了。只吃完一碗饭，床上的老太太便在叫飞霞的名字了。智仙放下饭碗，走到床边去看，原来老太太又要泻了，智仙嘴里尚衔着一口饭，她闻到这一阵臭味虽然要呕吐起来，不过她到底竭力忍熬住了，把饭咽了下去，然后拿草纸给她收拾。飞霞匆匆划完了饭，也走到床边，说道：

"怎么又泻了？"

"妈，你瞧。"

智仙抹下一些粪来，把草纸拿给她看。飞霞见粪中带着浓痰样的颜色，很显明的是已经变成痢疾了，她心头有些难受的滋味，叹了一口气，却没有作答，待智仙收拾舒齐后，飞霞向她悄悄地道：

"你去洗了洗手，先去吃完了饭吧。"

智仙答应，这里飞霞把药碗盖揭下，坐到床边，扶起老太太的脖子，轻声道：

"老太太，我服侍你喝完了药吧。"

"飞霞，我要如这样不停止地泻下去，我恐怕是不中用的了。"

"你别说这些话，张大夫的医道是很好的，你吃了这碗药，明天就好了。"

司马老太太苦笑了一下，把那碗药汁勉强喝完，头颓然地倒在枕上，不停地气喘。飞霞愁眉不展地问道：

"老太太，你饿了吗？喝些馓粥汤好吗？"

"不，我没有饿，可是口渴得很，你给我喝茶吧。"

司马老太太颤抖的声音回答。飞霞给她喝了两口茶，这时智仙洗手进房，飞霞望了她一眼，问道：

"老太太不想吃东西，只是口渴，你问过张大夫吗？什么水果可以吃的？"

"我问过的，他说花旗蜜橘的汁水可以吃的，因为这也可以营养身体的。"

"那么你吃完了饭，到水果店里去买些来。"

智仙点头说好，匆匆饭毕，到外面去买花旗蜜橘来，用刀切开，把橘汁榨出，盛在小茶壶内，给老太太当茶喝。

在三点敲过后，司马老太太熟睡去了。飞霞倦极，倒在沙发上打盹了。智仙拿了一条细毯，盖在她的身上，自己拿了这本小说，依然看了下去。这样有了两个钟点，床上的司马老太太先醒了过来。智仙放下小说，忙走上去问道：

"祖母，你要喝橘汁水吗？"

"是什么时候了？怎么暗沉沉的？天下了雨吗？"

司马老太太摇了摇头，她咳嗽了两声，低沉地问她。智仙亮了电灯，说道：

"还只有五点钟，祖母，我给你亮了灯好吗？"

"好的，智仙，你的妈呢？"

"哦，祖母，你有什么事情叫我做好了。"

智仙向沙发上睡熟了的飞霞望了一眼，回头又对她温和地说。司马老太太摇了摇头，低沉的声音说道：

"没有什么事情，我有话跟她说。"

"那么我去叫妈来吧。"

智仙没有办法，只好走到下首那张长沙发旁来，把飞霞身子轻轻地推了推，轻声唤着"妈你醒醒吧"。飞霞睁眸一见智仙，连忙坐起，问怎么了，智仙忙说"没有什么，祖母在叫你，有话跟妈说"。飞霞这才定了定神，走到床边去坐下。在灯光笼映之下，只见老太太两颧微显红晕，气色似乎很好。年老的人最怕的是回光返照，飞霞心中在忧煎中带着悲哀的成分，问道：

"老太太，你有什么话要对我说吗？"

"飞霞，阿文、阿英他们……为什么还不回家呀？"

"哦，他们也许学校里功课很忙吧，大概就可以回家了，这两个孩子真不懂事，这时候还不回来！"

飞霞含了辛酸的泪珠，故意装作怨恨的样子，抱怨着他们。司马老太太摇了摇头，但她还有庇护孙儿女的爱心，颤抖地道：

"你不要骂他们，年轻的孩子谁不爱玩呢？这也怨不了他们的……飞霞……我刚才看见我的妈，她说叫我回去。唉！我这一病是完了，你别哭呀！人老了总是要死的，我活了七十五岁也够了。飞霞，我很对不起你，在从前你教训孩子的时候，我总要跟你吵嘴，现在我觉得错了。阿琴给人家做小，阿起在外面很会花钱，这都是我害了他们的。"

"老太太，你别说这些了。"

司马老太太气喘地说到这里，也不免老泪纵横了两颊，咽不成声。

飞霞听了这两句话，正是万箭穿心，痛若刀割。她脑海里浮上了阿起、阿琴两个人悲惨的脸，她几乎失声哭了起来，不过她到底又竭力忍熬住了，含了热泪低声地安慰。智仙站在旁边，也泪湿衣襟了。司马老太太却偏喜欢提起过去陈旧的事情说道：

"飞霞，你到司马家里二十年来，真是受够了苦了。阿毛他害了你，害了我，又害了他四个孩子，自己糊涂着一生死了。唉！在过去我常常恨你，故意地和你作对，现在我才想明白了，你真是一个贤惠而又忠贞的好媳妇，我太对不起你，请你原谅我。"

司马老太太这些话都是触痛着飞霞蕴藏着二十年来的旧创，她想着阿毛，她想着了阿起、阿琴，她已说不出一句话来，泪水大颗儿地从眼眶子里滚落了两颊。司马老太太拉了拉她的手，又说道：

"飞霞，你不要伤心，虽然你苦了这么许多年，不过现在你是很安慰的了。我这病是不会好了，阿起、阿琴这几天又不回家来看望我，所以我想今天把他们都叫来，我有话对他们好好儿地说一说。"

飞霞听老太太这么地说，一时倒不免急了起来，暗想：这可怎么的好呢？遂向旁边的智仙望了一眼。智仙微蹙了眉尖，暗暗地同样地感到焦急，遂眨了眨眼，插嘴说道：

"祖母，你这病是不要紧的，你不要胡思乱想地忖那悲酸的事情吧。"

"唉，智仙，你才到我的家，我就累你干这些不清洁的事情，我心里真感激你。"

"祖母，这是我做小辈的应尽的责任，你怎么说'感激'这两个字呢？"

"你真是一个好孩子……奇怪，天色愈发黑下来了，他们这两个孩子为什么还不回家呢？"

司马老太太点了点头赞美着，她苍老的心头似乎也得了一种安慰，忽然她又记挂着阿文和阿英两个人了，这就忧愁地又说出了这两句话。智仙乌圆眸珠一转，这便有了主意，向飞霞丢了一个眼色，说道：

"妈，我打个电话到学校里去问一问好吗？"

"好的，好的，你叫他们立刻地就回来吧，说祖母很记挂你们。"

飞霞听老太太一心地记挂着阿文、阿英这两个孩子，一时急得没有了主意，正在不知如何回答是好，忽然见智仙向自己瞟了一眼，这样地说着，心里这就欢喜起来，觉得智仙真是个聪敏的女孩子，于是连连地点了点头，对她附和着回答。智仙知道妈是同意的意思，遂很快地奔到电话间里去了。

智仙打电话给阿文，告诉他祖母病势变剧的话，叫阿文快些回家一次。当时阿文听了这个消息，仿佛晴天中一个霹雳，把他们心儿震动得粉碎了，他啊呀了一声，听筒落了下来，不禁呆若木鸡般地怔住了。士杰在旁边见他脸色灰白，这样惊慌的情形，一时还弄不明白这到底是怎么的一回事，遂忙问道：

"阿文，怎么啦？是谁来的电话呀？"

"姊夫，是三妹来的电话，她说祖母病势转变得很厉害，因为想念我，叫我快些回家去。那可怎么办？那可怎么办？"

司马文一面把听筒又拿在手中，一面紧锁了眉毛急急地说。士杰听了这话，也跳脚着道：

"这真是屋倒碰着连夜雨了，阿文，你且先听听她还有跟你说些什么话呀！"

司马文把听筒凑到耳朵旁的时候，只听那边智仙在连声地叫"喂，喂"。阿文连忙问道：

"三妹，我问你，妈在家里没有？可曾请过什么大夫给祖母瞧过没有？"

"妈早晨一回到家里，就请张柏樵大夫给祖母看病的，可是喝了药后也没有什么效验，而且祖母的病症已转变了痢疾。文哥，你想怎么地办才好？大姊现在怎样了？热度可曾完全退了吗？还有二姊在不在医院，最好叫她一同回家一次，因为祖母实在太想念你们了。"

"好的，好的，我马上和二妹一同回家来吧。"

司马文已来不及详细地把情形告诉她，遂放下了听筒，回头望了士杰一眼，左右为难的样子，搓手说道：

"姊夫，那么我和二妹就回家里去一次，大姊有什么事情要叫我们，你也可以打电话来的。"

"也好，你们放心去好了，今天晚上我会伴在你姊姊的身旁。我给你把阿英去叫出来，你不用进去了，省得你姊姊心里又起疑窦。"

士杰一面说着话，一面已向病房内进去。不多一会儿，司马英和士英急匆匆地奔出来，阿英灰白了粉脸，还沾着丝丝的泪水，问道：

"二哥，我的祖母怎么样了？"

"大概不要紧，我们且先回家里去瞧了再说，你别难受吧。"

司马文见妹妹要哭出来般的神气，遂用了缓和的口吻安慰她。士英跟了他们一路向院外走，一路地说道：

"年老的人病成了泻症，那怎么能够受得了？我说还是把她送到医院里来医治是正经。"

司马文兄妹俩也回答不出一句什么话来，三人赶到一家客车行，坐了三轮车急急地回到家里。三人跨进上房，只见母亲和三妹伴在床边扑簌簌地落眼泪。阿文、阿英走到床边，叫了一声祖母，泪水也夺眶而出。司马老太太微睁眼来，逗了他们一瞥淡然的目光，把手颤抖地撩上来。阿英知道她的意思，遂把她手亲热地握住了，含泪叫道：

"祖母，你怎么会病起来了呢？"

"阿英，你今天回来得迟了，祖母这次的病怕不中用的了。"

司马老太太慈祥地抚摸了她一会儿手，低沉地说，可是这句话把大家都又引逗得伤心泪落，阿英、阿文要想安慰她几句，可是喉间若有骨像鲠住着，除了落泪之外，却再也回答不出什么来。司马老太太望着阿文沾着泪眼的脸，说道：

"阿文，你为什么不和我说话呀？"

"祖母，我正想跟你说话哪！我告诉你，下午放学后，我和阿英在看电影，这张片子真好玩儿，叫我们笑痛了肚子的。祖母，你好了后，我再伴你去看看好吗？"

司马文拭着泪水，急中生智地强颜含笑地说出了这几句话，在他当然是要引逗祖母欢喜的意思。司马老太太听了，果然开颜一笑，点了点

191

头。士英在后面见老太太的精神完全涣散，因为是上了年纪的人，所以也觉这次的病是十分危险了，遂向阿文拉了拉手，正欲商量再请西医诊治的话，老太太又要泻了。她向阿文挥手，飞霞知道老太太的意思，遂向他们说道：

"你们到外面去坐一会儿吧。"

士英、阿文遂退到外面一间套房里，士英对阿文望了一眼，遂把自己欲请西医给老太太诊治的话告诉，叫阿文把母亲请出来商量。阿文点头赞成，便把飞霞叫到外面套房。士英说道：

"妈，祖母的病确实是很厉害，我的意思，照这样不停地泻下去，老年人怕会受不住的。我想此刻马上去请西医林克生来医治好不好？因为我和林克生是很知己的朋友。"

"士英，你这话很不错，但是怕她老人家不答应吧。"

"不过事到如此，那已由不得她老人家自个儿做主的了。"

"妈，士英哥的话很对，我想不要三心两意的，还是立刻去请林克生来吧！"

司马文听母亲尚有犹象不决的神气，这就在旁边很急促地怂恿着。飞霞也没有什么好的办法，只得点头答应，叫他们早去早回，愈快愈好。阿文、士英听了这话，方才匆匆地坐车去了。待阿文、士英把林克生请来，时候已经七点多了。林医生经过诊察之下，谓这是痢疾症，但不知是"阿梅巴"细菌，还是"槐汗"字形细菌，所以需要验过大便之后方知，不过老年人只泻不吃，抵抗力不足，那是非常的危险。林医生于是给她先注射葡萄糖针给予营养，并配了几包退热的药粉，说明天验了大便后再来复诊。士英和阿文连声地道谢，谢他诊金的时候，林克生不肯接受，说待医愈后再行受谢，反正和士英弟都是知己朋友。司马文没法，只好送他出门，看他跳上三轮车后，方才回进房中。飞霞见时已八点，遂吩咐陈妈开饭，叫士英等到外面晚饭。智仙说你们先去吃，给我一个人伴在床边了。飞霞说也好，待阿英饭毕可以来换班的，于是飞霞、阿英、士英、阿文四人遂到外面一间用膳去了。

在吃饭的时候，飞霞先问阿琴的病情如何，阿英、阿文、士英为了祖母的病重，请医撮药这一阵子忙碌，把阿琴的危险一时糊里糊涂倒也忘记了，此刻被母亲一提醒，大家再也吃不下饭去，阿英的眼泪先淌了下来。飞霞急道：

"怎么啦？阿英，你快些告诉我呀！"

"妈，姊姊忽然又倒血了，恐怕是很危……"

司马英说到这里，她放下碗筷，几乎要哭出来的样子。飞霞辛酸万分，泪如雨下，慌张地问道：

"好好儿的怎么会倒血啦？这……这可怎么地好呢？那么你们都回家了，医院里还有谁伴着她呀？"

"姊夫和静芬嫂子都在那边，妈，姊夫原想打电话来叫你到医院的，不料三妹的电话先来了，姊夫没有法子，只好叫我们先回家了。妈，我想你吃好了饭，就到医院里去吧，反正在家里有我们照顾着呢。"

司马文含了眼泪，插嘴向母亲低低地告诉。飞霞听了，把饭碗推拢，心慌意乱地就站起身子来，急急地说道：

"那么我立刻就去吧！唉，这孩子太命苦了！"

"妈，你把这碗饭吃完了走吧，你自个儿身子也要紧。"

司马英急忙跟着站起身子，把飞霞的衣袖拉住了说。飞霞摇了摇头，泪如泉涌般地叹道：

"老太太已经病得这样，阿琴又十分的危险，你想，叫我还能吃得下饭吗？"

飞霞这两句话把他们三人也说得淌下泪来。士英搓着手，说道：

"那么我伴妈一块儿去吧。天已黑了，在路上一个人昏昏颠颠的我们也不放心。"

"好的，士英哥，有什么事情，你可以打电话给我们的。"

司马英点了点头，表示赞成的意思。士英站起身子，也预备走的神气。飞霞自己吃不下饭，可是她却很顾虑到别人，向士英道：

"我等你一会儿，你把饭吃完了走吧。"

"妈，那么你也吃完了，你不吃，我也不吃了。"

飞霞听士英这样说，觉得这总算也是他的一片孝心，遂只好坐下身子，匆匆地大家吃完了饭。陈妈拧上手巾，飞霞和士英抿了一抿嘴儿，临走，飞霞又向阿文、阿英叮嘱，老太太若问起我的人来，总要随机应变地回答她。阿文、阿英点头答应，士英伴着飞霞到医院里去了。

在路上，士英把自己创办医院的事情向飞霞告诉。飞霞在悲哀之余，对于这些倒颇感安慰，遂拿话好好儿地又勉励他几句。两人到了医院，急急赶到病房，在病房门口先遇到士杰一个人在独自挥泪叹气，他见了飞霞、士英，慌忙赶上去，问道：

"妈，祖母好些了吗？"

"还……好……阿……琴呢？她……她现在怎么样了？"

飞霞颤抖的声音，简直有些口吃的成分。士杰拭了拭眼皮，有些哽咽的音调说道：

"她……她……正想念着妈。"

飞霞听了这话，三脚两步跨入病房，奔到床边。阿琴狠命地把母亲手臂抱住了，叫了一声妈。泪水像断线珍珠般地滚落下来。飞霞见阿琴脸若死灰，神态与上午大变，一时痛到心头，不禁失声而泣。旁边的小梅被太太一哭，她也哭了起来。士杰、士英也淌泪不已，最后，还是士杰把飞霞劝住了。士英见静芬不在房中，遂问小梅她到哪儿去了，小梅悄悄地告诉他，说大少爷刚才和大少奶吵了几句嘴，大少奶负气回家了。士英于是也不再说什么，回头见阿琴对飞霞断断续续地说道：

"妈，女儿……这病……是完……了……真不知道……前生作了什么孽，今生才遭到……这栏悲惨的结局……妈，这是社会的罪恶，还是女儿的命该如此呢？"

"琴，这是我害了你的！"

士杰听她这样说，不待飞霞的回答，他先惨痛地说出了这一句忏悔的话。飞霞抚摸着阿琴的脸，除了落泪之外，却说不出什么话来。司马琴不理士杰，只管和飞霞说道：

"妈，你不要伤心，好在妈的儿女不是只有我和阿起两个人，否则，真叫妈感到心灰极了。妈，我死了后，请你瞒住了祖母老人家吧。唉，女儿不孝，白费了祖母和妈二十年的心血了。"

司马琴说到这里，忽然双眉一皱，一阵翻漾，哇的一声，便吐出一堆青黄的水来，经此一吐，她的眼睛便向上翻了过去。急得飞霞、士杰、小梅都哭叫起来，士英心里比较清楚，遂奔到外面去把医生请来。医生瞧此情形，心里也着了慌，表面上安慰他们别怕，心中着急得什么似的，一面给她打针，一面又给她呼吸氧气。司马琴虽然是苏醒过来了，但她精神已散开了，开着眼睛，呆呆地望着众人，却有些茫然的样子。医生劝大家不要哭泣，免得病人心中难受，看明天早晨的转机，也许可以脱离危险的时间。说着，便自管走了。这时，司马琴并不说话，飞霞、士杰、小梅喊她，她也并不理睬，两眼虽然开着，有些呆滞的样子，这当然因为她已没有精神的缘故。在晚上九时，阿文、阿英又匆匆来医院，因为祖母昏沉入睡，他们又来望阿琴。士英见司马琴这个样子，明知道她是不中用了，不过这句话怎么能够忍心说了出来呢？时间一分一刻地过去，不知不觉地已经是晚上十一时了，大家也没有好好儿地吃过饭，只吃了一些点心充饥。在众人的心中，当然都不忍离开阿琴，因为预料阿琴的生命已仿佛风前的残烛一样了。

　　照医院的章程，二三等病房晚上不能伴人，头等病房也只有一个人可以伴夜，而且在十二时之前，由护士长要来催病人家属回去的，不过司马琴的病房里就有了五个人，谁都不肯离开，因此成了问题。后来由士杰和医务主任商量，因为这事情是特殊的，所以才特别的通融办法。子夜十二时半的时候，阿琴的神色更不好了，飞霞因为大家都不睡觉，明天早晨就连好人都没有精神，那么万一发生什么变化，做事情的人就更没有头绪了，于是对士英说道：

　　"士英，我瞧你还是回家去睡吧。大家都累了，明天还得做事情呢。"

　　飞霞这句话听到众人的耳中，本来大家还是糊涂着，此刻细细地回味，那当然是明显一些，因此一阵子悲酸触鼻，泪水都又滚了下来。士英也觉伴着无益于病人的，遂点头答应，拉了士杰的手，走到病房外面来，对他说道：

　　"哥哥，事到如此，我也不得不说这一句话了。嫂嫂的病已入膏肓，恐怕朝不保夕的了，假使不幸的话，也只有后事预备舒齐一些了。"

士英说到这里，再也说不下去，泪水已夺眶而出了。士杰也泪下如雨，沉痛地说道：

"这是我害了她的，唉！叫我怎么能够对得她住呢?"

"哥哥，你也别说这些话了。我此刻回去，把料子理一些出来，连夜叫成衣匠做些衣服，以防万一，或许冲冲喜，也是好的。"

"士英，一切你去办理是了，此刻我心乱如麻，真不知道如何是好呢。"

士杰皱了眉毛，沉痛十分地回答。士英于是不再说什么，遂匆匆地走了。这里士杰回到病房，飞霞叫他躺在沙发上息一会儿，又叫阿文、阿英在另一张床铺上靠一会儿，说等会儿你们醒来，我可以休息。大家听母亲的话很不错，遂都合了眼皮养了一会子神。在两点钟的时候，看护来给阿琴打针量热度表，本来阿琴身上是有热度的，此刻却反而减退下来，比较常人还要低两度半。飞霞问看护，看护并不回答，匆匆地出外，把医生叫来，医生拿了一支笔灯，在阿琴眼睛上照了一会儿，觉神已散去，且停住不活动了，一时也觉难以救治，不过表面上还安慰飞霞别怕，他匆匆地出去。这里飞霞、小梅向阿琴低低地叫了一声，阿琴却并不作声，小梅想不到少奶真的会这样地完了，她忍熬不住地又哭出声音来，说道：

"少奶，你下午还骂我没有规矩呢，我见少奶有精神骂我，那少奶的病总还很轻的，谁知此刻……"

说到这里，抽抽噎噎地哭泣不止。飞霞被她一哭，也失声起来，因此把阿文、阿英和士杰都惊醒了，急得跳起身子，连问怎么啦。阿英是先哭了，飞霞觉得不对，遂忙把小梅劝住，叫阿文、士杰别急，说阿琴没有什么。这时阿琴的心头甚清，她见床边围着母亲、士杰、阿英、阿文、小梅，觉得除了祖母、阿起之外，自己最亲爱的人可说都到齐了，所以她那一颗芳心中是十分的安慰，不过在安慰之中当然也有十二分的伤心和悲痛，她粉脸在苦笑的成分中挂满了无数晶莹莹的泪水。众人伴在床边，没有再睡，直到早晨七点钟，阳光从地平线上高升了，看护还来给她打针，飞霞计算这一夜给阿琴打了十六针，她是上了年纪的人，经验比孩子们足，觉得医院根本以针药在给病人吊命，虽说是竭尽精力，然而这绝非根本救治的办法，与其死在医院中，还要移到太平间，那倒不如死在家中舒服得多了吗？于是便和士杰商量，士杰却痴心地还要医生设法救治，说情愿毁灭了他全部的家产，只要阿琴活命。飞霞泣道：

"有你这两句话，也就是了，不过阿琴是我的女儿呢，有办法可以使她不死的话，我岂有袖手旁观的吗？唉！我瞧她实在不济事了，所以为她后事着想，我觉得还是把她送回家中去好。"

"那么也问问她自个儿的意思怎么样。"

士杰听飞霞带哭带说，她这话当然很有理由，遂流着眼泪，低低地回答。飞霞走到床边去，勉强收束了眼泪，问道：

"阿琴，我们送你回家里去养病好吗？"

阿琴点了点头，飞霞见了，正欲向士杰吩咐，小梅在旁边说道：

"太太，少奶在叫你哩。"

"阿琴，你还有什么话对我说吗？"

飞霞这才又回过头去，含了热泪，抖动地问。阿琴把嘴唇翕动了一下，用了挣扎的口吻，直接的音调说道：

"在……路上……恐怕……来不……及吧？"

这句话把阿英、小梅都又说得失声哭了，飞霞拉了拉阿英的手，是叫她别哭的意思，忍熬住了沉痛的悲哀，哽咽着安慰道：

"不会的，阿琴，你是会好起来……"

飞霞这种空虚的安慰，也觉得反而更增加无限的沉痛，她也失声哭了。阿文也生怕在半途上发生变化，遂拉了士杰的手到外面去通知医务处去了。一切舒齐，阿琴从医院乘救护车回到家里，时已九点十分。韩老爷、韩老太在昨晚士英回家后已得知阿琴病危的消息，此刻见她回家，都来房中探视，大家也只有淌泪而已。不料这时候，智仙又有电话到来，是阿英接听的。智仙说道：

"你是二姊吗？我打电话到医院，他们说已出院回家了，大姊好了吗？怎么回家了呢？"

"三妹，大姊是不中用了……祖母呢？"

"祖母的泻也没有停止过，她……她想你……们……"

阿英听得出三妹在这边电话机旁失声哭了起来，一时她也哭了。齐巧阿文走来，见二妹这个样子，遂吃惊地问道：

"二妹，你怎么啦？三妹说些什么话呢？"

"三妹说祖母也病危了，她想我们回去。"

"那……怎么办呢？那……那怎么办呢？天哪！你也太残酷了！"

阿文听了这个消息，跳脚不已，仰天哭了。这时，士英走来听了这些话，遂一面劝他别哭，一面只好说道：

"事到如此，那也没有办法，起弟犯了罪又不能回去，文弟到底是孙子，我看你和母亲一块儿回去吧。"

阿文、阿英听他这样说，遂放下听筒，匆匆走进姊姊的房中。只见众人都在垂泪，士杰伏在床边闷声儿地哭泣。阿文遂把这话悄悄地告诉飞霞，飞霞听了这话，瞧着床上奄奄一息的阿琴，她的心是碎了，她想不到自己会临到这样惨绝人寰的事情，她木然地呆住了一会儿，身子砰然地晕厥到地下去了。这一来，把众人都大吃了一惊，一时手慌脚乱地把飞霞救醒，一面又问阿文什么事情。阿文含泪告诉了，韩太太于是劝飞霞、阿文回去，说这儿由士杰一切会料理舒齐，你只管放心是了。阿英因为母亲、二哥都要走了，自己若再一走，这叫姊姊的心中如何能够安呢？所以她决心伴着姊姊，反正祖母身旁尚有三妹呢。

司马琴她是非常的清楚，这时她也早已听明白祖母在家病得很危险，因为母亲和二弟尚有恋恋不舍之情，于是挣扎着道：

"妈，你们……回……去……祖母……是……可怜……的。"

飞霞和阿文没有办法。只好匆匆地赶回家里来，今天早晨稍为开了一些阳光，此刻秋云密布，天空又阴沉沉起来。飞霞、阿文觉得四周的一切都充满了悲哀的成分，秋风扑面，全身瑟瑟地发抖，感到一阵说不出悲酸的凄凉。两人到了家里，走到老太太的房中，也不知是没有睡畅眼睛起了特别作用的缘故呢，抑是老太太的脸色益发又变得憔悴可怕

198

了，只见老太太脸白如纸，连连地喘气。她见了飞霞、阿文，用了嗔怨的口吻，说道：

"飞霞，我病得这样厉害，你还要到儿童教养院去上课吗？虽说你是为了热心教育，不过我已到将死的人，难道你连这一些牺牲都不肯吗？"

"老太太，我错了，我从今再也不离开你了。"

飞霞的心是碎了，肠是断了，她心中的痛苦怎么地说呢？伏在床边，捧着老太太枯枝样的手，忍不住哭泣起来。老太太被她一哭，她的眼泪也像泉水似的涌上来，用了慈祥而又颤抖的声音继续地说道：

"飞霞，我并不是骂你，请你原谅我吧。阿文，你是到哪儿去的？还有你的妹妹呢？我快完了，你们不要离开我吧！"

司马老太太说到这里，又逗了阿文一瞥惨淡的目光，凄凉地说。阿文和智仙都挂满了眼泪，在急中生出主意来，说道：

"我是去请医生的，妹妹她去告诉姊姊的，祖母，回头姊姊也许来看你的。"

"是啊，还有阿起呢？你也去叫他来吧，这孩子就不想回家了。"

司马文忍痛地圆了一个谎，低低地这么回答。老太太心中似乎有了一种深刻的安慰，她那落叶颜色似的枯脸稍会浮现了一丝苦笑，向他催促着。阿文没有办法，只好匆匆地走出房外去。他茫然地走到电话间，意欲把阿英叫回来，但忽然一转念，他立刻打电话把林克生医生催请了来。林医生今天到老太太床边诊视，他觉得是没有什么希望了，遂悲哀地给她服一些药水，向阿文低低地道：

"你们给老太太料理后事吧。"

司马文因为已经预先料到的，所以他倒也没有十分的悲哀，茫然地送他走后，回身到老太太的房中，这时老太太却昏沉地糊涂过去了，遂把医生的话告诉母亲，飞霞也只有落泪而已。好在老太太的寿衣寿材都在数年前预备完全，所以也不必过于忙碌。在昏沉中的时间过得特别的快，一会儿又是下午三时了，老太太睁眼见床边只有飞霞、阿文、智仙三个人，遂忍不住又气喘着问道：

"阿文，阿起……他……没有来吗？阿英为什么也没有……把阿琴……叫来……"

"祖母，你不要性急，他们大概就可以回来了。"

阿文含了眼泪低低地安慰她。司马老太太摇了摇头，又闭上眼睛来。时间没有感情似的不停地逝去，黄昏又降临了大地，忽然窗外起风了，而且洒洒地一阵子细响，因为房中太寂静的缘故，所以这声音是分外的清楚。司马老太太在淡黄色的灯光下，呈现了苍白的脸，低声地问道：

"外面下雨了吗？"

"是的，老太太，你想喝些牛乳吗？"

"不，天下了雨，气候又冷了许多，你们该都多穿一些衣服，保重身子要紧，我做祖母的是管不得你们一辈子了。"

"老太太，我们都知道，你别为我们小辈操心，自个儿养息吧。"

"阿起直到这时候还没有来看我？还有阿琴……唉！连阿英都不回来了，我祖母疼爱了他们一场，到今天他们难道就忘记我这个老东西了吗？这两个孩子也太没有良心了。"

司马老太太说到这里，泪如雨下。阿文、智仙都背过身子去，虽然并没有听到他们的哭声，不过看了两人耸动着的肩膀，也可知他们是在哭泣了。飞霞在万不得已的情形下，只好又圆了一个谎，说道：

"老太太，我老实地告诉你吧，阿起在前天就被厂里派到南京去收账款了，所以没有在上海。"

"哦，为什么要派我阿起去呢？他从小没有出过远门，这孩子在路上一个人叫我怎么能放心呢？士杰这个畜生，也太没有情义了，难道这一些交情都没有吗？阿文，你马上把士杰去叫来，我有话问他。"

司马老太太说到后面，气喘更急，当然她是因为愤怒的缘故。阿文、智仙弄得无话可答，口里应着，身子站着却没有动。飞霞觉得太委屈了士杰，遂情急智生地连忙又说道：

"老太太，你不要怨恨士杰吧。这次到南京去收账，士杰和阿起他们俩人一块儿去的，因为士杰没有帮手，所以叫阿起一同去的。"

"这才说得过去，那么你们也该打电报去告诉他们，说我病得已经很危险，叫他们见字即速地回来。"

司马老太太听她这样说，方才怒气稍平地点了点头回答。阿文见母亲泪水不干地再也编不下谎去，于是代为圆谎道：

"祖母，昨天下午我就打电报去了，我想明后天他们就可以回来了。"

"很好，我等他们一两天的日子，也许……还可以等得及吧。"

大家听了这两句辛酸的话，泪水又抛落下来。司马老太太忽然又说道：

"那么阿英怎的还没有把阿琴叫来呢？难道说阿琴也没有在上海吗？"

"哦！哦！阿英刚才来电话，她说阿琴有些不舒服，所以她没有把你病的消息告诉她，恐怕阿琴心里急坏了，会加重病体的。"

飞霞煞费苦心地又说出了这几句谎话，她的眼泪是向肚子里咽下去。司马老太太点了点头，叹了一口气，说道：

"原来是为了这样，那倒真的不要告诉她。唉！只是阿琴病好了之后，听到我这个老祖母已不在人世的话，可怜她真不知要伤心到如何的程度呢。阿文，你把阿英去叫回来吧。"

"哦，祖母，我马上把阿英去叫回来好了。"

飞霞听她一心地记挂阿英，遂向阿文丢了一个眼色。阿文会意，遂一面说，一面打电话去了。阿英在接到阿文这个电话之后，心里真感到左右为难极了，她走进姊姊的房中，这时候有士杰、小梅两人伴在床边，姊姊除了喘气之外，呆呆地望着天花板出神。士杰见了阿英，遂站起拉她到窗旁，低低地问道：

"阿英，谁来的电话？"

"是文哥来的电话，他说祖母想念姊姊又想念起哥和你，妈都说谎瞒骗了她，可是祖母一定又要叫我回去，那叫我怎么地好？"

"阿英，你不要哭呀，既然祖母想你，你就回去吧。你姊姊大概今天不至于会……"

士杰见她告诉到这里，又哽咽着哭了，遂拉了她衣袖，低声地安慰她，可是说到末了，自己的泪水也滚落了两颊。阿英走到床边，向姊姊叫了一声。阿琴望了她一眼，没有作声，又望了士杰和小梅一眼，良久，方才问道：

"妈……呢……"

"妈回家看祖母去了，我打电话把她去叫来好吗？"

司马英听她直接地问，因为妈走的时候，姊姊是知道的，此刻又这样问自己，可见姊姊心中是糊涂得多了，遂低低地说。司马琴似乎也希望和母亲作最后的一面，她点了点头，表示赞成的意思。司马英于是和士杰匆匆作别，坐车回家了。在司马英的心中，她预备自己回家去望祖母，叫妈换过来再和姊姊做伴，但哪里知道她回到家里不上十分钟，韩士杰就来了电话，阿文接听电话，士杰边泣边告诉道：

"文弟，你姊姊在六点零五分……死了……"

"啊哟……"

司马文叫了一声啊哟，他丢下听筒，捧着头，斜偎在壁旁哭出声音来了。这时，陈妈拿了铜勺经过，见此情形，惊问怎么了。阿文定了一定神，忙着止了哭泣，叫她把妹妹喊来，不多一会儿，阿英匆匆来道：

"文哥，怎么啦？你叫我什么事情？"

"妹妹，姊夫来了电话，说姊姊死了。"

"姊姊，你真的死了？难道我没有和你见最后一面的缘分吗？"

司马英说到这里，因为是悲痛过分的缘故，她竟昏跌到地下去。阿文急得把她抱起，连连地叫喊。这时，智仙也闻声赶到，知道大姊真的死了，于是也哭了起来。他们三人在外面这一哭不得紧，连上房内的老太太都听见了，遂向床边坐着的飞霞问道：

"这是阿英、智仙在……哭的声音吗？"

"不是的吧，他们没有在哭呀。老太太，你听错了。"

飞霞其实比司马老太太先听到外面的哭声，她心中很明白这是他们得到阿琴完了的电话的缘故，她心有刀在割一般地痛，她也想痛痛快快地哭一场，可是她怎么地敢冒昧呢？因此闷声儿地忍熬住着。谁知老太

202

太又这样地问，飞霞哭不出，还要含了强笑安慰她。司马老太太摇头道：

"你不用瞒骗我，这不是他们孩子的哭声吗？叫他们进来，我有话跟他们说。"

"陈妈，你把二少爷、二小姐、三小姐都喊进来吧。"

飞霞没有办法，只好对陈妈这样地吩咐。陈妈冲完开水，答应走出。不多一会儿，他们三人含泪进房，站在床边，问祖母叫我们有什么事情。司马老太太微笑道：

"好孩子，你们都在为我的死而伤心吗？人老了，难免要死的，所以你们不用哭的。我死了之后，只要你们加倍地努力，干一番轰轰烈烈的事情，为国家为祖宗争一些光荣，那我在九泉之下，也够欢喜的了。"

飞霞等四人说什么好呢？除了落泪之外，都默然无语。这时，老太太有睡去之状，飞霞悄悄地离开床边，拉了阿英的手，走到房外，问道：

"你姊姊死了是不是？"

阿英没有回答，投入母亲的怀抱，呜咽又哭。飞霞叫她别哭，这时阿文、智仙也都出来，飞霞因叫阿文、智仙留在家里，她们母女俩坐车又赶到韩家，见阿琴已移尸到大厅了，厅上陈设素帏，燃烧白烛，韩太太、静芬、小梅都在素帏内哭泣。士杰、士英在吩咐仆人等事务。飞霞在瞧到白烛光芒下那张阿琴的小照，她泣血的伤心熬不住了，这就疯狂似的撞入素帏中号啕痛哭起来。

飞霞、阿英在经过良久的痛哭之后，飞霞昏厥了两次，士杰、士英再三相劝，方才把飞霞劝止了哭泣。韩太太正在和飞霞感叹的当儿，忽然见小兰气急败坏地奔来，哭叫道：

"啊呀！不好了，小梅在厨房后面的柴房间内吊死了！"

第十三回

　　小梅突然地会在柴房间里吊死了，这真是出乎众人意料之外的。士杰想不到小梅有这样的忠主之心，也可见阿琴和小梅平日间主仆的感情是好到哪一种程度的了。当时韩太太先奇怪地急急地道：

　　"刚才小梅不是还在这儿一同哭泣吗？怎么一转眼她就到柴房间里去吊死了？"

　　"唉！这孩子太可怜了，太忠心了，那可怎么地办？那可怎么地办？"

　　韩老爷是上了年纪的人，他又害怕又着急，两条腿仿佛站在棉花堆上，不禁瑟瑟地发起抖来了。士杰这时张大了胆子，因为心痛着阿琴，当然对小梅也起了一阵爱怜之心，所以他也不说什么，第一个先向柴房间内直奔进去了。

　　士杰奔进柴房间，里面是黑魆魆的，这当然因为时候已经入夜了的缘故，他连忙开亮了电灯，只见小梅真的高悬在梁上了，地上还踢翻了一把凳子。士杰慌忙上前把她抱下，但小梅已经气绝多时，一时心酸十分，叫了两声小梅，也不禁为之泪湿衣襟。这时，士英、司马英等众人都跟着奔入，忙问有救吗，士杰含泪道：

　　"没有救了，她已经死了。"

　　"小梅姊，小梅姊！"

　　小兰伏在小梅身上大哭起来，司马英等众人无不伤心泪落。小梅为主尽忠，这是一件世间上不可多得的事情。韩老爷因为膝下无女，遂以女礼成殓葬之，以表其忠主之心。这时，大厅上就陈设了两个年轻的尸体，小梅的入殓衣服也设法连夜地赶制。灵前先用十二名师太，伴着坐夜念经。小兰和仆妇给小梅脱换随身衣服的时候，在她袋内摸出一张纸条，遂交给士杰。士英和司马英一同过去瞧，只见写着几行很幼稚的字道：

> 少爷，少奶死了，死得太可怜，死得太快了。在平日，少奶待小梅像女儿，现在小梅没有人再疼爱了，所以倒不如跟了少奶一块儿去，也不枉我们娘儿俩亲热了一场。不过少奶的死，至少有些冤枉，少爷心中也许已经有些明白。小梅并不希望少爷给少奶有报复的举动，只希望少爷给已死的少奶争一口气，多为社会国家尽一份责任，这当然是最好的了。末了，我要求把我的尸体葬在少奶的墓旁，这一个最后的愿望，大概能够得到少爷的许可吧。

> 小梅留字

小梅这一张字条，除了士杰懂得外，士英和阿英的心中都有些莫名其妙，遂忍不住急急地问道：

"姊夫，小梅说你已经有些明白姊姊的死是至少有些冤枉的，这……这……到底是怎么的一回事呀？"

"什么？冤枉的？阿英，你把纸条拿给我看。"

飞霞听了阿英的话，她粉脸勃然地变色，遂急促地问着。这时，韩老夫妇俩的心中也可大吃了一惊，脸上显了慌张的颜色，望着士杰出神。士杰只好把纸条交给飞霞，飞霞在看过了纸条之后，顿时气愤得跳起身子来，向士杰声色俱厉地问道：

"士杰，这是怎么的一回事？你得从实地告诉我，否则，我凭了这张纸条，就可以给阿琴申冤枉，莫非阿琴是你们害死的吗？"

"亲家，你……这话是打哪儿说起的呀？纸条上写些什么？快拿给我看吧！"

韩老爷听了这话，一时大吃了一惊，急得颤抖的声音向飞霞急促地问。飞霞如何肯把这张纸再落到他人的手中？遂冷笑了一声，拉了阿英的手，愤怒地道：

"现在不是说话的时候，阿英，我们走吧！要说话在明天法庭上说吧！"

"妈，你且息怒，我士杰若有害死阿琴的行为，那我绝没有好死的结果。"

士杰赶上去把飞霞拉住了，泪下如雨地说。飞霞怒气未平地白了他一眼，摔脱了他的手，问道：

"那么你说，你说，阿琴到底含了什么冤枉死的？我女儿被你甜言蜜语欺骗做妾，今日还落得这样的下场，你……究竟也是一个有心肝的人呀！你……你……怎么能够对得住阿琴？对得住你自己的天良呀？"

"妈，你冤枉我了，你……你……且不要这样地发怒吧！小梅这孩子说话就没有头绪，叫我也莫名其妙呀！"

飞霞怒气冲冲地说，说到后来，她是向士杰戟指痛骂起来。士杰的心中，真是有苦没处诉，愁苦着脸，向她求饶似的解释。飞霞对于他的解释如何会相信呢？遂别转身子，匆匆地又走了。士英这时也走上来，拉住飞霞道：

"妈，这事情其中一定还有许多的曲折，我哥哥也许真的不知道，错在小梅这孩子又死了，假使她不死的话，当然有办法的了。不过事情总有水落石出的一天，嫂子已经死了，死后若再闹得满城风雨，这实在使嫂子在天之灵太心痛了一些。妈，你万事瞧在我的面上，我们好好儿地再调查吧！阿英，你也劝劝你的妈吧！"

士英说到这里，又向旁边的司马英望了一眼说。士杰见静芬此时的脸青一阵红一阵地转变着颜色，他心中的痛恨几乎发狂般地要爆发出来，但理智告诉他，这时候绝不可以闹开来。因为第一要紧，先把阿琴好好地入殓是正经，于是他向飞霞跪下道：

"妈，在三天之内，我一定给你调查一个明白，否则，你就到法堂上去告我好了。现在无论如何你要看在阿琴的面上，因为阿琴还没有入毙，这样地一闹，恐怕太委屈了阿琴。阿琴，你死得确实太可怜了，我怎么能够对得住你呢？"

士杰说到这里，伏地痛哭起来。飞霞到此，也不免心软泪落。阿英遂把士杰扶起，向母亲淌泪道：

"妈，你就听从姊夫的话吧！"

"士杰，这……这到底是怎么的一回事？我实在太不明白了。小梅的纸条上究竟写些什么？你快些告诉我呀！"

韩老太呆若木鸡般地怔住了好一会儿，方才向他问出了这一句话。士杰是回答不出什么话来，士英因代为告诉了一遍，韩老太向飞霞说道：

"亲家，小孩子的话是不能听她的。你想，阿琴虽然委屈做了小，不过我们是一些也没有委屈她，我待她像亲生女儿那么地看待。这次她突然地流了产，我心里也是多么地难受，所以你请放心，我们如何还会有什么害她的举动吗？"

"你们做长辈的当然待她很好，不过也许还有什么人会妒忌她吧！"

飞霞是个细心的人，她听士杰这样悲痛的模样，又偷眼见静芬脸变了颜色的神态，心中就明白阿琴的死，静芬至少是其中的一个嫌疑，于是冷笑了一声，俏皮地回答。静芬在旁边对于她这两句话似乎有些受不住，不得不加以声明道：

"妈，你这句话似乎说错了吧！除了我，还有谁去妒忌她呢？不过我和琴妹从来没有多过一句嘴，平日总是客客气气的，难道说这次她流产死了，是我害死了她不成？小梅这丫头也真不是个人，要死也得把事情弄清楚了死才是，谁知没头没脑地留了这样一张字条，她算跟谁在开这个玩笑呢！"

飞霞见她回嘴，心中虽然十分的愤怒，不过自己是个长辈，若和小辈吵起来，这是有失自己的尊严，所以她倒也有这份涵养功夫，冷笑了一声，并不回答。阿英是个玲珑的姑娘，虽然平日和她们原是非常的客气，但现在姊姊死了，和她还有什么情分可分可说呢？因为母亲太老实，不说什么话，心中有些气不过，遂插嘴说道：

"大嫂子，我妈说的可没有指明是谁呀，要你多心做什么？这岂不是笑话吗？我也明白大嫂子是个贤惠的女子，怎么会妒忌我的姊姊呢？"

阿英这几句话当然也是很尖酸的，静芬听了如何肯受得了，正欲再说什么，却被韩老太太喝住了，用了责骂的口吻，说道：

"静芬，你不许再说，在我的面前，公然敢和亲家顶嘴，那你的眼睛里是否还有我们长辈了吗？"

静芬这才不敢再说，赌气回到自己卧房里去了。就在这个时候，仆妇忽然前来报告，说道：

"司马太太，二舅少爷来了电话，说老太太不好了，叫你快些回去吧！"

"什么？阿英，那么我们快些回去吧！"

这消息触入飞霞的耳鼓，她那颗心几乎从口腔内跳出来了，灰白了脸色，一面对阿英说，一面向韩老夫妇告别，急匆匆地向厅外走了。士杰忙赶上去道：

"妈，你别忙，我叫阿五开汽车送你回去好了。英弟，你也一块儿去瞧瞧，有什么事情，你也可以多一个人手帮着料理事情，我在这儿要做琴的后事，分不开身，只好不去了。"

士英点头答应，遂吩咐阿五备车。这里飞霞和阿英急急跳上汽车，士英跟着关上车厢，汽车便直到兰园别墅里去了。在车厢内，飞霞的思绪是十分的复杂，一会儿想琴真的死了，一会儿想老太太难道也这样快地完了吗？忽然，她又想起了阿起，觉得士杰还没有告诉我过，于是她急急地问士英道：

"士英，昨天开庭，你哥哥回来怎么地说呢？唉！为了阿琴、老太太的病，把我弄得神魂颠倒，糊里糊涂，好像在做梦似的。"

"昨天开庭，对于凶犯是谁，已有手印明证，不过楚汉云咬定起弟是他的盗徒，我哥哥虽然竭力担保，但还得详细调查，改期再审。"

士英不敢瞒骗，遂从实地告诉她。飞霞叹了一口气之后，又显出愤怒的样子，恨恨地说道：

"阿起这孩子我也屡次教训他，叫他不要这样荒唐，因为荒唐的结果，使你会身败名裂，堕入黑暗的苦海。谁知他嘴应心不应的，现在使我感到失望之余，更觉万分的沉痛，所以我也不再去顾念他，他犯罪也好，他入狱也好，这是他自作其孽，罪有应得，唉，叫我有什么办法呢？"

飞霞说到末了，终于忍不住眼泪又滚落下来。阿英知道母亲后面的这一口叹气，至少还包含着一层慈母爱子之心，那么她怨恨的话，也无非是口里说说罢了。其实她又何尝不希望起哥能够无罪出狱呢？于是安慰了母亲几句，说再审的时候，姊夫总有办法使起哥无罪的。

汽车到了兰园别墅，阿五自管把空车开回。这里三人匆匆走进上房，只见智仙、阿文伴在床边扑簌簌地落眼泪，他们见了飞霞等，遂含泪叫了一声妈。飞霞赶到床边，见老太太睁着眼睛，微开了嘴，连声地叹气。飞霞视察她的叹气，是只有出来，没有呼吸进去的，可见老太太的生命，终也逃不过今夜十二时的了。一时悲酸已极，叫了一声祖母，她几乎已经要哭出声音来了。司马老太太见了飞霞，她已是口不能言了，唯有望着飞霞摇头而已。这里阿文拉了拉阿英的手，悄悄地走到窗口旁来，他如醉如痴地问道：

"妹妹，我的琴姊真的死了吗？"

阿英被他这样地一问，她没有回答，先呜呜咽咽地哭出声音来。士英连忙把她拉到房外来，劝她说道：

"英妹，你快不要哭呀！被祖母听见了，不是立刻就把她急死了吗？"

"英妹，现在妈和你们都在家了，我想到姊夫家里去一次，也给我痛痛快快地哭一场，因为我的心口实在太难受了。"

阿文也跟着出房，向他们含了眼泪说。阿英是并没有表示什么，士英却劝他别去了，恐怕神魂颠倒地在马路上闯了乱子。阿文不答应，士英这才道：

"二哥，那么你早去早回吧，万一祖母不幸，那你怎么还能赶得及回家呢？"

"我知道，我马上就回家的。"

阿文点头说完了这两句话，身子已奔出会客室去了。阿英叹了一口气，泪水又像雨点似的落下来。士英道：

"我看祖母的病今夜恐怕是难逃的了，所以我的意思，趁早去接洽几个师太来伴夜，否则下半夜的时候，你们要太冷清的。"

司马英听他这样说，也觉得有理，遂点头答应。士英匆匆走后，阿英又进上房里去。这时，陈妈来报告，说有人请二少爷听电话。阿英因为二哥不在，遂代为去接听，那边是个女子的声音，低低地问道：

"你是司马二先生吗？我是欧阳珠。"

"哦，原来是欧阳姐姐，我是司马英，二哥没有在家，你有什么事吗？"

"英妹，我刚才到医院里来看你的姊姊，他们说已出院回家了，莫非你姊姊已经好了吗？"

"好了？珠姊，我告诉你，我的姊姊……她……她已经死了。"

司马英又哭了起来，只听欧阳珠啊哟了一声，似乎也有哽咽之声，遂又问道：

"英妹，那么你姊姊如今在什么地方呢？"

"我们因为知道姊姊病已入危，所以把她车送回家，是下午六点零五分死的，现在预备她自己家里明天入殓。"

"英妹，你为什么不在姊夫家里帮忙呢？"

"哦，珠姊，我告诉你，我的祖母今天晚上恐怕也是很危险的了。"

"什么？你祖母生的什么病？"

"祖母得了泻症，变成了痢疾，上了年纪的人，抵抗力薄弱，所以受不了。"

"唉！英妹，你家太不幸了。那么今天开庭，你大哥又怎么样地判决呢？"

司马英知道欧阳珠来电话的主题就在末了这一句话，遂叹了一口气，把改期再审、暂行监押的话告诉她。欧阳珠听了，又焦急又伤悲，一时也说不出什么话来。阿英听听筒中若有啜泣之声，遂又向她叫了一声。阿珠这才说道：

"英妹，你姊夫家里是不是霞飞路三百十二号，明天我预备向琴姊去哭祭一场，不知道你在那边吗？"

司马英说我在那边的，你只管来好了。欧阳珠不敢多说什么，怕耽搁了她做事情的工夫，于是说声再会，把电话挂断了。阿英回到上房，飞霞问谁来的电话，阿英把欧阳珠来的电话告诉一遍。这时，陈妈开上饭菜，请太太、小姐吃晚饭。飞霞这两天来就没有好好儿地吃过一顿饭，此刻也觉有些肚子饿，遂叫智仙、阿英一同吃饭，说自个儿身子保重也最要紧。智仙因为两夜没有睡觉，所以精神颓然，只吃了一小碗饭，还连连地打呵欠。飞霞见她蓬了头发，面容憔悴，想起服侍老太太的泻，全仗智仙一人料理，一时也起了爱怜之心，遂向她说道：

"此刻有我们在房中，你就回房去息一会儿吧。"

"不，我倒没有累什么。"

"这是因为你强撑着的缘故，你去睡吧，回头我们会叫你的。"

智仙这才不再客气，走出上房来。经过电话间的门口，听电话铃声正响着，于是握了听筒，向她喂了一声。因为智仙落了两个夜，喉咙有些发沙，那边并不听清楚是谁的声音，先问道：

"对不起，司马文先生在家吗？"

"你是谁？"

智仙听是个女子的声音，遂微蹙了眉尖，轻轻地问。那边对于这三个字的问句更没有注意是男的还是女的，于是说道：

"我是雪鸿，你是文哥吗？"

智仙对于雪鸿、文哥这两个称呼，听到了耳朵里，不知怎么的，心中会感到有阵酸溜溜的滋味，遂忙说道：

"原来是张小姐，我是智仙，你找我的二哥有什么事情吗？"

雪鸿这才听清楚她也是个女子的声音，暗想：原来就是智仙。她们两人在医院里虽然见过一次的面，但是并没有说过什么话，当初在医院里的时候，两人心中已经各存了醋意的成分。此刻雪鸿听她回答的，在二哥上面还加了"我的"两个字，只觉得一阵酸味陡上心头，暗自冷笑着，真正肉麻极了，遂也勉强含笑问道：

“丁小姐，文哥的大姊好些了吗？为什么医院里说已经出院了呢？”

“哦，我大姊吗？她已经死了。”

智仙听她并不说我的大姊，偏说文哥的大姊，她心里已经十分的不受用，这也许是为了因妒生恨的缘故，智仙对雪鸿总有一些恶感。不过这也并不是智仙一个人如此，在雪鸿心中也有同样的感觉。智仙哦了一声之后，也偏回答说是我的大姊。雪鸿听大姊死了，这才哟了一声，急急地道：

“什么？大姊死了？”

智仙于是向她告诉一遍，并把祖母病危的话也说给她听。雪鸿打电话来的主题，和欧阳珠是一样的，不过雪鸿受姊姊之托，至少还是站在第三者的地位。当时听了阿起改期再审的消息，她心中代姊姊也难受了一阵子，因为彼此没有什么好感的印象，当然说不出什么其他的话来，于是在一声再会中，大家把听筒都搁上了。智仙回到房中，亮了电灯，移步走到床边，望着床边小方桌上放着照相架内的阿英那张相片，呆呆地出了一会子神，心中是只管暗暗地细想，觉得雪鸿和阿文居然也称哥唤妹，可见他们的情谊至少是步入了爱人的阶段。但是阿文这次的救助我，究竟是存了什么作用呢？说完全是为了人类互助的义务，那么他对我似乎也很有情分，假使他是为了爱我吧，难道他就不爱雪鸿了吗？我想这是绝不会的，雪鸿的地位，雪鸿的才貌，什么都比我好，虽然我也并不长得怎的丑恶，但谁会放弃一个有钱人家的小姐，来爱上我一个穷女孩子呢？想到这里，她一颗心是空虚得好像自己已步入了辽阔无际的沙漠之地，孤零零的，她只觉无限的悲酸，因此伏在床上忍不住呜呜咽咽地哭出声音来了。

智仙哭了一会儿之后，她又站起身子，收束了泪痕，暗想着道：阿文买的《爱的新认识》的小说，内容是叙述一个四角恋爱的故事，一个青年同时被三个女子相爱着，这固然是幕喜剧，但当然也是个悲剧。看我们现在的情形，正和小说中有些仿佛，小说中的结局，苏绿珠是达到最后的胜利，而唐芳容情愿自动地让步，虽说芳容是失恋了，不过她的思想人格是多么的伟大，出洋留学又是多么的有意思。像我虽然也是有进步的存心，可是我哪里来这样的环境给我到国外去留学呢？而且自己的资格也够不到呀！智仙这样地思忖，泪水又涔涔雨下，一时百感交集，哪里还睡得熟呢？遂走到写字台旁坐下，拉亮了台灯，在案桌抽出一张信笺，提笔沉吟了许久，方才写着道：

调寄桃源忆故人（两阕）

一

　　萍水忽逢多情种，小名两字芳容。天生对儿鸳凤，好事惜成空。

　　无端汉水波涛涌，只身飘零谁疼？幸有珠妹情重，抛家肯相从。

二

　　纵然情多难两全，一样痴心可怜。还有薄命秋柳，抱恨也问天。

　　问天不语心如煎，慰卿切莫依依。三生凤缘早缔，更谁羡神仙？

　　智仙提笔写到这里，也不知为什么缘故，心中要这样的悲酸，她的眼泪忍不住又滚湿了衣襟，觉得书中人物，芳容固然令人同情伤悲，但秋柳更令人悲酸可怜。虽然自己并非到秋柳那样的地位，不过自己因为贫穷，所以把秋柳会象征到自己的生命来，她好像觉得自己已到了这个环境之内了，怎能不叫她心痛而泣呢？智仙念了一会儿，泣了一会儿，一时神倦精疲，不知不觉地伏在案桌上竟熟睡去了。

　　也不知经过了多少时候，智仙忽然被人轻轻地推醒了。她揉了揉眼皮，抬头一见，原来却是阿文，这就问道：

　　"文哥，英姊说你不是上大姊家里去的吗？唉！大姊真的死了吗？仅仅只见了一次的面，多么一个和蔼可亲的姊姊，就这样地完了。"

　　"智仙，你别提了，为什么这样子睡着了？受了凉可怎么办呢？"

　　阿文含了满眶子的热泪，摇了摇头回答。智仙醒过来的时候，果然感到一阵寒意砭骨，全身不禁瑟瑟地颤抖了一下子，说道：

"倒没有冷什么，我糊里糊涂地竟睡过去了，不知什么时候了？"

"已经十点多了，智仙，你把这本《爱的新认识》的小说全都看完了吗？"

智仙是个聪敏的姑娘，她听阿文这样地问，就知道自己写的两阕已经被他瞧见过了，遂连忙回头去瞧信笺，谁知信笺却已不在了。这就红了两颊，秋波斜乜了他一眼，说道：

"我写着玩儿的，你怎么给我拿走了呢？"

"没有给你拿走，这儿放着的不是吗？智仙，来，我们坐着谈谈。"

阿文见她的意态，至少包含了一些含羞的成分，在灯光笼映之下，因为是云发蓬松的缘故，所以愈加感到令人楚楚可怜，遂拉了她的手，一面说，一面走到沙发上去坐下了。智仙听他要和自己谈谈，因为并没听他说出要谈些什么话，所以她那颗芳心是剧跳得厉害，不过她表面上还竭力镇静着态度，问道：

"文哥，你跟我要说些什么话呢？"

"智仙，我说你真也痴得可怜，小说无非是作者一支笔空中构造的楼阁，你怎么把它认真当作有这一回事情呢？什么绿珠、芳容、秋柳，哪儿真的有这些人吗？"

"可是写得逼真，写得入情合理，所以看起来就觉得这好像不是一部用技巧构造成小说体裁的故事，我想世界上也许真有这样的一回事吧。"

智仙摇了摇头，却不以为然的样子回答。司马文见她的神情，觉得她这两句话好像有感而发的，那么很明白的，她当然因为是看见了雪鸿之后的缘故，也许她感到失望的悲哀吧。不过凭良心说，我确实并没有去爱上她，不过因为我对她太热心出力的缘故，所以使她心中误会我有爱她的意思了，于是笑道：

"这是你情感太浓厚了……"

说到这里，忽然想到了什么似的，收起了笑容，叹了一口气，说道：

"不过说起我的家，也真像是一部可歌可泣的小说。智仙，我还没有告诉你这一回事呢。大姊死了，她房中的丫头小梅却在柴房间内吊死了。你想，这样忠心的丫头，除了小梅之外，恐怕在上海再也找不到第二个的吧。"

"文哥，你这话可是真的吗？"

智仙听了这个消息，不免奇怪得跳了起来，遂向他望了一眼，急急地问。司马文很敬爱而又很感叹的口吻，说道：

"当然是真的，你想，小梅这孩子难得不难得？所以我在那边也哭了她一场。想不到世界上真有这样的一回事情，唉！"

"虽说这是小梅的痴心，但是也可以知道大姊平日的为人了。"

智仙说着话，她的眼泪也不由自主地滚了下来。两人伤感了一会儿，在大家的心里似乎都有许多的话要倾吐，但说也奇怪，要说的话都在喉咙口哽住着，简直一句话都说不出来。智仙见他此刻却呆然地又出神起来，那似乎失掉刚才他要我坐下谈谈的本意了，于是拭了拭眼皮，低低地又诉说道：

"文哥，刚才张雪鸿小姐打电话来过了。"

"哦，她对你说些什么话吗？"

司马文回头望着她很急促地问。智仙见他非常关心的神情，自己也不明白为什么缘故，有些酸溜溜的滋味，淡然地说道：

"她问大姊怎么样了，又说大哥怎么地判决，我都告诉了她，她听了当然是很难受的，也没有说过其他什么的话。"

司马文听了，没有回答，却是深长地叹了一口气。智仙见他眼角旁涌了一颗晶莹莹的泪水，遂拿手帕温和地给他拭去了泪痕，低低地安慰道：

"二哥，你不要伤心吧，事到如此，伤心原也没有什么用的。"

"三妹，你还没有知道其中的一回曲折呢。雪鸿的姊姊雪尘，她和我哥哥的爱情是非常的真挚，我想雪鸿今天来电话，当然是她姊姊叫她打来的。假使给她知道哥哥还没有判决无罪的话，可怜雪尘的心中真不知又该怎样地伤心呢！"

司马文见她柔情蜜意的样子，心头有些感动，情不自禁地握住了智仙的手，告诉了她这几句话。智仙颦锁翠眉，有些不了解的神态，奇怪地问道：

"二哥，大哥的爱人不是欧阳珠小姐吗？怎么你说他爱的是雪鸿的姊姊呀？"

"唉，这事情说起来也很麻烦，总而言之，是大哥用情太不专一的缘故。他和欧阳小姐的爱情固然很好，可是他和雪尘的情分也不坏。"

司马文摇了摇头，表示难以开口告诉的样子。智仙乌圆眸珠转了转，若有理会的意思，她却很同情地回答道：

"二哥，你说大哥用情太不专一，可是你也别委屈了好人，因为你不知道他是站在怎么样的一个环境里，也许他心中也有说不出的苦衷吧。比方说，欧阳小姐和张小姐同时都爱上了你，都对待你十分的有情义，那么你在这时候又该怎样地好呢？"

"可是……一个青年绝对不能爱上两个姑娘，所以我说大哥不应该糊里糊涂地同时都接受两个姑娘的热爱。"

司马文听她这样说，心中就明白她在借哥哥的事情探听我的心里的意思，于是在沉吟了一会儿之后，方才回答出这几句话。智仙点了点头，两眼望着地下并放着的自己的脚尖，自语着道：

"是的，一个青年绝不能同时地爱上了两个姑娘……"

智仙说到这里，忽然又抬起头来，秋波斜乜了他一眼，急促地问道：

"二哥，我比方这么地说一句，假使你换作了大哥的话，那么你到底爱欧阳小姐呢，还是爱张小姐呢？"

司马文对于智仙这两句问话，心中似乎也理会到她的用意何在，他毫不加以思索地回答说道：

"这是很容易决定的事情，大哥到底和谁先相爱，那么大哥就不可以和后认识的再表示有亲爱的意思。因为见一个爱一个的青年，这是社会上最没有出息的东西。即此一点，可以代表他做无论什么事情都有着三心两意随时转变的举动。你说，我这话的意思对不对？"

"嗯，二哥这话很不错。"

一阵失望的利箭刺穿了她的芳心，在悲哀的滋味中至少包含了一些痛苦的成分。智仙已经明白阿文这几句话中可说完全给自己一个彻底的回答，那么从此也震碎了自己粉红色的美梦。她茫然地回答了这一句话，慢慢地垂下粉脸来，在她那双黑漆皮鞋的尖儿上已浅现两点亮晶晶的水珠了。

司马文不是一个呆笨的人，他见智仙这样颓伤的神情，如何还有个不明白的道理吗？不过这叫我有什么办法呢？智仙作的这一句"纵然情多难两全"，可见她自己也知道三角恋爱是不可能的事。因为我对雪鸿已有永远相爱的表示，那么我若负了她，这便是个不情不义的人，所以我辜负智仙的热爱，于心无愧，若辜负了雪鸿的话，我怎么能够对得住自己的良心呢？司马文搓了搓手，叹了一口气，垂下头来，却也安慰不出一句什么话。就在这个时候，陈妈急急地来道：

"二少爷、三小姐，你们快些去吧！老太太不好了呢！"

阿文、智仙听了这话，心中一阵子焦急，两人不约而同地站起身子，匆匆地向上房里直奔了。只见阿英含泪在点棒香，士英拿了纸轿正走出房外来，预备焚化了，给老太太坐着回去的意思。飞霞站在床边，向她低低地叫着。阿文、智仙走到床边，见祖母开着两眼微微地叹气，喉咙口有痰呼噜呼噜地响着。两人见此情景，可见祖母也真的快要完了，叫了一声祖母，大家都忍不住哭出声音来了。

这时，司马老太太似乎尚有意识似的向他们摇了摇头，泪水也从眼角旁涌了上来。飞霞理会老太太是叫我们自己别伤心的意思，因为她要安慰老太太临终时的一颗心，所以她不得不也迷信起来，向阿文、阿英、智仙说道：

"你们都不要哭，老太太素来吃斋念佛，所以你们还是多念几声阿弥陀佛，也给老太太安静些早升天国。"

司马老太太听她这样说，略一点头，脸上含了微微的苦笑，她环视了床前的众人一会儿，叹气的声音渐渐地轻微下来。飞霞叫他们各执棒香一支，跪在床前，低低地念着阿弥陀佛。夜是深沉了，四周静悄悄的，一些声音都没有，虽然房内是点着一盏五十支光挺亮的电灯，不过在各人眼睛看起来，觉得呈现着的一切家具，都死沉沉地显得分外的悲惨。就在这个当儿，老太太就叹完了最后的一口气。阿英第一个发觉，先叫了一声祖母，她再也忍熬不住地哭出声音来了。经阿英这么地一哭，飞霞、智仙和阿文也都哭了起来。

其时士英在院子里正焚化了纸轿进房，他听了这一片哭声，知道老太太是已经归天了，一时万分悲酸，不禁也淌了一会儿眼泪，先把阿文劝住了，说道：

"文弟，现在可不是哭的时候，我们料理后事要紧。"

"士英哥，我想不到祖母和大姊会在同一天里死了，这叫我怎么能不痛心呢？"

"可是痛心也没有什么用，文弟，刚才我在静土庵里已接洽好八名师太，预备来伴夜的，我此刻打电话去叫她们立刻就来。你把妈也劝住了，和她老人家商量商量，老太太还是在家里入殓的好，还是到殡仪馆入殓的好？"

士英一面向他劝慰，一面和他商量办法，他身子已走到电话间里去了。待士英打毕电话回房，阿英、智仙已把老太太换上了动身衣服。飞霞见了士英，遂说道：

"士英，我的意思，还是到乐园殡仪馆里去的好，因为一则家里地方太小，二则那具棺材总是要寄放到会馆内的，所以一次事不用费两次手续了。你想是不是？"

"妈，我也这样地想，那么今天晚上就车送去，还是明天早晨呢？"

"今天晚上时间怕太局促了，我看还是明天早晨吧。况且阿英、智仙她们也应该休息休息，否则明天累倒了，做事的人手就更没有了。"

飞霞低低地回答，士英点了点头，遂和阿文到厅上陈设了素帏，然后把老太太移尸厅上。一切舒齐，静土庵内八名师太也都到齐，她们围坐灵座旁边，点了香烛，叮叮咚咚地便敲念起来。这时已子夜十二点半了，飞霞叫士英、阿文两人到书房里去睡一忽。士英道：

"我不睡了，我想今夜回学校去睡，明天早先到霞飞路去接洽好那座医院的房子，大概九点钟的时候我会赶了来的。"

"好的，那么我也不留你了。"

飞霞点了点头说，士英遂告别走出来。阿英却悄悄地跟在后面，把他在院子内一株法国梧桐树下又叫住了。士英回头问道：

"阿英，你有什么话对我说吗？"

"我说你把医院房子的事情慢慢地办吧，此刻回去好好儿地安睡，因为你东奔西走得真也够累了，回头累病了，叫人又着急。"

阿英用了真挚多情的口吻，秋波脉脉地斜乜了他一眼，柔声儿地劝告他。士英在这一个时间内，听到了这几句话，悲凉的心境内也会感到一些甜蜜的滋味，遂把她手紧紧地握住了，逗了她一瞥很感激的目光，说道：

"我倒并没有累什么，只是你有两三夜没有好好儿地睡觉，现在应该休息一会儿，医院屋落成事情，也得赶紧地办妥了，因为里面还要好好地装修过，这至少又得费去一两个月的日子呢。所以我把房子一接洽舒齐，就可立刻叫建筑工程师去视察一下，着手进行装修的计划。英妹，死的已经死了，那是没有挽救的办法了，我们活着的人，似乎应该努力地做几件有益于社会的事情吧。"

"士英哥，你这话说得很不错，我希望你成为一个改造社会的急先锋，那么我的心里也就安慰得多了。"

司马英偎过身子去，手抚摸着他西服纽扣，微仰了粉脸，低低地说。士英含笑点头，摸到她膀子上是挺凉的，于是推开她身子，说道：

"夜风很大，你膀子凉得很，怕受了寒，你进去吧，我们明儿见。"

"明儿见。"

司马英低低地回说了一声，眼瞧着士英的身子在黑暗之中消失了，方才回身走进屋子里去。夜风吹在身上，心头会感到一阵说不出的凄凉。这一夜里，阿文是去睡的，智仙、飞霞、阿英、陈妈四个人轮流地休息一会子，不知不觉地竟已到第二天的早晨了。八名师太收拾回去，这里阿文起身打电话到乐园殡仪馆，叫他们放车过来接尸。等士英赶到兰园别墅，不料他们已全都到乐园殡仪馆去了，士英于是先回家里来转一转，只见亚尔培路口三百十二号的大门口停满了无数的汽车，而且扎了高大的素彩牌楼，虽然是十分的热闹，但士英心头是充满了悲哀的成分，在踏进大门口的时候，听吹打的声音，一阵子辛酸触鼻，眼泪先扑簌簌地落了下来。在大厅上遇到士杰，士杰急急地问道：

"弟弟，你此刻打从哪儿来的？我早晨打电话到兰园别墅，为什么却没有一个人来接听电话呀？"

"哥哥，你不知道，老太太已在昨夜十一时二十分没有了，他们早晨大概都上乐园殡仪馆去的。"

"啊！老太太真的也没有了？唉！这……这可怎么地办呢？"

士杰听了这话，急得什么似的，眼泪扑簌簌地落下了两颊。士英叹了一口气，也弄得没有了办法，说道：

"哥哥，我想叫英妹过来哭灵吧。反正那边还有三妹在着，否则，嫂子身后似乎太令人悲惨一些了。"

"我也这样地想，那么你此刻快些过去，对妈说，本来我是应该过去帮助料理事情的，无奈我在这儿实在分不开身，请妈老人家原谅我，弟弟就在那边做些事情吧。"

士英答应说好，遂匆匆地走了。在十点半的时候，阿英方才赶到韩公馆，她一脚跨入大厅里，先号啕大哭起来。士杰正在招待吊客，听了哭声，慌忙赶过来看，见阿英已撞入素帏内去了。阿琴一个二十岁的姑娘，既没有一男半女，自然没有人来哭她。韩老太是长辈，再说上了年纪的人，哭了一会儿，不要说眼泪没有，连声音都哭不出来了。静芬更不必说了，就是哭几声也无非应个景儿而已，好像唱小调似的根本是敷衍性质的，所以一班吊客到来，也不知道这是一件惨绝人寰的丧事，因了铺张得热闹，还以为是在做喜事呢。但此刻被阿英在素帏内这样地一哭，大厅里一班吊客的心理上立刻起了异样的变化，只觉有股子辛酸触鼻，汗毛孔都不由自主地会竖了起来，好像冷水浇头地感到有阵凄凉的寒意。士杰站在灵前呆住了一会儿，淌了一会儿泪，直听到素帏内阿英的哭声已成了咽哑的成分，方才走到里面，见静芬等众人劝她不住，于是含泪上前，也劝她说道：

"英妹，你不要哭了，你自个儿身子也该保重才是。"

阿英虽然是不哭了，但喉间还有息息抽噎之声。士杰于是又问了一会儿祖母死后的情形，说到后来，免不了又是哭了一会儿。正在这时，外面吹打又敲，士杰出外一看，见是个姿容绝丽的女子站在灵前行了三鞠躬礼，因为并不认识她是什么人，所以心头颇为奇怪，意欲上前招呼，那女子先过来，问道：

"对不起，司马英小姐在吗？"

"哦，在这儿，在这儿。"

士杰方知是阿英的朋友，大概和阿琴也认识的，于是一面点头，一面向素帏内指了指，只见那女子步入素帏后，同时哀声地哭泣又在悲凉的气氛内流动了。韩老太叫仆妇倒茶拧面巾，给素帏内的阿英等擦脸。士杰也走了进去，经阿英的介绍，方知她名叫欧阳珠，是起弟的同学。这时，外面又来了一个女客，士杰认识是雪鸿，遂走上去，含泪问道：

"二小姐，你怎么知道我的内子已经死了呀？"

"是司马三小姐告诉我的，本来我的姊姊也要来吊祭的，因为姊姊回家后，身子就没有好过，所以没有一同来。韩先生，想不到你的夫人竟会死得这样快速啊！"

雪鸿一面说，一面眼泪也落了下来。士杰想不到她们姊妹俩倒很有一些义气，一面固然是伤悲，一面也有些感动，因此泪水也夺眶而出。待雪鸿吊祭毕，她便走入素帏内，阿英是认识她的，于是站起叫声张小姐，你怎么会知道？雪鸿一面招呼，一面来不及回答，她瞧着已经永远地安息着阿琴淡白的脸，忍不住悲从中来，放声大哭。经她这么地一哭，阿英和欧阳珠也就一同哭起来。

她们三个人的哭是愈哭愈伤心，虽然是为了阿琴和她们同样的是个年轻的姑娘，不免惺惺相惜，不过在她们的心中自然也各有各的不如意之处。比方说，欧阳珠知道阿起入狱，到现在还没有判决，究竟如何的审判，这是一件多么难受而忧愁的事情。无缘无故地哭起来，这当然很不好意思，所以趁着今天这个时候，她便要痛痛快快地哭一场。至于雪鸿呢，她当然是为了智仙的缘故，觉得智仙给阿文做了义妹，他们日夜相叙一处，这总是自己一个有力的情敌。阿英的哭，情绪更复杂，她哭姊姊固然是主，但她也哭自己家运不行，祖母的死，哥哥的入狱，可说无一不是伤心的资料。她们三人哭了一场之后，总算被士杰、静芬等众人劝住了。大家又介绍了一会儿，静芬招待她们到内室喝茶用点心。在喝茶用点心的时候，因为欧阳珠和雪鸿都很关心着阿起的入狱，所以使她们两个人都各自地猜疑起来。欧阳珠暗想：难道张小姐也是阿起的情人吗？雪鸿同时也在想：欧阳小姐恐怕也是阿起的情人了，阿起既然用情这样的不专一，我姊姊若为他入狱而忧愁得病了，这实在是太不值得了。两人心中都有些不快乐，所以也无心久坐，都说另有他事，便匆匆地告别走了。

阿琴入殓是在下午申刻，所以已经黄昏的时候，士杰遂打电话到乐园殡仪馆，叫司马文听电话。阿文听是姊夫来的电话，遂问他有什么事情。士杰道：

"祖母可曾入殓了吗？"

"是下午三点钟入殓的，此刻已一切都舒齐了。我们正在账房间内结账目，姊姊是什么时候入殓的？"

"你姊姊要五点钟入殓，此刻还只有四点半，你们结清账目赶快地坐车到来，也许还可以来得及的。"

"好的，那么我们准定立刻就赶来吧。"

士杰听他说完这两句话，就把听筒挂断了，于是匆匆地回到厅上，只见账房间内来找大少爷，说衣衾棺椁都已送到，请大少爷亲自过目。士杰到厅外含泪看了一遍，见院子里放着两具棺材，一具是楠木的，一具比较次一些的，不过还可以看得入眼。这时，众宾对于小梅殉主自尽一事，都啧啧赞美，无不敬爱伤感。申刻一到，便开始入殓，一面吹打，一面换衣服，阿英眼睁着姊姊的身子由娇小而变成胖大起来。生离死别，这是再悲痛也没有的了，于是她撞撞跌跌的，忍不住又大哭起来。就在这个时候，飞霞、智仙、阿文、士英、陈妈都赶到了。飞霞见脚夫们预备盖材盖了，她便气急败坏地大声地叫道：

"你们不要盖棺呀！让我来见一见最后的一面吧！"

222

"妈，你来了。"

士杰抬头见了飞霞，含泪哭叫了一声，正欲上前去说话，但飞霞撞到材旁，已是放声痛哭，叫道：

"阿琴，你真的死了吗？我不是在做梦吗？你死得太快了，你死得太惨了！我做娘的满想你们孩子送我上山头，万不料你竟比我更性急地走了，你叫我做娘的还有什么趣味做人吗？"

飞霞这几句话把一班来宾都引逗得泪下如雨，阿英、智仙哭得泪人儿般地真是痛断肝肠。阿文、士杰、士英也都挥泪如雨，咽不成声。号哭之声音，惨绝人寰，有甚于巫峡啼猿，令人心酸触鼻，不忍卒听。这一幕悲惨的情形被无情的时间也终于悄悄地带走了，众宾凄然而散。

士杰把阿琴、小梅灵柩暂寄四明公所，预备将来择地安葬。这里飞霞、阿英、智仙、阿文、陈妈五人向韩老夫妇等告别，士杰吩咐阿五备车送他们回家，自己送到院子里来，并且安慰飞霞切勿过度悲痛，保重身子要紧，但泥佛劝土佛，劝到后来，大家忍不住又伤心了一阵子。士杰送他们走后，天已入夜，韩老夫妇已吩咐老妈子开饭，劝士杰用饭，不要多伤心了，你这样地待她，总算也对得她住了，她自己没有福命做人，这也是命该如此，徒然伤悲，也是没有什么用的。士杰不便违拗父母，也只有唯唯答应而已，匆匆地只吃了一碗饭，就回到阿琴的卧房里来。这时，士杰走进房中，四周的物件虽然并没有什么改变，但自己好像已步入坟墓一样的荒凉，空洞洞的，好像眼前呈现了一片沙漠之地，他感到孤独的悲哀。抬头望到壁上阿琴那张浅笑含颦、美目流盼的小影，他如醉如痴地步了上去，仰了脸哭叫道：

"琴，我害了你，我害了你，你死得太可怜了，叫我怎样能对得住你呢？"

士杰伏在五斗橱上呜咽地哭出声音来。这时，静芬从房外悄悄地跟入，她走到士杰的身旁，用了柔和的口吻，说道：

"人死不能复生，你多哭也是没有用的，瞧你脸瘦得都削了进去，自个儿身子到底也应该保重要紧。爷爷和婆婆对我说，叫你不要再住到这个房中来了，免得引起了伤心。士杰，你还是跟我回到房中去睡吧。"

"不，我今天晚上非睡在这儿不可，你别来理我，你还是自个儿去睡好了。"

士杰摇了摇头回答。静芬再要劝慰向他温存，不料却被士杰把她身子推到房外去了。静芬虽然十分地怨恨，但是也没有什么办法，只好回到房中，叫小兰前来服侍他睡。小兰到了士杰房中，见少爷坐在床边，捧了一件织好四分之三的绒线背心，默默地落泪。他抬头见了小兰，忽然猛可地站起身子来，泪眼模糊地叫道：

"小梅，你回来了？你没有死吗？那么你的少奶可曾和你一同回来吗？"

"少爷，我是小兰呀！你……你……说的什么话啦？"

"哦，是的，你是小兰，你不是小梅，小梅她殉主自尽了，她跟了阿琴一块儿走了。天哪！你为什么要这样的残忍呀？"

小兰被少爷这么地一叫，顿时毛发悚然，全身不寒而栗起来，一时倒退了两步，向他急急地声明。士杰揉擦了一下眼皮，方才看清楚了似的，颓然地倒在床上，惨痛十分地说出了这几句话，他忍不住又哭出声音来了。

第十四回

　　小兰起初听少爷这么地叫，倒是大吃了一惊，此刻又见他这个模样，方才明白他是看错了人，一时感到大少爷也未免有些可怜了，于是走了上去，低低地劝道：

　　"大少爷，你也累苦好多天了，要是再这么地悲伤着，明天说不定也会病起来的，所以我的意思，你是应该放开一些胸怀，早些休息，保重身子要紧。"

　　"病了怕什么？我倒喜欢能够死了，这是一件最痛快的事情。"

　　"这又何苦来呢？大少爷要是存了这样的念头，少奶假使魂而有灵的话，她一定会感到非常的难受和悲痛，所以我劝少爷总应该积极一些的好，否则，你也太对不住自己的良心了，因为少爷这样年轻的人，不是正可以为国家去出一份力量吗？"

　　士杰再也想不到一个十五岁的女孩子会向自己劝慰出这几句话来，他在无限羞愧之余，又感到无限的稀奇，遂从床上坐起，向小兰愕住了良久，点了点头，含泪说道：

　　"小兰，你这话太不错了，我应该积极起来，努力做一些有意义的工作，来安慰阿琴在天之灵才好。"

　　士杰说到这里，他又摸着尚留在怀中那件绒线背心，于是他又淌泪如雨地哭泣起来，向小兰沉痛地说道：

　　"唉！阿琴活着的时候，我是不知道她待我的好处，现在死了，我到哪儿再去找一个像她那样多情温文的好妻子呢？她凸了肚子，老是等我到半夜三更的还不肯睡觉，她知道天气冷了，连夜地给我赶结绒线背心。唉！谁知道背心还未完成，她的人却没有了。阿琴，你对待我太好了，我简直是个没有心肝的男子，叫我怎么能够忍熬得住不心痛呢?"

士杰越说越心痛，越说越悲伤，他又呜咽地哭了。小兰听了少爷这几句忏悔的话，她也伤心地流泪了。两人淌了一会儿泪，好容易地小兰把他劝住了，服侍他睡下，方才拉上了窗幔，熄灭了电灯，悄悄地退出房外去。这一夜士杰睡着了后，就像死过去了一样，直到第二天早晨九时敲过才醒来。小兰已把报纸和牛乳放在床边的桌子上，她微笑着道：

"少爷，老爷叫您今天别出去，在家里多休息一天吧。"

"是的，我也不想出云。"

士杰说着话，把牛乳喝了，然后翻开报纸来看。第一面映入眼帘下的，就是这么几个大标题："国府实行限价收买现纱，已于今日开始登记。"这一个消息，顿时把士杰的那颗心震惊得粉碎了，他两颊已变成了灰白的颜色，两手瑟瑟地一抖，叫了一声啊哟，靠在床栏旁的身子又直倒了下去。小兰冷不防地瞧到了这个情景，还以为是少爷得了中风的急症，一时推着他身子，连叫：少爷，你怎么啦？你怎么啦？士杰在经过一度昏厥之后，才悠然地醒了回来，他不声不响地又坐起身子，脸色转变得正常一些，摇头说道：

"没有怎么，没有什么，我忽然头昏目眩起来，大概是精神不好的缘故。小兰，你给我到老爷房中去拿烟盘来，让我呼上两筒就好了。"

"少爷，您精神不好，多睡一会儿好了，为什么要吸烟呢？前星期老太太带我们去看《万世流芳》的电影，可见吸烟的害处是多么的大呀！"

"偶然地吸一筒，的确是可以治病的。小兰，你为什么不听我的话？你快些去拿来呀！"

小兰听士杰话中大有不喜悦的意思，一时没有办法，只好悄悄地退出房外去。士杰待小兰走后，他披了睡衣起床，拖了睡鞋，移着歪斜的步子，走到三门玻镜大橱的面前，对镜出了一会子神，忽然失常地大笑起来，他把手指着镜内的自己，用了稀罕的口吻，说道：

"士杰，这是你的人吗？这是你的脸吗？你变了，你变了，啊！我想不到世界上的事情竟会惨变得这样快呀！完了，完了，什么都完了！"

士杰说到这里，他疯狂地大笑起来，抓住了自己的头发，颓然地倒入沙发上去了。过了一会儿，他又抬起头来，向阿琴的小照望着，叫道：

"阿琴，你叫我把现纱完全廉价脱售，把这些钱干一些有益于社会的事业，可是我并没有听从你的话，到今天才遭到了这样的不幸。阿琴，你的眼光是太准确了，我为什么竟糊涂到这个样儿？唉！这是我做投机的下场吗？"

士杰说到这里，忍不住又淌泪满颊。这时，小兰已把烟盘子拿来，见少爷又在哭泣，遂微蹙了眉尖，叹了一口气，说道：

"少爷，你怎么又伤心啦？老实说，你不要吸得太多，因为不会吸的人容易醉倒的，叫我装一筒给你吸吧。"

小兰说着话，把烟盘放在床上，燃烧了烟灯，扦子挑了烟膏，在烟灯上烧着。士杰懒洋洋地倒在床上躺下，望着烟灯里的火头呆呆地发怔。小兰烧好了烟膏，装在烟枪上面，望了他一眼，低低地叫道：

"少爷，你吸一口试试，灵不灵？"

不料士杰却没有回答，依然呆呆地发怔。其实士杰的心里，只管在转念头，对于四周的一切可说是视若无睹，听若不闻。直待小兰把烟枪塞到他口里去的时候，士杰方才惊觉，于是吞云吐雾地吸烟了。不多一会儿，静芬也悄悄地进房，她对于丈夫的吸烟，却表示非常的喜欢，因为在她心中也有一个盘算，丈夫能够吸上了烟瘾，那么他就不会再上外面去胡调了。士杰见了静芬，他此刻就觉得见了一枚刺还可憎可恨，几次想失常地跳起身子来打她一顿，吐一吐心头的怨恨，不过他始终是忍熬住了，没有实行。静芬却走到床边来说道：

"小兰，你到老太太那儿去收拾收拾，我来给少爷装一筒。"

"不错，我真希望你来给我装一筒吸。"

小兰于是匆匆地走出房外去，静芬也在床上横倒了，她显出温和的样子，柔情蜜意地瞟了他一眼，低低地说道：

"常言说得好，天下本无事，庸人自扰之。大少爷，并不是我来埋怨你，假使你不把阿琴娶回来的话，那么今天也绝不会有这样的事情发生了。花了钱不算，伤了你的精神，我认为这是最可惜的事情，所以我劝你从今再不要在外面胡调了，倒不如在家里成天地吸筒烟玩玩，打回牌消遣。你有了这一份家产，难道还会怕饿死了不成？"

"好太太，你真是一位贤德的好太太，哈哈！我就打你这个没有心肝的贱东西！"

士杰听她对自己说出这一篇话来，他弄不明白这是她真心地爱丈夫呢？还是恶意地害丈夫呢？他想不到静芬还不及一个十五岁的小兰，一时他再也忍熬不住起来，说出了这两句话之后，他撩过手去，啪啪地两下子，就在她颊上量了两个耳光。静芬对于士杰这一个举动，真是做梦也想不到的事情，她捧住了脸颊，莫名其妙地道：

"士杰，你……疯了吗？你……疯了吗？"

"是的，我疯了，我有了你这么一个好妻子，我喜欢得疯了！"

士杰猛可站起身子，也不知打哪儿来的一股子气力，竟把静芬胸部一把抓起床来，也不问三七二十一地就向她没头没脑地打了一个痛快，一时把静芬打倒地下去了。静芬到房中来满想献媚讨好，得到丈夫一些欢心，万料事出意外，她又痛又恨，这就号啕大哭起来，并且骂道：

"好！好！你打我！你打我！你把我当作什么人看待？我就给你打死了，你难道能逃过法律不抵命的吗？"

"我就打死了你抵命也甘心情愿的。你这个不要脸的贱东西，你以为我不知道你的秘密吗？老实地告诉你吧！阿琴这次的死，完全是你害死的。我问你，你把她害死了，你到底有什么好处？"

士杰见她倒地，可是还饶不了她，扑下身子去，拳脚交加地依然拼命地乱打，同时又继续地骂道：

"你以为害死了阿琴，你就可以得到幸福了吗？可是你在做梦哪！阿琴冤枉死了，她绝不肯饶过你的，而且……而且还有小梅呢，她的阴魂是会寻着你的！静芬，你还是给我打死了，我抵你的命，大家一同死了干净！"

士杰说到这里，同时一拳正击中在她的小腹上。静芬哎哟了一声，痛得哭的声音也没有了。经过他们这一阵子的相打，早已惊动了房外的仆妇们，大家把老太爷、老太太请到了。这时，静芬固然打伤在地上，就是士杰也打得精疲力尽地倒在沙发上不住地喘气。静芬见了祖父母到来，她此刻是只有干哭的份儿。韩老夫妇见儿子把媳妇打成了这一份样儿，一时由不得大怒起来，向士杰戟指骂道：

"你这该死的畜生！你简直是发了神经病！我们是何等样的人家？你把媳妇打成这个样子，你……你……还是来打我们的好！"

士杰见爸妈一面骂，一面冲撞过来的样子，这就向他们跪倒地上，哭起来说道：

"爸爸，妈，你们不要愤怒，我打她并不是没有原因的，阿琴的流产，完全是她害死的。阿琴死了，小梅也死了，她这么地一来，就害死了两条性命。不，不，害死了三条性命，还有一个是你们心里想念的小孙子。这样一个狼心狗肺的贱女子，真是死有余辜，难道我打了她还有什么不应该的吗？"

士杰这几句话把整个房中的人们都惊呆了，韩太太在万分骇异之余，又感到十分的猜疑，遂叫士杰起来，急急地问道：

"你怎么知道阿琴的流产是静芬害的呢？你有什么证据呢？"

"证据当然有的，那天晚上阿琴在未流产之前，静芬亲自送来一碗虾仁面给她吃，吃了不到两三个钟点，阿琴的肚子就痛起来，这便是一个重大的嫌疑，后来医生对我说，阿琴好好儿忽然地流产了，乃是因为吃了打胎药的缘故。从医生这一句话中猜想，就可以明白虾仁面中是放些什么东西了。她自个儿不会生孩子，谁知还来妒忌人家，竟下了这么样的毒手，害死了阿琴，害死了可怜的小生命，同时又累害了小梅。小梅遗笔内写的话，那是更显明了，她牺牲了自己的性命，也是替阿琴鸣冤的意思。爸，妈，你们想，这样一个毒辣的妇人，我打了她难道我有什么罪孽的不成？你这贱东西，你把我们都害死了，那么现在就给你一个子做人吧！我打你，我打你，我偏打你！"

士杰说到这里，见仆妇们把静芬已从地上扶到沙发上坐下了，她掩着脸，兀是呜呜咽咽地哭泣，一时心头的愤怒正像海水中的波涛似的澎湃，这就猛可地赶上去，他不管爸妈在前面，咬紧着牙齿，扭住了静芬的头发，大有恨不得非把她打死了不可的样子。待小兰等把士杰劝开了，可是静芬已结结实实地挨了士杰好多拳的打，不过她虽然心中感到害怕，表面上绝对装出否认的样子，一面号哭，一面乱撞乱跌地说道：

"说我害死了琴妹，这是天晓得的冤枉，我平日和琴妹完全是像亲姊妹一般的亲昵，那天晚上烧虾仁面烧多了，盛一碗给她吃，这也是我爱护她的一番好心，谁知道她会流产了。这样红口白舌地冤枉人，你也对得住你自己的妻子吗？哼！我无非娘家穷了一些，所以能够给你们这样的欺侮，你今天打得我这个样子，我到底不是你家的丫头使女，就是丫头使女，你们也岂可以这么地虐待吗？"

"好！好！你还要嘴犟！你……你……我索性打死了你，我就给你抵命！"

静芬说的话，在士杰心头句句引起了极大的反感，他并不一些同情地怒睁了两眼，连说了两个"好"字，身子又要赶了上去。这时，韩老爷就把士杰喝住了，叫他不许动手打人，有话可以好好儿地说，小梅死后的字条内几句话，确实令人有些感到可疑的地方，现在小梅死了，凭了这张纸条，总不可以胡乱地指点是谁害死阿琴的。不过这张字条现在落在司马太太的手里，他们对于女儿的死当然也不肯就此甘休的，所以说不定过几天他们也会请律师来告我们的，到那时候我们实在太冤枉了，所以我的意思，也非好好儿地调查明白一下子不可。士杰，你此刻不要吵闹，我有个朋友名叫徐克夫的，他是有名的侦探家，明天叫他来破这件案子，那一定是很容易的了。韩老爷一面说着话，一面把眼睛向众人的脸上偷偷地瞟了瞟，只见静芬已停止了哭泣，掩着脸，好像做个沉思的样子，于是心中也有些猜疑起来，他表面上还是和颜悦色地叫小兰把少奶扶回到房中去休息。静芬走后，韩老爷对士杰说道：

"你这孩子的火气也太大了，什么事情总要从软的方面着手。假使你一味地用硬，她就到死都不肯承认的，况且究竟是不是她害死的，这实在还是一个问题，所以你别冒昧，我们还是慢慢地调查吧。你今天报纸看过了没有？登记收买的消息是确实了，不过你也别难受，一个人钱太多了，原也没有什么用的。要知道你们赚钱的时候实在也太容易了，所以来得快去得快，这是一定的道理。孩子，投机的结果，终是失败的。我活了这七八十年来，眼睛里瞧得多了，为了财迷，历年来真不知有多多少少的人在自步到灭亡的道路。孩子，悬崖勒马，回头是岸，你快快地醒觉，也还很来得及呢。"

"是的，爸爸，我没有什么难受，不过我想到阿琴未死之前，时常地劝我，我只把她当作耳边风一样，直到临死的时候，她还劝我立刻把现纱完全地脱手，可是我总没有听从她的话，如今不到两天，果然成了事实。想起阿琴眼光的准确，更衬自己做人的糊涂。阿琴真是我的一个内助，她现在是完了，什么全都完了……"

士杰说到这里，感到万分的心痛，他掩着脸，几乎要哭出声音来的样子。韩老夫妇俩听了，也不免淌下泪来，叹息道：

"这是天数，你也只好想明白一些的了。孩子，你的脸很不好看，还是躺到床上多休养休养身子要紧。"

士杰点头答应，韩太太还一定要扶他躺倒床上之后，给他盖上了被，方才和老头子一同走出房外去。士杰躺在床上当然是不能合眼的，他心里的思绪是太复杂了，一会儿想阿琴死得冤枉，一会儿想两千万的现纱成泡影了。名誉、地位，一切都要发生动摇了。"破产"两字在他脑海里激起了无限的恐怖，他紧抱住了被，情不自禁地会竭声地叫喊起来，既喊叫了之后，他又感到自己的神经太脆弱了一些，金钱是身外之物，算得了什么？生不带来，死不带去。士杰的心里有了一个"死"字之后，他便开始起了厌世之念。人生在世，无非是面子而已。想从前我进出汽车，无论到什么地方去，谁不来拍我的马屁呢？那么将来在破产之后，谁还会来奉承我，谁还会来理睬我？士杰想到这里，觉得一切都是空虚的，他仿佛见到阿琴在望着自己笑，但又好像在哭，她责备他不应该不听从她的劝告，以致今日弄得破产的地步。士杰在这么地感觉之下，他也失常地笑起来。新光药厂虽然现在资本扩充到五千万，不过士杰在里面的股子也只有五分之二的模样。这次购买现纱，他是挪用厂内的现金一千多万，在他眼光当然现纱还要飞涨的缘故，可是谁料到时局的变化，仿佛迅雷不及掩耳地来了一个天打煞，这自然是做梦也想不到的事情。因此畸形发展的上海，在灯红酒绿、歌舞升平中又笼上了一层淡灰的颜色。平日坐汽车、住洋房、怀着甜蜜的美梦的人们，有的灭亡了，有的凋零了，上海，到底也有这么坍下来似的一天。

是晚上九时半的时候，士杰一个人在广福楼头买醉。这是一家很小型普通喝绍酒的馆子，士杰从生以来可说没有踏进这一种馆子去喝过酒，今夜实在还只有破题儿第一遭。他坐在一张八仙桌的旁边，桌上没有别的什么菜，只有四五只黄澄澄的大蟹，一面喝酒，一面吃蟹，觉得这倒也别有风味，比较平日什么红棉、怡红、南国、荣华几家大酒楼的银台面上吃喝，真要舒服得多、痛快得多，一个人自斟自酌，不知不觉地略有微醉。堂倌见他两眼水汪汪地东张西望，好像在找什么东西似的，遂走上来问道：

"先生，还添酒菜吗？"

"再来一斤陈酒，菜有些什么好菜？这儿有没有菜单吗？"

"菜单没有，先生要吃什么？我派几样给你听，白切白肚、红烧鸡蛋、油炸花生，还有……还有卤菜发芽豆、烧花生……"

"好吧，来一盘卤菜发芽豆，倒是挺经济实惠的。"

堂倌答应下去，不多一会儿，把卤菜发芽豆拿上。士杰拿筷子夹了吃，觉得其味之鲜，有甚于鱼翅、海参，他很感叹地自语道：

"生活太好了，也会厌倦的。一个人在没有吃过的东西，总是有味的。"

士杰走出酒楼的时候已经快十一时了，他经过迷高美舞厅的大门，于是他想和雪尘去谈几句话，遂匆匆地走飞进去。侍者招待入座，笑问道：

"韩少爷，好多天不来了，你这几天很忙吗？喝些什么？"

"哦，你拿瓶啤酒来吧。"

侍者答应，一会儿拿上，给他倒满了一杯。士杰喝了两口，望了他一眼，问道：

"张雪尘在坐台吗？请她转台子。"

"哦，张小姐有好多天不来了，听说有些不舒服。"

"不舒服？是的，我也听她妹妹这么地说起过。"

士杰皱了眉尖，向他反问了三个字，忽然点了点头，又自说自话地自语着。侍者在音乐声中听不出他说的是什么话，遂凑过脸来，说道：

"韩少爷，我给你介绍一个好吗？你瞧了，保准你会欢喜的。"

"也好，你就给我叫一个上来吧。"

士杰点了点头回答，侍者遂在舞池里叫上来一个姑娘，生得十分的秀丽，不过身上的衣服却是相当的朴素。侍者介绍道：

"这位是韩先生，这位是朱丽叶小姐。"

"朱小姐，你请坐吧。"

士杰略欠了身子，请她坐下。朱丽叶含笑叫声韩先生，遂在他身旁的椅子上坐下了。士杰取出一支卷烟来，递到她的面前，说道：

"朱小姐，你吸烟吗？喝些什么？"

"谢谢你，我不会抽烟，拿杯清茶好了。"

朱丽叶含笑摇了摇头，她口里虽然这么地说，但手却去划一根火柴，这当然是给他燃火的意思。士杰觉得这位姑娘倒是挺会交际的，遂取了一根烟卷，凑过头去，说声劳驾你，把火燃着了，喷去了一口烟，问道：

"朱小姐府上哪儿？"

"我是北方人，不过一向住在上海的。韩先生在什么地方办事呀？"

"我在……我在新光药厂做事情的。"

"前几个月的西药真涨得热昏，现在也回下来了许多。我说你们厂里一定也赚了不少的钱了，是不是？"

士杰听她也很熟悉社会上的市面，一时倒有些惊异起来，望着她白里透红的粉脸，说道：

"也不是西药一样东西飞涨，差不多什么东西都涨的。朱小姐，你做舞女有多少日子了？"

"还不多几个月，大概也有三个月的光景了吧。"

"那么你从前做什么的？我想你也读过书的吧？"

"说起来你也许会不相信，我是高级师范毕业的，从前在一家女子银行里曾经做过六个月的秘书。"

"哦，你还是个女学者，那么为什么又不做秘书了呢？难道说做舞女比做秘书好吗？这倒叫我心中感觉得有些奇怪。"

"唉！那又有什么奇怪呢？女子在社会上所占的地位实在太渺小了，名义上是秘书，实际上也无非给一班经理们作为追求的目的罢了。我相信女子的出路要从正面上走是永远走不通的，所以我为了利用这一点，觉得还是从反面上去找寻出路的好。虽然反面的道路是布满了荆棘和陷阱，但是从挣扎的努力中，也许可以度过这些潮湿阴险的道路。韩先生，你听了别生气，我说世界上的男子有了几个臭铜钿，他们把我们女子简直不当是个人。不过现在世界总也有反过来的一天，我今天从 S 路走过，看见某某饭店楼上跳下来一个穿西服的男子，跌在人行道上死了，我仔细地一看，原来欺骗我小姊妹身子的王先生，他是个做纱布交易的投机家，忽然会跳楼自杀了，这是为了什么缘故呢？明人不必细说，也无非是冥冥中的报应罢了。"

朱丽叶这一篇话听到士杰的耳中，他的心仿佛有刀在割一般地难受和痛，觉得她说的，简直是放着和尚面前骂贼秃，不过在她是并没有知道我也是她所说的那么一种典型人物，这当然是怨不了她。唉！我们作孽的事情实在太多了，不错，今天的时局突变，这也是冥冥中的报应。士杰的屁股下有针在刺一般地难受，他再也坐不下去，遂取出皮匣子，买了三百元舞票。朱丽叶见他第一次就买舞票三百元，虽说这个时代赚钱容易，不过他用钱的气派总是一个大少爷的身份，所以含笑低低地问道：

"韩先生，你怎么走了呀？时候还早哪！"

"已经十一点了，也不早了。"

朱丽叶听他这样说，心中就感到他矛盾得好笑，既然说时候不早了，那么又何必在这短短十分钟的时间内叫我坐台子？觉得上海地方用钱的人，在别的地方可说是闻所未闻的。为了应酬客人起见，她又含笑站起，说道：

"韩先生，我们还没有跳过舞呢！我们去跳一次好吗？"

"不，我听了这音乐的声音，我的头痛得厉害，我的心更疼痛得难受，假使我要跟你到舞池里去跳舞的话，我一定会跌倒在舞池内的。朱小姐，对不起，我先走一步了。"

士杰说着话，他向丽叶点了点头，就向舞厅门外走了。朱丽叶觉得这人的举动有些失了常态，不是受过了深重的刺激，定是有些神经病的。因为情感浓厚的缘故，她又追了出来，说道：

"韩先生，你慢些走，我送你回家好吗？"

"你送我回家？"

士杰回过头来，望了她的粉脸，憨然地傻笑。丽叶见他歪歪斜斜的步子、红红的两颊，又好像酒醉了的样子，于是说道：

"是的，我送你回家去，你有些醉了。韩先生，你府上在哪儿？"

"在霞飞路亚尔培路口三百十二号，朱小姐，你要送我回家去，我当然很感激你，不过今天我没有坐车子出来。"

"那么我们坐三轮车也可以的，韩先生，我扶着你走吧。"

丽叶听他说话的口吻，显然他是一个有钱人家的少爷。在这里我要说一句矛盾的话，无论哪一个人的心中认为有钱人家的少爷总不是一个好东西，尤其在每一个舞女的口里，她们往往谈话里会痛恨有钱的人。然而事实上完全是相反，钱到底是人人爱的东西，男女间的爱情又何尝不是被金钱在支配着呢？所以朱丽叶虽然恨着这班多着几个臭铜钿的公子哥儿，不过事实上她见了士杰用钱的爽快，在她心中倒又激起一些情感作用来了。两人坐在三轮车上，士杰闭了眼睛在养神，默默地并不说一句话。朱丽叶忍不住开口问道：

"韩先生，你好像很不快乐似的，莫非你心中有什么不如意的事情吗？"

"是的，因为我哥哥死了。"

"什么？你哥哥死了？什么时候死的？"

"今天晚上才死的，他死得太可怜了。"

"那么你倒还有心思到舞厅里来玩吗？"

"我在八点半的时候，亲自到万国殡仪馆去接洽好厅堂，后来在酒店里喝了一些酒，出来经过迷高美舞厅，所以进来坐一会子。"

"那么你哥哥的遗体什么时候车送去呢？"

"大概明天早晨吧。朱小姐，你明天有空吗？假使有空的话，明天下午请你到万国殡仪馆来找我，这是我的卡片，因为后天我是不在上海的了。"

丽叶接过他的名片，瞧了瞧后放在皮包内。秋波斜乜了他一眼，至少有些猜疑的目光，低低地问道：

"韩先生后天预备动身到什么地方去吗？"

"是的，上海的地方太不良了，真是罪与孽产生之地，所以我希望到另一个环境里去透一些新鲜的空气。"

"韩先生，你不走难道不可以吗？我想你哥哥死了，家里当然少了一个帮助的人，也许你的父母会不让你走的吧。"

朱丽叶说这几句话，至少是包含了一些依恋之情。士杰有些辛酸的滋味，他苦笑了一下，把眼睛依然闭了下来，颤声地道：

"不过我已决心地预备走了，父母虽然舍不得我走，好在我还有一个比我有出息的弟弟，他一定会代我给父母许多的安慰。"

丽叶见他说完了这两句话的时候，眼角旁却涌现了一颗晶莹莹的眼泪，一时心中很奇怪，正欲细细地探问，三轮车却已到三百十二号的大门口了。士杰跳下车子，付了车资，丽叶也跟着跳下，拉了他的手，指了指黑漆的大门，说道：

"韩先生，这是你的府上吗？"

"是的，本来请你进去坐一会儿，可是现在时候太晚了，有些不方便，好在我们明天还有见面的日子。朱小姐，我们明儿见吧。"

"哦，明儿见。"

丽叶自己也不知道为什么缘故和士杰却表示十分的好感，她觉得士杰的举动在温文之中带有些可怜的成分，几次想安慰他几句知心一些的话，不过因为士杰那种大方的态度，所以使自己始终没有勇气说出来，因此只好也点头说声明儿见，把身子又跳上了那辆三轮车。士杰见她跳上三轮车之后，心头也起了依恋之情，立刻赶上两步，走到三轮车的旁边，拉了她的手，说道：

"朱小姐，你明天一定来的吗？因为你明天不来的话，恐怕你是永远没有见我面的日子了。"

"韩先生，你为什么要说这些话呢？我一定，我一定来看你的。"

随了他们这两句话，三轮车已向前驶行了。士杰直瞧不见了三轮车的影子，忍不住深长地叹了一口气，望着夜风动荡中的那盏惨淡的街灯，在他心头会激动了无限的凄凉。士杰懒懒地踱进了房中，只见小兰坐在沙发内打瞌睡，于是推了推她的身子，叫了两声小兰。小兰揉了揉眼皮，睁眼见了士杰，慌忙站起身子，说道：

"大少爷，你回来啦？怎么出去了一下午？二少爷来找过您的。"

"二少爷找我有什么事吗？"

士杰脱去了大衣，坐到沙发上，取了一支烟卷吸着问她。小兰把他大衣挂到大橱内，回身给他倒上一杯玫瑰花茶，说道：

"二少爷说，医院里一切的装修已于今天着手进行，明天叫您一同去看看，并且他还有许多的话要跟大少爷好好儿地谈一谈。"

"哦，我知道了，家里还有什么事吗？"

"嗯，法院里来了传票，下星期大舅少爷又要开审了。"

"我都知道了，没有什么了吧？时候不早，你去睡吧。"

小兰点了点头，遂掩上了房门，悄悄地退了出去。士杰呆坐了一会儿之后，他站起身子，反背着双手，在室中一圆圈一圆圈地踱着圈子，梳妆台上的钟短针由十二点而移到一点、两点了，地板上的烟蒂头一个、两个……散满了遍地，已经数不清是有多少根了。士杰的精神也渐渐地枯萎了，他两眼望到整个室中的物件是都呈现了灰暗而惨淡的颜色，内心是空虚得仿佛已步入了坟墓一样的悲凉，他孤零零地像失群了的小鸟，在茫无所归的天空中徘徊彷徨。在抽完他最后一支烟的时候，他像下了一个决心似的，把脚一顿，走到五斗橱旁，取出一瓶白兰地来，倒满了高脚玻璃杯子内，然后把早晨吸剩的那包生鸦片烟膏挑入杯子里面，拿了一双银筷子掏了掏。他把两指捏着杯梗子，含了惨然的苦笑，走到司马琴的照片面前，低低地说道：

"阿琴，你本来是一个有希望的姑娘，你的前途正有不可的限量，然而我像魔鬼似的终于毁灭了你终身的幸福、光明的前途。唉！我害了你，我是一个罪大恶极的犯人，我应该受法律的制裁，我应该……但是我的害你，法律是顾不到这许多的。阿琴，你等着我吧，我也和你一块儿来了。"

士杰说完了这几句话，把杯子凑到嘴唇旁边，一抹脖子喝了下去。他把杯子抖动地放到桌子上，望着司马琴浅笑含颦的照片，他的眼泪像雨点般地落了下来，忽然伏在桌子上又哭叫道：

"阿琴，你临死的时候，叫我照顾你的祖母和母亲，并且又叫我竭力设法救你的起弟，可是，现在是不能够了。这并不是我不肯负责任，也并不是我不肯听从你的话，实在因为力不从心，没有办法的事情。好在我快要和你永远地相聚在一块儿了，到那时候，我再向你详细地解释，你大概一定会原谅我的吧！"

士杰在说出了这几句话的时候，他心里倒又感到兴奋起来，起初还感到死的可怕，此刻只觉死的可亲了。他很快地走到写字台旁坐下，抽过一张信笺，写道：

爸爸、妈：

　　孩儿不孝，有负你们老人家的养育之恩了。不过你们千万不要伤心，这次孩儿所以出此下策，也是有万不得已的苦衷。两千万家产已化为乌有，虽然这是投机的下场，但到底也是我家的不幸，说起来当然是非常的痛心。新光药厂内亏资一千五百万，孩儿死后，一切手续，可由英弟前去料理舒齐。虽然除不动产之外，我们也很可以过生活，但孩儿一生爱的是"名誉"两字，这次失败下来，颇觉着见社会人士，故而再三考虑之下，是不得不死矣。好在我死之后，尚有英弟侍奉左右，英弟乃有作为之青年，前途无量，当不有负双亲之热望也。孩儿

身后一切均可从简，无须铺张，临死依依，唯望双亲善自珍摄，保重玉体为要，使孩儿减少罪孽，不胜敬祈之至，专此肃请

　　福安！

　　　　　　　　　　男士杰含泪拜叩上　　即日

士杰写完了这封绝命书，不禁泪湿衣襟，他又抽过一张笺纸，提笔又颤抖地写道：

英弟青鉴：

　　我们兄弟两人因年龄上的差别，所以平日很少有接谈的机会，你是为了学业，我是为了财迷，使我们兄弟没有亲亲昵昵地相叙过一次，这在此刻想起来，我真觉得万分的遗恨。这次在百忙之中，你会提起创办医院的动机，使我能够抽出二百万元的现款，做到这一件有益于社会国家的慈善事业，所以这时在垂死的我，心里总算也得到了一些安慰。不过这到底还是阿琴的力量，所以这次帮助你事业的成功，并不是我的功劳，完全是阿琴临死时候强有力的劝告，所以才把我劝醒了，劝明白了。英弟，你应该好好儿地纪念阿琴才好，至少建筑一个什么东西来给她留一个痕迹，这是我代替阿琴向你有个小小的要求。英弟，人之将死，其言亦善；鸟之将亡，其鸣亦哀。最后，我希望你替我争一口气，多给爸妈得到一些安慰，使我在九泉之下也感到十分的欢喜。唉！我的死在昨天晚上就预备了，不过还想不到有这么的快，谁知今天早晨给我得到了这样一个霹雳似的消息，那么我的死也就开始决定了。我死之后，给我车送万国殡仪馆入殓，我在那边已亲自去接洽好了厅堂，希望你给我照办才好。别的也没有什么话了，祝你努力，以期达到成功的道路。

　　　　　　　　　　你的哥哥临死绝笔　　即日

士杰写到"即日"两字的时候，他的手颤抖得厉害，同时头脑也涨痛得厉害，一个"日"字只写了一半，那支笔就跌了下来。嘴儿一张，吐出一口白沫，酒气向上涌，他才闻到生鸦片烟的气味令人难受，一阵子眼花目眩，身子几乎要跌倒地下去了，勉强挣扎着走到床边，这才颓然地倒在床上了。在倒下床上的时候，他全身感到软绵无力，而且心口说不出的痛苦。他明白自己的生命快要脱离人间了，两眼望到房中四周的一切，似乎都在和他起了依恋惜别之情。士杰这才感到有股子辛酸触鼻，泪水从眼角旁扑簌簌地落了下来。

　　说起来这真是一件奇怪的事情，小兰这晚睡在床上会非常的不安静，她耳朵旁边隐约听到好像有人呜咽的哭泣之声，从夜风中一阵一阵地吹传过来。小兰这孩子胆量很大，并不怕什么鬼怪的，所以她听了这个声音之后，便索性从床上起来，走到房外来张望。她睡的卧房原是小梅的旧室，和士杰的卧房是隔壁，此刻她瞧到少爷的房门依然是半开着，里面有灯光照射出来，心中暗想：少爷这个时候还没有睡吗？已经是四点多了呢。于是她走进房中去瞧，只见少爷被也没有盖，竟僵卧在床上，伸手一摸他脸，却有些凉意。小兰看来神色有异，心中这一吃惊，不免竭声地狂叫起来了。

第十五回

　　小兰突然发现大少爷神色惨变，脸有凉意，一时大惊失色，不禁啊哟的一声竭叫起来，遂三脚两步地奔到上房来，把韩老夫妇俩从睡梦中叫醒，报告大少爷不好了，好像服毒自杀的样子。韩老夫妇俩得知了这个消息，真是冷水浇头，全身发抖，急得六神无主。老太太已经是要哭出声音来了，韩老爷比老太太有主意，一面披衣起床，一面吩咐把车夫阿五叫醒备车，他先急急地奔到士杰的卧房，只见满地板全是烟蒂，士杰躺在床上，脸白如纸，口吐白沫，神情至惨。韩老爷一阵子心痛，奔到床边，不禁连声地哭叫。士杰此刻尚有意识状，微睁开眼来，望了韩老爷一眼，却泪下如雨。这时阿五、小兰、韩老太及大小仆妇都走了进来，只有静芬因为被士杰打伤，不能起床，所以也没有人去报告她大少爷服毒的消息。韩老太等不及什么似的先哭出声音来，韩老爷这时也已发现写字台上那两封绝命书，他一面看，一面哭，看完了后，方才想明白过来似的，对阿五道：

　　"阿五，你……你……快把二……少爷从学校里去叫回来吧！唉！这……这……可怎么办呢？"

　　"老太爷，你想是急糊涂了，我们应该先把大少爷送到医院里去救治才是呀！二少爷可不是医生，把他先叫了来又有什么用呢？"

　　阿五这两句话把韩老爷提醒了，于是大家抱的抱、抬的抬，把士杰设法抱到汽车里。韩老爷说人和医院就在相近，于是汽车直开到人和医院里去。到了医院，经医生视察之下，断定他是服的生鸦片，因为他是用酒吞服，所以毒质流行血脉甚速，看此光景，恐怕是不中用的了。不过死马当作活马医，这总是医者的责任，所以给士杰灌了四磅牛乳和半打生鸡蛋，并且动手术使士杰呕吐。果然士杰吐出了不少的食物，但他的神色依然惨白，十分的可怕。这时，小兰已打电话给士英，在六点相近的时候，士英方才赶到医院。

天空是呈现了鱼肚白的颜色，晨曦冲破了黑魆魆的长夜，光明是将降临了大地。士英走到床边，已忍熬不住把泪水落了下来，哭叫道：

"哥哥，你何苦出此下策呢？难道你把金钱看得比你生命更重要吗？"

士英说到此，已哭起来。士杰这时经过医生几枚强心针之后，他的精神似乎好得许多，同时又因为酒醒了的缘故，所以他人是非常的清楚，拉了士英的手，也泣道：

"弟弟，你不要伤心，人生百年，如白驹过隙，早死迟死，也无非时间问题罢了。生而苦，何不死而乐？唉！我家惨变得太快了，太快了。弟弟，我留给你的信，你大概已经看见过了吧？只要你能照我的意思办，我心里已经是够安慰的了。"

韩老爷遂把士杰两封绝命书交给士英看，士英看毕后，他失声哭起来，流泪满颊地拉了士杰的手，痛心疾首地道：

"哥哥，你错了，你完全错了。你以为你死了之后，便可以保持你过去的名誉和地位了吗？不，不，绝对不，你要知道这个惨变，并非是你一个人的遭遇，全上海了不知有多少的人和你同样遭到这个惨变呢！所以你的失败，是根本没有一些惶恐的，只不过你应该有所猛省，可以明白不正轨的事业是不久长的，像天空的云，像江里的水，它们一会儿东，一会儿西。唉！哥哥，你的年纪正轻，你为什么要走这一条自杀的道路呢？你难道不晓得自杀是最懦弱的表示吗？你有自杀的勇气和精神，你为什么不再努力地奋斗挣扎一下子呢？哦！我的哥哥，你这个举动，你怎么能够对得住你的国家、你的父母、你的良心呢？"

士杰被弟弟这一顿责备，他那颗已死的心不觉也振奋起来，这是出乎众人意料之外的，他也不知打哪儿来的一股子气力，竟猛可地从床上跳起，大声叫道：

"弟弟，你这话太不错了，是的，我的年纪还轻，我不应该死，在这一个世界，我们青年是还应该活下去的。我要活，我要活，医生呢？他到哪儿去了？我不愿意死了，我还要重新好好儿地做一个人。"

士杰涨红了脸，竭声地喊出了这几句话。他一股子气力已经用完了，身子又颓然地倒在床上了，他自己觉得不中用了，眼泪像泉水般地涌了上来。因了士杰这几句话，大家都掩着脸哭了。士英向阿五道：

"医生在哪儿？还有什么办法吗？"

"医生说毒质已散遍血脉了，恐怕是不中用了。"

阿五含了眼泪低低地说。士英走到病房外面去找医生，医生告诉士英，已经给他注射了几枚急救的针药，且看他今天的神色如何。士英没有办法，只好又走到病房来，在走到病房门口的时候，听哥哥在大叫医生救我，医生救我。士英万分辛酸沉痛，不禁又泪湿衣袖。士英到了床边，士杰把他猛可拉住了，叫道：

"弟弟，我是没有救了，我是快要死了。我死了之后，希望你多多地努力吧！"

说到这里，气喘甚急，声音低沉下去，他把已失了神的眼睛逗了父母一瞥惨淡的光芒，一面叹气，一面凄然地道：

"爸，妈，你们……多……多地……保重……"

士杰眼珠向上一翻，便要咽气过去。韩老夫妇大哭大叫，士杰方才又悠然醒转。小兰含泪向士英道：

"二少爷，大少爷瞧此光景是很危险的了，我想司马太太那儿也应该去报告一声的，你说好不好？"

士英听了，颇以为然，遂叫阿五坐车去接。待阿五把飞霞、阿文、阿英三人接到医院，士杰正咽完了最后一口气，闭眼长逝了。飞霞想不到士杰会自杀身死，因了士杰的自杀，又想到了阿琴的死，一时痛心极顶，不觉抚尸大哭。士杰被飞霞一哭，因为他那颗心还只有刚停止跳跃的缘故，所以隐约地还可以听得清楚这室中一片惨然的哭声，他不免又留恋起来，强挣扎地略一开眼，望了飞霞等众人一下，接着又合上了眼皮，在眼角旁很快地流下两行悲酸的眼泪。社会上曾经出过一度风头的大富翁，竟被暴风雨的摧残而凋零了。士杰死后，士英听从他的遗书中的话，遂把他尸体车送万国殡仪馆入殓。账房先生听是韩家，就伴他们到大厅，说道：

"昨晚韩先生来接洽是这所厅堂，不知道你们需要扎些素彩吗？"

"不用扎什么彩了，你们这儿的材有没有？"

"材吗？昨晚韩先生也看定的了，说拣中了那具五万四千元的。你贵姓？韩先生此刻还没有来吗？"

士英听他这么说，可见哥哥的死是早已存心的了，一时又伤心又难受，叹了一口气，指了指灵门内的尸床上，低低地道：

"我告诉你，死的就是韩先生，他是我的哥哥。"

"啊！就是他？"

账房先生惊奇得目瞪口呆，他尚有不信之意，遂走到灵门里面去瞧。当他走出来的时候，这就连声地咦咦说道：

"这……这……是怎么的一回事呢？"

士英遂把哥哥自杀的情形向他约略地告诉了一遍，账房先生听了这话，方才有所恍然大悟，一时啧啧称奇，觉得上海都会里的事情真是稀奇百怪，闻所未闻，见所未见，遂叹息了一会儿，把士英领到放材处瞧材料。士英见那具五万四千元的尚可寓目，只不过稍许小些，和阿琴嫂子相较，似乎差得多一些。照士英的意思，要再拣好一些的，说排场全属虚伪，材是最要紧的，不过又怕违背了哥哥自己的意思，因此也只好拣定这一具材了。

账房间把报丧条子一一发出之后，下午就有许多朋友前来吊祭。士杰的朋友，不是西药界，就是纱布界，总而言之，都是投机的居多。今日知道士杰服毒自杀，个个无不心惊肉跳，大家坐立不安，而一挥同情之眼泪，盖兔死狐悲，物伤其类故也。在这一个情形之下，有许多同样遭到破产的朋友，大家也都各存了厌世之念，后来幸亏士英在报告乃兄自杀经过的时候，痛心十分地发表一番乃兄自杀错误的言论，终自挽救了许多条的性命，使他们恍然大悟，革面洗心，重新好好儿地努力奋斗，预备在正轨的道路上做一些事业，这当然未始不是国家的大幸。

在众位朋友吊祭的时候，就得有一个亲人哭灵，静芬受伤在家，根本还不知道士杰自杀的一回事。飞霞的意思，假使静芬是一些轻伤的话，那么理应叫她来的。韩老太也觉得这话不错，遂叫阿五开汽车把她接来。静芬到了万国殡仪馆，她的神情有些木然的样子，见了韩老太，遂如醉如痴地叫道：

"老太太，士杰死了吗？他怎么会死的？阿五告诉我，他自杀了。我想不会的吧！他好好儿的为什么要自杀呢？你们吓我，你们骗我！"

"大少奶，老太太怎么会骗你？大少爷真的自杀死了，你快进去瞧瞧，这不是大少爷的尸身吗？"

小兰拉了静芬的手，一面说着话，一面和她走到灵门里面去。静芬走近尸床旁边，果然见士杰合眼而睡做长眠不醒之梦了，她冷不防扑了下去，哇的一声大哭起来。飞霞、阿英等怕眼泪落在尸身上，遂把静芬抱住了，劝道：

"大嫂子，你别这样乱撞乱跌地哭吧！"

静芬不理会，她依然疯癫似的哭撞。哭了一会儿后，忽然又笑起来，含糊地说道：

"士杰，你为什么要自杀？难道你不喜欢活着和我做夫妻，倒情愿死了和琴妹去做夫妻吗？我虽然是做错了事情，但我也被你痛打过，难道你心中还恨着我吗？唉！天哪！我的罪孽太深重了，我后悔也来不及了。士杰，阿琴，你们走了，剩下我孤零零的一个人，叫我怎么样地活下去才好啊？"

"大少奶，你安静些吧，别说了。"

众人听静芬有些说心病话了，照此猜测，显然阿琴的堕胎是她相害无疑的了。飞霞、阿英在伤心万分之余，当然又感到十分的愤怒，不过在这一个环境里，暂时也当然不便发作。小兰生怕外客听了笑话，遂低低地劝阻她别再说下去，不料静芬泪眼模糊地瞧到了小兰，忽然又作惊慌的颜色，跪在她的面前，双手合十，叫道：

"小梅，你昨天晚上已吓了我，今天你还饶不过我吗？我错了，我该死，你可怜可怜我，你就饶赦了我吧！"

一面说，一面哭，一面纳头便拜。这么地一来，把小兰固然是大吃了一惊，就是飞霞、阿英等瞧了，也无不感到万分的骇异。阿英见她披头散发，脸黄憔悴，两眼呆滞，神色有异，遂对飞霞悄悄地道：

"妈，看她这个光景，恐怕是有些神经错乱了吧？"

"好好儿怎么会神经错乱呢？"

飞霞有些将信将疑的样子回答，阿英凝眸沉吟了一会儿，说道：

"妈，我倒完全地明白了，姊姊的流产，一定是她相害的，不过在她当初的心中，原不是有伤害姊姊性命的意思，在她无非是妒忌罢了。后来姊姊死了，小梅又烈性殉主，这样在她是害死了三条性命，作恶的人，有时候也会良心发现，在良心发现的时候，她就怕姊姊和小梅会阴魂不散地去害死她，那么她提心吊胆地就会时常存了一种莫名的恐怖。不料昨天又被丈夫这么的一顿打，神经本来是极其脆弱的，现在自然格外的脆弱了，今天突然又给她知道姊夫自杀的消息，所以她就疯癫起来了。你瞧她这一种神态，不是完全已失了常态吗？"

飞霞经过女儿这一番解释，又见静芬这种哭闹的样子，也觉得静芬的神经是错乱了，一时倒反而感觉这种女子的可怜，遂走到外面来找士英，把这情形告诉他，并叫士英还是送她回家去是正经。士英、阿文听了这些话，正在将信将疑，忽见役人拿进一张名片说道：

"有位小姐找韩先生说话。"

士英接过名片一瞧，见是哥哥的名片，一时心中奇怪，望着役人倒是怔怔地愣住了。阿文不明白似的问道：

"是谁来找你呀？"

"这张是我哥哥的名片，不知道那女子是什么人呀？"

"那么你把她去请进来吧。"

阿文代为向役人吩咐着，不多一会儿，外面走进一个女子，生得颇为清秀，她见阿文、士英都不是士杰，遂呆了一呆。阿文、士英因为也不认识她，所以也木然了一会儿。在士英心中还以为是哥哥的外室，听到哥哥死了，所以来寻事情吵的了，于是向她问道：

"你这位小姐贵姓？不知道找韩士杰有什么事情吗？"

"哦，韩先生昨天对我说，他哥哥死了，今天在万国殡仪馆入殓，叫我到这儿来看他的。在下姓朱名丽叶，请问您先生贵姓？韩先生在这儿没有？"

士英听她这样说，起初弄不清楚是怎么的一回事，及至仔细地一想，方知又是哥哥和人家闹的玩意儿，于是忙告诉她说道：

"朱小姐，我是士杰的弟弟，士杰是没有哥哥的，今天也就是他自个儿入殓的日子，因为昨天晚上他已经服毒自杀了。"

"啊！他服毒自杀了？"

朱丽叶对于这个消息真是做梦也想不到的事情，她啊了一声，粉脸变了颜色，肋下夹着的皮包不禁掉落到地下去了，接着又自言自语地说道：

"对了，怪不得他又对我这么说，他预备离开上海，到另一个环境去透一些新鲜的空气，又说今天我假使不来看他的话，将永远没有再看见他脸的日子了。原来他存的是这一番意思，唉，在当初我又怎么能够想得到呢？"

朱丽叶说到这里，也不知打哪儿来的一股子悲酸，眼泪忍不住也夺眶流了下来。阿文给她拾还皮包，丽叶一面收束泪眼，一面道了谢，说道：

"我既然到了这里，应该一瞻他的遗容，做个最后的纪念。"

士英遂伴她到素帏里面，只见士杰果然安息遗尸床上，永远做长眠不醒之梦了。因为昨天晚上和自己同坐舞厅，同车回家，今天却是死了，朱丽叶被情感激动得太厉害的缘故，她掩着脸忍不住哭了起来。谁知经她这一哭，旁边的静芬却向她恶狠狠地白了一眼，说道：

"你是什么东西？也来哭我的丈夫吗？都是你们这班坏女人把我的丈夫逼死了，你……你……还不快给我滚出去吗？"

静芬骂到这儿，伸手欲打的神气。士英见嫂子疯狂神态已经属实，遂连忙把朱丽叶拉到外面来，很抱歉地说道：

"朱小姐，请你不要生气，这是我的嫂子，她是患有神经病的，现

247

在受了刺激，所以益发胡闹起来，请你原谅她才好。"

"是的，我并没有生气，有神经病的人太可怜了，不过我真奇怪你的哥哥为什么要服毒自杀呢？"

"唉，这事情说起来当然是很心痛的。"

士英遂把失败的事实向她略为告诉一遍，朱丽叶感叹了一会儿，觉得天下的事情真可谓无奇不有。士杰这种自杀的行为，当然也可说是十分的新鲜了，因为自己非亲非戚，不便久留，遂自管匆匆地告别走了。士英也不问她和哥哥究系什么关系，遂她到门外后，又走进来料理事情了。

这天入殓完毕后已经下午六时相近了，士英把他哥哥的灵柩放在阿琴同一个会馆内。飞霞、阿文、阿英预备先坐车回家，士英道：

"妈先回家去休息吧，文弟、英妹和我一同走好不好？因为我还有些事情要大家商量商量。"

阿文、阿英点头说好，这里士英给飞霞雇车回家。士英又叫阿五把韩老夫妇及静芬等先送回家去，亲友们是早已陆续地散了，剩下的是阿文、阿英、士杰三个人。他们把账款付齐后，临走又到寄柩所去看望了一回士杰和阿琴并小梅的灵柩，回家的时候，已经八时多了。士英道：

"我们还是外面吃些饭吧。"

阿文、阿英赞成，遂到一家菜馆晚餐。在晚餐的时候，士英望了他们一眼，说道：

"这是谁都想不到的事情，我哥哥和你姊姊在三天之内他们会先后地脱离了人间。哥哥的绝命书中，说我们能够创办成功这个医院，完全是你姊姊的力量，假使你姊姊临终的时候不竭力地劝告我哥哥资助二百万元的话，那么到如今这二百万元的数目也还不如等于白白地送给了别人吗？所以我哥哥的意思，要给你姊姊留一个纪念。对于这些我是非常地赞成，不过我想了许多时候，究竟用什么办法来纪念好呢？现在我有一个主意，不知道你们心中也赞成吗？"

"是什么主意？你且先告诉给我们听呀！"

阿英划了一口饭，在咽下了之后，逗给他一个猜想的目光，先急急地问。阿文用了沉静的态度，似乎也等他快些告诉的样子。士英方才说道：

"我们医院的定名还没有取好，现在我的意思，取名为兄嫂慈善医院，医院的宗旨，完全是尽义务救济一班贫苦阶级的病人。同时在花园里面划出一方地来，把哥哥、嫂子并小梅的灵柩都在这儿筑墓，墓后立一个纪念塔，请上海慈善家题几个字。这样地留一个纪念，我觉得哥哥和嫂子在天之灵也一定感到很安慰的了。你们想好不好？"

"你这个办法很好，我们当然赞成的。"

阿文、阿英听了这话，都不约而同地回答。士英道：

"既然你们认为赞成，那么妈的面前，请你们代为转陈一声。还有起弟这件案子，本来是我哥哥负责办理的，现在哥哥自己先发生了这样的惨变，所以这事情当然由我继续办理，请你们也向妈老人家代为安慰，叫她放心是了。哥哥给我的绝命书，你们大概没有看见过……"

士英一面说，一面把信纸取出展开，给阿文兄妹两人看。两人看完这封信，觉得满纸充着悲哀的成分，真所谓人之将死，其言亦善，兄妹两人只觉有股子悲酸触鼻，眼泪忍不住滚了下来。士英又道：

"你们不用伤心，我以为起弟和哥哥给我们的印象太深刻了，荒唐固然是丧失光明前途的毒素，但不正轨的事业也会丢了终身的幸福，所以这是给我们一个很明显的教训，愿天下的青年，切不要再糊里糊涂地随俗浮沉才好。"

"是的，我们不应该为了他们而伤心，我们更应该起来挣扎努力地做一个人才是。"

司马文点了点头，很激昂地回答，于是三个人又低头默默地吃饭。饭毕，士英付去了账款，大家站在人行道上又站住了一会儿。阿英道：

"瞧静芬嫂子今天的神情，恐怕真的有些疯了，而且听了她的话，也可知我姊姊的流产完全是她相害的。本来这件事我们是不肯甘休的，但如今姊夫又死了，她本身又疯了，所以这种女子，我们是只有感到她的可怜。假使她疯得厉害的话，我瞧，你还是快些把她送到疯人院里去医治的好，否则，她一辈子的人也就完了。"

"我也这样想，不过她也许是一时的神经错乱，最好今天回家后能够恢复常态，这自然是幸运的了。"

士英点了点头，表示很认真的样子回答。三人谈了几句，也就各自分手回去。士英原预备回学校去，但哥哥死后，爸妈一定非常伤心，所以他又坐车回到家里，预备劝慰爸妈老人家的。当时韩老夫妇见了士英，便忙问他在什么地方晚饭的，士英告诉了他们，并且把哥哥和嫂子葬在医院四周的花园里的话也说给他们听。韩老爷道：

"这办法好是好的，但你也征求过司马亲家的同意吗？"

"阿文、阿英都表示赞成，我叫他们转陈司马妈妈，想来一定也赞成的。"

士英低低地告诉他们，韩老爷点了点头，接着又叹了一口气，很难受地道：

"你哥哥这样一个爽快的人，想不到也会走这一条路，这是我所意料不到的。士英，你哥哥是已经死了，可怜他威风这近十年来的日子，到现在连一点骨血都没有留下，怎能叫我不心痛呢？唉！难道我老头子在前生作了什么孽，今生才见到儿女们这样悲惨的结局吗？"

"爸爸，凡事都有一个定数，你老人家也不要伤心了。昨天晚上要如我能够碰见哥哥的话，哥哥也许不至于会到自杀的地步，即使他存了这个自杀的心，我相信他也会打消的。可是我竟没有碰到他，这还不是劫数难逃吗？唉！"

士英见爸爸说完了这两句话，不免老泪纵横地流了下来，于是只好低声儿地安慰着他，但说到末了的时候，也由不得深长地叹了一口气。韩老太是只有淌泪的份儿，连一句话都说不出来。士英这时又想起了一件事，遂说道：

"今天新光药厂董事长也来吊祭的，对于哥哥在厂内的一切亏资，我都从实地报告他，并且叫他召集各董事开董事会议，对于账目请会计师清理一下，总经理一职，另选他人担任，除亏蚀资本抵消后，尚有多少剩下且作为小股是了。董事长听了表示赞成，这件事大概就可着手进行，爸妈放心是了。还有大嫂子回家后的情形怎么样？倘使依然很不安静的话，那么我瞧还是赶快把她送到疯人医院里去医治才好，否则日子一多，恐怕就永远地会成为疯子了。"

"刚才小兰告诉我，说你嫂子睡在床上躺熟了。我想她是一时受了刺激，所以神经有些失了常态，也许明天会好起来，我们且瞧她一夜再说吧。"

韩太太方拭了泪痕，低低地告诉。士英点了点头，又安慰了她们几句，这才回到学校里去了。

这天晚上十二点的光景，静芬睁开眼睛醒了过来，因为经过较长时间的睡眠，她脑子里稍许比较清楚了一些，可是当她回头向床边的时候，忽然见床沿边坐着一个黑影子，她这一吃惊，顿时竭声地狂叫起来。她这一叫喊不打紧，把伴睡在下首沙发上的小兰惊醒过来了，连忙一骨碌翻身坐起，揉了揉眼皮，叫道：

"少奶，少奶，你怎么啦？你怎么啦？"

"琴妹，琴妹，我错了，我太不应该了，请你饶了我吧！哦……哦……你饶了我，我再也不敢了，我……太害怕了……"

静芬仿佛见到司马琴披头散发地站在床边，她杏眼圆睁地怒视着静芬，满脸显出可怕的样子。这时，静芬的头脑又糊涂起来，她跳起身子，一手抓了自己的头发，一手扪了自己的胸怀，两眼呆滞地完全充满了恐怖的目光，哀声地求饶着。小兰见她这个神情，分明神经病又发作了，因为她说得活龙活现，神情又那么的逼真，一时被她说得心头别别地乱跳，也不禁害怕起来，遂仗了胆子走上两步，说道：

"少奶，你说的什么话呀？你快定一定心，不要胡思乱想，琴少奶不是已经死去了吗？你……你到底在跟谁说话啦？"

静芬听小兰这样说，其实她是并没有听清楚小兰在说些什么话，同时她的眼睛里看起来好像也并不是个小兰，这完全是她心里想象的缘故，所以她觉得小兰是小梅，而且小梅还拖长了舌头，简直伸长了两手要扑上来的神气。静芬心头是害怕极了，恐怖极了，她发疯似的跪倒在地上，把手连连地打着自己的耳光，哭叫道：

"小梅，你不要寻着我了，你的死我又没有害过你，为什么老是显出可怕的脸来吓我呢？小梅，你别吓我呀！"

静芬一面说，一面哭泣，一面向她连连地叩头。这么地一来，把小兰半条小魂灵几乎都吓掉了，遂别转身子，急匆匆地奔出了卧房，走到老太太的卧房里去告诉。韩老太是上了年纪的人，听了这个消息，是只有吓得瑟瑟地发抖，说道：

"她竟疯得这个样儿，你二少爷又回学校去了，半夜三更的，那可怎么办呢？那可怎么办呢？"

韩老爷是睡在里面套房内，听了这个消息，也赶忙披衣走出，叫老太太别急，吩咐小兰把仆人们叫醒，他便带了众人到静芬的卧房里来。只见梳妆台上的化妆品都摔了满地，那块玻璃镜子也已敲碎了，可是静芬却没有在房内，韩老爷等又惊又怕，不禁呆呆地都愕住了一会子。韩老爷奇怪道：

"咦！她又到哪儿去了？她又到哪儿去了呢？"

"我在这里呀？你们找我做什么？琴妹，我不去，我不去，你别来拉我走呀！小梅，你不要拖长了舌头对着我，我实在害怕死了！"

随了韩老爷这两句话，突然一阵尖锐说话的声音从床底下传送出来。小兰等仆妇把被单掀起来看，不料静芬却躺倒在床底下的地板上说话。众人又好气又好笑，都说在这儿在这儿。韩老爷想不到媳妇果然疯狂得这一份样儿，心里又难受又怨恨，遂吩咐他们道：

"把她拉到外面来吧。"

小兰等听了，遂七手八脚地蹲下身子去拉拖她。静芬却不肯走出来，赖在地上一面哭泣一面求饶，一面自说自话地鬼闹。这时，下人们也不把她当作大少奶看待了，你拖他拉，静芬怎么挣扎得过这许多人？于是被他们就拖到外面来了。韩老爷见她披头散发，脸上沾了灰尘，挂了泪水，因此抹成了一个鬼脸，身上的衣服也扯破了好几处，而且脚上连鞋袜都没有穿，这就连声地叹气，把身子退到房门口来，说道：

"小兰，你把大少奶衣服都换了，鞋袜也给她穿了。我想还是把她送到医院里去是正经，此刻我打电话去叫二少爷回来吧。"

韩老爷说着话，身子已向电话间内走。只听静芬在房中还是撞撞跌跌哭闹不停，说饶了我吧，我不敢再害你了，你可怜我吧！韩老爷听了，自然不胜感叹，觉得作恶之人，若没有报应的话，那么世界上的人是尽管可以作恶的了。在电话间里打了电话，士英说马上就来，遂匆匆地坐车先到司马文家里。揿了好一会儿电铃，陈妈方才出来开门，一见是韩家二少爷，这就心头别别地乱跳，忙问道：

"韩二少爷，你怎么半夜三更地来了？难道您府上又发生什么乱子吗？"

"是的，我接到爸爸的电话，说嫂嫂疯癫得厉害，所以我想请你家二少爷一同到疯人医院里去问问住院医治的情形，不知你家二少爷现在有睡觉了没有？"

"哦，那么你请坐一会儿，我去看看二少爷吧。"

陈妈点了点头，身子匆匆地走到阿文的房中，只见阿文坐在写字台旁，还在埋首工作。原来几天的忙碌，阿文把功课全都荒废了，他是一个好学不倦的青年，所以他今天回家虽然已经九点，但还是开夜车整理功课。当时陈妈悄声儿走到他的身旁，低低地叫道：

"二少爷，你还没有睡吗？"

"陈妈，你来得正好，倒杯开水我喝。"

阿文抬头望了她一眼，又低下头来工作，同时低低地说。陈妈一面倒开水，一面告诉着说道：

"二少爷，韩家二少爷来找你哩。"

"什么？他来找我有什么事？现在几点钟了？"

阿文这才惊讶地抬起头来，皱了眉毛，向她急急地问。陈妈说道：

"现在已经十二点半了，他说老太爷打电话给他，因为他嫂子疯癫得厉害，所以他来找二少爷，要你和他一同到疯人院里去接洽事情。"

"唉！真是自作自受自承当，害人害己这句话真不错。"

司马文感叹地自语着，他把书本收拾了，披了一件上衣，匆匆地走到会客室里，和士英握了一阵手，也不及再问什么话，就急急地先说道：

"士英哥，那么我们快些走吧！"

士英被他拉着手，于是大家奔出了大门。陈妈跟出关门，阿文嘱咐她不用告诉妈和妹妹知道，因为她们都已经睡着了。陈妈答应晓得，两人遂坐车到疯人院。这时，疯人院的大门已关，遂按铃从边门而入，找到问讯处，讨了疯人住院的简章。两人看了一遍，士英和阿文商量了一会儿，遂和他们接洽，准定住头等病房，请院里立刻派救护车去把疯人接来。当下院中把士英、阿文请到账房间，先缴住院费五千元，士英身边只有一千元，说先付一千元，明天再付足五千元是了。一切手续完妥，院中方才派人和士英、阿文两人开车前去接那疯人。车到韩公馆，直达大厅门口石级下停住，士英、阿文叫他们等一等，院中役人问道：

"这个疯人是文的还是武的？文的可以叫她好好儿地上车，否则，是非动一些手脚不可的了。"

"也不知是文是武，你们等着，给我们自己骗她上车好了。"

士英一面回答，一面和司马文匆匆地进去。第一个碰见的是小兰，小兰见了士英，遂急急地告诉道：

"二少爷，大少奶只管哭哭啼啼地吵闹着，那可怎么地办呢？"

"你别忙，疯人医院里的汽车已经来了，老爷、太太都在什么地方？"

"都在大少奶的房中，你快些进去吧！"

士英、阿文在走到房门口的时候，先听到一阵唱小调儿的声音响入耳鼓，接着一阵疯狂似的笑，又是一阵痴癫般地哭。两人跨进房门，只见静芬坐在沙发上，头发蓬乱，脸色憔悴，神情至惨，爸妈和众仆妇却呆望着她出神。于是走到父亲的身旁，附了他耳朵低说了一阵。这时，静芬也瞧见了士英和阿文两个人，她停止了哭泣，呆滞了目光，直望着他们，问道：

"你们两个男子是什么人呀？怎么可以走到我们女人家的房中来呀？"

"嫂嫂，你怎么连我二叔也不认识了呀？"

士英含笑走了过去，低低地说。静芬向他上下打量了一会儿，点了点头，忽然把他身子一把抓住了，用了哀求的口吻，说道：

"二叔，你可怜我，你救救我吧！我也不过一时的妒忌，所以在面内放了一包打胎的药粉，其实我并没有存心要害死琴妹呀！现在琴妹时常地给我一副可怕的脸瞧，还有小梅她也常常地恨我，伸长了舌头向我讨命，我真害怕死了。唉！二叔，你千万要救救我的呀！"

静芬说到这里，跪在地上，忍不住又呜呜咽咽地哭了起来。士英见她这个模样，心中也感到她的可怜，不免凄然。良久，方扶起她身子，说道：

"只要你自己知道错了，那么你就应该好好儿地自新做一个人，不要胡思乱想地多忖，也许她们都会原谅你、饶了你的。"

"可是她们都恨我，时常地来骂我，说我太狠心了。啊呀！二叔，你瞧，这镜子内不是琴妹和小梅两个人吗？"

静芬说到这里，忽然又竭声地叫起来，她手指了大橱的镜子，用了恐怖的目光，向镜子呆瞧，全身瑟瑟地发抖。众人被她这么一来，大家也都不禁为之毛发悚然。士英眸珠一转，这就有了一个主意，遂说道：

"嫂子，这儿房中她们既然时常地要来吵闹，那么我就给你换一个很清静的地方去住好吗？"

"那当然很好，我真感激你。"

静芬点了点头回答，此刻的神情似乎又清楚了许多。士英听她自愿走到别的地方去，觉得事情又省却许多的麻烦，遂向小兰问道：

"你们把大少奶要穿要用的东西都预备舒齐了吗？"

"都预备舒齐了，二少爷，那么我们就送大少奶走吧。"

小兰把早已整理好的一只皮箱提起，走到静芬的身旁，要拉了她走的样子。静芬忽然又害怕起来，赖着身子不肯走，说道：

"你们把我带到什么地方去呢？"

"咦！你不是已经答应我送你住到一个很清静的地方去吗？嫂子，你不用害怕的，我们都送你一块儿去。那边有很美丽的花儿，有很清幽的树林，你到了那里，你心里一定会感到喜欢的。"

士英怕她反悔又发作起来，遂带哄带骗地说着，一面拉了她的手，大家已走到大厅里来了。这时已经子夜一点多了，秋夜的天气，云淡风轻，一轮明月悬挂空中，清辉玉洁，照映到那辆救护车的上面，更显得雪白的了，大家步下石级的时候，都有些凄凉的意味。小兰扶着静芬跳上汽车，后面士英、阿文匆匆跟上。静芬见大厅前石级上站着祖父母及仆妇人等，都没有上车，这就高声地嚷道：

"二叔，他们为什么不和我一块儿去呢？咦！这位是谁呀？"

"我是阿文，你不认识我吗？"

"哦！你是阿文，你姊姊死了，你恨我吗？"

静芬说到这里，又哭泣起来。小兰抱住她身子，扪住她的嘴，劝她不要哭闹。这时，汽车已出了公馆的大门，直开到疯人院里去了。车到疯人院，把静芬安置到头等病房。静芬见房中的家具十分简单，心里很不快乐，遂对小兰愤愤地道：

"二叔骗我，他说伴我到一个很清静的地方去住，怎么把我伴到这儿来呢？我不要，我不要，我要回家里去住，二叔的人呢？我要跟他说话哪！"

"大少奶，你不要吵呀，二少爷跟医生在说话，他是给大少奶来治病的呀！"

小兰没有办法似的冲口说出了这几句话，静芬听了却呆若木鸡似的发了一会子愕，咦了一声，说道：

"什么？给我治病来的？我可没有生什么病呀！你们怨我，你们骗我，你们都想害我是不是？我也没有什么大的罪恶，你们为什么要这样地捉弄我呢？"

静芬说了这几句话，她又发作起来，因此乱撞乱跌地哭闹起来。小兰要和她解释明白，她哪里肯听，还奔到房门口似乎要逃出去的样子。但是房门外面原有一扇铁栅子门的，静芬见了铁栅子门，她的神经更错乱了，用了焦急而害怕的口吻叫道：

"二叔，你好狠心呀！为什么你把我骗到活地狱里来受罪呢？这是监狱呀，哪里是什么医院，你们把我当作小孩子一般看待吗？"

静芬扶住了铁栅子，跳着两脚哭叫着。这时，隔壁却有个粗重的声音骂道：

"是哪个女人在哭哭闹闹地吵呀？他妈的，半夜三更的吵醒了大爷的好梦。大爷从前坐汽车住洋房，现在穷了，大家见了我就害怕似的，这班势利鬼，真不是个东西……我好比……笼中鸟……有翅难展……王氏女，坐草堂……下面跪的可是眉邬县的县太爷吗？见了咱家，为何不抬起头来？……头七到来哭哀哀，手拿红被盖上来……"

隔壁房中在骂过了后，一忽儿唱《坐宫》，一忽儿唱《新纺棉花》，一忽儿又唱《法门寺》"哭七七"，真是九腔十调，杂乱糊糟地哼了起来。小兰知道隔壁住的当然也是个疯子，一时又好气又好笑，想不到上海发疯的人竟真的有这许多。静芬听了这一会儿老生，一会儿青衣，一会儿又大花面的京调，也听得呆了，停止了哭泣，对小兰问道：

"小兰，在监狱里也有开无线电的吗？"

"大少奶，你别误会了，这儿并不是监狱呀！因为你身子有些不大好，所以请你住在这儿休养休养的。你瞧，二少爷不是和医生来了吗？"

小兰给她解释着，忽然见二少爷同文少爷和一个医生走来了，于是向外面指了指，又低低地告诉她。静芬回眸见了，心中似乎安慰了许多。这时，医生开门进房，静芬先说道：

"二叔，我不愿住在这儿，我仍旧喜欢住到家里去。"

"也好，你先给医生诊治一下，我一定送你回家里去。"

士英没有办法，只好一味地以哄骗孩子的手腕去对付她。医生先给她诊视过了，然后给她注射了两枚针药水，对士英说道：

"这完全是神经脆弱刺激过度的缘故，只要静静地休养，便会恢复常态过来的。"

士英遂叫小兰扶静芬到床上去躺下休息，医生便走出去了。这里士英和阿文向小兰使个眼色，待静芬合眼养神的时候，他们便悄悄地溜到房外去了。临走，士英向看护们再三拜托，说好好儿服侍她，将来出院的时候，一定重重相谢。看护们点头允诺，于是士英、阿文、小兰三人坐车各自回家去了。

阿文回家，陈妈开门接入。阿文问太太知道这一回事吗，陈妈说已经知道了，太太等你听回话。司马文遂匆匆到了上房，把刚才的经过向

257

妈告诉了一遍。飞霞叹道：

"可怜不足惜，罪有应得。时候不早，你也去睡了吧。"

司马文点头答应，便回房安睡了。次日是星期六，只读半天的书，下午士英约阿英到霞飞路去监督修理医院的工程，阿文在家里做功课，飞霞在儿童教养院内没有回来。家里只留着智仙一个人，智仙干了一会儿活计之后，便走到阿文房内来聊天。阿文见了智仙，便微笑道：

"这几天来真把你累忙了，怪冷清的，我们坐下来谈谈好吗？"

"我倒没有累什么　只是你的脸就清瘦了许多。二哥，今天是放假的日子，你也该休息一会儿才是，还埋着头工作，那未免也太辛苦一些了，要知道学业固然要紧，但身子是更要紧的呀。"

"三妹，你这话很不错，那么我就不工作了。"

司马文觉得智仙的话中是充满了多少柔情蜜意的成分，一时不忍拂她的情意，遂把书本整理过了，点了点头，微笑着回答。智仙秋波逗给他一个倾人的媚眼之后，却低头赧赧然地笑了。阿文见她手中尚干着绒线活计，遂说道：

"我不工作，那么你也别干这个活计了。"

"我们女孩儿家干这个活计是做消遣品的，因为我们闭了眼也会编结，无论谈话做什么，都不会妨害编结的工作，比不得你们写文章，这就心无二用的了。"

"这当然也是你编结技巧成熟的缘故。三妹，今天的天气倒很好，太阳暖和和的，真是非常的爽朗。这几天差不多没有一刻不包围在悲哀的气氛内过生活，所以我的意思，想和你一同到公园里去散一会儿步，不知你心里也有这个兴趣吗？"

"不过我怕妈回来了找不到一个人，她老人家心中会不高兴吗？"

智仙听他要和自己一同去游玩公园，芳心里自然十分的喜悦，可是她很小心地又顾虑到这一层问题，遂微含了笑容，低低地问。司马文道：

"你放心，妈不是这一种顽固陈旧自私的人，她也许会赞成在休息的日子叫我们到公园里去透一些新鲜空气的。三妹，我们走吧。"

司马文说到这里，他很快乐地站起身子，预备要走的神气。智仙放下活计，扯了扯衣襟，又拢了拢头发，笑道：

"二哥，你别说走就走，我不是也该洗个脸换身衣服吗？"

司马文见她这一种说话的表情，至少是包含了一些美的姿态，这就望着她的粉脸微微地笑。智仙这一骨碌转身，连奔带跳地走回自己卧房里去了。待智仙洗脸完毕，换好衣服出来，司马文也披上了大衣，两人向陈妈关照了几句，遂坐车到顾家宅公园里去了。阿文是有长票的，所以只买了智仙一张票子，两人携手进内，只见红男绿女，游人如云，往来不绝，真是十分的热闹。司马文和智仙走了一会儿，在一棵树荫下坐下了，说道：

"可惜我们没有带着快镜，否则我给你拍几张照倒是挺美丽的。"

智仙听他说"美丽"两字，遂噘着小嘴儿，逗给他一个娇嗔，低头笑了。阿文见她妩媚得可爱，遂凑过脸，低声笑道：

"奇怪，为什么给我白眼看？难道这句话我说得不对吗？"

"张二小姐才美丽哪！"

智仙情不自禁地说出了这一句话，但既说出了口，她倒又懊悔起来，暗想：这可不行，我这句话不是明明的跟他在吃醋吗？但我们是义兄妹，做妹妹的如何能和哥哥吃醋？不过凭良心说，在我是并不喜欢做他的义妹呀！智仙心中这样地想，粉颊是一层一层娇红起来，她自己也不知道为什么要这样地郁闷，忍不住微微地叹了一口气。阿文见她哀怨的口吻说出了这一句大有酸素作用的话，一时也不禁为之凄然。因为智仙这个三妹到底是个名义的妹妹，以她待我种种的情形而看，当然在她是希望和我有圆满的一天，但我既无分身之术，叫我又有什么办法呢？因此望着她粉脸，倒是怔怔地愕住了一会子。智仙听他并没有回答什么，她只觉有股子辛酸，秋波在偷瞟了他一眼之后，泪水在颊上却滚了下来。阿文很难受地道：

"三妹，你怎么啦？为什么好好儿的流眼泪了？"

"没有，我为什么要流泪呢？二哥又跟我开玩笑了。"

智仙纤手抹了一下眼皮，抬头逗了他一瞥哀怨的目光，强颜含笑地回答，在她表情上看来，还包含了一份娇嗔的成分。阿文把手指去抹她颊上的泪水，逗她笑道：

"这是什么？难道说天在下雨了不成？"

"屁！"

智仙啐了他一口，也不禁为之嫣然了。两人正在柔情如水地微笑着，不料前面走来两个女子，阿文回头去瞧，不禁咦了一声，站起身子来，笑叫道：

"尘姊，鸿妹，正巧得很，你们也在散步吗？"

原来这两个女子正是雪尘和雪鸿姊妹两人，当时雪尘先含笑向他还叫了一声文弟，一面低低地说道：

"我从慈航医院回家，就病了好多天，直到今天才好些，所以和妹妹到公园里来散一会儿步。你姊姊想不到就这么快地会死了，所以我真觉得伤心，本来我自己要来吊祭的，但是没法起身，只好叫妹妹做一个代表，我心中总觉得有些遗憾。"

雪尘说到这里，眼皮有些红润，大有凄然泪下的样子。司马文听了，叹了一口气，很难过似的皱了眉尖，说道：

"尘姊，可是你还没有知道，我的姊夫也已死了。"

"啊！你姊夫也死了？他怎么样死的？"

这消息触送到雪尘的耳里，真是梦想不到的事情，她啊了一声，粉脸顿时转变了颜色，慌张地追问。司马文落下泪来，用了哽咽的口吻，说道：

"是前天晚上服毒自杀的，昨天在万国殡仪馆入殓了。"

雪尘觉得自己在舞海浮沉中，士杰虽然有了妻妾的人还想追求自己，不过到底也可说是我的知音，现在死的死了，入狱的入狱了，她只觉人海茫茫，知音难觅，一阵子悲酸，泪水也滚落下来。这时，智仙也走了过来，阿文遂给雪尘介绍一会儿，雪尘收束泪痕，向智仙弯腰招呼，说道：

"这位就是丁小姐，我听文弟说起过，可是今天才初次见面，你们多早晚来的？"

"我们也才来了不多一会儿，张大小姐，你前几天有些不舒服吗？"

阿文见智仙和雪尘说着话，遂挨近雪鸿的身子，低低地问道：

"鸿妹，你那天到我姊姊家里来吊祭，我却在殡仪馆料理祖母的后事，所以没有见面，后来五点多赶到姊姊那儿，你怎么已经走了呀？"

"因为我还有别的事情。"

雪鸿冷冷地回答，却把身子别转了过去。阿文见她意殊冷淡，心知是为了智仙的缘故，遂又走近了两步，低低地道：

"鸿妹，请你谅解我，因为'误会'两字足以破坏我们的感情。"

"姊姊，我们走到那边去吧，他们不是还等着我们吗？"

雪鸿却只当作没有听见似的，走到雪尘的身旁，拉了姊姊的手走了的样子。阿文想不到雪鸿会这样地不肯原谅自己的苦衷，因为也有些气愤的缘故，所以站在旁边却发了一会子愕。雪尘听妹妹这两句空虚的话，明知她是生气的意思，一时有些左右为难的神情，真有些走也不是、不走也不好的情形。但雪鸿拉了自己已开步走了，因此只得和智仙、阿文点了点头，说声明儿见，走开去了。雪鸿在走远的时候，还埋怨雪尘道：

"姊姊，你算跟我妹妹作对是不是？我连看见她都有些头痛，你偏和她亲热地说话，这你到底是什么意思呢？"

"唉！你这个孩子也太固执了，文弟对我是解释得很明白的，他和丁小姐完全是纯洁的兄妹关系，他并不爱丁小姐，他爱的是你。你这样态度对付他，那不是明明你跟自个儿在作对吗？"

雪尘见妹妹这样埋怨自己，遂微微地叹了一口气，逗了她一瞥怨恨的目光，也低低地埋怨着她。雪鸿冷笑了一声，绷住了粉脸，说道：

"你信他的鬼话？老实地说，世界上的男子没有一个是靠得住的。看阿起的行为，就可以知道阿文的行为了，姊姊已上了阿起的当，我可绝不再上阿文的当，这种青年，简直是社会的蠹虫、杀不可赦的东西。"

"妹妹，你这话已说得未免太愤激一些了。"

雪尘那颗曾经沧桑的脆弱的心已受不住深切悲哀的刺激，提起了阿起的事情，仿佛是向她掷了一个催泪弹，她满眶子里的眼泪会扑簌簌地滚落下来。雪鸿的芳心也酸得难受，叹了一口气，说道：

"姊姊，累你又哭起来，这是我的不好。不过哭到底是弱者的表示，我觉得在这个时代做人，不应该有流泪的举动，我们的年纪轻啦，难道我们就永远地醉生梦死地堕在这个万恶的上海了吗？不，我觉得我们是应该有最后的一番挣扎不可的。姊姊，别伤心，别哭，我们回去吧。"

雪鸿后面这两句话是包含了颤抖的成分，虽然她在安慰着姊姊不要哭，不过她自己颊上的感觉，好像有条虫似的爬行下来。在淡淡的秋阳笼映之下，消失了她们姊妹瘦长而颓伤的影子。

司马文呆呆地望着她们身子被树梢蓬中遮蔽了后，兀是怔怔地愣住了一会子。智仙见雪鸿那种态度，她是个聪敏的姑娘，心中岂有不明白的道理？于是走到阿文的身后，推了推他的身子，低低地叫道：

"二哥，你追上去吧，给她解释一个明白。唉！这位张二小姐真会多心吃醋的，早知道如此，我真悔不该同二哥一块儿上公园来了。"

"管她，我可没有这么耐性地还向她解释。"

司马文愤愤地回答，大有生气的样子。但智仙听了这两句话，她是完全地感到失望了，因为自己所以对阿文这么地说，无非探听探听他的口气说的，现在阿文既这么回答，可见对我确实是并没有什么私爱的了。她感到阿文的伟大，同时更感到自己痴心得可怜，心中一阵子悲酸，泪水又抛落下来。司马文听智仙在身后好一会儿没有动静，这就回头去望，见她垂首拭泪，于是拉着她手，低低地道：

"三妹，你伤心什么呢？今天我们出来的目的，原是找寻快乐，现在你老是伤心，那么不是有违出来玩公园的本意了吗？"

"因为我觉得非常抱歉，累你们感情发生裂痕，这是我的过错。"

"三妹，你别说这些话吧，我们还是到外面去吃些点心好吗？"

司马文口里虽然在征求她的同意，不过事实上他已拉了智仙的手向公园门口那一条路走出去了。公园的附近有家申江茶室，里面是小吃部，生意颇为兴盛。阿文、智仙走到里面，待招待入座，泡了两壶龙井，叫了两客春卷和鸡球大包等点心。两人正在吃的时候，见门外走进一个姑娘，齐巧和阿文、智仙打个照面，这就咦了一声，阿文、智仙因站起相迎，叫道：

"欧阳小姐，正巧极了，你走到我们这儿一块儿坐吧。"

"司马先生，丁小姐，你们莫非也在公园里游玩吗？"

欧阳珠含笑走到座桌旁边，于是三个人一同坐下。司马文一面点头说是的，一面叫侍者添茶添点心。欧阳珠道：

"自从和你在姊夫家里分手后，一会儿又有三天了，不知道你哥哥什么时候再开审呀？我想明后天去探望探望他，不知道可以不可以的？"

"开审的日子已经定了，是下星期。你要去探望他，大概是可以的吧。为了祖母的死，姊姊的死，姊夫的死，真把我们弄得神魂颠倒的，被你这么一提，我也想起了，等会儿大家一同去看望他一次好吗？"

阿文被欧阳珠这么地一说，方才想到似的，觉得哥哥入了狱，弟弟总该去探望他几次才是，虽然对于一切的吃用开销，姊夫在当初就拿钱拜托狱卒了。欧阳珠听他姊夫也已经死了，心中倒不胜骇异起来，奇怪地问道：

"你姊夫那天不是还好好儿在着吗？怎么你说他死了呀？"

阿文遂把时局变动，投机失败，所以服毒自杀的话向她告诉了一遍。欧阳珠听了，心里非常地感喟。三个人本来有些肚子饿，但是心中有了悲哀的成分之后，因此再也吃不多了，大家喝了几口茶，阿文付了账单，便坐车到狱中去。

罪犯在没有判决之前，任何人都拒绝探望的。三人到了狱中，当然是十分的失望，不过这里也有一些黑幕的，阿文在花了相当代价之后，好容易只允许阿文一个人进去十分钟的时间。欧阳珠和智仙有什么办法，也只好似热锅上的蚂蚁般地等候在外面干急。十分钟的时间是多么的短促啊！只转眼之间，阿文满颊是泪地走了出来。欧阳珠含泪急问阿起在里面的情形，阿文略为告诉了一遍，三个人一路流泪出来，在走到马路上的时候，这才各自坐车回家了。

阿文、智仙回到家里，母亲和妹妹也都回来，阿文遂把狱中探望的一回事向他们告诉，并且含泪说道：

"哥哥知道家中发生了这样惨变之后，他捶胸大哭，说他负了祖母，负了母亲，负了姊姊。这次他含冤入狱，虽然被人诬攀，但到底也是荒唐的结果，他痛悔前非，但现在又有什么用呢？"

阿文说毕，引逗得飞霞、阿英倒又淌了许多的眼泪。大家正在伤心之间，陈妈开饭上来，请众人用晚饭了。这夜，阿文躺在床上却合不上眼皮，他想着雪鸿对待自己的态度虽然太不应该了一些，不过仔细地一想，她的冷淡我，完全是为了妒忌，而所以妒忌的原因，又是为了怕我被智仙夺去了的缘故。换句话说，雪鸿到底是为了太爱我因此反而发生误会了。那么我若不去给她详细坦白地解释一个明白，在她心中想来，倒好像是我真的变心负了她了，那么我就要成个不情不义、见一个爱一个的青年了，这我如何肯这样地蒙着不白之冤呢？阿文在这样的感觉之下，他便决心地预备明天到雪鸿家里去给她一个明白的解释。因为昨夜失了眠，早晨就贪了睡，直到十点敲过才起身，好在今天是星期日，所以反正没有什么事情，阿文心中倒也并不这么地着急，很安闲地漱口梳洗。不料就在这时候，智仙匆匆地走进来，向他急急地告诉道：

"二哥，你快些到母亲那里去吧！母亲真急死了，因为今天报上登着一段消息，我们大哥在昨夜跟了楚汉云越狱逃跑了呀！"

"真的吗？真的吗？"

阿文突然听到了这个消息，他心中说不出是喜悦还是悲哀，是恐怖还是害怕，连问了两声真的吗，他不禁怔怔地愕住了。

第十六回

　　司马起在狱中和弟弟谈了十分钟的话，在这十分钟的时间内，所说的话当然是非常的多，所以他已知道自己在狱里虽然住了短短不到一星期的日子，而外面自己的家及姊夫的家中却已发生了这许多的惨变。他在无限忏悔之余，同时又感到无限的痛心，所以当初他捶胸痛哭起来了。阿文走后，司马起流泪不干地兀是啜泣着，他想到雪尘为自己而昏厥，又想到欧阳珠为自己而失声痛哭，刚才她的人儿虽在监狱的门外，我知道她的心一定已经飞进来的了。楚汉云在旁边见司马起只管淌泪，便阴险地笑了一笑，说道：

　　"喂，司马啊，你放出一些勇气来好吗？堂堂七尺之躯，老是眼泪鼻涕的，这到底太难为情一些了，就是判决了死刑，那也算不得什么一回稀奇的事。老楚的头颅不是租来，怕还不了人家吗？再过二十年，又是一个好汉，那算得了什么？哈哈……"

　　司马起被他这一阵子怪笑，遂收束了泪痕，望了他一眼，点了点头，说道：

　　"你以为我怕死吗？那是你错了。死固然是每人逃不了，但死有重于泰山轻于鸿毛之差别。今日我们假使判决了死刑，这不但是轻于鸿毛，而且也被社会人士所唾骂的。要知道大丈夫做事，明明白白，清清楚楚，绝不以私仇而累害他人。丽华是你爱人，在我又如何知道？你为了一个女子，一定诬我同党，这在你良心上说来，恐怕也许有些对不住人吧！"

"好，司马，你说话不错，大丈夫做事绝不累害他人，但我心中所怨恨，也无非你夺我的爱人罢了。不过我也知道你是被丽华所引诱，并非是你去引诱丽华的。哎！谁叫你生了这一副小白的脸？哈哈，再审的时候，我一定给你声明了吧，那么你也别伤心了。"

司马起想不到他此刻又会说出这一篇话来，这真所谓强盗放出了良心，一时惊喜交集，遂向他猛可跪倒地上，纳头便拜，说道：

"楚先生，承蒙你高抬贵手，肯替我辩冤，我今生今世终不会忘记你的大德。"

"哈哈！起来，起来，何必这样客气呢？司马，我杀的人不知其数，这次入狱，自知永无生望，这是罪有应得，我也并不伤心，只不过今日听了你这一句'死有重于泰山轻于鸿毛之差别'的话，我心里感到难受。正是聆君一席话，胜读十年书。唉，我也是个有血有肉的青年，为什么要死得这样没有价值呢？"

楚汉云在笑过了一阵之后，他扶起了阿起的身子，说到末了这一句话，竟也淌下一点眼泪来。司马明白他是感动过度，良心发现的缘故，一时也安慰不出一句什么话，站在旁边，也泫然泪下。楚汉云拭了拭泪水，忽然顿足长叹，大声地道：

"大丈夫处此乱世，当提三尺剑，立百世之功，以马革裹尸、血洒沙场为幸事，岂能为匪作歹，扰乱社会，做国家之蠹虫？啊！错了，错了……"

楚汉云说到这里，猛可握住了司马起的手，说道：

"司马，我死之后，有一事相托，未知你能给我尽一份责任吗？"

"楚先生，只要我能力所做得到的，当然没有不负责给你办理的，是什么事情，你只管说出来吧！"

"我死之后，尚有兄弟多人，他们现在都是彷徨歧途，苦无一人相救，若照此下去，必定也会得到像我这样的下场，所以这不但是国家的不幸，也是他们的终身遗恨。你出来之后，请你给我带一个信，告诉他们，楚汉云今已痛悔前非，虽已守法而死，却救了你们兄弟的前途，叫他们放远了眼光，做些青年应做的事情。想你是个有才学的青年，你对他们说的话，他们一定也会感动的吧！"

"是，楚先生，我一定尽我的责任，因为在过去我确实也是个国家的寄生虫，这次能够出来，我当然也得有番最后的挣扎不可。"

司马起点了点头，他颤声地说出了这几句话，眼泪不知怎么的也会扑簌簌地直落了下来。楚汉云道：

"别哭，别伤心，有罪恶的人不是永远有罪恶的，只要有自新的精神，我相信我们还是一个有勇敢的青年。"

"是的，有罪恶的人不是永远有罪恶的。"

司马起很表同情地回答，狱中的四周虽然这样的黑暗可怕，不过在司马起此刻的眼睛里看起来，仿佛黑暗之中也展开一线光明了。

楚汉云和司马起至性相交，到底成了知己了。白天里彼此决定的意思，谁知当晚又起变化，突然楚汉云的兄弟们来劫狱了，他们是有相当的组织，待警士们大队到来，楚汉云和司马起已经不知去向了。

夜，是黑魆魆的，司马起在混乱之中，逃出了黑暗的监狱。起初楚汉云还紧拉着自己，但被警士一阵子的冲散，阿起是成了孤零零的一个人了。他逃出了监狱之后，神情是非常慌张，思绪是非常复杂。他想回家，但是又怕连累了母亲和弟妹；他想去瞧欧阳珠，又怕阿珠不在家，她的母亲会感到害怕；他又想去找雪尘，但是说起来难免有种种的不便，因此他在人行道上怔怔地愕住了。也许是心虚的缘故，他仿佛觉察街上的行人都在向自己注目。他心惊，他肉跳，他几乎身子有些发抖，最后，他有了一个主意，遂跳上一辆人力车拉到火车站去了。

司马起到火车站的主意，是想去昆山避几天风头的。因为在昆山他有一个同学，那边有屋有田地，在昆山也可说是个财主，和司马起平日感情很不错，所以司马起到昆山去躲避几天，对于住食两项问题，他是有相当把握的。

火车到了昆山车站，时已晚上十时半了，司马起出了车站，正预备叫街车的时候，忽然听得有个苍老的声音叫道：

"司马先生，你怎的这么晚又到昆山来了？"

司马起从狱中逃出，一路上真所谓像惊弓之鸟一样，他最害怕的就是有人认识他是司马起，所以他走路的时候，老是把手掩了半个脸，但他越是怕有人认识他，谁知偏偏有人去招呼他。阿起心中这一吃惊，那颗心不免像小鹿般地乱撞起来，他故作不听见似的，连回头望一眼的勇气都没有，身子向前匆匆地走了。可是阿起走不了几步路，却被后面一个人伸手拉住了肩胛，同时又听他说道：

　　"司马先生，你怎么没有听见我叫你吗？"

　　阿起被他拉住了，一时心的跳跃，几乎要从口腔里跳出来了，在万不得已的情形之下，只好回头去望了他一眼，谁知却是个很苍老的老头子。因为自己并不认识他，所以还以为是侦探的化妆，他急得脸都变成了惨白的颜色，颤抖着身子，向他怔怔地愕住了。那老头子却微含了笑容，说道：

　　"司马先生，你怎么不认识我了吗？"

　　"真的，我委实想不起来了。你贵姓？我们在哪儿看见过？"

　　"咦！上星期你不是陪了一位姓丁的小姐到昆山安老院里来过吗？我就是推你们车子的林不鸣呀，司马先生，你真是贵人多忘事。"

　　"哦，哦，是的，我忘记了，我忘记了。"

　　阿起听他这样地说，虽说心中还是有些莫名其妙，不过表面上也只好将错就错地答应着。林不鸣见他神色慌张的样子，心里不免有些猜疑，遂又低低地问他说道：

　　"司马先生，你今晚一个人匆匆到昆山来不知有什么要紧的事情？时候很不早，你一个人借栈房很不便，因为需要保人担保才能借给你住，所以我的意思，你还是到舍间去睡一夜吧。来，来，我把车子推你走好了，舍间就在附近不远哩。"

　　林不鸣一面说着话，一面拉了阿起的手，走到小车子的旁边，叫他坐下，他便向前推着走了。阿起糊里糊涂地坐上了车子，在林不鸣推动独轮车的时候，他才意识到这事情透着有些奇怪，我几时陪着一位姓丁的小姐到昆山来过？而且我也根本并不认识他是什么人，但这所稀奇的，他为什么认识我？并且又知道我姓司马，这不是一件太神秘的事情

268

了吗？阿起沉吟了一会儿之后，他忽然有些理会过来了。莫非阿文曾经伴了一位姓丁的小姐到昆山来过的吗？因为弟弟和我的脸太相像，所以他把我错认是弟弟的了。正在细细地思忖，独轮车在一间茅屋的门口停了下来。林不鸣说道：

"司马先生，舍间已经到了，里面脏得不成样，请你不要见笑吧。"

"林老先生，你别客气。"

随了这一句话，林不鸣已把小车推进院子里，请阿起步入草堂，点着了油灯，摆着手，连叫请坐，一面亲自地去倒了一碗茶，放在桌子上。阿起坐下后，望了他一眼，他心头还有些恐怖的心理，因为他怕林不鸣也许是侦探那么的一流人物，遂问道：

"林老先生，你府上还有什么人吗？难道就只有你一个人不成？"

"司马先生，你怎的全都忘记了？那天我把家里的情形不是全都很详细地告诉过你吗？我本来有五个儿子，然而他们都抛掉我走了，而且他们也都……一个一个地死了，死得很悲惨，但是也死得很光荣。现在剩下的只有一个老三，他……他还活在世界上挣扎奋斗着。司马先生，在当初你不是很同情我吗？为什么只隔别了四五天的日子你全都忘记了？"

林不鸣说完了这几句话，望着阿起的脸怔怔地发愕。司马起皱了眉尖，真弄得不知如何是好，遂向他问一句道：

"林老先生，你碰见的那个司马先生他叫什么名字呀？"

这句话听到林不鸣的耳朵里，真是目瞪口呆，奇怪得说不出话来了，遂打量了他的全身，怔怔地问道：

"你这话是什么意思？难道连你自己的名字都会记不起来了吗？"

司马起听他这样说，倒忍不住失声笑了，遂问道：

"并不是这么地说，因为我怕你认错了人，你那天碰见的也许是我的弟弟司马文吧？"

"不错，不错，他真的叫司马文，那么你叫什么名字呢？"

"我叫司马起，因为我们兄弟的脸非常相像，你只见了一次的面，这就无怪你要缠不清楚了。"

"想不到世界上真有这样相像的脸，司马先生，你弟弟热心仗义，真是一个好青年，所以我非常敬爱他，把他的印象总留在我的脑海里。司马先生，那么你这次到昆山来，不知有些什么事情吗？"

阿起听他这么地说，可见弟弟一定有什么地方帮助过他，他想到弟弟的行为，更感到自己的惶恐。他怎么能够把自己的经过向他告诉呢？因此正在支吾不知所答的时候，忽听院子外有个粗重的声音叫道：

"爸爸，虎子回来啦！"

"什么？虎子回来了？"

林不鸣听了这个声音，他不禁惊喜得跳了起来，遂很快地奔出屋门，果然老三回家来了。当时林不鸣又回身退进屋子里，虎子跨进室内，就向他父亲跪了下去。林不鸣悲喜交集，抱着虎子的身子也不免掉下泪来。这时，虎子瞥眼见到旁边的司马起，遂用了猜疑的目光问道：

"爸爸，他……他……是谁呀？"

"哦，我给你介绍，这位是司马起先生，这是小犬虎子，他……刚从……"

"不，爸爸，你别说下去。"

虎子很快地阻止他往下说，林不鸣知道儿子的意思，遂顿了一顿，望了司马起一眼，又说道：

"虎子，你别害怕，司马先生也是个热血的青年，我相信他和你们都是一样的心，一样的心……"

"哦，我知道了，林先生，我现在是个没有立足之地的青年了，我希望你能够带我一块儿走。"

司马起是个聪敏的青年，他对于林氏父子俩的情形还有个不明白的道理吗？他全身的热血在沸腾了，他把楚汉云在狱中说的几句话都浮上心头来，于是他想实行"马革裹尸"这四个字，把过去的罪恶最后来重新做一个人，他猛可地走上去，握住了虎子的手，恳切地说。虎子有些莫名其妙地望着他愕住了一会子，然后低低地道：

"司马先生，请你告诉我的一切，你是什么地方人？打哪儿来的？为什么已没有立足之地了呢？"

270

司马起长长地叹了一口气，含了满眶子的眼泪，羞愧十分地把自己荒唐入狱的经过向他们父子俩详详细细地告诉了一遍，并且说道：

"我现在觉悟了，我现在悔过了，我想步入自新的道路，我不愿再留恋在这个万恶的上海。林先生，请你救我，带我一块儿走，我要把我的精神，报答给我的国家、我已死的祖母。"

"司马先生，悬崖勒马，回头是岸。你有这一份自新的精神，还不失是一个有勇敢的青年。我们都是个没有墨水的武夫，对于司马先生这样的人才，我们实在是非常地需要，所以你肯跟我一同走，那是最欢迎的事情。爸爸，这次我来探望你老人家，原是顺路经过，所以不能久留。司马先生，说走就走，我们就此开步走吧，因为我还有许多的公务在身上，光阴是不能虚度过去的。"

虎子很同情阿起的环境，因为这不是阿起的罪恶，完全是环境的罪恶，所谓近朱者赤，近墨者黑了。他点了点头，向司马起很认真地勉励着。司马起听他立刻就要和自己走了，他倒又有些慌张起来，说道：

"那么给我写几封信，因为妈那里是应该去报告一声的。"

"也好，你写吧，我静静地等着你。"

虎子点头回答。司马起坐到桌子旁边，取出自来水笔来，问不鸣可有信笺，不鸣在抽屉角落里好容易找到几张已黄了颜色的旧信笺，把灯火推近了他一些。这时，司马起情绪纷繁，心乱意烦，遂落笔匆匆写道：

母亲大人膝下：

孩儿不孝，罪孽深重，有负大人二十年来之养育大恩，诚所谓死有余辜，痛心疾首，懊悔已迟。孩儿入狱之后，在这短促的几日之内，万不料吾家又发生如此的惨变。文弟告我之时，为之心碎泪涟。祖母之死，也许是孩儿所害，他日九泉之下，愧对祖母老人家之慈颜也。今孩儿已重睹天日，立志自新，此后当马革裹尸，血染黄沙，以期报答于国家及大人耳。对灯积想，不胜依依。唯望大人添衣加餐，玉体保重，是则孩

儿身虽在外，心自安矣。专肃敬叩

福安！

司马起写毕了这封信，匆匆地又写了两封信，一封给阿珠，一封给雪尘。写毕之后，套入信封之内，因为性急的缘故，一时连地名都记不起来了。林不鸣在旁边说道：

"司马先生，这样吧，我明天给你送到上海去好了。这不是比邮寄快得多吗？你家里的地址，上次你弟弟也告诉过我，我心里倒记得。"

"可是又得劳你老先生了，还有这两封信，你可以交给我的弟弟，他会给我寄出的。"

司马起表示赞成，遂点头答应，向他道了谢。林不鸣说不用客气，这里虎子和司马起便拜别不鸣，他们在黑漆漆的深夜里从此去找寻他们的光明了。

到了次日，林不鸣带了信件，坐火车到了上海。这时，上海的各报上已闹得满城风雨，谓巨盗越狱逃奔，当局严紧侦缉，悬赏捉拿。林不鸣听了，暗自好笑，遂坐车先到兰园别墅。其时，飞霞在房中正瞧到报上这个消息，所以急忙叫智仙把阿文喊到房间，唉声叹气地说道：

"这……可怎么地好……这可怎么地好？越狱逃跑，这还当了得？若再度捉获之时，岂非罪加一等了吗？唉！这孩子太糊涂，太糊涂了！"

"妈，你别急呀，这事情其中一定尚有曲折，哥哥绝不肯随便跟着盗徒逃走的，所以我们还得细细地打听一下子不可。"

阿文、阿英见母亲急得哭出来的样子，遂只好这么地安慰她。就在这时候，士英也匆匆地奔进来。飞霞又含泪问他知道阿起逃到什么地方去了，士英倒是愣住了一会儿，暗想：妈老人家真也急糊涂了的。大家正在感到难受的当儿，陈妈忽然前来报告，说道：

"二少爷，外面有个姓林的老头子来找你。"

司马文不知道姓林的是什么人，遂匆匆地走到会客室里来。当时见了林不鸣，倒不禁呆了一呆，遂抢步走上两步，说道：

"我道是谁，原来是林老先生，你刚从昆山下来吗？"

"是的，司马先生，这次我到上海来找你，完全是受你哥哥的托付，这儿有三封信，都是你哥哥叫我带来给你的。"

林不鸣见了司马文，这才觉得和他哥哥脸稍有差别的地方，于是一面告诉他，一面把三封信取出交到他的手里。阿文在听到了这些话之后，心头真有不胜的骇异，遂把三封信接来看，见封面上一封写着"拜呈母亲大人膝下"，一封写着"烦交欧阳珠小姐亲拆"，一封写着"烦交张雪尘小姐玉展"。阿文把雪尘和欧阳珠的信先藏入怀内，一面问不鸣的情形，一面请他坐下休息。这时，陈妈听了这个话，早已进内去告诉太太了，所以飞霞、阿英、士英、智仙都走到外面来看究竟。司马文遂把阿起的信交给飞霞，并把自己认识林不鸣的经过告诉了一遍。飞霞一面看信，一面听不鸣告诉阿起到昆山后的情形，她方才明白阿起是到另一个环境里去做最后的挣扎了，她把阿起的信给众人看了一遍，挂着眼泪笑起来，说道：

"我想不到阿起还有今天这么的一日，这次他要如真的血染黄沙的话，我做母亲的总算也得到十分安慰了。林老先生，我真感激你，叫你老远地送信来，请你在这儿住几天再走吧。"

"不，我的使命完成了，我得走了。"

"林老先生，那么你吃过午饭再走吧。"

阿文见他立刻要走，遂把他拉住了劝留。林不鸣不肯答应，说改日再来叨扰。飞霞送他盘费，他也不肯接受，后来阿文硬塞到他的袋里，林不鸣才收受了。他告别了众人，匆匆地回昆山去了。这时，飞霞等众人才算落下了一块大石，在十分悲痛之余稍许也带有些喜悦的成分。士英又告诉医院修理完成大概在八月中秋之后，对于院内茸墓及纪念塔的事情，明天也可以着手进行，而且他已聘请许多有名的医学博士来负责担任院中的医务。国历九月十五日那天，预定开兄嫂慈善医院成立典礼。飞霞点头说道：

"假使士杰、阿琴魂兮有知的话，他们也很可以安慰的了。"

大家谈了一会儿，士英便告别走了。这里阿文匆匆地到欧阳珠家里来，两人见面，阿珠先急问他报纸看过了没有，阿文微含笑容，把那封信交给她，说道：

"你且别问，先瞧了这封信，就知道我哥哥现在是步入哪一阶段的环境里去干工作了。"

欧阳珠听他这样说，芳心别别地乱跳，遂把信封拆开，抽出信笺。阿文挨近身子过去，一同瞧道：

阿珠我生命中的爱友：

你是一个多情而富于义气的姑娘，我和你认识的日子虽然不多，但我受到你的益处实在不少。你的金玉良言，每句都能够使我感动得落下眼泪来。你是多么的真挚，你是多么的痴心，同时你又多么的伟大。我觉得你在我的身上确实是尽了最大的力量了，不过今日我这样的行为，这样的结果，当然使你感到万分的心痛，这不但是你感到心痛，就是我自己也同样地感到心痛。我辜负了你，我辜负了祖母，我辜负了母亲、姊姊……辜负的人实在太多了。

我写到这里，我的眼泪和笔尖儿上的墨汁一齐落下来。唉！我为什么要这样的糊涂？我为什么要这样的荒唐？我觉得在这一个世界上，似乎不需要有像我们这一班寄生虫似的青年活着活下去，于是我常想到了死，不过死也并不是一件容易的事，假使不管一切地只知道一死了之，那当然也不是能够博得社会人士同情的办法，所以我含了一颗惨痛的心，是静静地期待着新生命开始的到来。这在我当然也无非是一个梦想，不过天下的事情往往会出乎意料之外的，我的梦想居然也会给我成功了事实。天哪！这真是使我太兴奋太欢喜了！

阿珠，我现在已脱离了黑暗，我是往光明的路上走了。虽然我在写这一封信给你的时候，至少我对你还有着一份依恋之情，但是我觉得很惭愧，因为我已辜负了你，我简直是没有再能够爱上你的资格了，不过我明白你是不会因我的这一次入狱而转变爱我的方针，这从昨天你来狱中探望我的一点猜想已经是很可以知道的。虽然在昨天我们是并没有碰见，但我知道你身子站在狱门外，你的心一定已飞进的身旁来了。阿珠，你的情，你的义，我到死都不会忘记你，不过在这里我要说一句矛盾的话，像我这样不足取的青年，希望你忘了我，希望你永远地忘了我，那么在我过去的生命中，也许能够减少一些罪恶。

话是说得很多了，不过却说不完，我相信即使给我写上十天十夜的话，那笔尖儿上的字还会写了下来，但事实上怎么可能呢？因为朋友在旁边是等着我要开步走了。走到什么地方去？我自己还不知道，不过在我的想象中，大概是一个很美丽的世界。那边有自由，那边有正义，那边有新的空气……

最后，我劝你不要多愁善感地效那古典美人似的个性，你要积极起来奋斗一下。虽然社会始终是黑暗的，不过我们可以开辟它一条光明的大道。再会吧，阿珠。

　　　　你的阿起写于昆山一个茅屋的角落里

欧阳珠瞧完了这一封信，眼泪不由自主地会抛落下来。阿文在旁边也非常地难受，遂用了温和的口吻向她安慰道：

"欧阳小姐，你不要伤心，哥哥今天有这样的一日，至少还是他的幸福。"

"是的，我并不为他而伤心了，因为他已步上了新生的大道。在这一个世界上，我们青年到底是还有我们重大的责任。"

欧阳珠点了点头，拭着眼泪回答，一面又问他详细的情形，阿文都告诉了她。两人谈了一会儿，阿文便告别走了。阿珠留他吃饭，阿文说改天来吃，他坐车急急地又到雪尘家里，谁知一脚跨入房中，就听雪尘呜呜咽咽地伏在床上哭泣。张太太坐在沙发上也暗自淌泪，她见了阿文，便叫道：

"好了，文少爷来了。雪尘，你且别哭，快和文少爷商量商量吧！"

"哦，文弟，我的鸿妹留书出走了。"

雪尘从床上坐起，拭着眼泪向他告诉。阿文吃了一惊，急问鸿妹到什么地方去了，她好好儿为什么要出走呢？快把她留下的信拿来看。雪尘遂把信笺交给他，司马文见信中写得十分简单，只说厌恶繁华的上海，预备到另外一个地方去走走，并说明三个月之后，仍旧会回上海来的。一时十分奇怪，连叫这是怎么的一回事，问雪尘会不会鸿妹上人家当而出走的，雪尘道：

"鸿妹不是一个没有见识的姑娘，她绝不会上人家当的，不过我明白她这次的出走，当然是受了一重刺激的缘故。"

"唉！可是鸿妹太不谅解我了。她娇弱的女子，孤零零的到什么地方去安身好呢？"

阿文听雪尘的话，自然含有骨子的，他默然了一会儿，忽然流下泪来，凄然地说出了这几句话。雪尘和张太太见阿文伤心落泪，知道阿文确实没有负心雪鸿，都是雪鸿自己发生了误会，这也怨不了他的，因此大家都说不出什么话，只有默默地落了一会儿眼泪。这时，阿文忽又想到自己来的本意，遂忙把哥哥越狱逃走并有信来的话向雪尘诉说。雪尘听了，又惊又喜，忙把信笺展开，坐到桌边来瞧。阿文站在她的身后，也一同看道：

雪尘姊姊：

　　我不愿再向你说这些忏悔的话，而且我也不愿再向你说这些对不住的话。总而言之，你待我太好了，我使你太失望了，不过你待我的好处，我心里永远地记得。假使我侥幸能够不死的话，那么我总还有回到上海来的一天。我知道你一定会等着我，因为我们已有和普通不同的情义了，虽然十年、二十年之后，我也终于不会忘记你而再去另娶别一个的女子。就是你也不会和别的姑娘一样，再去另嫁别一个男子吧？雪尘姊姊，我知道你这次一定非常怨恨我，不过我相信你怨恨我的成分少，而可怜我的成分多。

现在我告诉你一个好消息，你的阿起已从苦海而步入新生的大道。不久的将来，我们也许还有重相见的一天！

　　　　　　　　　　　你的起弟写在昆山道上

　　雪尘念一句，眼泪便落下了两点，直待念毕这封信，她忍不住又抽抽噎噎地哭得像泪人儿似的了。司马文站在旁边，他在想哥哥给欧阳珠与雪尘的两封信中的词句，觉得哥哥的意思，叫阿珠可以另找对象，免得耽搁了她的青春，因为哥哥和阿珠虽然心心相印，但彼此到底还是一层纯洁友谊的关系，比不得哥哥和雪尘，他们是有着同衾共枕之情了，所以他希望自己和雪尘依然有月圆的日子。从这一点看来，可见哥哥到底还是个有理智、有情感的青年，于是低低地又把雪尘劝慰了一会儿。雪尘也觉哭是没有什么益处，遂收束了泪痕，说道：

　　"起弟到底有勇敢的青年，我没有什么话可说，我只有祈祷他达上成功的道路吧！"

　　雪尘说到这里，秋波斜乜了他一眼，接着又说道：

　　"文弟，我想鸿妹这人也许还没有离开上海，所以你快快去拟一张稿子，明天登在报上找寻她，只要你确实是爱她的，我想她一定有回家的可能。"

　　"好的，我今天就把找寻的稿子送到报馆里去，那么我此刻走了。"

　　"已经十二点了，你就在这儿吃了饭走吧。"

　　雪尘见他含泪回答，遂又低低地留他吃饭。阿文摇了摇头，他说没有饿什么，又向张太太、雪尘告别，便匆匆地走了。

　　下午四时多的时候，天空落着微微的细雨。阿文从报馆里匆匆地走出，他因为心里只管转着念头的缘故，所以向东一直地走到外滩码头来了。三号码头上徘徊着一个年轻的姑娘，她穿了一件雨衣，手里提了一只皮箱，远远地从细雨缝中望过去，阿文觉得有些像雪鸿的身材，他于是匆匆地奔了上去。那姑娘听有人脚步声音甚促，遂抬头向前望了一眼，经此一望，两人都哟了一声，可是雪鸿还想转身避开，却被阿文上前抱住了，叫道：

"鸿妹，你为什么要留书出走？你害得我太苦了，你预备走到哪儿去呢？要走我们大家一块儿走吧！"

雪鸿听他这么地说，可见他确实是爱我的，一时悲喜交集，情不自禁地投入他的怀抱，叫了一声文哥，也呜咽地哭了。

细雨是密密层层地落着，和他们流下的眼泪混合了。阿文捧着她的粉脸，泪眼相对地凝望了一会儿，忽然他低下了头，在她殷红的小嘴儿上吻住了。雪鸿在万分辛酸凄苦之余，一层一层的甜蜜涌上了心头。

《孽》这一部小说，是《罪》的续集。《罪》的字长只有二十二万，《孽》却已写了二十七万的字，但还不够写成圆满的结束，因了成本吃重的关系，这是一件没有办法的事情，所以对于《孽》里面的人物，还未完全结束的，在他们的生命中当然还有许多的事实。诸位读者认为尚可以再看下去的话，那么改日自当再行写出来给阅者们知道一个详细的明白。

作者

一九四三年五月十日子夜

附　　录

从鸳鸯蝴蝶派谈到冯玉奇小说

裴效维

　　《民国通俗小说典藏文库·冯玉奇卷》将收录冯玉奇的百余种小说作品，此举极其不易。现在，我愿以这篇文章给出版者呐喊助威。尽管我人微言轻，但我毕竟是一个中国文学的研究者，为鸳鸯蝴蝶派说些公道话是我的责任。

　　冯玉奇是一位鸳鸯蝴蝶派作家，因此我们要想了解冯玉奇，必须首先厘清有关鸳鸯蝴蝶派的一些问题。

一、何谓鸳鸯蝴蝶派

　　鸳鸯蝴蝶派作家平襟亚在《关于鸳鸯蝴蝶派》（署名宁远）一文中对鸳鸯蝴蝶派的来历说得很清楚：

　　　　鸳鸯蝴蝶派的名称是由群众起出来的，因为那些作品中常写爱情故事，离不开"卅六鸳鸯同命鸟，一双蝴蝶可怜虫"的范围，因而公赠了这个佳名。

　　　　　　　　　　　　——载香港《大公报》1960 年 7 月 20 日

　　可见鸳鸯蝴蝶派并不是一个有组织有宗旨的小说流派，而是因为当时流行的言情小说多写一对对恋人或夫妻如同鸳鸯蝴蝶般相亲相爱，形影不离，因而民间用鸳鸯蝴蝶小说来比喻这种言情小说，那么这种言情小说的作家群当然也就是鸳鸯蝴蝶派了。这种说法应该是可信的，因为民间常用鸳鸯和蝴蝶来比喻恋人或夫妻，很多民间文学作品中不乏其例。这一比喻非常形象生动，但并无褒贬之意，因此不胫而走。

传到新文学家那里，便加以利用，并赋予贬义，作为贬低对手的武器。但新文学家对鸳鸯蝴蝶派的界定并不一致，大致有两种看法。

一种看法认同民间的比喻说法，即将鸳鸯蝴蝶派小说局限为通俗小说中的言情小说，将鸳鸯蝴蝶派局限为言情小说作家群。鲁迅是这种看法的代表，他在 1922 年所写的《所谓"国学"》一文中说："洋场上的文豪又作了几篇鸳鸯蝴蝶派体小说出版"，其内容无非是"'卿卿我我''蝴蝶鸳鸯'"（载《晨报副刊》1922 年 10 月 4 日）。又于 1931 年 8 月 12 日在社会科学研究会做了《上海文艺之一瞥》的长篇演讲，其中对鸳鸯蝴蝶派小说更做了形象而精辟的概括：

> 这时新的才子＋佳人小说便又流行起来，但佳人已是良家女子了，和才子相悦相恋，分拆不开，柳阴花下，像一对蝴蝶、一双鸳鸯一样。

> ——连载于《文艺新闻》第 20、21 期

此外，周作人、钱玄同也持这种看法。周作人于 1918 年 4 月 19 日在北京大学文科研究所小说研究会做《日本近三十年小说之发达》的演讲中，就说现代中国小说"还有《玉梨魂》派的鸳鸯蝴蝶体"（载《新青年》第 5 卷第 1 号）。次年 2 月，周作人又发表《中国小说里的男女问题》（署名仲密）一文，认为"近时流行的《玉梨魂》，虽文章很是肉麻，（却）为鸳鸯蝴蝶派小说的鼻祖"（载《每周评论》第 5 卷第 7 号）。与周作人差不多同时，钱玄同在 1919 年 1 月 9 日所写的《"黑幕"书》一文中也说："人人皆知'黑幕'书为一种不正当之书籍，其实与'黑幕'同类之书籍正复不少，如《艳情尺牍》《香闺韵

语》及'鸳鸯蝴蝶派小说'等等皆是。"（载《新青年》第6卷第1号）这种看法后来被人称之为"狭义的鸳鸯蝴蝶派"看法。

另一种看法却将鸳鸯蝴蝶派无限扩大，认为民国年间新文学派之外的所有通俗小说作家都是鸳鸯蝴蝶派，他们的所有通俗小说都是鸳鸯蝴蝶派小说。这种看法的代表人物是瞿秋白和茅盾。瞿秋白从小说的内容方面来扩大鸳鸯蝴蝶派小说的范围，他在《财神还是反财神》一文中说，"什么武侠，什么神怪，什么侦探，什么言情，什么历史，什么家庭"小说，都是鸳鸯蝴蝶派小说（见人民文学出版社1953年10月版《瞿秋白文集》）。茅盾则从小说的形式方面来扩大鸳鸯蝴蝶派小说的范围，他在《自然主义与中国现代小说》一文中认定鸳鸯蝴蝶派小说包括"旧式章回体的长篇小说""不分章回的旧式小说""中西合璧的旧式小说""文言白话都有"的短篇小说（载1922年7月《小说月报》第13卷第7号）。这种看法后来被人称之为"广义的鸳鸯蝴蝶派"看法，而且逐渐成为主流看法，以致后来的文学研究者都接受了这种看法。

新文学家不仅在鸳鸯蝴蝶派的界定问题上分成了两派，而且在鸳鸯蝴蝶派的名称上也花样百出。如罗家伦因为徐枕亚等人好用四六句的文言写小说，便称其为"滥调四六派"（见署名志希的《今日中国之小说界》，载1919年《新潮》第1卷第1号），但无人响应。郑振铎因为《礼拜六》杂志为鸳鸯蝴蝶派的主要刊物之一，便称其为"礼拜六派"（见署名西谛的《新文学观的建设》一文，载1922年5月21日《文学旬刊》第38号）。这一说法得到了周作人、茅盾、瞿秋白、朱自清、阿英、冯至、楼适夷等人的响应，纷纷采用，以致使用频率越来越高，知名度越来越大，终于成为鸳鸯蝴蝶派的别称了。于是"鸳鸯蝴蝶派"和"礼拜六派"两个名称便被新文学家所滥用。如郑振铎在《新文学观的建设》一文中称"礼拜六派"，而在《〈文学论争集〉导言》一文中却称"鸳鸯蝴蝶派"（见上海良友图书公司1935年10月出版的《新文学大系·文学论争集》卷首）。还有人在同一篇文章里既称鸳鸯蝴蝶派，又称礼拜六派。如阿英在1932年所写的《上海事变与鸳鸯蝴蝶派文艺》一文中说：张恨水的所谓"国难小说"，与"礼拜六派的作品一样，是鸳鸯蝴蝶派的一体"，"充分地说明了鸳鸯蝴蝶派的作家的本色而已"（见上海合众书店 1933 年 6 月出版的《现代中国文学论》）。

茅盾在 20 世纪 70 年代觉得统称鸳鸯蝴蝶派或礼拜六派都不合适，于是提出了一个折中的看法，他在《紧张而复杂的生活、学习与斗争（上）——回忆录（四）》中说：

> 我以为在"五四"以前，"鸳鸯蝴蝶派"这名称对这一派人是适用的。……但在"五四"以后，这一派中有不少人也来"赶潮流"了，他们不再老是某生某女，而居然写家庭冲突，甚至写劳动人民的悲惨生活了，因此，如果用他们那一派最老的刊物《礼拜六》来称呼他们，较为合式。
>
> ——载 1979 年 8 月《新文学史料》第 4 辑

事实是该派在"五四"前后没有根本变化，都是既写言情小说，又写其他小说，将其人为地腰斩为两段，既显得武断，又无法掩盖当时的混乱看法。

这些混乱的看法导致后来的文学研究者无所适从：或沿用"鸳鸯蝴蝶派"的说法（如北大本《中国文学史》和《中国小说史稿》、复旦本《中国文学史》和《中国近代文学史稿》等）；或沿用"礼拜六派"的说法（如山东师院本《中国现代文学史》等）；或干脆别出心裁地称之为"鸳鸯蝴蝶—礼拜六派"（见汤哲声《鸳鸯蝴蝶—礼拜六小说观念的价值取向及其评价》，载《苏州大学学报》1992 年第 2 期）。这可真算是中国小说史上的一出有趣的滑稽戏了。

二、如何评价鸳鸯蝴蝶派

鸳鸯蝴蝶派的开山作品是 1900 年陈蝶仙的言情小说《泪珠缘》，因此鸳鸯蝴蝶派应该是指言情小说派，这也就是后来的所谓"狭义的鸳鸯蝴蝶派"，但被新文学家扩大为"广义的鸳鸯蝴蝶派"，实际上也就是民国通俗小说派。

鸳鸯蝴蝶派与同时期的"南社"不同，既没有组织，也没有纲领，而是一个在思想倾向和艺术风格上大体相同或相近的小说流派，连"鸳鸯蝴蝶派"这一招牌也是别人强加给它的。然而客观地说，鸳鸯蝴蝶派确实是一个产生过巨大影响的小说流派。在"五四"以前的近二十年间，它几乎独占了中国文坛；在"五四"以后的三十年间，虽然产生了新文学，但新文学只是表面上风光，而鸳鸯蝴蝶派却一派兴旺发达景象。我对"广义的鸳鸯蝴蝶派"做过不完全的统计：该派作家达数百人，较著名者有一百余人，所办刊物、小报和大报副刊仅在上海就有三百四十种，所著中长篇小说两千多种，至于短篇小说、笔记等更难以计数。在此前的中国文学史上，还没有哪个文学流派有过如此宏大的规模，产生过如此巨大的影响。

鸳鸯蝴蝶派由于规模宏大，又处在历史的一个巨变时期，其成员的确鱼龙混杂，其作品也良莠不齐，但总体来说，它形象地记录了中国二十世纪前五十年的历史，为中国读者提供了丰富的精神食粮，对中国小说的传承起过积极作用，因此应该给予充分的肯定。

鸳鸯蝴蝶派小说已经不是中国传统通俗小说的复制，而是一种改良的通俗小说。在形式方面，它既采用章回体，也采用非章回体，甚至采用了西洋小说的日记体、书信体等，至于侦探小说则更是完全模仿自西洋小说。在艺术手法方面，受西洋小说的影响非常明显，如增加了人物形象和景物描写，结构与叙事方式也趋于多样化，单线和复线结构并用，第三人称和第一人称叙述法兼施，还采用了倒叙法和补叙法。在内容方面，鸳鸯蝴蝶派小说已经扩大了描写范围，反映了当时社会生活的各个方面，甚至已经紧跟时事，及时反映当前的社会现实，被称为"时事小说"。如李涵秋的《广陵潮》描写辛亥革命，而他的《战地莺花录》则描写五四运动，这种及时反映当时发生的重大政治事件的小说，与多写历史故事的古代小说完全不同，显然是一大进步。鸳鸯蝴蝶派的言情小说，也不同于古代的才子佳人小说，而是一种新才子佳人小说。古代的才子佳人小说因面对森严的封建礼教，只能写才子与佳人偶尔一见钟情，以眉目传情或诗书传情的方式进行交流，最后皆是有情人终成眷属的大团圆结局。而这种大团圆结局完全是人为的：或出于巧合，或由于才子金榜题名，皇帝御赐完婚，这就完全回避了封建包办婚姻的问题。而民国年间的封建礼教已经在一定程度上松绑，尤其像上海、北京等大城市得风气之先，恋爱自由和婚姻自主思想已经渐入人心。因此有些鸳鸯蝴蝶派的言情小说也突破了古代才子佳人小说的窠臼，才子佳人已经敢于"相悦相恋，分拆不开，柳阴花下，像一对蝴蝶、一双鸳鸯一样"。其结局也不再全是有情人终成眷属的大团圆，而是"有时因为严亲，或者因为薄命，也竟至于偶见悲剧的结局……这实在不能不说是一个大进步"（鲁迅《上海文艺之一瞥》，连载于 1931 年 7 月 27 日、8 月 3 日《文艺新闻》第 20、21 期）。言情小说由大团圆结局到悲剧结局的确是一个大进步，因为前者是回避封建包办婚姻礼制，而后者是控诉封建包办婚姻礼制。而这一进步的开创者是曹雪芹和高鹗，他们在《红楼梦》里所写的婚姻差不多都是悲剧。因此胡适称赞《红楼梦》不仅把一个个人物"都写作悲剧的下场"，而且最后"作一个大悲剧的结束，打破了中国小说的团圆迷信"（《〈红楼梦〉考证》，见 1923 年亚东图书馆版《胡适文存》）。可见鸳鸯蝴蝶派的言情小说在一定程度上继承了《红楼梦》开创的爱情婚姻悲剧模式，因而具有相当的反封建意义。我们可以徐枕亚的《玉梨魂》为例加以说明，因为该小说被新文学家指为鸳鸯蝴蝶派的代表性作品。

《玉梨魂》的故事很简单——清末宣统年间，小学教员何梦霞与年轻寡妇白梨影相爱，但两人均认为他们的这种行为是不道德的。为了得到感情的解脱，白梨影想出个"移花接木"的办法，即撮合何梦霞与自己的小姑崔筠倩订了婚。然而何梦霞既不能移情于崔筠倩，白梨影也无法忘情于何梦霞，结果造成了一连串的悲剧——白梨影在爱情与道德的激烈冲突下郁郁而死；崔筠倩因得不到何梦霞之爱而离开了人世；白梨影的公公因感伤女儿、儿媳之死而一病身亡；白梨影的十岁儿子鹏郎成了孤儿。何梦霞为排遣苦闷，先赴日本留学，继又回国参加了辛亥武昌起义（即辛亥革命），壮烈牺牲。

《玉梨魂》不仅描写了一个爱情婚姻悲剧，而且不同于一般的爱情婚姻悲剧。一般的爱情婚姻悲剧都是由封建势力造成的，即由包办婚姻造成的；而《玉梨魂》所写的爱情婚姻悲剧，其原因却是何梦霞和白梨影自身的封建道德。他们既渴望获得恋爱自由和婚姻自主的权利，又不能摆脱封建道德和封建礼教的束缚，两者激烈冲突，造成三死一孤的惨剧。从而揭露了封建道德和封建礼教的影响力是多么巨大，它已深入人们的骨髓，使其不能自拔。因此，它的反封建意义比一般的爱情婚姻悲剧更为深刻。

其实，新文学阵营也不是铁板一块，虽然大多数新文学家对鸳鸯蝴蝶派全盘否定，但也有少数新文学家态度比较客观，他们对鸳鸯蝴蝶派也给予一定的肯定。鲁迅是其中最突出的一位，他不仅认为某些鸳鸯蝴蝶派的悲剧言情小说是"一大进步"，而且不同意某些新文学家对鸳鸯蝴蝶派消极影响的夸大其词。他说：

> 至于说他流毒中国的青年，那似乎是过虑。倘有人能为这类小说所害，则即使没有这类东西也还是废物，无从挽救的。与社会，尤其不相干，气类相同的鼓词和唱本，国内非常多，品格也相像，所以这些作品也再不能"火上添油"，使中国人堕落得更厉害了。

> ——《关于〈小说世界〉》，载《晨报副刊》
> 1923 年 1 月 15 日

这种客观的观点与前述周作人无限夸大鸳鸯蝴蝶派作品能使国民生活陷入"完全动物的状态"乃至"非动物的状态"的观点形成了鲜明对比。当抗日战争爆发后，鲁迅更提倡文学界的抗日统一战线，主张团结鸳鸯蝴蝶派一起抗日。他说：

我以为文艺家在抗日问题上的联合是无条件的，只要他不是汉奸，愿意或赞成抗日，则不论叫哥哥妹妹，之乎者也，或鸳鸯蝴蝶都无妨。但在文学问题上我们仍可以互相批判。

——《答徐懋庸并关于抗日统一战线问题》，
载《作家》月刊第 1 卷第 5 期

鲁迅不仅提倡团结鸳鸯蝴蝶派一起抗日，而且主张新文学派与鸳鸯蝴蝶派在文学问题上"互相批判"，这种平等对待鸳鸯蝴蝶派的度量，也与那些视鸳鸯蝴蝶派如寇仇，必欲置诸死地而后快的新文学家形成了鲜明对比。

对鸳鸯蝴蝶派给予肯定的不只鲁迅，还有朱自清和茅盾。朱自清认为供人娱乐是中国传统小说的特点，因此不赞成将"消遣"作为罪状来批判鸳鸯蝴蝶派小说。他说：

在中国文学的传统里，小说……更是小道中的小道，就因为是消遣的，不严肃。不严肃也就是不正经，小说通常称为"闲书"，不是正经书。……鸳鸯蝴蝶派的小说意在供人们茶余酒后的消遣，倒是中国小说的正宗。

——《论严肃》，载《中国作家》创刊号

茅盾也承认鸳鸯蝴蝶派小说也"写家庭冲突，甚至写劳动人民的悲惨生活"。他还从艺术性方面对鸳鸯蝴蝶派小说给予一定肯定。他认为鸳鸯蝴蝶派的有些长篇小说"采用西洋小说的布局法"，如倒叙法、补叙法，以及人物出场免去套语、故事叙述"戛然收住"等等，这一切是对"旧章回体小说布局法的革命"。还认为鸳鸯蝴蝶派的有些短篇小说学习了西洋短篇小说"截取一段人生来描写，而人生的全体因之以见"的方法："叙述一段人事，可以无头无尾；出场一个人物，可以不细叙家世；书中人物可以只有一人；书中情节可以简至只是一段回忆。……能够学到这一层的，比起一头死钻在旧章回体小说的圈子里的人，自然要高出几倍。"（《自然主义与中国现代小说》，载 1922 年 7 月 10 日《小说月报》第 13 卷第 7 号）

鲁迅、朱自清、茅盾毕竟属于新文学派，因此他们对鸳鸯蝴蝶派的肯定是有限的。我们应该摆脱成见与束缚，从中国文学史的角度，对鸳鸯蝴蝶派做出客观公正的评价。

三、如何看待冯玉奇的小说

我们澄清了以上有关鸳鸯蝴蝶派的三个问题，等于为介绍冯玉奇的小说提供了一个坐标，也等于为读者提供了一把参照标尺。读者用这把标尺，就可自行评判冯玉奇的小说了。

冯玉奇于 1918 年左右生于浙江慈溪，笔名左明生、海上先觉楼、先觉楼，曾署名慈水冯玉奇、四明冯玉奇、海上冯玉奇。据说他毕业于浙江大学（一说复旦大学）。1937 年九一八事变后寄居上海，感山河破碎，国事蜩螗，开始写作小说以抒怀。其处女作为《解语花》，由上海春明书店出版。出版后旋即由东方书场改编为同名话剧，演出后轰动一时。那时他才十九岁。由此一发而不可收，至 1949 年 7 月《花落谁家》出版，在短短十来年时间里，他创作的小说竟达一百九十多种，平均每年近二十种，总篇幅应该不少于三千万字，只能用"神速"来形容。这时他只有三十一岁。近现代文学史料专家魏绍昌先生（已去世）所编《鸳鸯蝴蝶派研究资料（史料部分）》（上海文艺出版社 1962 年 10 月出版）开列的《冯玉奇作品》目录只有一百七十二种，也有遗珠之憾。不过我们从这一目录中仍可确定冯玉奇是一位以写言情小说为主的通俗小说作家，因为在一百七十二种小说中，言情小说占有一百二十二种，其他小说只有五十种：社会小说三十四种、武侠小说十四种、侦探小说两种。

冯玉奇不仅是一位写作神速且极为多产的通俗小说作家，还是一位热心的剧作家和剧务工作者。早在他二十六岁（1944年）时，就担任了越剧名伶袁雪芬的雪声剧团的剧务，并为之创作了《雁南归》《红粉金戈》《太平天国》《有情人》《孝女复仇》五大剧本，演出效果全都甚佳。在他二十七到二十八岁（1945～1946）时，又与他人合作，前后为全香剧团和天红剧团编导了《小妹妹》《遗产恨》《飘零泪》《义薄云天》《流亡曲》等二十多个剧本，演出效果同样甚佳。可见冯玉奇至少写过十几个剧本。

冯玉奇一生所写的小说和剧本总计不下两百五十种，总篇幅可能达到四千万字以上，是名副其实的"著作等身"，是当之无愧的中国最多产的作家，号称多产的同派小说家张恨水也难望其项背。当时的文学作品已是一种特殊商品，冯玉奇的小说如此畅销，其剧本演出又如此轰动，这足可以证明其受人欢迎，这就是读者和观众对冯玉奇的评价，它比专家的评价更为准确，也更为重要。遗憾的是，我们无法看到他的剧作和三十岁以后的作品，也不知其晚景如何，卒于何年。

从冯玉奇的生活年代和创作时段来看，他显然是鸳鸯蝴蝶派的后起之秀，所以尽管他作品如此之多，影响如此之大，而同派的老前辈却很少提到他，这也是"文人相轻"的表现之一。

按说要介绍冯玉奇的小说，应该将其全部小说阅读一遍，但我没有这么多时间，也没有这么大精力，因而只向中国文史出版社借阅了《舞宫春艳》《小红楼》《百合花开》三种，全都是言情小说。因此我只能以这三种言情小说为例加以介绍，这可能会犯以偏概全的错误，因此只能供读者参考。

《舞宫春艳》写了两个纠缠在一起的爱情婚姻悲剧故事：苏州富家子秦可玉自幼与邻居豆腐坊之女李慧娟相恋，由于门第悬殊，秦可玉被其父禁锢，二人难圆成婚之梦。不幸李慧娟生下了一个私生女鹃儿，只好遗弃，自己则郁郁而死。鹃儿被无赖李三子收养，长大后卖到上海做伴舞女郎，改名卷耳。中学生甯小棣先是爱上了姑夫秦可玉家的婢女叶小红，不料叶小红失踪，于是移情于卷耳，但无钱为卷耳赎身，两人感到婚姻无望，于是双双吞鸦片自尽。

《小红楼》的故事紧接《舞宫春艳》：曾经被唐小棣爱过的叶小红的失踪，原来也是被无赖李三子拐卖为伴舞女郎，小棣、卷耳自杀后，小红才被救了回来，并被秦可玉认为义女。经苏雨田介绍，与辛石秋相识相恋而订婚。同时石秋的姨表妹巢爱吾也爱石秋，但石秋既与小红订婚在先，便毅然与小红结婚。爱吾为了摆脱难堪的地位，离家出走，下落不明。石秋奉父命赴北平探望二哥雁秋，在火车站被人诬陷私带军火，被军人押到司令部。可巧爱吾此时已成为张司令的干女儿兼秘书，便设法救了石秋一命。但张司令强迫石秋与爱吾结婚，二人既不敢违命，又固守道德，便以假夫妻应付。后来石秋回到家里，终于与小红团聚。

《百合花开》写了两个紧密相关的爱情婚姻故事：二十岁的寡妇花如兰同时被四十二岁的教育家盖季常和十八岁的革命青年盖雨龙叔侄俩所爱，而盖季常的十六岁侄女盖云仙又同时被三十六岁的银行家杨如仁和十九岁的革命青年杨梦花父子俩所爱。经过许多曲折后，终于两位长辈让步，盖雨龙与花如兰、杨梦花与盖云仙同场结婚。

由以上简单介绍可知，冯玉奇的这三种小说共写了五个爱情婚姻故事，其中两个是悲剧结局，三个是有情人终成眷属。这正如鲁迅所说："有时因为严亲，或者因为薄命，也竟至于偶见悲剧的结局……这实在不能不说是一个大进步。"其次，这三种小说的五个爱情婚姻故事，倒有四个是三角爱情婚姻故事，但它们的情况并不雷同。唐小棣、叶小红、卷耳的三角恋是一男爱二女，辛石秋、叶小红、巢爱吾的三角恋是两女爱一男，而盖季常、盖雨龙、花如兰和杨如仁、杨梦花、盖云仙的三角恋更为异想天开，竟然都是两辈嫡亲男人（叔侄、父子）同爱一个女子。可见冯玉奇极有编故事的才能，从而使作品更具吸引力和娱乐性。又次，这三种言情小说的描写极为干净，没有任何色情描写。除了秦可玉与李慧娟有私生女外，其他人都非礼勿言，非礼勿行。如辛石秋与叶小红因婚礼当天石秋之母去世，为了守孝，新婚夫妻在百日之内没有圆房。而辛石秋与姨表妹巢爱吾为了对得起叶小红，虽被张司令强迫成亲，却只做了几天假夫妻。

从表现形式和艺术手法来看，我觉得冯玉奇的小说与当时新文学的新小说都受了西洋小说的影响，基本相同。譬如：两者都突破了传统小说书名的套路，不拘一格，尤其采用了一字书名和二字书名，如冯玉奇有《罪》《孽》《恨》《血》和《歧途》《逃婚》《情奔》等；而巴金有《家》《春》《秋》，茅盾有《幻灭》《动摇》《追求》。两者的对话方式也突破了传统小说的套路，灵活自如：对话既可置于说话者之后，也可置于说话者之前，还可将说话者夹在两句或两段话之间。至于小说的结构法、叙述法与描写法，更是差不多的。譬如人物描写不再是"沉鱼落雁""闭月羞花""倾国倾城"之类的千人一面，景物描写也不再是"落红满地""绿柳成荫""玉兔东升"之类的千篇一律，而加以具体描绘。这里随便举一个例子：

> 小红坐在窗旁，手托香腮，望着窗外院子里放有一缸残荷，风吹枯叶，瑟瑟作响。墙角旁几株梧桐，巍然而立。下面花坞上满种着秋海棠，正在发花，绿叶红筋，临风生姿，可惜艳而无香，但点缀秋色，也颇令人爱而忘倦。

这是《小红楼》对莲花庵一角的景物描绘，虽然算不上十分精彩，但作者通过小红的眼睛描绘了院中的三样东西——风吹作响的"枯荷"、巍然挺立的"梧桐"、正在开花的"海棠"，从而衬托出莲花庵幽静的环境，曲折地表明了时在秋季。频繁使用巧合手法是冯玉奇小说的显著特点，可以说把所谓"无巧不成书"用到了极致。巧合手法有助于编织故事，缩短篇幅，增加作品的吸引力等，但使用过多则时有破绽，有损于作品的真实性。冯玉奇的某些小说也采用了章回体，但只是标题用"第×回"和对偶句，"却说""且听下回分解"之类的套语已不再经常出现，因此并非章回体的完全照搬。况且章回体并非劣等小说的标志，它在我国小说史上发挥过巨大作用，产生过杰出的四大古典小说。因此用章回体来贬低冯玉奇的小说，也是毫无道理的。

冯玉奇的小说也有明显的缺点。它们与其他鸳鸯蝴蝶派小说一样，主要注重小说的娱乐性，而忽视小说的社会性和艺术性，因此没有产生杰出的作品。他是南方人而小说采用北方话，加之写作速度太快，无暇深思熟虑，导致语言不够流畅，用词不够准确，还有许多错别字和语病。还有使用"巧合"法太多，有时破绽明显，这里不再举例。

　　总而言之，冯玉奇既不是"黄色"和"反动"小说家，也不是杰出小说家，而是一位勤奋多产、有益无害的通俗小说家，他应在中国小说史尤其是中国现代小说中占有一席之地。

2017 年 6 月 4 日于北京蜗居